全国高等职业教育规划教材·市场营销专业

现代广告策划实务

王吉方　主编

孙肖丽　李连璧　副主编

黄桂芝　主审

电子工业出版社

Publishing House of Electronics Industry

北京·BEIJING

内 容 简 介

本书依照广告策划的流程，突出实践训练环节，以必要的理论铺垫为基础，以设定课题，组织调研、制定广告战略为起点，开展全程模拟广告策划活动，强化学生实践技能的掌握。全书共 11 章，第 1 章为广告策划概述部分，根据"必需"和"够用"的原则，从广告策划的基本概念和要素入手，主要阐述广告策划在营销和广告运动中的地位、作用、类型、特征等。第 2 章为广告策划的过程，基本说明广告策划的内容和类型、程序等。在此基础上，其余各章基本按照广告策划流程、突出实践环节、重点强调广告策划的理论与实践相结合的思路，对广告调查与分析、广告战略策划、广告策略策划、广告创意策划、广告表现策划、广告媒体策划和广告预算策划、广告效果测评、广告策划书撰写等内容进行了论述。

本书既适合广告专业学生教学使用，又适合高等职业院校营销、策划专业学生学习广告策划相关专业知识，同时，也可供经济管理相关专业学生和广告公司从业人员参考。

图书在版编目（CIP）数据

现代广告策划实务/王吉方主编．—北京：电子工业出版社，2009.1
（全国高等职业教育规划教材·市场营销专业）
ISBN 978-7-121-07868-2

Ⅰ．现… Ⅱ．王… Ⅲ．广告学－高等学校：技术学校－教材 Ⅳ．F713.81

中国版本图书馆 CIP 数据核字（2008）第 183067 号

策划编辑：张云怡
责任编辑：王凌燕
印　　刷：北京市海淀区四季青印刷厂
装　　订：涿州市桃园装订有限公司
出版发行：电子工业出版社
　　　　　北京市海淀区万寿路 173 信箱　邮编 100036
开　　本：787×1 092　1/16　印张：17.25　字数：441.6 千字
印　　次：2009 年 1 月第 1 次印刷
印　　数：4 000 册　定价：27.00 元

凡所购买电子工业出版社图书有缺损问题，请向购买书店调换。若书店售缺，请与本社发行部联系，联系及邮购电话：（010）88254888。
质量投诉请发邮件至 zlts@phei.com.cn，盗版侵权举报请发邮件至 dbqq@phei.com.cn。
服务热线：（010）88258888。

前　言

广告发展到今天，已经与人们的经济社会文化生活紧密联系在一起，懂得如何评判一则广告的优劣，熟悉广告的运作过程，掌握一定的广告技术，善于运用广告为企业服务，已经成为一名合格营销人员的基本能力要求。

为适应时代的要求，本书从广告、营销专业学生掌握广告策划理论知识和实践技能的需要出发，依照广告策划的流程，突出实践训练环节，以必要的理论铺垫为基础，以设定课题、组织调研、制定广告战略为起点，开展全程模拟广告策划活动，强化学生实践技能的掌握。全共 11 章，旨在指导学生设计问卷调查表，开展广告产品和媒介调查，分析广告产品的市场机会点和阻碍点，拟定广告战略、策略、媒介方案，开展广告创意和文案写作，有效进行广告评价、掌握广告公司的运作流程和广告管理技术。

本书的特色主要体现在以下各方面：

1．理论与实践相结合

理论与实践的关系，在这里不用叙述。在实际运用过程中，很多人会碰到这样一种情况：纯凭经验经营广告，往往会增加失败的风险；纯凭理论经营广告，广告的文化性地域性特色，也会带来重重困难。理论与实践的结合，不仅是知识的结合，而且是人与人的结合，也是科学与操作的结合，全球化与地域化、普遍性与差异性的结合。

2．实用性、可操作性

紧紧把握"培养具有一定技能、专业的高等职业人才"（灰领）是本书的另一特点，也是高等职业教育的立足点。单纯讲述广告理论是不够的，必须根据广告主、广告公司、媒体的实际情况，进行操作环节和手法式的设计与评估。在开展广告业务时，应针对不同的广告主体进行讲述，在保证基本概念准确的基础上，偏重掌握方法与技能，切中要害，体现实用的特点。

3．强调案例教学

案例教学是高职教学的必备教学形态，是增加教学内容，活跃课堂气氛的重要手段。本书中，注重学生学习能力的培养和综合素质的提高，每一章内都有大量的鲜活案例穿插在各个理论点上，章后附有案例，用案例进行问题的分析，以锻炼学生分析问题和把握问题的能力。附录里放有案例，是对整个广告运作环节的案例大检阅。通过案例使学生摆脱过去枯燥的纯理论教学模式。

4．具有时代感和国际化

随着我国经济的深入发展，我国工商企业在营销实践中有许多的创新活动，并直接体现在广告领域。本书在收集大量新案例的基础上，将其上升到理论高度加以分析。同时，本书注重吸收广告领域的新理论、新方法，既介绍了我国广告业的现状，把当今我国一些著名企业的广告案例介绍给大家，又把一些国际广告大鳄，根据国际化和本土化原则进行广告开发与运营的经验与大家分享。

5. 读者群广泛

本书以读者为本，针对市场营销中的应用环节，以解决广告实践问题为目的，考虑了经济管理专业的特点，所以是经济管理类学生的教材。同时，针对广告专业建设中加强理论与实践的要求，重新设置内容体系，所以，也适合广告专业学生阅读。案例运用最新资料，内容、形式新颖，适合对广告有兴趣的社会人士阅读。由于理论够用，强调应用，培养技能，实用性强，也适合业内培训使用。

本书由王吉方担任主编，孙肖丽和李连璧任副主编。参加编写的还有韩净、汪洋、马继兴、谢志刚、覃常员。第1、2、9章和大量案例及附录由王吉方撰稿，第3、4章由孙肖丽撰稿，第5章由孙肖丽、覃常员撰稿，第6、7章由李连璧撰稿，第8章由李连璧、谢志刚撰稿，第10章由汪洋、马继兴撰稿，第11章由韩净撰稿。在编写过程中，马继兴、周兵、李白华等同志提供了大量的资料和帮助。全书由王吉方提出图书特色和编写要求，制定撰写计划和体例大纲，并总纂定稿。黄桂芝教授担任主审并提出宝贵意见。在编写的过程中，本书借鉴和参考了大量的文献资料，也得到了中国广告协会和国内著名广告公司专家的关心和支持，在此一并予以致谢，也请各位同仁、专家对本书的不足之处予以指正。

王吉方

2008 年 10 月

目　录

第1章　现代广告策划概述

 学习目标

◆**技能目标：**

能对广告策划的概念有清晰的认识。

能准确说明广告策划特征。

能清晰说明广告策划的类型。

◆**知识目标：**

广告策划的基本概念、特征、原则。

广告策划的类型、作用。

理解广告策划，为学习广告策划打下坚实的基础。

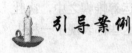 引导案例

约翰逊黑人化妆品的广告策划

20世纪50年代末，美国人约翰逊以500美元注册了一家化妆品公司，公司最初只有3名员工。该公司专门生产黑人使用的粉质霜。当时美国最大的黑人化妆品企业是佛雷公司。于是约翰逊决定做广告，其广告词是这样写的："当你用过'佛雷'化妆品之后，再擦一层'约翰逊'粉质霜，将会收到意想不到的效果"。

有人嘲笑约翰逊在替佛雷公司做广告，佛雷公司也暗自高兴。约翰逊对此却不以为然，他对自己的人说，现在很少有人知道我的名字叫约翰逊，可是当我站在美国总统身边时，我的名字马上尽人皆知，人们会说，嘿！你知道吗？那个小子的名字叫约翰逊……

没有几年时间，约翰逊就把佛雷公司挤出了黑人化妆品市场。

案例分析：约翰逊公司为什么采取这样的策略呢？

我们知道，市场竞争广告就意味着宣战书，表明了广告主参与市场竞争的决心。如果约翰逊公司非常弱小时就向佛雷公司公开宣战（正面进攻），显然不是明智之举，有可能遭到灭顶之灾，所以采取了"倚玉雕玉"的策略。

这个策略的关键是明确清晰的企业市场定位。自己不是挑战者而是跟随者；自己不是正面冲突而是采取迂回的游击策略方法；自己不是打压贬损对手而是借助对手的名气，来达到提高自己的地位的目的。尽管在这个广告中，约翰逊好像并没有进行广告策划，但他的具体做法体现了广告策划的重要思想，即从全局的角度以超前的思维进行事前的思考。可见，广告策划就是策划思维在广告领域的具体运用。

1.1 现代广告策划的含义、性质

1.1.1 现代广告策划的定义

1. 策划的含义

要讲述现代广告策划必须先弄清楚策划的定义和内涵。对策划的认识古今中外也不一致。

策划学者们认为，人类社会的发展史就是人类进行策划并实施策划的历史。人类从战胜自然、改造环境到治理国家、振兴民族，从人际交往、生存竞争到外交往来、两军对阵，从经营企业、开拓市场到发展事业、繁荣文化……无不需要审时度势、运筹帷幄。这就是所谓的"策划"。

策划就是为达到一定目标所进行的行动方案的谋划。

在中国古代，策划的名词性较强，与现在的计划、计谋、谋略、对策的意思比较接近。比如，"三思而后行"的"思"；"凡事预则立，不预则废"的"预"；"运筹帷幄之中，决胜千里之外的"的"运筹"；"先谋后事者昌，先事后谋者亡"的"谋"。这些都表现了一种古朴的策划思想，属于"出谋划策，策略规划"的策划范畴。

在中国现代，《现代汉语词典》对策划的解释为筹划、谋划，并演绎到政治、军事、经济、文化不同的领域有许多成功的案例，如乒乓外交、2008 年奥运会申办，"一国两制"的国策等。

"策划"一词最早出现在 1955 年出版的一部题为《策划同意》的著作中，作者爱德华·伯纳斯率先提出了这一具有挑战性的概念。而策划作为一个概念性的词则是在现代的公共关系领域中出现的。早在 20 世纪初，美国著名公共关系专家艾维·莱特贝特·李就通过他所创办的美国第一家专门从事公共关系业务的企业——宣传顾问事务所，开展了一系列公共关系策划活动。此后，策划思想和工作方法迅速普及开来。

美国哈佛企业管理理论认为："策划是一种程序，在本质上是一种运用脑力的理性行为。基本上所有的策划都是关于未来的事物，也就是说，策划是针对未来要发生的事情做当前的决策。换言之，策划是找出事物因果关系，衡度未来可采取之途径，作为目前决策之依据。亦即策划是预先决定做什么，何时做，如何做，谁来做。策划的步骤是以假定目标为起点，然后订出策略、政策以及详细内部作业计划，以求目标之达成，最后还包括成效之评估及回馈。从而返回到一个新起点，开始了策划的第二次循环。策划是一种连续不断的循环，螺旋式交替上升的过程。"

在现代社会中，策划观念的普及，策划手段的运用，都已经大大超出了古代军事领域和现代公共关系领域，而深入到了社会政治、经济、文化生活的各个层面。"策划"成为了一种方法论意义的思维方式和运作方式。策划已经成为人们使用频率较高的词。

古今中外丰富的策划思想、策划理论和策划实践，为人类的策划宝库增添了宝贵内容，使人类社会伴随着时代的发展而提高了自身各方面的品质。它也为紧随"策划"这一概念而提出的广告策划奠定了坚实的认识论和方法论的基础。

2. 广告策划的起源和发展

（1）广告策划的萌芽阶段

① 市场的需要是广告策划产生的必要条件。人们所进行的最早的广告活动仅仅是简单意义的"广而告之"。这种"广而告之"虽然也有一定的目的性，即将自己的剩余产品交换出去，但是广告主并没有特定的计划，没有十分明确的销售目标，更缺乏准确的目标对象的确定，并没有产生真正意义上的广告策划。直至现代广告产生的初期阶段，伴随着商品交换规模的扩大，广告活动的范围也越来越大，广告的形式和手段越来越丰富，广告技术也在不断地进步，因而广告主对广告效果的需求积累到一定的程度，即如何将广告做得更好更有效时，广告策划才有可能产生。这种需求是现代广告产生的前提条件，也是广告策划产生的必要条件。

② 广告学的学科综合性为广告策划奠定理论基础。1900 年美国学者哈洛·盖尔（Harlow Gale）在多年广泛调查研究的基础上写成《广告心理学》一书；1903 年美国西北大学校长、心理学家瓦尔特·狄尔·斯柯特（Walter Dill Scott）写成《广告原理》一书，为广告学的建立奠定了基础。这标志着广告开始从"术"的阶段走向"学"的阶段。在理论研究过程中，广告学却呈现出明显的学科综合性。它综合了数十门学科的研究成果，诸如管理学、营销学、传播学、心理学、公共关系理论，等等。广告学及其相关学科的建立与发展，为广告策划的出现奠定了理论基础。

③ 广告公司的实践说明广告策划的必然性。1869 年，美国宾夕法尼亚州的费城成立了第一家专业广告公司——艾尔父子广告公司。这是具有现代意义的广告代理公司。其除了为广告客户购买版面，还为客户撰写方案，设计、制作广告，并制定广告计划。到 1902 年，艾尔父子广告公司专门设立了一个组织严密的为国民饼干公司和标准石油公司策划公关活动的机构。豪威尔在一本有关艾尔父子广告公司发展史的书中说："从那时起，广告代理公司充分证实了自己策划和实施广告的能力。"因而它被广告史学家称为"现代广告公司的先驱"。

④ 市场手段的更新是广告策划产生的条件之一。20 世纪 30 年代，伴随现代市场营销理论与实践的发展，市场调查被明确提到企业的经营管理活动中来。那时广告活动的重心是侧重于广告效果的分析研究，因而也使调研活动进入到广告活动中，并确立了其在广告活动中的地位。调研活动的出现，以及调研理论的发展和调研手段的科学与规范，使广告主和广告商能科学、准确地对市场进行分析研究，从而决定所应采取的战略和策略，为广告策划提供了最有利的条件。

因此，艾尔父子广告公司的出现，调研活动的出现，特别是广告实践自身的发展，为广告策划的产生奠定了丰富的实践基础，并产生了广告策划的萌芽。

（2）广告策划的提出阶段

广告策划的萌芽虽然出现较早，但它作为一个概念的提出却是在 20 世纪中叶。紧随着伯纳斯在 1955 年提出策划这一概念，英国伦敦的博厄斯·马西来·波利特（BMB）广告公司的创始人之一、广告专家斯坦利·波利坦于 20 世纪 60 年代在广告领域率先使用了这一概念。这一概念提出之后，逐渐影响到整个英国的广告界，并传播到了国外。美国以创作力见长的奇阿特·戴广告公司较早接受了这一概念。随后，广告策划思想及工作方法迅速地在西方广告界普及开来，现在许多国家都建立了以策划为主体、以创意为中心的广告经营管理体系。广告策划的出现既是现代广告实践和广告理论发展的结果，同时它又使广告学的结构体系更加丰富，使广告理论有了长足的发展。并且它也成为现代广告活动科学化、规范化的标志之一。

（3）广告策划的发展阶段

广告策划的发展阶段主要包括广告策划内容的发展、广告策划观念的发展、广告策划方法的发展。

① 广告策划内容的发展。伴随现代经济发展和时代的发展，广告策划的内容从简单发展到复杂，从一般性的单个的广告活动策划发展到为广告运动所进行的整体广告策划。广告策划过程中各个环节和步骤的内容也越来越丰富。当前，在我国相当数量的企业还处在运用现代市场营销理论和现代管理理论的初级阶段的情况下，广告策划者不仅要帮助企业进行整体广告策划，在某种情况下还要帮助企业进行营销策划、CI 策划等。

② 广告策划观念的发展。

第一，从推销观念向营销哲学观念的发展。营销哲学观念的发展与演变引导着广告策划者从对企业本身的关注发展为对企业、消费者、社会三者关系的关注，并通过广告对三者的关系予以最佳的协调。在 20 世纪 90 年代提出的 4C 理论以及整合营销沟通理论，更是引导广告策划观念走向更高的阶段，使广告策划者从以 4P 为主的对企业本身的关注转向对市场全方位和更深层次的关注，树立起以消费者为中心的观念。

第二，广告策划本身也从单一的促销观念发展为竞争观念。在本阶段，广告策划在更深的市场层次上发展，体现为关注竞争对手的市场环境的变化。而竞争观念的建立，更使广告策划者注意到在现代激烈的市场竞争环境下广告所应承担的责任。

第三，广告策划的核心是广告创意。广告创意在广告策划中的地位愈加重要，广告策划者愈加注重广告创意的质量，从而使广告创意成为广告灵魂。因此，广告策划者愈加注重特定时代背景下的文化和消费心理与广告的关系，注重广告创意和广告表现中的文化及心理内涵，目的是通过广告策划，使广告行为满足市场需要甚至是引导市场观念的发展。

第四，适应不同时代和经济形态，与时俱进的观念。例如，20 世纪 20 年代的"印在纸上的推销术"；30 年代对调研的注重；40 年代电视的出现推动"豪华广告"的发展；50年代的"独特销售主题"；60 年代的强调产品个性的"形象时代"；70 年代的"定位理论"；80 年代的广告繁荣；90 年代则是繁荣之后的危机，导致"低成本制作，高质量创意"的产生。

第五，广告策划体现了网络时代的特征。高新技术的发展使广告策划对 Internet 等新媒体的出现有了更多的关注，并及时地将其运用到广告活动中来，使广告的效力有了更大的提高，产生了一些新的广告运作模式和一些新的观念，从而体现了现代广告策划的特色。

③ 广告策划方法的发展。广告策划的方法如同其内容的发展的一样，也发展得越来越丰富。首先，是策划程序的完善与规范，从简单地出点子，到对广告策划全过程各个阶段的完善及其科学操作。其次，是在建立战略谋划的基础上，丰富发展策略手段，包括广告

的市场策略、产品策略、定位策略、表现策略、媒体策略、实施策略等，形成广告策划的策略体系。第三，多种学科的研究成果的引入使广告策划手段更加科学和丰富，如市场营销学中的市场研究方法、社会学中的研究方法、心理学中的说服手段、传播学中的传播手段及效果分析、文学艺术在广告创意和表现中的运用、计算机技术在广告设计中的运用，等等。广告策划方法的不断丰富体现了现代广告策划的特色。

3. 广告策划的定义

（1）广告策划的定义

广告策划实践已有一个世纪，但是广告策划这一概念提出至今只有五十多年，广告策划理论本身尚处在一个发展和完善的阶段。因而，到目前为止还没有一个通用的广告策划的定义，对广告策划定义众说纷纭。其中最具影响力和指导意义的是美国哈佛企业管理丛书编纂委员会对策划所下的定义，即"策划是一种程序，在本质上是一种运用脑力的理性行为。基本上所有的策划都是关于未来的事物，也就是说，策划是针对未来要发生的事情做当前的决策"。这一定义的核心是决策观念。

以下是在我国使用较多的几种主要的广告策划的定义。

"策划是广告人通过周密的市场调查和系统的分析，利用已经掌握的知识（情报或资料）和手段，科学地、合理地、有效地布局广告活动的进程，并预先推知、判断市场态势和消费群体走势的现在、未来需求，以及未知状况的结果。"

在港台地区，广告策划被称为广告企划。台湾地区比较通行的定义是：广告运动企划是"执行广告运动必要的准备动作。在实务上，广告主和广告代理商处理运动企划有着很大的差异，但理想的过程可以是下列行动的组合：产品—市场分析、竞争状况评估、客户简介、目标设定、预算、目标对象设定、建立创意及媒体策略、创意的执行、媒体的购买及排期、媒体执行、与其他行销组合机构的配合、执行完成、效果评估"。

"广告策划是根据广告主的营销策略，按照一定的程序对广告运动或者广告活动的总体进行前瞻性规划的活动。它以科学、客观的市场调查为基础，以富于创造性和效益性的定位策略、诉求策略、表现策略、媒介策略为核心内容，以具有可操作性的广告策划文本为直接结果，以广告运动（活动）的效果调查为终结，要求广告活动进程的合理化和广告效果的最大化，是广告公司内部业务运作的一个重要环节，是现代广告运作科学化、规范化的重要标志之一。"

广告策划由宏观和微观之说。宏观广告策划又叫整体广告策划。微观广告策划又叫单项广告策划。

我们可以总结为：广告策划就是广告整体战略与策略的运筹规划，是根据广告主的营销战略和策略，以及市场、产品、消费者、竞争者的状况和广告环境，遵循系统性、可行性、针对性、创造性、效益性的原则，为广告主的整体经营提供规范和科学的广告活动规划方案的决策活动过程。

而现代广告策划同传统的广告策划有着本质的不同。它们之间既有联系又有区别，见表1-1。

表 1-1 现代广告策划与传统广告策划的区别与联系

项目	现代广告策划	传统广告策划
时间	主要存在于 20 世纪 80 年代以后	主要存在于 20 世纪 80 年代以前
理论依据	现代市场营销观念	传统市场营销观念
特征	综合考虑需求和社会、环境等多因素，侧重于全程服务，体现网络特色	完全以需求为中心。考虑和整合的广告要素较少。多体现为单一广告项目的策划
方式、手段	基于事件、概念、绿色、全球、体育、创新、资源整合等方式	基于产品、渠道、促销、价格等方面的手段
着眼点	宏观多要素和多角度	中微观、策划要素和角度较窄
联系	现代广告策划是在传统广告策划的基础上发展而来的，是传统广告策划随着时代和营销学的发展而进行的提升和飞跃，是广告策划发展到新阶段的产物；传统广告策划仍然是现代广告策划的手段、前提、基础，是现代广告策划不可分割的一部分	

我们要加强对现代广告策划的理解：

① 在本质上，现代广告策划表现出的核心内容是决策观念，是对决策活动在广告活动中特殊体现的不同侧面的认识。所以，我们可以看到现代广告策划与决策非常相似。它在本质上、特征上以及对企业的地位和作用上，都是与决策一致的。因此可以说，现代广告策划就是一种在广告活动中的特殊的决策，是决策在现代广告策划中的具体运用。而现代广告策划在强调战略性的谋略的同时也强调可操作性。

② 现代广告策划是广告活动这一链条上的一个环节或不太重要的环节。这样认为是不合适的。持这种看法的人认为，现代广告策划是广告运作中的一个普通环节，与广告创意、广告设计、广告制作、广告实施等环节具有同等重要的意义。实际上，现代广告策划虽然是广告运作中的一个环节，但并不是普通的环节，而是核心性的、对其他环节具有指导意义的重要环节。因为它不但规定广告活动的总体策略，还为广告运作的其他环节提供原则性的指导和具体的行动计划。

③ 了解不同的现代广告策划观念。

决策说：认为是"针对未来要发生的事情作当前的决策"，是"战略决策"，是"科学地、合理地、有效地布局广告活动的进程"。

程序说：认为是"一种程序"，是"执行广告运动必要的准备动作"。

思维说：认为是"一种运用脑力的理性行为"。

管理说：认为是"根据广告主的营销计划和广告目标，在市场调查的基础上，制定出一个与市场情况、产品状态、消费者群体相适应的、经济有效的广告计划方案"，是现代广告运作科学化、规范化的重要标志之一，是企业营销管理的有机组成部分。

（2）现代广告策划的要素

一项完整的现代广告策划活动是由其基本要素构成的。它主要包括现代广告策划者、策划对象、策划依据、策划方案、策划效果评估五项。缺少任何一个要素，现代广告策划都不能成立。

① 现代广告策划者。现代广告策划者是现代广告策划的主体。现代广告策划者包括广

告公司和广告主。一方面，现代广告策划是由广告公司代理广告主来进行的。因此，现代广告策划者是广告公司。但是对于广告公司的一项具体的现代广告策划项目来说，该现代广告策划是由广告公司内部组建的某个现代广告策划小组来执行的。因此，此时具体的现代广告策划者是这个现代广告策划小组。另一方面，广告主在现代广告策划过程中与广告公司密切配合，提供信息，参与意见，提出建议，最终审批。因此，广告主也是现代广告策划的主体。现代广告策划者是现代广告策划活动的神经与中枢，在现代广告策划过程中起着"智囊"的作用。

② 现代广告策划对象。现代广告策划对象是所要规划的广告活动、广告商品或广告主。现代广告策划要为所要进行的广告活动制定广告目标、确定广告战略和策略、确定广告创意、拟定广告预算、测定广告效果等。以商品或服务为对象的现代广告策划属于商品销售现代广告策划，以广告主为对象的现代广告策划属于企业形象现代广告策划。

③ 现代广告策划依据。现代广告策划依据主要来自于两个方面。一方面是广告主的营销战略和策略，必须在此基础上进行策划。另一方面是事实与信息。现代广告策划所需要的事实与信息包括市场、产品、消费者、竞争者的状况和广告环境的情况，它既包括广告主本身的状况，也包括整个有关市场的状况。

④ 现代广告策划方案。现代广告策划方案是策划者为实现策划目标，针对策划对象而设计创意的一套策略、方法、步骤。策划方案必须具有指导性、创造性、可行性、操作性和针对性。现代广告策划有很多方法，诸如市场调查方法、市场细分方法、广告创意方法、思维方法、定位方法、媒体排期方法、广告预算方法、现代广告策划书写作方法等。但不论采用何种方法，都要科学、合理、适当。

⑤ 现代广告策划效果评估。现代广告策划效果评估是对实施策划方案可能产生的效果进行预先的判断和评估，据此判断现代广告策划活动的成败。如果经过现代广告策划，对实现企业目标和企业的营销目标毫无效果，现代广告策划就失去了其本来的意义。

（3）现代广告策划与广告计划

在我们的日常生活中和企业的常规经营管理中，经常使用"计划"一词。计划含有谋划、制定计划和形成计划书两层含义，而一谈到策划，相当多的人认为：策划就是计划，这里所指的计划是广义的计划。正因为如此，现代广告策划，就不得不涉及广告计划，这是两个很容易混淆的概念，甚至有人认为现代广告策划就是广告计划。这里所说的广告计划是个狭义的概念，即指广告计划的文本文件本身，而不是管理学中所指的把计划作为一种职能的广义概念。因此，广告计划是实现广告目标的行动方案，是侧重于规划与步骤的行动文件。即使是管理学里的广义的计划，它同策划也有明显的区别，见表1-2。

表 1-2 "策划"与"计划"的区别

策划	必须有创意	自由无限制	掌握原则、方向	What to do	灵活性大	开放	挑战性大
计划	不一定有创意	范围一定、按部就班	处理程序、细节	How to do	灵活性小	保守	挑战性小

现代广告策划与广告计划既有联系又有区别。

① 现代广告策划活动过程上的异同。二者都是对现代广告策划活动过程的反映。但是现代广告策划是这个过程的本身，是全局性、整体性的战略决策，是动态的；而广告计划则是这个过程的结果，是具体的、可操作的指导方案，是静态的。

② 现代广告策划客体上的区别和联系。二者都是决定现代广告策划的客体，如广告目标、广告战略、广告策略、广告主题、广告创意、广告媒体选择、广告效果评估等。但是现代广告策划侧重于对客体的决定行为，掌握原则与方向，具有创新性与超前性，挑战性大，因而它需要经过长期专业训练的人员来从事现代广告策划工作；而广告计划则是这一行为结果的具体文本形式的体现，处理程序与细节，属于常规的工作流程，具有现实可行性，挑战性小，因而经过短期培训的人员即可操作。

③ 现代广告策划书反映的侧重点。二者都可以通过现代广告策划书反映出来。现代广告策划书反映现代广告策划活动的全过程；广告计划既是现代广告策划书重要和主要的组成部分，也是可以独立执行的文件。

④ 二者互为前提和结果。现代广告策划是制定广告计划的前提；而广告计划则是对现代广告策划关于具体行动方案的决策结果的概括和总结。

总之，现代广告策划是集思广益的复杂的脑力劳动，是一系列围绕广告战略、策略而展开的研讨活动和决策活动；而广告计划是这一系列活动的归纳和体现，是现代广告策划所产生的一系列战略、广告策略的具体化。二者既相互联系、密不可分，又有区别。

1.1.2　现代广告策划的性质

现代广告策划的性质是由这门学科的研究对象、活动结构、成果属性、总体概念的复杂性所决定的。

（1）从现代广告策划的研究对象来看：现代广告策划是一门集科学、文化、艺术、经济、技术、智慧、谋略为一体的"软科学"，具有知识性、思想性、决策性、创造性的特征。

（2）从现代广告策划的功能和作用来看：现代广告策划又是一门实用性很强的应用科学。它既注重现代广告策划理论的研究，又注重广告应用的研究，逐一回答和解决在广告活动中出现的实际问题。

（3）从现代广告策划活动的结构、程序和步骤上看：现代广告策划也是一个系统工程，它具有系统性、整体性、层次性、目的性、运动性、适应性等特征。

（4）从现代广告策划生产的产品性质上看：一般来讲，现代广告策划生产的不是物质产品，而是一种通过脑力劳动而获得的科学化的知识研究成果，它形成的是无形资产，具有更高的价值，所以，它对企业具有增值的性质。

（5）从现代广告策划的总体概念上看：现代广告策划的内容包含了广告活动的所有环节，涉及了广告活动中的一些概念、要素和架构。其中的信息、预测、决策、计划、实施都具有指向未来的特点，处于一个现代广告策划集合之中，从而构成现代广告策划的总体形象和概念。

 **小资料**

万宝路香烟的广告策划

美国菲利普·莫里斯公司出品的万宝路香烟问世于 1924 年，当时的生产商明确地把该产品定位在女性消费者层次上，在技术工艺上追求味感淡和，推出"像五月天气一样淡和"的品牌消费理念。但由于女性烟民在数量上比男性烟民少得多，市场的潜在前景就不太乐观了。尤其是当时相当多的女性烟民（尤其是年轻女性）以暗中追求和模仿男性气质（香烟在男性社会中具有更大的文化张力，以至于成为男性生活文化和个性气质的一种象征）为时尚，因此女性味十足的万宝路香烟因为产品消费观念难以和市场沟通而陷于销售窘迫的境地，并于 20 世纪 40 年代停产。当香烟业进入高度品牌化时代后，各种牌子的香烟开始重视推出独具个性的消费观念。这时恢复生产的万宝路香烟也进行了认真、详细的调查和系统的现代广告策划。万宝路香烟开始改变形象，用西部牛仔英俊、粗犷的形象取代了以往的女性化的品牌个性。由于西部牛仔形象体现了当时美国人对家园的开拓、对事业的追求，以及充满活力的奋斗精神，因此，一下子就震动了烟草市场，吸引了男女烟民。万宝路香烟由于凝聚了美国文化的精粹，最终成功塑造了自己的品牌形象，以男子汉的象征成为美国香烟的第一品牌。

1.2　现代广告策划的作用与意义

1.2.1　现代广告策划的地位

1. 现代广告策划是营销策划的有机组成部分

由于广告仅仅是市场营销组合的四个变量中的促销的一种基本方法，因此决定了现代广告策划在营销策划中的地位，即现代广告策划是营销策划的有机组成部分，现代广告策划要服从企业的营销战略和策略的要求。这一地位又决定了现代广告策划与营销策划在性质上趋同。因而导致了对于一些市场营销理论运用水平和实践水平较低的企业，广告公司在为其进行现代广告策划业务代理时，需要扩大现代广告策划的范围，从事一定的营销策划，甚至有时就是从事营销策划。

2. 现代广告策划在广告运作过程中处于核心性的重要地位

通过对广告运作过程五个环节及其相互关系的认识，我们可以看出现代广告策划在广告运作中的重要地位。

（1）在程序上，广告调查虽然在形式上作为广告运作的第一个环节，但其大部分内容是服务于现代广告策划的。而其他内容，如广告效果调查，又被独立为单独的一个环节，作为广告运作的最后一个环节——广告效果测定。因此，现代广告策划虽然是广告运作过程形式上的第二个环节，但在实际上是首要环节。

（2）在内容上，现代广告策划要确定广告表现策略、媒介策略、广告效果测定方案等内容，并制定相应的计划。因此，现代广告策划规定了广告创作、广告发布、广告效果测定等后续环节的内容和方法。由此可见，现代广告策划是广告运作的核心环节。

（3）在影响程度上，现代广告策划为广告运作提供全面的指导，并贯穿广告运作的始终，制约着广告运作的其他环节的进展，而其他环节则是现代广告策划的具体执行环节。因此，现代广告策划是广告运作中影响最为深远的环节。

（4）在规模上，现代广告策划需要诸多部门的协同运作，而其他环节则由单一的部门执行。因此，现代广告策划是广告运作中涉及面最广、规模最大的环节。

1.2.2　现代广告策划的作用

1. 现代广告策划在企业经营中的重要作用

由于广告是营销组合之一的促销的有机组成部分，所以广告的作用必须在营销组合的基础上，才可以取得比较好的效果。同理，现代广告策划是营销策划的有机组成部分，现代广告策划的作用也在营销策划里才可得到更为有利的显现。也就是说营销策划的作用包含了现代广告策划的作用。主要体现在以下几点：

（1）现代广告策划能创造新的市场需求；

（2）现代广告策划增强了企业的竞争实力；

（3）现代广告策划提高了企业经营管理水平；

（4）现代广告策划能有效地提高企业的声誉。

2. 现代广告策划在广告运用中的重要作用

由于现代广告策划就是广告整体战略与策略的运筹规划，是根据企业的营销战略和策略，以及市场、产品、消费者、竞争者的状况和广告环境，遵循系统性、可行性、针对性、创造性、效益性的原则，为企业的整体经营提供规范和科学的广告活动规划方案的决策活动过程。所以，现代广告策划在广告运用中的作用主要体现为以下几点：

（1）战略指导——为广告活动提供总体指导思想；

（2）实施规划——为广告活动提供具体行动计划；

（3）进程制约——安排并制约广告活动的进程；

（4）效果控制——预测、监督广告活动的效果；

（5）规范运作——使广告运作区域科学、合理、规范。

由于现代广告策划涉及广告公司和广告主，所以有必要对他们分别说明。

在广告公司内部，现代广告策划是广告运作的核心环节，而对于广告主来说，现代广告策划提供的是广告活动的总体策略和具体计划，是广告主营销组合决策的重要内容。现代广告策划的作用对于广告公司和广告主又具有不同的含义，见表1-3。

表1-3 现代广告策划在广告运作中的作用

作 用	广 告 公 司	广 告 主
战略指导	为广告表现、发布、效果测定环节提供战略指导	为广告运动（活动）的开展乃至促销组合提供战略指导
实施规划	为广告运作的其他环节提供具体的实施计划	为广告运动（活动）提供具体的实施计划
进程制约	制约广告公司内部业务运作的进程	制约广告运动（活动）的效果和效益
效果控制	控制广告公司提供的全面广告服务的质量	保证广告运动（活动）的效果和效益
规范运作	促进内部业务运作的合理化、科学化、规范化	促进广告运动（活动）的合理化、科学化、规范化

1.2.3 现代广告策划的意义

基于前面现代广告策划的地位和作用的认识，结合现在现代广告策划的普及及大规模的应用。现在许多国家都建立了以策划为主体、以创意为中心的广告经营管理体系。这说明，现代广告策划的出现是广告自其产生以来所发生的最为深刻的变革，对广告主和广告公司都具有深远的现实意义。

1. 现代广告策划使广告活动更加科学、规范

现代广告策划之所以使广告活动更加科学、规范，是因为现代广告策划使广告活动成为系统、客观、有序的科学运作。现代广告策划活动有其自身规律性，并表现为科学的运作程序。它是根据广告主的营销战略和策略，在市场调查的基础上，进行研究分析，确立广告目标，明确广告对象和地区，制定广告战略和策略，拟定广告预算和广告效果测定方案。因此，现代广告策划使广告的目的性更强，目标更加明确，广告活动也不再是零散、主观、无序的活动，而成为系统、客观、有序的科学运作，从而使广告活动更加科学、规范。

2. 现代广告策划使广告在市场中的作用日趋强化

由于现代广告策划科学、规范的运作，提高了广告的传播效率和效果，因而使广告在市场中的作用日趋强化。首先，现代广告策划增强了广告对市场营销的作用。现代广告策划运作深入到广告主的市场营销活动中，从对企业自身的关注发展到对消费者的关注，从把广告作为单一的传播工具发展到对市场营销中的各种沟通要素的整合，加强了企业与消费者的沟通，使广告对市场营销的作用更大。其次，现代广告策划增加了广告的竞争作用。现代广告策划科学、规范的运作，已经使广告不仅仅是传播企业和产品的信息，同时加强了对市场中的竞争关系的研究，使广告成为企业竞争中的有力武器。第三，现代广告策划增强了广告活动的效益性。现代广告策划增强了广告对企业市场营销的作用，从而增强了对企业获得经济效益的作用。并且现代广告策划也注重了广告活动自身的投入与产出的比例关系的研究。而现代广告策划在增强广告活动的经济效益的同时，也增强了广告活动的

社会效益和心理效益。

3. 现代广告策划提高了广告业的服务水平

现代广告策划是广告活动的核心内容。它也是衡量广告公司业务水平的重要标志之一，从而使广告业的整体服务水平得以提高。

首先，现代广告策划必须使广告公司的服务与广告主的营销活动达到统一。在现代广告策划活动中，广告主与广告公司要紧密合作，并通过合作协议结合成一种"软组织"形式。即在协议期间内，广告公司成为广告主专门从事广告活动的机构。而广告公司进行现代广告策划则是在广告主的整体营销战略和策略的指导下对广告活动进行规划，使广告活动与广告主的营销活动配合得更加密切。

其次，现代广告策划使广告公司所提供的服务更加专业化。社会化分工作为一种规律永无停止地发挥着作用，在广告业内部表现为工作环节进一步细化和专业化程度的不断提高。广告业作为专门从事广告活动的行业从企业营销活动中分离出来后，从单一的媒体贩卖发展到广告创意、广告方案写作、广告设计制作，直至现代广告策划，从而形成以现代广告策划为核心的广告运作模式。因此，现代广告策划的出现使广告公司的专业化服务达到更高水平。

第三，现代广告策划对广告公司人员的选择和配置、组织机构的设置等具有指导意义。

一方面，现代广告策划运作需要具有现代广告策划能力的人才。现代广告策划能力包括调查研究能力、决策思维能力、创意能力（或创新能力）、经营管理能力等。而这些能力体现在广告环节的不同岗位上，所以广告公司在策划时就须配备市场营销、方案写作、广告创意、设计制作、媒介等方面的人才。

另一方面，以现代广告策划为核心的广告运作模式要求广告公司在组织机构的设置中，要建立以现代广告策划职能为核心的组织结构。这种要求成为广告公司组织机构设置的一个指导性原则。只有在科学合理的体制下，人才才能发挥应有的价值。

1.3 现代广告策划的特征与原则

现代广告策划作为一种决策活动有其自身的规律。现代广告策划的活动规律是以现代广告策划特征表现出来的。现代广告策划的特征决定了进行现代广告策划活动的原则。因此，现代广告策划者所从事的现代广告策划活动既要体现出现代广告策划的特征要求，又必须遵循现代广告策划的原则。这样才能保证现代广告策划活动的合理性、科学性。

1.3.1 现代广告策划的特征

一般来说，现代广告策划具有两大特征：事前行为和全局指导，但这是它的本质特征。具体来说还可以进一步细分为以下几点。

1. 目的性

目的性是指在现代广告策划时，必须明确广告活动的目的是什么，即它服务于目的。

因为它是用来帮助广告主通过广告的方式解决其所面临的市场问题，以及与市场相关的各方面的问题。现代广告策划的基本目的就是帮助广告主更好地实现广告目标，取得所期望的广告效果和广告效益。现代广告策划目的的作用在于指明现代广告策划的方向，引导现代广告策划按照正确的方向发展。

广告目标在不同的时期，面对不同的市场、产品、消费者、竞争者，具有不同的内容，如提高销售量和销售额、提高市场占有率、提高企业或产品知名度、树立企业形象、协调企业与社会公众或政府或经销商的关系，等等。但不论是何种广告目标，都取决于广告的基本目的。广告作为市场营销中促销的基本方法之一，其基本目的就是促销。因此，现代广告策划目的的明确是保证现代广告策划顺利进行的关键。

小资料

我国恒基伟业公司的现代广告策划就是一个典型的不同阶段广告目标不同的策划，也是造就市场神话的著名现代广告策划之一。

陈好、李湘、濮存昕是商务通的三位形象大使，分别代表了不同阶段的商务通广告特点。分别阐述着"商务通"的产品功能、产品定位、企业定位、心理定位等。

第一阶段，人们不知道商务通是什么，有的认为它是计算机的附属产品。本阶段的广告目的就是教育市场，告诉消费者什么是 PDA（个人数字助理）。所以在策划时，不能把它当礼品、也不能当奢侈品，而是商务人士必备的一个信息储备工具。所以在最初的广告中，广告语是"商务通查电话，只点一下"，"这个电脑能手写"。

第二阶段，当竞争对手的产品蜂拥而至时，广告的目标就变了，从教育市场改为说商务通最好。从产品的功能到产品定位，就是说在 PDA 里商务通是最好的。主题词是："一部好的掌上电脑，应该是什么样的"、"产品好不好，用了才知道"、"呼机、手机、商务通，一个都不能少"。商务通可以把用户的工作安排得井井有条，使用户无往而不胜。

第三阶段，显示恒基伟业公司的不同。其广告语"科技让你更轻松"则昭示着恒基伟业公司的企业定位，颇具人文关怀的色彩。

第四阶段，广告目标是演绎人生的价值。濮存昕与李湘共同演绎了商务通的价值观："一步一个脚印地走向成功"。策划是这样的：人们通过濮存昕回忆起了自己使用呼机时的一些尴尬，也引发了对事业起步时的艰辛的感慨，在看到男女主人公事业成功、家庭幸福时也沉浸在好莱坞式的幻想中。广告口号仍然是："呼机、手机、商务通，一个都不能少"。通过这样的剧情自然能增强商务通的亲和力，缩短与消费者的距离。

商务通广告通过分析阶段市场、确立阶段性目标、使用阶段性广告的现代广告策划及实施，完成了培育市场、树立产品形象、宣传企业形象、顾客忠诚度等广告目标，市场占有率达到 60%，其思路值得借鉴。

2. 系统性

现代广告策划是由现代广告策划主体、现代广告策划对象、现代广告策划依据、现代广告策划方法和现代广告策划结果等要素构成的一个完整的运动系统。缺少任何一个要素，现代广告策划就不成立，现代广告策划活动就不可能进行。各个要素之间具有内在的有机联系。这个系统的运动需要各个要素的协调配合才能正常进行。即使具备了各个要素，但是割裂要素之间的联系，或各要素之间不能协调统一，这个系统的运动都不能正常进行，即现代广告策划活动不能正常开展。

现代广告策划具有很多环节和内容。各个环节和各部分内容不是彼此孤立的，而是有机联系，存在着逻辑关系的。现代广告策划的各个环节和各部分内容环环相扣，共同构成一个协调统一的整体，如广告目标的统一性、广告策略的统一性、广告媒体和表现形式的统一性等。只强调个别环节和部分内容的现代广告策划是不完整的。现代广告策划者不能因自己对某个环节或某个部分内容的熟悉，而忽视其他环节或内容。

3. 适应性

现代广告策划的适应性主要是指广告战术策划的适应性，虽然说广告战略策划具有相对的稳定性，但广告战术策划必须具有强烈的适应性、灵活性，具有一定的弹性。

《孙子兵法》说"兵无常势，水无常形，能因敌变化而取胜者，谓之神"。这里的"神"即战术上的灵活性和变通性。适应性是现代广告策划的必然要求，也是广告活动与时俱进的关键所在。

4. 动态性

要达到良好的适应性，就必须做到动态性。

首先，运动是绝对的。现代广告策划本身也是广告活动的运动过程的一部分。

其次，这种运动过程是一种通过不断的"反馈"进行学习和探索的过程。

第三，现代广告策划的对象在一定的市场条件下，其本身随着市场、产品、消费者、竞争者的变化而变化，因而现代广告策划也随之发生变化。由于现代广告策划的内容适应市场环境条件的变化，符合客观规律发展的要求。因此，现代广告策划具有动态性的特征。

5. 操作性

现代广告策划的目的在于执行，以帮助广告主更好地实现广告目标。因此，现代广告策划要在战略和策略的指导下制定出一系列可以操作的方式方法，使现代广告策划的思想和意图能够真正落到实处，使广告效果和效益得以真正实现。而不具有可操作性的现代广告策划将失去策划的意义，只能是纸上谈兵。这种可操作性包括环境条件的可能性、广告主的可承受能力、广告公司的可执行能力等内容。

6. 创造性

现代广告策划在本质上是一种创造性思维活动，是集思广益的复杂的智力劳动，策划的手段和方法必须新颖、独特、扣人心弦，使受众印象深刻，打动对方的心。而智力劳动的本质就在于创造，要创造新的思想和方法。现代广告策划是面向未来的。未来的不确定性要求现代广告策划必须创造新的方法以解决新的问题。创造性是现代广告策划的本质特征。比如，LEE 牌牛仔的"曲线牛仔"定位，农夫果园"喝前摇一摇"的广告口号，野狼摩托"请你再等一天，有一部好车就要来了"的广告表现和媒体运用，都充满了出奇制胜的创造性，从而使广告获得极大的成功。

 小资料

美国克莱斯勒公司的越野车广告让世人津津乐道："你需要一辆四轮驱动的越野车，而克莱斯勒的吉普就是这样一种车"。久而久之，大家便把类似的车都称做吉普。这是一种非常理想的境界，看似朴素，实则包含了创新的真谛，是现代广告策划的永恒追求。

1.3.2 现代广告策划的原则

现代广告策划的特征决定了现代广告策划的原则。因而它决定了现代广告策划活动不是随心所欲的行为。现代广告策划者必须遵循一定的原则从事现代广告策划活动。

1. 系统性原则

现代广告策划的各个要素、各个环节、各部分内容构成了一个完整的系统。现代广告策划活动本身是其各个构成要素及其关系的整体性的运作和协调过程。这个系统的整体有其明确的目的，就是使广告活动过程合理化和广告效果最大化。这个系统是动态的，并要保持一定的弹性，以适应不断变化的市场环境、消费者状况和产品状况。而这个系统又构成企业营销系统中的子系统。系统必须是开放的。小系统与大系统之间、系统与系统之间存在着相应的关系和变化规律。

现代广告策划系统具有高度的综合性。这集中地表现在对各门学科和技术领域的各种最新成果的综合运用方面，有时还表现在时间和空间上对各种计划的编制、安排、布局和实施过程方面的综合运用。

现代广告策划的系统性原则，要求进行现代广告策划时必须从整体协调的角度来考虑问题。现代广告策划的要素要齐备、环节要齐全、内容要完整，考虑问题要全面，各部门和人员在进行团队作业时要注意分工与协作、协调与配合，切忌现代广告策划活动中各自为政，互不相关。

2. 可行性原则

所谓可行性，是指达到现代广告策划目标的可能性、可靠性、价值性、效益性等方面的分析、预测和评估。可行性研究具有超前性、最佳化、有效性的特点。这种可行性研究不是一般地评论可行或不可行，而是对事物进行定量、定性的精确分析。

现代广告策划中的可行性分析的内容很多，概括起来可归纳以下几点：

（1）决策目标的可行性研究；

（2）实现目标的内、外条件的可行性研究；

（3）对整体和局部，以及各个环节的实施方案之间的相互配合和协调的可行性研究；

（4）对经济效益和社会效益的可行性研究。

同时，策划出来的每一个环节、每一个步骤、每一个方法都是可以实际操作的。并且现代广告策划能给广告主带来效益，以及现代广告策划的最优化选择。

3. 针对性原则

现代广告策划不能脱离实际，既不能脱离市场、产品和公众心理接受能力的现实，更不能脱离中国的具体国情。如果脱离了任何一条，都会导致广告误导。所以，必须针对企业、产品、市场等实际情况进行策划。企业不同，其现代广告策划应该是不同的。即使是同一个企业，当其面对不同的产品、市场、消费者、竞争者时，现代广告策划也不相同。现代广告策划必须为每一个具体的客户提出针对其实际情况的策略和技术，使其具有独创性、差异性和个性。那种不论是什么企业、产品、市场、消费者、竞争者，现代广告策划者都以"不变应万变"，进行千篇一律的现代广告策划的现象必须杜绝。

4. 信息真实性原则

现代广告策划必须基于真实的广告信息进行，不能自吹自擂，夸大其辞，更不能差的说好，一般的说优。企业应在现代广告策划时寓企业利益于公众利益之中，防止形成虚假广告。

现代广告策划要善于处理双面信息，使受众产生亲近感。所谓"双面信息"是指表现产品的广告信息对优点和缺点兼顾的表达策略。有时表达缺点是一种积极的进攻策略，往往可以收到意想不到的效果。

此外，现代广告策划还要做到处理好内容与形式、真实与艺术的关系的原则，主要是做到：一方面要在广告表现上体现出广告的表现形式服从广告内容，不能为了形式而牺牲内容，那样就成了失败的广告；另一方面还要体现出艺术性要为真实性服务，尽管广告允许夸张，但艺术手段的夸张一定要适度，否则就成了虚假的广告。

 小资料

在一个城市里，由于广泛存在在白酒里掺水的情况，人们对此十分厌恶和顾忌，许多酒馆里打出"本店白酒绝对没有掺水"的招牌，但是效果并不好。而有一家酒馆则打出"本店的白酒一律掺水 10%，如坚持要喝没有掺水的白酒，产生任何后果本店概不负责"的广告，结果大受欢迎，顾客盈门。

5. 创造性原则

现代广告策划的成功在于全面、切实、可行，更重要的在于策划要有新意。现代广告策划不能因循守旧，不能按部就班。广告活动的构想要与众不同，要标新立异。做别人所未做的事情，想别人所未想的点子。这才是真正的现代广告策划。

现代广告策划永远都是面对未来而进行的。现代广告策划的本质就是要面对未来广告活动的需要而进行创造。未来的不确定性总是给现代广告策划者提出新的问题和新的困难。所以现代广告策划者必须创造性地提出广告战略和策略，提出具有创新意义的广告谋略，以解决新的问题和新的困难。在现代广告策划中，一定要善于发现差异，也就是说，创新是建立在各个层面的差异基础上的，能否发现差异是实现创新的关键。在市场营销策略里的差异化策略为现代广告策划提供了理论指导。

6. 效益性原则

讲究实效是现代广告策划的基本要求。企业在进行现代广告策划时，除了考虑策划的目标外，还必须考虑企业的资源状况。任何一个广告活动都应讲究投入、产出，讲究实际效果。经过现代广告策划的广告活动要获得广告效益。不能为获得效益而服务的现代广告策划既不是广告所需要的，也不是企业所需要的。而这里所说的广告效益包括广告的经济效益、社会效益和心理效益。现代广告策划要做到这三种效益的统一。

7. 法律、道德原则

广告作为一种社会文化现象，由于会对社会产生深刻的影响，因此必然受到法律和道德的制约，在现代广告策划过程中，必然要坚持法律与道德的原则。

现代广告策划要受到法律的制约，主要从两个层面理解。第一个层面是严格遵守法律，确保现代广告策划活动在法律法规的范围内进行。第二个层面是指根据知识产权法的有关规定，确保在现代广告策划过程中，对于知识产权的保护，使广告业能够健康、持续地发展。这里会牵扯到各个广告主体之间的合作问题，所以一定要按法律办事。

现代广告策划要受到道德的约束，主要涉及两个方面。一方面，现代广告策划要受到伦理道德的约束。也就是现代广告策划必须符合社会公德的要求，更要符合社会主义精神文明的要求。另一方面，现代广告策划要受到职业道德的约束。现代广告策划一切为了促销而不顾社会效益和精神文明的行为都是缺乏职业道德的。如有些"反"广告、庸俗广告虽然达到了传播的效果，但造成了不良的后果，都是不可取的。

8. 超前性和科学性原则

所谓的超前性和科学性原则，主要是指广告策划本身是一种超前的活动和科学的行为。正是现代广告策划的这种超前性与科学性的有机结合，才能保证正确的广告策略。这就要求事先处理好广告活动的各个环节，以及现代广告策划人员相互之间的有效配合问题。但应注意，强调超前和科学不能忽视现代广告策划符合国情特色与时代精神，也就是说，现代广告策划既要超前又不脱离实际，应做到既符合科学性原则又符合时代精神。

9. "AIDMA" 原则

AIDMA 原则主要是指在现代广告策划中要执行心理的原则。严格地说广告是按照心理学法则进行的。广告的过程实际上就是通过有效的信息传播，有针对性地刺激受众的心理并使其发生有利于企业变化的过程。要想达到这一目的，就必须按照心理学的法则进行现代广告策划。广告发生作用的过程也就是受众接受广告影响的过程。这一过程被心理学家分为五个步骤，即

A：　Attention　　　注意——诉诸感觉，引起注意。
I：　Interest　　　　兴趣——赋予特色，激发兴趣。
D：　Desire　　　　欲望——确立信念，刺激欲望。
M：　Memory　　　记忆——创造印象，加强记忆。
A：　Action　　　　行动——坚定信念，导致行动。

只有按照这五个步骤进行现代广告策划，实施广告策略，才能获得良好的发展。

 本章小结

现代广告策划观念的提出和发展与市场管销观念的演变有着密不可分的联系，现代广告策划必须以广告主的营销策略为基本前提，但是现代广告策划也对市场营销策略有一定的能动作用。广告是市场营销组合中的有机组成部分，广告活动不是一个孤立的活动，其每一个活动都是建立在充分研究促销组合、产品组合、销售渠道组合以及价格组合的基础之上。消费者行为的构成与广告活动有密切的关系，广告对消费者的影响会发生在消费过程中的不同阶段，包括资料运算程序、评价阶段、有关环境等。

决策是现代广告策划中最基本的，也是最重要的职能。现代广告策划过程是一种特殊的决策过程，在程序上有其自身特点。科学的决策还应遵循满意原则、层次原则、群体和个人相结合原则及整体效用原则。现代广告策划决策应遵循系统性原则、可行性原则、信息真实性原则、针对性原则、创造性原则、心理原则、法律道德原则、效益性原则、超前性和科学性原性等。科学的决策方法有头脑风暴法、深层座谈法、小组会议法、德尔菲法等。

广告是一种非常典型的传播行为。广告传播是营销传播的重要组成部分，也是营销传播成功的关键，广告传播必须对各种传播媒介进行整合运用。所以，现代广告策划必须针对不同的媒体和广告受众而有目的地进行。所以现代广告策划的特点是：目的性、适应性、系统性、动态性、操作性、创造性等。

现代广告策划由于是宏观和微观决策交替产生，所以会涉及许多现代广告策划主体和策划要素，如广告主、广告公司、媒体、管理机构、受众等。而要素如商业利益、创意、文化、消费者需求和政府法规都参与其中。现代广告策划的效果，关键看策划本身处理与以上的社会关系的能力。

 案例分析

艾维斯的"老二主义"

这是一个世界著名的现代广告策划案例，也是一个承认自己劣势反而扭亏为盈的著名案例。

长期以来在美国租车业务中高居榜首的是哈兹公司，占第二位的是艾维斯公司。为了争夺第一的宝座，艾维斯公司与哈兹公司展开了激烈厮杀，但由于实力悬殊，屡战屡败，自创业以来亏损严重，到了破产的边缘。

1962年，艾维斯新总裁陶先德调整营销策略，选择DDB作为自己的广告代理商。广告大师伯恩巴克要求以100万美元，取得500万美元的效果，为此进行了精心的策划。

伯恩巴克在进行了认真详细的调查研究后果断提出了全新的广告策略——放弃争当老大目标，甘居老二，保存实力，以退为进。之所以这样，他们认为：竞争策略有两步。第一步是保存自己，避免被对手吃掉。第二步是战而胜之，取而代之。伯恩巴克认为：老大和老二虽一步之差，但地位大不相同。第一是一种荣誉，有各方面的优势，品牌的含金量高，花同样的力量可以获得更多的顾客资源。但不顾对手的强大的死打硬拼会导致更大的

失败。

1963 年，艾维斯正式公开提出了称自己是行业第二位的全新广告策略。

伯恩巴克为艾维斯公司策划的广告标题是："艾维斯在公司出租业只是第二位，那为何与我们同行？"

广告正文是："我们更努力，我们不会提供油箱不满、雨刷刷不好或没有清洗过的车子，我们要力求最好。我们会为你提供一部新车和一个愉快的微笑……与我们同行，我们不会让你久等。"

这是美国历史上第一个将自己置于领先者之下的广告。这一大胆的创意遭到了许多人的反对，因为谁也不愿意公开承认自己不如别人。但艾维斯公司果断地采取了这一广告作品。广告刊播后，立即引起广大消费者的极大关注，并产生了相当强烈的效果。

在以后的一系列广告中，伯恩巴克又一再突出艾维斯公司第二位这一主题，同时又详细说明自己虽然位居第二但并不甘于落后的经营宗旨。在另一则广告中，其广告正文是这样写的："我们在租车业，面对世界强者只能做个老二。最重要的是我们必须学会生存。我们知道，在这个世界里做老大和老二有什么基本不同。做老二的态度是做好事情，寻找新的办法，比别人更努力。艾维斯的顾客租到的车子都是干净崭新的，雨刷完好，油箱加满，而且艾维斯公司各处的服务小姐个个笑容可掬。"

艾维斯公司的广告通过巧妙的形式，唤起了人们的同情心，争取了大量的顾客。两个月后，艾维斯公司奇迹般地扭转了亏损局面。广告刊播当年艾维斯公司盈利 120 万美元，第二年，盈利 260 万美元，第三年，达到 500 万美元。

艾维斯公司多年争当老大，亏损累累。如今甘居老二，则财源广进。这就是杰出的现代广告策划所带来的巨大效益。

分析：

1. 艾维斯现代广告策划的背景和条件是什么？
2. 艾维斯现代广告策划的经验是什么？
3. 结合我国经济现状，分析有哪些值得采取"比附"定位的策划的问题？

 思考与练习

1. 什么是现代广告策划？如何理解？
2. 现代广告策划具有哪些意义？
3. 简述市场营销组合中现代广告策划的作用。
4. 现代广告策划有哪些特征？
5. 现代广告策划应遵循哪些原则？

 实训训练

启动策划书

本课程要求进行理论教学的同时，进行同步配套的实训教学，目的是通过实训使学生全面掌握现代广告策划书的结构、内容、特点及形成过程。其要求如下：

1. 明确现代广告策划书是和广告环节紧密相连的。

2. 现代广告策划必须有一定的组织、设计模拟的广告公司、成立广告小组。

3. 结果形式是：书面文字稿+PPT演示稿+初级作品或故事板。

4. 监督检查：老师要定期监督检查。

5. 评估：广告公司代表陈述，进行项目论证说明。评委进行观摩与听讲解；评委提出问题；评委根据要求为方案打分。

6. 任课老师根据质量进行考评，给出成绩，作为期末综合成绩的一部分。

第 2 章　现代广告策划过程

 学习目标

◆ 技能目标：

会进行广告市场的调查与分析。

在进行广告策划时，能够在内容上进行整体布局和安排，注意各部分内容的协调与统一，使各部分内容形成一个有机的整体。

能够进行现代广告策划流程的安排。

◆ 知识目标：

掌握广告调研、分析、规划的知识。

了解现代广告策划的内容和类型，并理解现代广告策划的程序及流程。

理解并懂得对广告活动的内容进行全面规划。

掌握现代广告策划的内容。

 引导案例

法国国宝级饮料"法奇那"的广告策划

具有法国国宝级饮品之称的 ORANGINA 法奇那微气泡橘汁饮料，已风靡全球 70 余年，在欧洲市场中更是同类产品中的领导品牌。从家喻户晓的"先摇再喝"(Secouez-Moi 法文为「摇我」)，近年来更以法国文化特有的创意、幽默营销手法，结合艺术时尚，引起各界的关注与讨论。

近期，ORANGINA 法奇那再次惊艳大众，一支在网络上流传甚广的 Natural Juicy 广告影片，手法大胆并结合了最新动画科技，用在丛林中大肆欢乐、纵情歌舞的动物们表达出人类的原始性欲望；影片中男性棕熊与代表各种雌性动物间的性感互动，其暗喻的拍摄手法，上映时掀起一片狂风巨浪：各界专业人士的探讨，众多网友的疯狂讨论。影片中挑战艺术与情欲的经典画面运用，除了令人会心一笑的幽默外，更增加观赏者的遐想空间。

这是法国法奇那公司委托纽约知名制作公司 Psychological Operation（即 PSYOP）制作的影片。由于题材颇具争议，反应也很两极。有些人以"很赞、有创意"形容，也有人表明看了影片后，反而不想再喝这品牌的果汁。

法奇那向来擅长广告操作。由于其果汁包含果肉，喝之前要摇一下，广告曲"Secouez-Moi（法文摇我）"在法国耳熟能详，法国人听到这首歌都会忍不住举手做摇摆动作。

因此，法奇那广告莫不是以摇晃为主题（如在餐厅里拿着鸟笼无厘头地摇晃）。全新的"Naturally Juicy"广告则把饮料和性的欢娱联结在一起，片中所有拟人化的动物只要是女性都婀娜多姿，男性就孔武有力，而法奇那就是最美妙的春药。

资料来源:《销售与市场》李明合 赵振祥 法奇那:涅磐重生中的广告取舍 2008.10

案例分析:

分析法奇那广告就会发现,法奇那出现无厘头的"摇"广告后,并没有真正走上"无厘头路线",推出"电锯杀人狂"的广告后同样没有走上"恐怖路线",而具有一脉相承的是,这次出现了色情广告后,同样没有走上"色情路线"。可见反常规出牌的广告策略并没有实质的变化,在叙事方式和模特上的变化事实上是深化这一策略。就是说广告风格和表现元素可以变,但不变的是梨型玻璃瓶和"天然健康、自信、可信赖"的品牌价值。

2.1 现代广告策划的内容

2.1.1 市场调查

市场调查是现代广告策划过程的起始阶段,也是现代广告策划运作的基础。市场调查在整个广告战略乃至产品和服务的整个营销过程中,都扮演着至关重要的角色。市场调研人员要针对广告内容,具体分析产品、服务、市场环境,检查是否适应消费者的需求,找出广告对象的不足,然后对检查结果进行分析研究,最后"对症下药"——提出解决问题的方案。

由此可见,市场调查非常重要,它是营销的重要组成部分,对它要引起足够的重视。在现代企业活动中,市场情况瞬息万变,面对复杂的市场,企业要想赢利,就必须不断调整自己的经营策略和管理方法,使企业活动与内部、外部环境保持最佳状态,这就必须借助于市场调查这个科学的工具。

2.1.2 分析研究

现代广告策划分析研究的内容包括市场、产品、消费者、竞争者等方面。分析与研究是在对资料和信息占有的基础上进行的。我们可以从以下途径获得资料与信息:市场调查的结果、统计年鉴、报刊杂志的有关文章、企业提供的资料、研究机构的成果销售、现代广告策划者知识性与经验性的积累等。根据所掌握的资料和信息,整理存在的问题并确定研究课题,进行 SWOT 分析,见图 2-1。

	Strength(优势)	Weakness(劣势)
(1)市场环境	整理、分析目标市场的规模、地理和季节性差异	
	整理、分析竞争状况(市场占有率等)	
	整理、分析消费者(目标对象)的特性和流通特性	
(2)商品品牌	与竞争商品比较,分析和整理客户商品在市场上的容纳程度(商品特色、商品形象)	
	使用品牌时,分析和整理品牌的容纳程度(品牌特色、品牌形象)	
(3)广告	整理、分析客户商品、竞争商品的广告发布状况(广告量、广告表达)	

图 2-1 SWOT 分析

	Opportunity（机会）	Threat（威胁）
（4） 总 结	通过分析有关市场环境、商品、品牌以及广告优势和劣势，总结对象商品在达成销售目标过程中所具有的机会和威胁	

重 点 课 题	尽量简洁地整理出需要通过广告解决的最重要的课题

图 2.1　SWOT 分析（续）

1. 品牌研究

品牌是企业或商品区别竞争对手的有效方法之一。许多广告就是为了宣传品牌，所以企业要把品牌使用的情况、意图和品牌形象等加以指标化，进行统计分析，并选择代表性的商品开展长期性宣传活动，通过连续性的调查，掌握各种品牌以什么样的强度和方式渗透到消费者生活中去，以及这种发展动向。

2. 新商品的开发

开发新商品是企业打击对手，抢占市场的手段，就商品本身的开发问题，广告公司要参与商品战略的拟定，提出新商品开发的方针、包装设计、商品命名等建议。要为广告主提供新商品的开发方法和思路，搞清与当时的文化、社会状况的密切关系。注意的是要站在消费者的立场进行商品的开发研究，并向广告客户传达消费者的需求。

3. 生活方式的分析

广告的目标受众除企业外，主要是消费者，所以我们要进行对消费者的研究，必须研究消费者的生活方式。企业必须始终掌握人们的实际动态；要听取人们的真实想法，弄清人们的实际生活状况，并据此制定广告计划。

4. 消费、生活趋势的研究

由于个人消费会受到经济景气的影响，会出现消费的高潮或低潮。所以个人消费如同时代的潮流一样，也可以找到某种发展趋势。消费和生活趋势研究的内容是：时代变化和社会结构（人口、经济、交通、贸易等）、法律、制度、经济水平、国际政治等，以预测现在及未来的个人消费者趋势。而且不仅仅停留在个人消费者的预测上，还要通过分析人们的生活行为和分析每年的畅销商品，来研究人们在消费方面的意识或行为上的变化等生活价值观的趋向。

5. 购买行为研究

大部分人都要在商店购买商品，商店是通过消费联系企业和消费者的连接点。了解商店里的购买行为，对企业来说等于收集消费者生活信息。切实把握消费者商店里的购买行为，就可以向消费者提出新型生活的设想和建议。广告主就是以此为前提希望广告公司加以协作的。广告公司要研究消费者购买动机、购买次数、选择购物商店的理由等。但由于购买行为的结果（购买品牌、数量和金额）能够通过 POS 数据被自动记录，因此研究的重点应放在无法通过数据记录反映的购买方式或行为举止等内容上。

6. 有前途市场的研究

市场受社会环境变化的影响很大，广告主可能没有精力和水平进行专门的未来市场研究。广告公司受委托研究哪一种商品、服务或生活方式将会成为未来消费热点。如国际互联网、交互式多种媒体社会、日新月异的信息媒体和相关产业、老龄化社会政策、福利医疗、休闲等，都是有前途市场的发展方向。因此，要注意对这些热点问题的研究。

7. 竞争者研究

企业的存在必然有大小不等的类型各异的竞争者，所以广告主为了对竞争者进行有效的把握，往往委托广告公司进行对竞争者的历史、产品、品牌、营销策略、市场份额、资金实力等进行有效的研究。

2.1.3 广告战略的制定

广告战略作为一定时期企业广告活动的指导思想和总体构思，具有全局性决策特点，是为实现总目标或根本利益而制定的行动纲领。

广告主在通过 SWOT 分析后，整理广告客户的生存环境资料，明确了竞争商品的市场形象，然后着手拟定广告基本战略，即拟定旨在达到销售目标的广告战略方案。

1. 要争取新需求

经过 SWOT 分析和设定课题，即可确定经过细分的消费者对象，哪些是已有对象，哪些是潜在对象，哪些是应当争取的对象。在制定市场需求的战略方案时，应把这些内容加以简洁整理，作为整个项目小组的统一认识。这是制定广告战略的前提。

2. 广告目标

进一步明确：广告的对象应是哪一些人，为什么把他们列为目标，这些目标的轮廓特征是什么等问题。要与第一项"争取的需求"和第三项的"商品在市场中的地位"相对应。广告目标不明确是不可能制定广告战略的。这是广告战略制定的基础。

3．市场定位

要根据商品特征（商品特性），结合本商品的"优势"、"劣势"，来拟定战略方案上的关键问题，以明确本商品在市场上的地位。商品定位之后，即可明确：广告内容、广告信息、广告策略、广告费用等问题。

4．广告创意与诉求

要确定向目标受众传达本商品市场定位及其方法。通过广告创意，明确广告商品或服务与其他类似商品或服务上差异的关键所在，以达到广告受众接受的目的。以洗发膏为例，即如何强调"中国首创的新技术"或"对头发体贴入微"等内容；如果是胶卷，即强调"雨天仍可照样拍得清晰"等宣传要点。

5．媒体策略与选择

媒体策略与选择就是要考虑具体的广告策略问题，包括媒体选择、时机选择、时点选择、媒体组合等。可以选择的方式有：继续沿用，还是改变以往方法；用正面进攻，还是用特殊的方法。媒体组合要考虑传媒的开展方法——究竟是以报纸为中心，还是以电视为中心；或是以户外广告为主。同时还要考虑与促销（SP）或公关联动的问题。要充分根据广告公司在成果介绍说明会上所强调的作品特点以拟定战略方案。比如以电视为中心大量集中发稿，一举提高知名度，集中地展开促销活动，谋求取得短期内的销售额。

6．决定广告的目的、目标

广告战略要把广告目的、目标明确，具体说明在应取得什么成果，有必要对宣传对象获得什么效果。广告目标存在于营销目标的延长线上。例如，如何引导消费者产生一种想"试购"新产品，或想多买一点，或者购买时想更换另一种品牌的欲望，也属一种思路。

2.1.4 广告策略的制定

广告策略是为实现广告战略目标所采取的手段和方法。广告策略的主要内容包括市场策略、产品策略、定位策略、表现策略、媒体策略、实施策略等策略，从而构成广告策略体系。

在现代广告策划中，对产品和市场进行定位之后，广告媒体的选择就成为关键。制定媒体计划，就是如何选择最有效的媒体，并且充分地使用媒体达到广告的战略目标，把广告费用使用在准备开展业务或者扩大销售的目标市场上。这是使销售战略具体化的措施之一。

制定有效的媒体计划，应掌握以下几点：

（1）明确目标。在确定媒体目标时，主要围绕着对象、时间、地点、次数和方式五项广告要素考虑问题。

（2）要确定广告对象。要根据市场调查资料和广告战略，确定具体的广告对象是什么人，说明对象的基本情况，如年龄、性别、阶层、职业、文化程度、家庭状况、购买习惯等，越具体越好，决不能笼统、含糊。这样才能明确广告对象，选择有效的媒体。

（3）要确定广告宣传时间。根据产品定位考虑所宣传的产品是日常消费品还是高档耐用消费品或其他产品，是季节性产品还是长年销售产品，销售旺季是什么时候。广告应该根据商品的特性，选择最佳销售时间。广告时间必须安排在人们决定购买的时候，这样，广告才能取得最佳效果。

（4）确定广告地点、范围。根据市场定位，确定广告的对象所在地，决定在哪里做广告，在多大范围做广告。

（5）确定广告的次数。根据广告战略和广告预算要求，决定把产品信息传递给广告对象的次数和频率。

（6）要决定广告的方式，确定用什么方法把广告信息传递给广告目标受众对象。

2.1.5 与公共关系和促销活动的配合

在现代广告策划工作中，除了市场调查、广告战略和广告策略的制定外，还必须谋求企业公共关系和促销活动的配合，因为这关系到广告产品的最终购买行为的发生。因此，处理与协调企业的公共关系活动、促销活动与广告活动的配合关系，也是现代广告策划的重要内容。

1. 公共关系的配合

许多企业都注重通过公共关系的方式及手段将本企业的形象传播给社会各界，树立并提高本企业的形象。

在策划广告活动时，也多用公共关系来配合广告活动，成为广告活动的一个组成部分。如新闻发布会、记者招待会、采访和专访、企业报道、宴会、发奖仪式、技术交流会、座谈会和赞助大型文体活动等，通过各种传播媒体扩大广告影响，达到对广告的支援作用。

2. 促销活动的配合

促销活动，就是利用有利时机，配合广告活动，进一步强化广告活动的进行，起到扩大宣传、直接促进销售的作用。

促销的主要形式有：展览会、展销会、订货会、产品专柜、品尝会、赠饮、表演、海报、立牌、有奖销售、赠送纪念品等。

这些活动对于广告主来说，是直接的促销手段，也是广告活动中必不可少的重要组成部分，同样需要予以精心策划。

2.2 现代广告策划的类型

现代广告策划类型的划分主要受广告类型的影响，也就是说有什么样的广告就可以有什么样的现代广告策划。

广告按照其发起目的，可分为商业广告和非商业广告两种类型。因为广告公司承接的广告策划业务以商业广告策划为主，所以本书中主要讨论的是商业现代广告策划。商业现代广告策划可以分为以下三种类型。

2.2.1　广告运动策划与广告活动策划

按照广告影响的范围和影响的深远程度，可以将广告分为广告运动和广告活动两个类型。

1. 广告运动与广告活动

广告运动是指广告主基于长远发展的目的，在相当长的时期内按照一定的广告战略持续开展的所有有机联系的广告活动的总和。广告运动虽然往往由多个广告活动组成，但是所有的广告活动都统一在一个广告战略下，包含在整体的广告运动中。

广告活动是指广告主为了实现短期的效益目标，在相对较短的时期内，按照一定的广告策略独立开展的单项广告活动。与包含在广告运动中的广告活动相比，它具有更大的独立性。

广告运动和广告活动具有比较显著的区别（见表 2-1）。

表 2-1　广告运动与广告活动的区别

比较项目	广 告 运 动	广 告 活 动
持续时间	通常在一年以上乃至更长的时间	通常在一年以内，最短可至半年、一个季度乃至一个月
指导思想	企业长期的营销和广告战略	企业短期的营销和广告战略
追求目标	企业、产品长远的健康的发展和效益的长期、稳定的提高	企业、产品短期的良好表现和效益的短期、突出的提高
影响力	长期、深远	短期、实效
构成	多个按照统一的目标与计划开展的广告活动	按照单一的、直接的目标开展的单项广告活动
地域范围	比较广泛，通常包括企业进行市场营销所面对的全部市场	比较狭窄，通常仅包括企业或产品的单一的、局部的市场
内容涉及面	通常涉及促销、公共关系、广告等多种手段的组合运用	通常只包括广告和直接的促销活动
使用媒体	媒体数量多、范围广、组合复杂	媒体数量相对较少、范围较窄、组合比较简单
广告对象	针对经销商、消费者等对象展开	一次广告活动通常只针对经销商或是消费者等单一的对象展开
广告费用投入	包括企业在一个时期内的全部的广告费用，广告费用投入较多	包括企业在一个时期内的部分广告费用，广告费用投入较少
变化因素	往往随着市场、消费者、产品的变化做及时的调适	由于时间短、市场变化的可能性小，所以变动不大

2. 广告运动策划与广告活动策划

由于广告运动和广告活动存在以上几方面的区别，广告运动策划和广告活动策划相应也有所不同，见表 2-2。

表 2-2　广告运动策划和广告活动策划的区别

比较项目	广告运动策划	广告活动策划
内容	非常丰富	比较单一
规模	相当大	比较小
运作复杂程度	相当复杂	比较简单
所需要的人员	人员数量多，专业人员经验丰富、专业水平很高	人员数量较少，具体比较好的专业水平就可以满足
作业时间	比较长，需要几个月、半年乃至更长的时间	比较短，最简单的策划需要一个月乃至半个月就可以完成
运作的难度	对于所有的广告公司都有相当大的难度	对于专业水平较高的广告公司几乎没有什么难度
广告主的态度	非常谨慎，常常需要反复提案和讨论	比较轻松，通常很快可以做出决定
广告公司作业的风险	人员、时间、精力、资金投入较大，但是不被广告主认可、需要反复修改的可能性都很大	人员、时间、精力、资金的投入较小，不被广告主认可的情况和反复修改的可能性都比较小
策划文本的篇幅	很长	比较短
策划文本撰写的难度	头绪很多，信息量大，在材料的组织和表达上都有很大的难度，需要的时间长	规模小，信息量较小，在材料的组织和表达上难度较小，需要的时间短

2.2.2　为不同目的而进行的现代广告策划

广告有直接促销、树立形象、建立观念、解决问题等几种不同的目的，因此现代广告策划也可以按照目的的不同分为以下几种类型：

（1）现代促销广告策划；

（2）现代形象广告策划；

（3）现代观念广告策划；

（4）解决问题广告策划。

这几种类型的现代广告策划在特性上的区别见表 2-3。

表 2-3 不同目的现代广告策划比较

比较项目	促销广告策划	形象广告策划	观念广告策划	解决问题广告策划
目 的	直接促销	树立形象，增强信任	传达观念，说服受众	直接解决紧迫问题
对效果的追求	直接达到最大的促销效果	逐渐使企业或产品形象为受众认知	逐渐使所要传播的观念为受众所接受	使问题得到顺利解决
时 间	时间短	时间较长	时间较长	时间短
见效速度	见效快	见效慢	见效慢	见效快
费 用	集中投入较多的费用	持续投入稳定的费用	持续投入稳定的费用	集中投入较多的费用

这几种现代广告策划在策划运作上也呈现出不同的特点（见表 2-4）。

表 2-4 不同目的现代广告策划策划运作比较

比较项目	促销广告运动（活动）策划	形象广告运动（活动）策划	观念广告运动（活动）策划	解决问题广告运动（活动）策划
目标设定	设定量化的目标	目标难以量化,需要定性的认识	目标难以量化,需要定性的认识	设定直接的或定量或定性的目标
对广告主的了解	了解广告主的直接目的和基本情况即可	深入了解广告主的经营理念	深入了解产品所代表的消费观念	了解广告主面临的问题和广告主的基本情况
时 间	时间短	时间较长	时间较长	时间短

2.2.3 按广告目标对象的不同而进行的现代广告策划

虽然多数现代广告策划都是直接针对消费者（终端）进行的，但是企业在进行市场营销的过程中，为了保证良好的销售业绩，不但要保持稳定的消费群体，而且要保持经销商、代理商、经纪人的积极性，保证营销渠道的畅通。这是做好整个价值链所必需的。

根据对象的不同，现代广告策划还可以分为以消费者为对象的现代广告策划和以中间商为对象的现代广告策划。二者的主要区别在于：

（1）以消费者为对象的现代广告策划注重产品优势的宣传和对消费者使用产品能够获得的利益的承诺；以经销商为对象的现代广告策划注重产品市场前景和获利可能的承诺。

（2）以消费者为对象的现代广告策划比较注重声势；以经销商为对象的现代广告策划更注重信息传播渠道的选择。

（3）以消费者为对象的现代广告策划通常采用大众媒体来进行；以经销商为对象的现代广告策划常常采用分众媒体如某一行业的专业媒体、直接邮寄广告来进行。

除此之外，现代广告策划还可以分为开拓性现代广告策划、劝说性现代广告策划、提醒性现代广告策划等类型。现代广告策划者首先要明确现代广告策划的类型，才能够根据它们的特性采用不同的策略。

2.3 现代广告策划阶段及工作流程

2.3.1 现代广告策划阶段

现代广告策划是一个比较长的过程，在这个过程中，不同阶段有不同的任务、侧重点和中心内容，把握现代广告策划的阶段划分，有助于策划人员明确策划各个阶段的特性和任务，保证现代广告策划按部就班地顺利完成。

根据广告运作的实际情况，可以采取广义和狭义两种划分方法，前者指对现代广告策划从准备到实际运作再到广告事实和广告评估、监控的全过程进行阶段划分，叫全程策划；后者则指对除准备、广告事实、监控评估过程之外的实际策划运作进行阶段划分，叫项目策划。

1. 广义的策划阶段划分

在对现代广告策划进行广义的阶段划分时，市场营销学对企业市场营销的阶段划分为我们提供了有益的启示。

美国营销学者菲力普·科特勒将其市场营销学著作命名为《市场营销管理——分析、规划、执行和控制》，直接表明了对企业市场营销阶段划分的认识。他认为，企业的市场营销要经过分析、规划、执行和控制四个阶段。在分析阶段，企业通过市场营销信息系统，分析在市场中面临的机会和问题；在规划阶段，企业通过市场营销规划系统，研究和选择目标市场、辨认细分市场、对产品进行定位，根据企业在市场中的角色和产品在生命周期中所处的阶段制定市场营销策略；在执行阶段，企业通过市场营销组织系统按照营销策略进行市场营销活动；在控制阶段，企业通过市场营销控制系统，监测营销计划的执行情况，评估企业进行市场营销的能力，对市场营销中出现的问题进行诊断并且提出解决方法。

由此不难发现，现代广告策划从准备到监控的全过程与此非常相似，因此，我们借鉴这种阶段划分的方法，将现代广告策划运作划分为分析、规划、执行和控制四个阶段。各阶段的内容见表2-5。

表2-5 广义策划阶段划分

阶　　段	内　　容
分析阶段	市场调查：对营销环境、消费者、产品、企业和竞争对手、企业和竞争对手的广告分析
规划阶段	广告目标、目标市场策略、产品定位策略、广告诉求策略、广告表现策略、广告媒体策略、促销组合策略的研讨及决策。制定广告计划、确定广告费用预算、研讨并确定广告效果预测和监测的方法、撰写现代广告策划书文本及策划修改
执行阶段	广告表现计划的实施、广告媒体计划的实施、其他活动的实施
控制阶段	广告效果的监督与评估、现代广告策划的总结

2. 狭义的策划阶段划分

根据广告项目的实际策划运作的各个步骤在对象、内容、目标上的不同，将广告公司内部策划运作分为市场分析、战略规划、制定计划和形成文本四个阶段，它们分别包括以下的步骤（见表2-6）。

表2-6 狭义策划阶段划分

阶　　段	步　　骤
市场分析阶段	市场调查：对营销环境、消费者、产品、企业和竞争对手、企业和竞争对手的广告的分析
战略规划阶段	广告目标、目标市场策略、产品定位策略、广告诉求策略、广告表现策略、广告媒体策略、促销组合策略的研讨及决策。制定广告计划、确定广告费用预算、研讨并确定广告效果预测和监测的方法、撰写现代广告策划书文本及策划修改
制定计划阶段	确定现代广告策划的时间、地点、范围、媒体、频率等内容和广告费用预算
形成文本阶段	撰写现代广告策划书文本、现代广告策划的内部审核与修改、现代广告策划提案、现代广告策划书的修改和定稿

小资料

策划案例分析：白加黑治感冒

案例背景

在"白加黑"出现之前，市场上治疗感冒的药物不下几十种。其中帕尔克、三九感冒灵、康泰克、感冒通等知名品牌占据了绝大部分的市场份额。感冒药的特性决定了消费者购买时通常只会购买自己熟悉的品牌，忠诚度较高。因此新进入品牌要想获得消费者青睐是一件很不容易的事情。

如何使自己的产品在市场上一炮走红？江苏启东盖天力制药公司的决策者们苦苦思索着。

突破口

很显然，单靠宣传药品疗效对消费者并没有打动力，因为感冒药产品同质化趋势越来越明显。他们逐渐认识到，要取得一炮打响的效果，新感冒药必须创造一个全新的治疗感冒的概念，以概念促市场推广。

经过一番市场调查、研究、谋划，他们最终创立了"白加黑"的新概念：在国内第一次采用日夜分开的给药方法。白天服用白色片剂，有扑热息痛等几种药物组成，能迅速消除感冒症状，且无嗜睡作用，服药后可以正常坚持工作和学习；夜晚服用黑色片剂，在日制剂的基础上加上另一种成份，抗过敏作用更强，能使患者更好地休息。

随着"白加黑"广告在电视台的播放，和报纸软文的不间断刊出，"白天服白片，不磕睡；晚上服黑片，睡得香。""白加黑治感冒，黑白分明，表现出众""清除感冒，黑白分明"等广告语以一种非常鲜明的印象深深留在了消费者的脑海里。

案例点评

"白加黑"在社会刮起了旋风，这种治疗感冒的新药获得了社会的普遍认可和赞许，企业也赢得了可观的经济效益。

一个好的创意可以彻底改变一种产品甚至是一个企业的命运。"白加黑"的例子再次印证了"创新是最重要的生产力"的真理。

2.3.2 广告公司策划运作流程

现代广告策划需要集合各个方面的人士进行集体决策，作为一家广告公司，在接到进行现代广告策划的任务之后首先得成立一个现代广告策划小组，具体负责现代广告策划工作。一般都要按以下步骤进行现代广告策划运作的工作流程。作为客户，在将现代广告策划任务交给广告公司之后，也可以按照以下步骤监督广告公司的策划工作。

1. 组建现代广告策划项目小组

现代广告策划项目小组具体负责并执行策划工作。因此，它是一种团队式的运作。这个小组由以下几类人员构成。

（1）现代广告策划项目小组负责人。该负责人可视该项业务的重要性与否，由总经理、副总经理、创作总监、客户部经理、策划部经理等人担任，负责该现代广告策划项目的整体运作的领导、资源的配置与协调、质量的控制等工作。

（2）客户主管（业务主管），也称为 AE，是英文 Account Executive 的缩写形式，一般由客户部骨干来出任。客户主管负责广告公司与广告客户之间、广告公司内部各部门之间的关系和业务的协调，进程控制，以及利润管理等工作。

（3）策划人员。在外资广告公司和 4A 广告公司中，通常不设置专门的策划部门，其现代广告策划的职能设置在客户部，这有利于广告公司更好地为客户提供高效率的服务。因此，客户主管还要负责现代广告策划、编制广告计划的工作。而对于专门设置现代广告策划部门的广告公司，特别是以策划为主营项目的广告公司，现代广告策划和编制广告计划的工作则由现代广告策划部门的部门主管和骨干人员担任。

（4）广告创意人员。广告创意人员负责创意质量，要求创造能力较强。往往和策划部人员或设计部集中在一起。

（5）广告文案人员。广告文案人员应具有较强的营销思维，能够将广告观念和信息通过文案"销售"给广告对象。专门负责撰写各种广告文稿，包括广告正文、主体标题、新闻稿，甚至产品说明书等。

（6）广告设计和制作人员。其主要负责广告创意和广告表现工作，并制定广告表现策略。广告设计和制作人员必须有很强的理解能力及将创意转化为文字和画面的能力。一般由广告公司的创意部门和设计制作部门的人员担任，负责各种视觉形象的设计。除广播广告外，其他广告都需要美术设计人员，是策划小组很重要的组成部分。

（7）市场调查人员。市场调查人员负责广告和市场调查的组织、执行和调查结果的分析，要求能进行市场调查，有写作、研究和分析市场报告的能力。一般由广告公司市场调查部门的人员担任。

（8）媒体人员。媒体人员负责媒体策略的制定。要求熟悉每种媒体的优、缺点和价格，与媒体有良好的关系，并能按照广告战略部署购得所需媒体空间和时间。一般由广告公司媒体部门的人员担任。

（9）公共关系人员。公共关系人员负责公共关系活动的组织、执行，配合广告活动的开展。要求能提出公共关系建议，并进行各种必需的公共关系活动。一般由广告公司公关部门的人员担任。

2. 广告公司内部项目说明会

广告公司将广告客户的现代广告策划任务立项（安排进工作计划）后，整个现代广告策划小组要召开项目说明会，由客户主管向项目策划小组介绍广告客户的情况，传达广告客户的意图、想法，说明广告客户任务要求及公司对广告项目的理解和要求。

3. 拟定工作计划，并向有关部门下达任务

经过现代广告策划小组的初步协商，根据广告主的要求，初步向市场部、媒体部、策划部、设计制作部等部门下达任务。

4. 实施策划活动

策划小组商讨本次广告活动的战略战术，进行具体策划工作。一般情况下，策划小组此时要讨论和商定本次广告活动的各种具有长远指导意义的决策（战略）和实现这一决策而采取的手段和方法（战术）。

5. 撰写现代广告策划书

将现代广告策划内容（目标、调查结果、创意、表现、市场定位、媒体选择、监控评估等）编制成现代广告策划书。现代广告策划书是全体现代广告策划人员的知识和劳动的结晶，是现代广告策划活动的产物，是本次广告活动的行动大纲。

6. 召开提案会

提案会由广告公司和广告主双方参加。客户主管代表广告公司向广告客户递交现代广告策划书，说明现代广告策划的内容及其精神内核，并根据客户的意见进行修改和敲定。最后由广告客户审核、批准。

7. 将现代广告策划创意交各个职能部门实施

最终实施现代广告策划创意的部门主要是：
①设计制作部门：它要将广告创意转化为可视、可听的广告作品及各种促销工具。
②媒体部门：它要按照现代广告策划书的要求购买媒体的时间和空间。
③公关部门：它要按照现代广告策划书的要求配合广告实施公关活动。

8. 监督实施情况并测定广告活动

现代广告策划小组要监督策划出的广告战略和战术的实施，并对不适的情况做出及时的修正，同时安排调查部门测定广告的效果。

本章小结

现代广告策划的内容主要包括市场调查、分析研究、广告战略制定、广告策略制定、公共关系与促销活动的配合等。其中广告策略有媒体策略、定位策略、表现策略、明星策略等。现代广告策划的类型有：广告运动策划和广告活动策划；为直接促销、树立形象、建立观念、解决问题等进行的现代广告策划，以消费者和经销商为对象的现代广告策划。现代广告策划的阶段根据广告的具体内容来确定，分全程现代广告策划和项目活动策划。其运作的流程是按照广告运作的实际环节层层推进、分步实施、明确分工、共同围绕广告目标来完成。

案例分析

从营销战略走向广告战略

在 1996 年纽约广告节 AME（Advertising Marking Effectiveness，中文为"广告营销效果"）国际奖评比中，中国桂林梅高现代广告策划公司为其客户天和制药公司所做的"天和骨通"（一种治疗骨刺的产品）营销策划获得一枚来之不易的银奖，这是我国广告营销策划的水平和成就第一次得到国际广告界的认可。下面，就是该案按照 AME 国际奖"参赛申请信息"格式要求填写的策划案主要内容。从中可看出，一个想要得到营销效果的现代广告策划案必须从营销战略的角度思考。

1. 目标市场与目标群体

大城市（人口 100 万以上的）居民，40 岁以上，有中等或高等的收入，或能享受公费医疗服务。

原因有：①骨刺高发于中老年人；②由于药品使用的时间较长且定价较高，所以本案把目标群体定位于高中收入的城市居民或有公费医疗服务的居民，从而使价格不至于成为一种障碍因素；③尽管中国的农村居民人口众多（几乎有 9 亿），但由于收入低，难以承受药品的费用，而且本案因预算限制确定的最主要媒介——印刷广告难以到达他们手中。

2. 定位

"天和骨通"定位于专治骨刺疼痛（而不像其他品牌那样治疗一般的肌肉疼痛）的较高价格的口服药，这是它的差别化利益。产品支持点是它的缓释配方（使消费者感到一种科技的进步）。

具体策略是：①优异的制造技术和最有效的药用成分；②包装设计上表现"现代"和科技感，强化这个定位以激发购买欲望；③适当高的价格，以区别其他的品牌；④开始定位于大城市，然后辐射到周围区域；⑤针尖式地集中选择目标城市中最大和最有效的经销商。这些策略都一致地遵循和演绎了定位概念。

大规模的调查和大量的二手资料表明，中国很多中老年人深受骨刺的痛苦，发病率很高，但没有一个竞争品牌把产品定位于治疗骨刺的疼痛。此外，几乎所有被访者都同意这样的看法：现在没有一个品牌的产品拥有吸引人的、有趣的、独特的或现代的（指科技感的）产品包装。同时，多数被访者都声称他们愿为解痛效果更好的产品多付一些钱。

3. 营销和广告目标

在 18 个月内达到：①在北京、天津（中国第二和第三大城市）及广东、浙江、广西、河北等省的主要城市，产品在医院和药店使用率超过 50%；②总的销售收入是 1750 万元或更多；③在主要城市中 40 岁以上患者的品牌认知度超过 50%；④在目标市场区域，医生和患者首选此药的比例超过 50%。

目标①、③、④项由抽样调查来检验。

4. 传播和广告目标

总体的精神是通过理性的、科技的诉求，直接宣传产品专治骨刺疼痛的功效。

具体做法是：①产品重新命名为"天和骨通"。它含有"天地人和"的含义，这个传统的名称更易为中国消费者所接受；②突出"缓释"配方，并用文案来解释天和缓释镇痛的机理。"12 小时不间断提供药力有效抑制骨刺疼痛"被用于所有广告和促销物品的大标题上；③新包装设计中包括一个彩色的大产品标志（Logo），上面有很多彩色小球、亚里士多德式的人体图形以及世界地图。这个 Logo 已成为天和制药 CI 系统的一部分。新设计的彩球用来表明缓释作用的原理。④新促销设计是在印刷品和物品上，采用了"彩球"飘在一个女子的裸背上的图案，以此来暗示药品的渗透力。⑤大量采用正式宴会这种促销活动方式来介绍药品，邀请医院、药店的领导来参加。

5. 媒介策略

①当地的报纸为首选的媒介，按重要性依次为 POP、电视、杂志、路牌、灯箱、霓虹灯；②由于 POP 广告的可视性和有效性，本案选它为第二重要的媒介；③由于产品是季节性产品，冬季为旺销期，故媒介的排期主要集中于秋冬之交。

理由：①本案最重要的策略是创造消费者对产品的缓释配方和专治骨刺的认识，故宜重点选用说理性的印刷媒介；②考虑到尽可能少的费用，当地报纸广告可以最有效地传达这些概念，所以选择了当地报纸为首选媒介；③由于预算少，故电视广告只用于营销活动在目标城市的初期导入；④杂志、路牌、灯箱、霓虹灯用于维持品牌的认识。

6. 结果

由于营销战略正确，传播策略有效，梅高广告只有用了 500 万元广告促销费就在 18 个月内创造了 7000 万元的销售收入奇迹，广告支出小于收入的 10%。在北京、天津、广州、杭州、石家庄等主要目标城市有 63% 的药店、超过 60% 的医院使用天和制药的产品；品牌认知度在上述城市中 40～50 岁的目标群体中为 52%，45 岁以上的为 70%；医生的首选率为 60%，患者的首选率为 65%。各项结果均达到或大大超过了预定目标。

案例分析：

"天和骨通"的案例有几点值得回味：

（1）营销战略的制定来源于市场调查的结果和分析。

（2）广告商的角色绝不仅是"管广告"，还应当包括产品命名、包装、定价、渠道选择、广告、促销等所有的沟通工作。

（3）小预算创造大效益，关键不在广告的创意，而是产品的重新定位。应该看到，"天和骨通"的成功是重视营销战略的结果。

思考题：

1. 以"天和骨通"为例，谈谈营销传播与广告之间的关系。

2. 怎样理解定位既是一种营销战略，也是一种沟通战略？

 思考与练习

1. 简述现代广告策划的主要内容。
2. 现代广告策划有哪几种类型？
3. 广义的现代广告策划有几个阶段？
4. 狭义的现代广告策划有几个阶段？
5. 概述现代广告策划的流程。
6. 搜集某手机产品的资料，在春节黄金周之前做好春节的促销广告策划，那么，我们应该把握哪些流程？

 实训训练

请同学们按班级分成 4 个小组，每组 10 人，各自选择一个在市场上销售量一般的产品，进行广告运动的策划活动。要求：

（1）每组必须列出广告策划的流程，在每一个环节都安排人负责。

（2）写出广告策划书的大纲目录。

（3）各组在广告策划书大纲出来后，要进行互相评估，找出各自的不足，并提出改进措施。

第3章 广告调查与分析

学习目标

◆**技能目标：**

会制定调查方案和调查表。

会利用调查工具进行广告市场的调查。

◆**知识目标：**

要求学生掌握广告调查的基本概念、特征、作用、方法，并能将所学的知识及方法应用于具体广告调查与分析中。

使学生掌握广告调查这一工具，为下一步学好具体现代广告策划课程内容，提高现代广告策划能力奠定一定的基础。

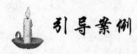

引导案例

宝洁公司的市场调查

一个称为"贴身计划"的摸底市场调查静悄悄地铺开。"润妍"品牌经理带领十几个人分头到北京、大连、杭州、上海、广州等地选择符合条件的目标消费者，和她们48小时一起生活，进行"蛔虫"式调查。从被访者早上穿着睡衣睡眼朦胧地走到洗手间，开始洗脸梳头，到晚上洗发卸妆，女士们生活起居、饮食、化妆、洗护发习惯尽收眼底。在调查中，宝洁发现消费者认为滋润又具有生命力的黑发最美。

宝洁还通过一二手资料的调查发现了以下的科学证明：将一根头发放在显微镜之下，你会发现头发是由很多细微的表皮组成的，这些称为毛小皮的物质直接影响头发的外观。健康头发的毛小皮排列整齐，而头发受损后，毛小皮则是翘起或断裂的，头发看上去又黄又暗。而润发露中的滋养成分能使毛小皮平整，并在头发上形成一层保护膜，有效防止水分的散失，补充头发的水分和养分，使头发平滑光亮，并且更滋润。同时，润发露还能大大减少头发的断裂和摩擦，令秀发柔顺易梳。

宝洁市场调查表明，即使在北京、上海等大城市也只有14%左右的消费者会在使用洗发水后单独使用专门的润发产品，全国平均还不到10%。而在欧美、日本、香港等发达市场，约80%的消费者都会在使用洗发水后单独使用专门的润发产品。这说明国内大多数消费者还没有认识到专门润发步骤的必要性。因此，宝洁推出润妍，一方面是借黑发概念打造属于自己的一个新品牌，另一方面就是把润发概念迅速普及。

3.1 广告环境与广告调查

3.1.1 广告环境的含义及构成

广告环境可以分为大环境和小环境。大环境的调查是对影响广告活动和营销活动的经济、政治、社会文化、自然地理等宏观环境调查。广告的宏观环境是指影响和制约广告活动产生、发展及结果的间接环境，包括经济环境、科学技术环境、社会文化环境、政治环境、法律环境等。

广告市场小环境是指广告的市场环境，包括市场态势、产品情况、消费者分析、广告主及竞争者的优势和劣势。广告的微观环境是指影响和制约具体广告活动的直接环境，包括市场结构、竞争对手状况、广告主身状况、广告产品、消费者情况、媒介状况等直接影响现代广告策划、创意、制作、实施等方面的因素。微观环境是现代广告策划过程中进行环境分析的主要部分，因而也是广告调查的重中之重。

这些因素看似与广告活动和市场活动没有直接联系，然而却在某些情形下产生不可忽视的作用。下面对这些环境要素逐一做一分析。

1. 政治、法律环境

政治环境包括国家政策、法令、条例、重大活动、事件、政治现状的走向等。比如，我国近年来对药品、保健品行业的整顿，如出台新的药品审查制度、禁止地方标准的药品在媒体上发布广告、取消健字号等就对医药产品的广告和市场推广产生了重大影响。

广告活动还要受其政治和法律环境管理监督环境的控制和影响。政治和法律环境是指那些控制和影响社会各种组织和个人的法律、政府机构。不同国家的政治形态和法律规定差异很大，比如有关儿童广告、医疗广告、烟草广告等相关规定，各国差异就非常大，这对于进行国际市场营销的企业来说，必须研究各地的法律规定，避免触犯当地的广告法规。

由于广告的重要社会影响力，广告历来是社会高监控对象。对广告进行监督，主要是通过法律政令监管、行业自律、舆论监督、消费监督等途径来实现。

小资料

广电总局实施广告新政，地方台面临更多变数

国家广电总局颁发了《广播电视广告播放管理暂行办法》（以下简称办法）。《办法》规定，各广播电视播出机构每天播放广告的总量不得超过节目播出总量的20%；在19点至21点的黄金时间，电视广告总量不得超过15%，即18分钟，在这一时间内所播放的电视剧中间不得插播广告；在其他时间播放电视剧时，每集中间允许插播一次广告，插播时间不得超过2分30秒。此外，《办法》还规定，在用餐时间，各广播电视播出机构不得播放治疗脚气、痔疮、卫生巾等类广告。《办法》规定各级广播电视管理部门要有专门的机构负责对所辖广播电视播出机构广告播放的日常监管，对群众有关广播电视广告播放活动的

批评投诉必须及时处理并给予答复，保障和促进广播电视广告健康持续发展。

2．经济环境

经济环境包括经济制度、经济发展阶段和购买力状况等内容。经济环境中的购买力因素对市场营销和广告活动有着直接影响。

所谓购买力，是指社会各方面在一定时期用于购买商品或劳务的货币支付能力，是构成市场和影响市场规模大小的一个重要因素。

购买力主要是由消费者的收入、支出、储蓄和信贷等因素影响和决定的。

（1）消费者收入的变化

消费者收入包括消费者个人的工资、奖金、赠予等收入，其收入状况决定其购买力水平。一般来说，消费者收入增加，会引起消费支出增加，导致市场扩大；收入的增加，也会使储蓄增加，产生潜在购买力，扩大社会总需求。

消费者的收入，又可分为货币收入和实际收入。在货币收入不变的情况下，如果物价下降，其实际收入便增加；如果物价上涨，则实际收入降低。

消费者收入的波动，往往导致需求的波动，从而影响企业的经营，进而在广告业引起连锁反应。

（2）消费者支出模式的变化

人们的总收入可分为个人可支配收入和可任意支配收入两种。

① 个人可支配收入是个人收入除去税款等负担之外可用于消费支出或储蓄的余额。

② 可任意支配收入是消费者个人可支配收入中用于维持日常生活支出之后多余的那部分收入。这部分收入以及消费兴趣的每一细微变化，都涉及消费者支出模式的变化，将影响某些商品特别是奢侈品的销售，现代广告策划应该对此有所掌握，从中寻求广告机会。

（3）消费者储蓄和信贷的变化

一般来说，在其他条件一定的情况下，消费者的储蓄与购买力成反比：储蓄额增加，购买力就减小；反之，购买力则增大。购买力的变化，导致市场波动，为企业经营和广告传播带来相应的影响和机会。

3．社会和文化环境

人类在某种社会中生活，久而久之必然会形成某种特定的文化，包括一定的态度和看法、价值观念、道德规范以及世代相传的风俗习惯等。文化是影响人们欲望和行为的一个很重要的因素。广告要有针对性地向目标消费者进行诉求，必须研究文化、社会阶层、参考群体等因素。

 小资料

据中央电视台调查咨询中心数据，可口可乐已连续 7 年在市场占有率、最佳品牌认同比例和品牌知名度上名列第一，中国现在有 90%的消费者认识可口可乐。可口可乐为了长期保持在中国软料市场的霸主地位，在广告策略上放弃美国思维，主动融合中国本土观念。

早期可口可乐是以国际化形象出现在中国消费者面前的，凭最典型的美国风格和美国个性来打动消费者，自从 1997 年，可口可乐的广告营销策略发生了显著的变化，开始大踏步实施广告本土化的策略：在深入的市场调查的基础之上，可口可乐根据中国消费者的喜爱和文化背景，接连发起了一场又一场品牌运动。

2001 年，可口可乐通过调查发现，身着红色小肚兜、头顶一撮发的小阿福形象是消费者喜爱和最受欢迎的新年吉祥物之一，完全符合可口可乐的本土化战略。于是，可口可乐在 2002 年、2003 年、2004 年、2005 年春节连续四年配合春节促销活动分别推出了小阿福、小阿娇拜年的系列品牌运动——2002 年推出"春联篇"，2003 年推出"剪纸篇"，2004 年推出"滑雪篇"，2005 年则推出"金鸡舞新春"篇。这些具有强烈中国色彩的广告把可口可乐与中国传统春节中的民俗文化及元素（如鞭炮、春联、十二生肖等）结合起来，传递了中国人传统的价值观念——新春如意，合家团聚。2005 年，可口可乐更是成功地搭乘 2004年雅典奥运快车，以亚洲飞人刘翔为主角，以刘翔回家为主题，把刘翔和阿福、阿娇合理地融会在一起，传递一个更为深入人心的情怀——回家团圆，实现了国际化与本土春节民俗的完美结合。

4．科学技术环境

科学技术进步，不仅对社会环境和经济环境产生重大影响，而且也对消费者、企业经营直至广告行业自身发展产生巨大作用。

新的科学技术会使广告作品的制作工艺提高，增强广告的表现力；科学为广告传播提供必要的物质技术条件；科学的发展延伸了广告传播的覆盖域，加快了广告信息的传输速度，进而扩大了广告的社会影响力。

5．自然环境

自然地理环境包括市场所处的地理位置、气候条件、交通运输及其他重要自然特征。

3.1.2 广告调查的含义和作用

1．广告调查的含义

市场情况在不断地发生变化，而促使市场发生变化的原因，不外乎资金、产品、价格、分销、广告、推销等市场因素和有关政治、经济、文化、地理条件等市场环境因素。这两种因素往往又是相互联系和相互影响的，而且不断地发生变化。因此，企业为适应这种变化，就只有通过广泛的市场调查，及时地了解各种市场因素和市场环境因素的变化，从而有针对性地采取措施，通过对市场因素，如价格、产品结构、广告等的调整，去应付市场竞争。对于企业来说，能否及时了解市场变化情况，并适时适当地采取应变措施，是企业能否取胜的关键。

广告调查通常是指和广告有关的部门或单位，为了编制广告计划、掌握广告设计资料、检验广告效果、实现广告目标、广泛收集相关信息的行为。从广义上讲，广告调查是指广告活动中所有的收集、运用材料的行为；从狭义上讲，广告调查是指采用科学的方法，按照一定的程序和步骤，有目的、有计划、系统地搜集、分析有关消费者、产品与服务、企业形象以及广告效果等方面信息的行为。

广告调查有助于广告主对产品概念的定义，选择目标市场，并研究出所要传达的广告信息是什么。

速溶咖啡的新形象

咖啡是西方人日常生活中常饮的饮料，产销量十分巨大。为适应人们生活的快节奏，雀巢公司率先研制出速溶咖啡并推入市场。这种速溶咖啡免去磨咖啡豆、煮咖啡等烦琐的制作工序，用开水一冲即可饮用，而且保持了普通咖啡的品感。这种速溶咖啡尽管有这么多的优点，在市场上还是遇到了顾客的抵制，虽然花费了巨额的广告费用，人们仍然购买普通咖啡而不买速溶咖啡。速溶咖啡的消费量仅占整个咖啡消费量的极小部分。为弄清速溶咖啡为什么会受到消费者的排斥，雀巢公司派出了大量的调查人员，通过访问、交谈、问卷等多种形式，对各个年龄段的消费者做了调查，得出原委。原来，人们普遍认为，购买速溶咖啡的妇女肯定不是好妻子，也就是说，速溶咖啡的产品形象是：它的使用者是懒惰的家庭主妇。而速溶咖啡广告中大量采用快速、方便、省事、经济等词语来描述速溶咖啡，更加重了这种不利形象。相比之下，普通咖啡广告一再强调咖啡的味道、芳香，使人置身于它的香味和煮咖啡的乐趣中。调研结论是：速溶咖啡缺乏温暖感。

得出此结论后，雀巢公司立即调整广告宣传，改变原有不利的产品形象，将宣传重点放在让速溶咖啡饱含感情色彩，并具有能代表更高的社会地位的形象上。根据这一宗旨，公司重新挑选了最具温柔、善良、贤惠形象的女模特做广告并主要以杂志作为广告媒体，加之精美的页面设计，设计了"百分之百纯正咖啡"、"满足您的咖啡瘾"等醒目的广告词。广告一出，立竿见影，速溶咖啡的新形象立即获得了广大公众的认可，消费量迅速增加，市场逐渐变成了速溶咖啡的天下。

2．广告调查的作用

广告调查与市场调查在方法和原则上是共通的，其作用如下。

（1）广告调查为现代广告策划提供科学的依据

在产品高度同质化的情况下，每一种产品都会出现多种品牌竞争的局面，产品要想在竞争中脱颖而出，需要广告赋予其不同凡响的特点和风格，否则就有可能被淹没在市场的汪洋大海之中。而这就需要现代广告策划者通过具体的广告调查了解市场、产品、消费者以及媒介的情况。广告市场调查是现代广告策划的依据和参考，是整个广告活动的开端，广告调查的数据和资料为广告活动提供准确可靠的依据和参考。如果对消费者的人口特征、购买行为与动机和习惯等知之甚少，就不能确定目标市场，广告目标也是空中楼阁；如果对相关媒体的基本情况不够了解，就难以找到最适宜分布广告信息的媒体，而造成广告投入的浪费；没有充分有效的广告调查，现代广告策划也成了无源之水、无本之木，空有那些表面的口号和目标而没有实现的可能。

小资料

　　获得 2000 年广州日报杯全国广告作品评选活动房地产广告类唯一金奖的东润枫景系列广告的成功离不开蓝色创意广告公司对楼盘所做的深入细致的广告调查。东润枫景楼盘紧邻北京中央商务区，被一片数百公顷的城市绿化带环绕，由加拿大设计公司担任设计，因此以国家健康社区为定位。蓝色创意公司将定位缩小为"一个适合生活的地方"。他们在调查分析社区环境、区位、规划、建筑风格与气质后，将目标消费者确定为北京中央商务区的中高级白领，即所谓的"高级灰"。在为期半个月的访谈和调查取证后，创作人员收集到与目标消费者的生活形态、消费心理、思想状态、价值观等相关的许多资料后发现：他们有较高的教育文化背景、有审美鉴赏力、懂得享受生活、有生活情趣、有独立的思想和态度，休闲活动以看书、旅游、听音乐、看影碟、会友和健身为主，有优越的物质生活条件，但这是以长期超负荷工作为代价的，多数人已经不是第一次置房产，而再次买房是为了提高生活质量。比较固定的媒体选择是《三联生活周刊》、互联网等。在这个基础上，创作人员对楼盘的目标消费者有了较高的认识，为接下来寻找楼盘与消费者之间的沟通打下了基础。把"发现居住的真意"作为中心广告语后，创作人员进一步开展调查，以寻找这一理念的承载元素。于是全公司的人都来参与，调动各种人际关系与"高级灰"们进行更为深入的接触，这一调查的结果是咖啡、音乐、书、绘画四样东西成为东润枫景园的识别物，也就顺理成章的成为具体的广告作品的主角。在广告表现上，鉴于"高级灰"们的文化水平、思维方式和优越的地位，广告以智慧的生活观点与受众沟通；由于目标群有一定的审美能力和生活情趣，广告在视觉设计上为受众留下了足够的想象空间；广告更着力以感性诉求表现社区的人文环境，并十分注意细节的雕琢，以营造幽雅、闲适的整体氛围。广告活动实施后，在房展会上一鸣惊人，销量达到广告开始前三个月销量总和的三倍，展会期间七成的客户看过并记得广告。年度销售总结中，71%的住户是三资企业的中高层白领，16%的住户是自由职业者。

　　实践证明，广告调查不仅对现代广告策划有依据和参考作用，还对广告创意和广告表现都有参考作用，广告调查也可以在媒体计划时成为媒体选择和组合的依据。

　　（2）广告调查为广告的创意、设计和制作提供实际素材

　　广告的创意、设计和制作需要大量生活素材，只有从大量的生活素材中才能够提炼出新颖独特的广告创意，才能够实现打动人心的广告表现。广告创意的本质是一种广告策略，而广告策略绝不是闭门造车就可以产生的。曾有广告大师这样说过，"好的创意是用脚"想出来的。也就是说，只有深入社会、深入实践，进行广泛的调查研究才能获得好的广告创意。

　　只有通过广告调查，才可能确定创意方向，才可能为广告的创意、设计、制作提供丰富的实际素材。

　　（3）开展市场调查有利于新产品研制与开发

　　进行市场调查常常可以发现市场上某一商品生产的空白点，企业决策者则可依据市场调查所显示的空白点研制开发新产品，率先占领市场。市场经营规律告诉人们：第一个打入市场的产品则无疑是市场中的领导者品牌，而领导者品牌的销售量则是随后而至同类产

品销量的数倍以上。所以，从这点来说，新产品的研制、开发均离不开市场调查。

（4）广告市场调查有助于准确测定广告效果，评估广告活动

广告效果是广告主最关心的问题，在广告实施之前的事前调查，可以及时发现问题、纠正失误；在结束后进行调查，可以评估整个广告活动。

任何一个企业都只有在对市场情况有了实际了解的情况下，才能有针对性地制定市场营销策略和企业经营发展策略。在企业管理部门和有关人员要针对某些问题进行决策时，如进行产品策略、价格策略、分销策略、广告和促销策略的制定，通常要了解的情况和考虑的问题是多方面的，主要有本企业产品在什么市场上销售较好，有发展潜力；在哪个具体的市场上预期可销售数量是多少；如何才能扩大企业产品的销售量；如何掌握产品的销售价格；如何制定产品价格，才能保证在销售和利润两方面都能上去；怎样组织产品推销，销售费用又将是多少等。这些问题都只有通过具体的市场调查，才可以得到具体的答复，而且只有通过市场调查得来的具体答案才能作为企业决策的依据，否则，就会形成盲目的和脱离实际的决策，而盲目则往往意味着失败和损失。

3.1.3　广告市场调查的内容

广告市场调查的范围和内容主要有以下几方面：

（1）广告环境调查。

（2）广告产品调查。

（3）广告消费者调查。

（4）广告竞争调查。

（5）广告主经营调查。它主要包括广告主的企业历史、设施与技术水平、企业人员素质、经营状况、企业管理水平、经营管理方法。

（6）广告媒体调查。它包括有多少媒体、媒体的类型、性质；各媒体的优缺点、媒体的传播范围和视听度、媒体的栏目安排、节目编排；媒体选择和组合的可能性等。

（7）广告效果调查。它包括广告的经济效果、传播效果、心理效果、社会效果等。

3.1.4　广告调查的方法

广告市场调查的范围和内容主要有以下几方面。

1．全面调查

全面调查是一种一次性的普查。它主要是用于收集那些不能或不宜通过其他调查方法取得比较全面而精确的统计资料，它要对与广告调查内容有关的应调查的对象无一例外地、普遍地进行调查，如企业普查、某种商品社会拥有量的普查、库存高品的普查等。

一般说来，全面调查的方式有两种，一种是组织专门的调查机构和人员，对调查对象进行直接调查；另一种是利用机关团体、企业等内部的统计报表进行汇总。利用第一种方式做全面调查的工作量很大，需要很多人力、物力，而且必须有统一的领导、统一的要求和统一的行动。因此，这种调查方式虽然取得的资料比较准确，但在广告调查时较少采用，

一般适用于专用性较强、使用范围较窄的产品的调查。第二种方式相对比较简便，所以，需要比较全面的统计资料时常采用这种方式。

2. 典型调查

典型调查是以某些典型单位或典型消费者为对象进行调查，以调研结果推算一般情况的调查方法。这种方法适用于调查总体作为调查对象的情况。

典型调查的主要特点在于，调查对象是调查者有意选择的，这样可以深入应用典型，对实际情况进行具体细致的研究，详细观察事物的发展过程，具体了解现象发生的原因，并掌握各方面现象的因果联系。

这种调查方法投资较少，效率较高，关键是要正确选择具有代表性的典型。一般来说，当总体发展条件比较一致时，只需选择一个或几个典型就行了；而当总体较多而差异较大时，则需要把总体划分成几个类型组，再抽取其中各组的典型进行调查。

3. 抽样调查

抽样调查是遵循随机的原则从调查对象总体中抽取一部分样本进行调查，然后根据样本值推算总体值的一种调查方法。按抽样的随机性，抽样方法可以分为随机抽样和非随机抽样两大类。

（1）随机抽样。随机抽样也可以叫做概率抽样，其特点是总体中的每个个体都有被抽到的可能，而且可能性一样高。随机抽样由于样本较为分散，因此实施的难度大，比较费时、费力，但该方法误差较小。随机抽样方法一般包括简单随机抽样、系统抽样、分层抽样、整群抽样。

（2）非随机抽样。与随机抽样相比较，非随机抽样的优点是：省时、省力、省钱，抽样过程比较简单。不足是：调查对象是未知的，样本的代表性差，抽样误差比较大，利用调查结果推断总体情况的风险较大。常用的非随机抽样包括任意抽样、判断抽样、配额抽样、滚雪球抽样。

4. 文献调查

文献调查是一种间接调查方式，即对所有的各种文献、档案等文字资料进行调查研究，是对既存资料的使用。

文献调查资料主要有企业内部资料与外部资料两类，其来源非常丰富，主要有广告主自身的资料库、档案库所存留的营销记录与相关资料、以前的调查研究材料，相关资讯公司、营销研究公司、市场调查资料公司、媒介调查与研究公司、社会及大专院校图书馆、研究所、因特网提供的资料，各类出版物，以及政府机构、行业协会、商会、消费者组织等提供的相关资料。

随着电脑技术在信息处理能力方面的进步以及在调查研究领域的广泛应用，调查人员已经能够轻易获取大量相关信息，而广告公司和广告企业对信息的日益重视以及不断完善的资料库，也为文献调查提供了更加便利的条件。

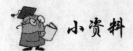 小资料

日本某公司进入美国市场前，通过查阅美国有关法律和规定得知，美国为了保护本国工业，规定美国政府收到外国公司商品报价单，一律无条件提高价格 50%。而美国法律中规定，本国商品的定义是"一件商品，美国制造的零件所含价值必须达到这件商品价值 50%以上"。这家公司根据这些条款，思谋出一条对策：进入美国公司的产品共有 20 种零件，在日本生产 19 种零件，从美国进口 1 种零件，这 1 种零件价值最高，其价值超过产品总值 50%以上。这样产品在日本组装后再送到美国销售，被视为美国商品，可平价与美国当地产的产品竞争。

5. 访问法

访问法就是广告调查人员直接询问调查对象，通过有目的的交谈得到调查所需材料的一种调查方法。访问法包括入户访问、拦截访问（也称街头访问）和电话访问等。

（1）入户访问是访问员对被抽到的样本挨家挨户地进行访问。访问员必须严格按问卷要求，依题目顺序一一向受访者询问，受访者作答之后，访问员对受访者的作答做录。受访者作答范围是有限的，他们多数情况只能从访问员提供的答案中做出选择。

（2）拦截访问，也称街头访问，是由访问员于适当的地点拦住受访者进行访问。拦截访问通常是在调查对象具有一定特殊性或总体抽样框难以建立的情况下采用的。

（3）电话访问是一种由访问员通过电话这一通信工具向受访者进行访问的资料采集方法，它可以向受访者询问有关调查内容并要求受访者在电话中回答。采用电话询问调查比较方便及时，但询问时间短，无法进行深入调查。

6. 问卷法

问卷法是调查者将广告调查研究的内容设计成调查研究问卷发给或邮寄给被调查者，被调查者按要求填写问卷后寄回该问卷，从而收集材料的一种调查方法。这种方法的调查范围大、调查成本低，被调查者有比较充裕的时间考虑想填写的答案。

问卷法的关键是要设计一份高质量的调查问卷。一份完整的调查问卷一般包括标题、问卷说明、问卷内容、填表说明四部分，也可以把填表说明写入问卷说明中。

问卷中标题的设计要简明扼要。一般由调查的对象和内容加"调查问卷"字样组成。问卷说明语言要简洁，内容是介绍调查的目的、意义以及填写问卷的方法、要求，对填写问卷者的合作表示感谢等。

问卷内容的设计有开放型和封闭型两种。开放型问卷上只设计问题，不设计答案，答案由填写问卷者根据实际情况填写；封闭型问卷要提供可选择的答案，让填写问卷者选择符合实际情况的答案。开放型问卷了解情况较具体，而封闭型问卷更容易操作，便于统计分析。

问题的设计要围绕广告调研的目的要求进行，语言表达要明确、清楚、规范。提问不能有暗示。问题的排列要有合理的顺序，一般先问一般问题，再问特殊问题；先问接触性问题、过渡性问题，再问实质性问题；先问容易的问题，再问困难的问题；先问基本问题，

再问行为、态度方面的问题。

7．观察法

观察法是指通过对调查现场的情况进行直接观察以获取有关信息的调查方法。这种方法的特点是被调查对象感觉不到自己是在被调查，因此，调查人员所获得的第一手资料就比较客观。

观察法分为直接观察和仪器观察。直接观察是由调查人员直接到现场察看以收集有关资料的方法。仪器观察是利用仪器进行现场观察的方法。在实际操作中，使用较多的是人员现场观察，因为利用照相机、摄像机以及视向测定器、瞬间显露器等特定的测录设备进行观察，其成本高，因此很难普及。

在广告调查中，观察法常用于检测销售点的顾客流量、成交率，某路段的车流量、人流量，户外广告的注目率等。用观察法进行调查能及时了解现场的情况，但却只能发现外部表象，而很难了解到广告信息接受者的心理活动和消费动机等深层次的情况。

8．实验法

实验法是把调查对象置于一定的条件下，通过小规模的实验，来了解广告受众的评价意见，以及通过实验对比获取有关资料的方法。在广告调查中，实验法通常用于在广告活动展开前探究消费者对产品口味或包装、产品价格、广告信息的反应等。实验方式有市场反应实验、广告信息实验和媒体效果实验等。

这种方法虽然能在广告活动开展之前对广告和广告活动的实际市场效果做出预测，但由于众多的不可控因素，如消费者的偏好、竞争者的策略等，都有可能影响实验对象，进而影响到实验效果，而且由于实验调查获得资料的时间较长、费用较高，因此，这种方法在广告调查中的应用也受到一定的限制。

3.1.5　广告调查的程序

1．明确调查目标

这是制定广告调查计划的第一步，包括界定广告调查问题、明确需要收集的资料、说明所要解决的问题。如果调查问题界定清楚，所需资料明确清晰，则能准确地说明所要解决的问题，并使调查工作有的放矢。

调查目标的确定是一个由抽象到具体、由一般到特殊的过程。调查者首先应限定调查的范围，找出广告中最需了解或解决的问题；然后分析现有的与调查问题有关的资料，在此基础上明确广告调查需要重新搜集的资料；最后，写出调查问题的说明。

2．制定实施方案

这是广告调查中最复杂的阶段，包括确定调查项目、调查方法、调查人员、调查费用等内容。

调查项目的选择取决于广告调查的目标。调查组织者在明确了调查问题之后，要将所要收集的资料加以分类，并使之具体化，直到成为能直接进行调查的操作变量为止。

选择调查方法包括确定在何处调查、找何人调查、用何种方法调查以及抽样的设计。确定调查地点即规定调查的地区范围，它与目标市场的位置、顾客的聚集程度密切相关。确定调查对象主要是将目标顾客按性别、年龄、收入、文化程度、职业等特性分类，确定被调查者应具备的条件。确定收集资料的方法一般是决定使用访问法、观察法、实验法，或是开调查会法。若决定使用访问法进行调查，则还需要进行抽样设计。

调查人员的选择直接关系到广告调查的质量。一般而言，调查人员应具备的条件是：掌握同被访者沟通的面谈技术；具有一定的创造力和想象力；了解广告调查所要解决的问题；善于观察被访者的心理变化及行为动机；能正确表达所收集的资料；对此项调查具有相应的经验和知识。

调查费用的确定与调查项目、调查方法、调查范围等有关。

3．整理分析资料

在实施广告调查以后，如果收集的资料较为准确和完备，就可进行整理和分析。整理和分析资料的过程也就是对资料进行研究的过程。

整理资料主要包括：编校，即对搜集的资料加以校对核实，消除其中不符合实际的成分，如不完整的答案、前后矛盾的答案，以及调查员的偏见等；分类，即把经过编校的资料归入适当的类别，并制成各种统计图表，以供资料分析时使用。编制统计图表的工作可由计算机完成。

分析资料是一项难度很大的工作。首先要计算各类有关资料的平均数、标准差和百分率，使人们对调查结果有一个基本而又清晰的认识；然后采用图表形式找出资料之间的相互关系；之后需用要使用相关系数和其他统计检验方法来测定资料间相互关系的密切程度；最后，运用一些较复杂的统计技术，如多元回归分析、因素分析、判断分析、群体分析、正负相关分析和多向量表等方法，对资料进行多变数分析。

4．编写精辟调查报告

调查报告是广告调研的结果，它呈现的资料对广告决策有重要影响。一份完整的调查报告应包括以下四个方面的内容。

（1）序言：介绍有关市场调查项目的基本情况。
（2）摘要：介绍市场调查的基本结果。
（3）正文：调查报告的主体内容。
（4）附录：调查报告的参考资料。

3.2　广告产品调查

产品调查是广告市场调查的一个重要内容，对于已经上市的产品，必须花费力气调查清楚。要了解产品的诸多方面，比如产品的生产情况、性能情况、类别情况、生命周期情况、服务情况，我们还要通过调查了解同一类产品市场的结构，以及在此同类产品中不同品牌的特点和在市场中的位置等，进而打造出差异化较高的产品，下面介绍几种重要的产品调查内容。

3.2.1 产品自身若干方面的调查

1. 广告产品新概念调查

广告产品新概念调查是一种全新意义的产品或服务，它会给消费者带来一种全新的生活感觉和方式。比如，我们生活中本没有净水机器的概念，而它的产生是由于水的污染、生态的破坏而引起的人的健康意识所需要，应该说是源于人们对生活质量的要求不断提高。但是这种思想逐步清晰后，它究竟能为人们的生活带来哪些利益？消费者能否接受这种概念？这种概念是否能够通过一种有形的物品来体现？是否具有开发价值？如果转换成一种有形的物品，会不会有人去尝试？有多少人能够接受？这些都需要调查分析才能得出结论。

2. 广告新产品的原形测试

广告新产品的原形测试即对已经修正过的产品样品的检测活动，也就是回访的过程。比如，产品的新概念所提及的利益点是否在消费者的使用过程中得到了充分展现，消费者对它的喜好程度和使用后的问题等。

3. 产品系统

广告产品在相关产品中所处的地位如何，是主导产品还是从属产品或是配合产品，其产品替代功能如何等情况。这可为进行市场预测、制定广告决策提供帮助。

4. 产品类别

广告产品是属于生产资料还是消费产品，又是其中的哪一类。生产资料的主要类型有：原料、辅料、设备、工个、动力。消费产品的主要类别有：日常用品、选购品和特购品。分清类别，广告设计和广告决策才有针对性，选用媒介方能准确。

5. 产品利益

产品利益主要指产品的功能与同类产品相比的优势。使用该产品能给消费者带来什么好处，这是确定广告宣传重点和进行产品定位的关键依据。

6. 产品包装

包装除了对产品最基本的保护作用外，更多是产品的附加价值。因此包装调查是产品调查的一个环节。比如，产品已有的包装能否影响消费者做出购买决策，与同类产品相比关注度是否更高些，产品的包装图案设计有无特色等。可以根据结论，对于产品的视觉传达效果做相应的改进，进一步指导广告和促销活动。

7. 产品的销路调查

销售渠道直接和企业的获益相关，因此，渠道的建设是很多人所关注的，尤其是终端选择。不同层次的渠道，直接影响品牌的位置、价格及最终的消费群。

3.2.2　产品的生命周期情况调查

所谓产品的生命周期是指产品在市场中的销售历史，是指产品从进入市场到被市场淘汰、退出市场的整个过程的周期。

产品的生命周期可分为导入期、成长期、成熟期、饱和期和衰退期五个阶段。产品处于不同阶段时，其生产工艺不同，消费需求特点不同，市场竞争情况也不同，因而所要采取的广告策略也是不同的。

随着科技水平的提高和竞争的加剧，许多产品的生命周期大大缩短，有的产品可能刚刚进入市场不久就被淘汰。

显然，对处于不同生命周期阶段的产品，采取的广告策略也是有区别的。只有清晰地对产品的生命周期进行科学的分析，根据产品的生命周期开展相应的广告活动，实施恰当的广告策略，才能确保现代广告策划的成功。

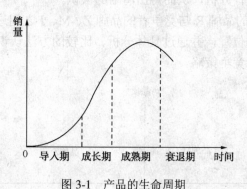

图 3-1　产品的生命周期

3.2.3　产品分析的内容

对产品进行重点调查之后，即可着手对产品进行分析。

进行产品分析的目的主要有两点：一是为"既存产品或劳务确认潜在顾客、市场及竞争"；二是为"新产品或新劳务确认潜在顾客、市场及竞争者"。为了实现这两个目的，必须通过具体分析获得和既存或新的产品、劳务相关的潜在顾客、市场及竞争情况有关的信息。

消费者一般对新的产品或劳务接触太少，往往说不清楚。但是对于既存产品或劳务，消费者是有足够发言权的。丹·E.舒尔茨认为，关于已经上市的产品分析，需要获得四种类型的信息，具体内容包括如下。

1. 获得消费者和现在使用者的信息。这类信息主要是通过对现在的消费者和使用者的分析获得的。关键是获得有关他们情况的基本轮廓，这将有利于在其他群体中选择并区隔那些可能购买本品牌的潜在消费者，发现更多的新消费者，并且从竞争品牌那里转化出新的使用者，这样一来就可以扩大现在使用者的基础。

2．获得基本市场的信息。基本市场信息获得的主要途径是：现在使用者、潜在消费者、群体能够影响市场的行为信息。获得这些能够影响市场的行为信息，将有利于了解他们对产品的态度。有助于界定产品在市场中的位置，并发现怎样才能使产品适合市场的整体架构。

3．获得有关要做广告的产品的信息。获得要做广告的产品的信息对于企业来说是十分重要的。因为市场竞争是异常激烈的，即使是一个新的产品如果不慎重也可能很快就败下阵来。显然，了解产品在竞争中的优缺点绝不是可有可无的工作，只有真正了解了产品在竞争中的优缺点，同时善于站在消费者的立场上思考问题，用消费者的眼光看待产品和品牌，才能有效地根据广告向目标消费者正确地传达产品信息。

4．获得关于竞争及竞争者的信息。为了发展有效的广告运动，必须知道目前有哪些竞争的产品，它们的诉求、配销、定价、消费者是怎样的，产品的优劣是什么，等等。只有了解了这些情况，企业才知道在广告中怎样诉求。

一般来说，可以利用两特性矩阵绘图的方法或 SWOT 分析法，将自己的产品、品牌与竞争对手的产品、品牌进行分析，从而得出清晰的认识。

如图 3-2 所示，自己的品牌 R 与竞争者的品牌 Z、M、J 之间进行竞争，用获得的各种信息明确地表示出各自的位置，并通过具体分析、比较的方法认识各自的强点与弱点，从而客观地提出行之有效的竞争策略。

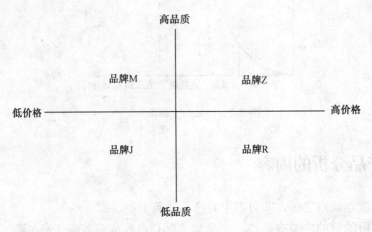

图 3-2　产品矩阵分析图

3.2.4　广告 USP=产品特点+消费者心理公式

本公式表明要确定广告产品的 USP，必须了解产品特点和消费者心理。

1．产品的分析

在现代营销学中，产品是一个复合概念，"是指能够提供给人们使用和消费的，可满足某种欲望和需要的任何东西，包括实物、劳务、场所、立意和构想等"。显然在产品分析过程中，不能仅仅满足于对产品的物质特性和外形进行分析，而必须从总体上进行把握。产品的整体概念包括三个层次，即核心产品、形式产品和附加产品（如图3-3所示）。

（1）核心产品。核心产品是指产品能够给消费者提供的某种收益和实际效用。显然，这种收益和实际效用才是消费者购买产品的根本动机和目的。从这个角度上看，核心产品才是产品整体概念的灵魂。

（2）形式产品。人们一般认为"形式"是指事物的形态和结构，形式产品也就是指有具体形态和结构感觉的产品，因此形式产品是指产品的躯壳，具体包括产品的质量、价格、性能、特点、款式、品牌和包装等。从这个角度上看，没有产品的躯壳，产品的灵魂就无法体现，有了这个躯壳，产品才能成为看得见、摸得到，分得清楚、识别得出的有形产品。

图 3-3　产品的整体概念

（3）附加产品。所谓"附加"是指"额外加上"、"附带加上"的意思，从这个角度进行理解，"附加产品"就是指消费者在购买产品的同时得到的附加服务和利益，具体包括送货上门、售后维修服务、安装调试、各类保险延伸服务等。附加产品是促使消费者决定购买或不购买某个产品的心理因素。有了附加产品，消费者才会更加明确地产生"指牌购买"的行为。

以上三个层次，就构成了营销学中产品整体概念的基本内容，即：产品整体=核心产品+形式产品+附加产品。

产品整体的三个层次，充分体现了以消费者需求为中心的现代市场营销观念。

也有的学者将附加产品的含义表述为"扩大的产品"，从"扩大"字面的含义看是指使用范围和规模的扩展，但是对于产品整体概念来说，"产品整体=核心产品+形式产品+附加产品"已经表述得很清楚了，产品使用范围和规模再扩大也不至于用手机去"钉"钉子。

如果从广告学的角度进行分析，消费者之所以发生"指牌购买"的行为，除了对于产品整体的认识之外还在于广告信息表现对消费者心理产生的影响。如果从"拥有了某个产品，就拥了某种感觉"的角度看，"扩大的产品"就是消费者心中对于产品的认同感，或是一种对于品牌的"深信不疑"的感觉。也就是说，只有从广告学的角度进行分析，从对产品整体概念挖掘的角度看，"扩大的产品"才具有现实的意义。这样一来，产品整体就具有了四个层次，即：

产品整体=核心产品+形式产品+附加产品+扩大产品

显然，只有对产品整体进行分析之后，才有可能真正弄清楚消费者使用某种产品的原因。

 小资料

年轻人为什么购买"婴儿洗发精"

在20世纪80年代的美国，有一"婴儿洗发精"的生产商发现了这样一个奇怪的现象：在美国出生率逐年下降的情况下，婴儿洗发精的销量却逐年上升。于是他们进行了消费者用途调查，经过研究发现，由于发型的改变，使得十几岁的少年开始使用某种产品。但是

由于他们每周要洗发数次，而该产品十分不方便，于是他们就寻求一种温和的产品。而婴儿洗发精使得年轻人得到了他们所希望得到的效果。生产商正是发现了原来产品的新用途，于是开展了一场广告运动，对各个年龄群体推广这种产品，尤其是对于那些洗发多的人进行推广，获得了很好的效益。

分析：

在市场经营过程中，对于市场上出现的任何现象都应问一个"为什么？"，然后判断这种现象对于自己存在的意义可能是什么。如果进行初步的判断后，认为这种现象对于自己可能是有意义的，就必须进行深入的研究分析。"婴儿洗发精"的生产商正是发现了这种奇怪的现象，因此进行了认真的调查，结果发现了对自己有着重大意义的市场变化。他们正是根据变化发现了原来产品的新用途，并在此基础上，开展了一场广告运动推广这种产品，结果获得了很好的效益。

这个案例告诉我们，随着消费需求的多元化，对于既存产品的功能有必要进行深入的分析。当然，对于既存产品功能的深入分析离不开对于消费者购买动机的研究。只有准确掌握了消费者的购买动机和理由，才可能发现广告的 USP，才有利于广告活动的顺利展开。

2. 消费者动机研究

动机研究的目的是通过深度访问去发掘那些表面访问不容易发现的重要情况，例如，为什么消费者会发生那样的行为而不是发生这样的行为？为什么购买自己的产品而不是竞争对手的产品？他们的购买理由是什么？等等。

3. 广告 USP 的确定

对于产品广告 USP 的确定，首行要认真分析产品的特点，其次是分析消费者心理，在这个基础上才能够得出产品的 USP。也就是说，获得广告 USP 的公式是：

广告 USP=产品的特点+消费者心理

在对消费者进行深度访问的时候，有一种深层剖析方法——"内观法"。所胃"内观法"，是指以分析自己心理活动为起点的方法，可了解人的行为驱动力之谜，也有利于获得广告USP。

德国的心理学家 W.本特认为，不断追问自己为什么这样行动，常常可以探究到自己心灵深处未曾意识到的欲望内容。

例如，人们在分析一个人为什么会在此时此刻到此药店买此药的原因时，可以把自己假设为消费者进行分析。当然，仅仅依靠自我分析法获得广告 USP 也容易导致主观片面性，这里只不过是为大家提供了一种思路和方法。

3.3　广告受众与消费者调查

进行广告活动必须研究广告受众，从广告主的角度看广告受众最好是目标消费者，但实际两者是有一定区别的。同时目标消费者和实际消费者也有一定的差异，差异的部分可能就是潜在消费者。

3.3.1　广告受众与目标消费者

广告受众与目标消费者是两个既有区别又有联系的概念。

1. 广告受众

当部分消费者接触或进入特定的广告传播活动时，就成了广告受众。一般情况下，企业的目标消费者就应该是广告的目标受众。但是由于广告在不同时期、不同市场有着不同的目标，因此广告的目标受众也会有所不同。从理论上说，尽管在总量上进行分析，所有的广告的目标受众的总和就应该是全体目标消费者，但是目标消费者又不能等同于广告受众，在不同阶段根据不同目标而开展的广告活动，只能够从全体目标消费者中选择其中的一部分作为自己的传播对象和诉求重点。

2. 目标消费者

消费者是指物质资料或劳务活动的使用者或服务对象。狭义的消费者是指消耗商品或劳务使用价值的个体，而广义的消费者是指产品或劳务的需求者、购买者和使用者。尽管在市场上任何一个社会成员都可能是消费者，但是由于任何一个企业者不可能把社会的全体成员都作为自己的服务对象，而是需要通过具体的市场细分，为特定的消费者生产商品或是提供劳务，这些特定的消费者就构成了企业的目标消费者。

3. 目标消费者与实际消费者

在具体广告调查活动中，企业要关注的不仅仅是实际消费者，更要关注潜在消费者。广告的重要任务就是实现潜在消费者的转化。一般说来，目标消费者要大于实际消费者，因此现代广告策划活动就必须关注目标消费者中的潜在消费者向实际消费者的转化。

对目标消费者与实际消费者相互关系的把握是现代广告策划要解决的主要问题。通常，目标消费者与实际消费者的关系主要表现在以下几个方面（见表 3-1）。

表 3-1　目标消费者与实际消费者的具体关系

关系状态		关系说明	备　注
目标消费者（A）	实际消费者（B）		
等同关系		A 与 B 在数量和特征上等同	这种情况几乎不可能发生
特性一致关系		A 与 B 特征上等同，但 B 的数量大于 A	由于企业的营销活动扩大了目标市场，吸引了目标市场之外的具有某些同质特性的消费者
数量小于关系		A 与 B 特征上等同，但 B 的数量小于 A	这说明尚有潜在消费者需要开发
相互交叉关系		A 与 B 出现交叉	目标消费者中有一部分没有成为实际消费者，而实际消费者中也有一部分不是目标消费者
相互缺乏关系		A 与 B 没有联系及共同特征	这说明企业在市场细分中出现决策失误，或是在营销活动中对于消费者引导不当

3.3.2 消费者调查

消费者调查是对消费者的群体范围性质、消费需求、消费动机和消费习惯进行的调查。日本很多企业的宗旨是"消费者需要什么，企业就生产什么"。要知道消费者需要什么，就要对消费者进行调查。如调查某种产品主要是哪一类消费者购买，这一类消费者的基本状况如何（年龄、文化程度、性别、职业等），他们为什么购买，何时购买等。消费者调查主要包括以下几个方面。

1．消费者对于产品的印象

一般认为，所谓印象就是客观事物在人的头脑里留下的迹象。对于产品的印象就是产品在消费者头脑里留下的迹象，如消费者对产品的了解程度、理解度、好感度，以及他们对于产品的具体看法等。

消费者对于产品的印象除了与产品的客观质量有关，还与主观质量的认知有着密切的关系。所谓主观质量主要指"某一产品服务项目对满足消费者心理需要所具有的价值。它随着产品的物理特性与消费者的需要、嗜好、价值取向之间的相互作用而变化着"。也就是说，随着消费者的需要和价值取向的变化，产品的主观质量也随之增减。

2．消费者行为调查

（1）谁是购买者。通过调查掌握购买者的资料，可以有针对性地策划广告、开展促销活动。

（2）在何处购买。通过调查可以分析出在不同场合购买的人群，及选择该地方的理由和购买特征，从中寻找最佳的销售方式组合。

（3）在何时购买。通过调查可以了解消费者什么时间购买。

（4）如何购买。消费者在购买时关注的产品利益点是什么？比如价格、品牌、服务、包装、制造商、产地等，通过调查可以比较精细地把握市场策略的制定。

（5）购买动机。广告活动是将产品销售给目标消费者，调查购买动机，是寻找广告诉求的原点，见表3-2。

表3-2　消费动机与购买行为

消费者类型	社会生活中的别称	购买时的特点	选择商品的标准	购买时的现实表现
基本需求型	"温饱"型	追求日常生活所必需的消费的满足；很难接受新产品	物美价廉	"随大流"现象
选择需求型	"时尚"型	需求出现个性化趋向，以各自的兴趣、爱好、个性特征去选择商品或服务	选择商品的标准是多层次的	不仅追求物质满足，而且追求精神满足和心理满足
表现自我需求型	"标榜自我，超前"型	在高收入阶层表现出这种消费倾向	选择商品的标准就是突出个性	纯粹表现自我

（6）购买对象。通过调查研究消费者最愿意购买的商品，从而可知商品的市场生命力，为营销资源的倾斜提供依据。

通过对以上基本资料的分析，可以明白产品或品牌在消费人群中的知名度及他们购买的原因，为制定市场策略和广告策略提供科学的依据。

3．消费者生活方式和文化价值观的调查

在制定广告策略时不仅需要关注消费者自然属性的因素，还需要考虑其社会的、文化的、主观的因素。

生活方式是特定人群的特定生活形态，是一个人在世界上所表现的有关其活动、兴趣和看法的生活模式。通过调查了解目标人群的文化价值观念和消费观念的基本资料，从而分析他们购买行为和消费行为的深层心理动机，从而掌握他们究竟是谁，他们和推广的产品产生关联的结合点是什么，帮助寻找到恰当的诉求点和表达方式，取得良好的沟通效果。

文化是包罗万象的复合体，是人类在发展过程中所创造的物质财富和精神财富的总和，是人类创造社会历史的发展水平、程度和质量的状态。文化因素对于消费者的影响是深刻的，具体包括文化、亚文化和社会阶层的影响（见表 3-3）。

表 3-3　文化因素对消费者行为的影响

文化影响的类型	在生活中的具体作用	在现代广告策划中的作用
文化影响	人在生存、发展过程中受到文化的熏陶，形成了相应的价值观、信仰、态度、道德和习俗等。这些内容深刻地影响着人的行为，尤其影响着人的消费行为	经济全球化和文化交融的作用，在消费者的消费行为中产生了不可低估的影响。文化的认同感，往往会直接影响到对广告诉求的接受程度
亚文化影响	文化是由更小的亚文化组成的，例如民族群体、宗教群体、地域群体等，它们对消费者消费行为的影响不可低估	亚文化影响到对市场的细分，也影响到人们在接触广告时，对产品诉求的接受程度
社会阶层的影响	社会阶层的存在是一个不容回避的现实，不同的社会阶层其价值观、兴趣和行为是不同的，因此其消费行为也是有差异的	广告在传播商品信息时，不同阶层对媒介和广告信息的接触是有差异的。例如，DM 广告在运用时，对不同的社会阶层的策略、效果和作用也是有着明显的区别。社会阶层的存在也影响到对广告诉求的接受程度

4．消费者决策调查

这是个复杂的心理过程，可以通过以下方式调查来获取相关资料。

（1）参与购买的角色。通过调查，要分析出在该产品购买过程中，被调查对象是属于发起者、影响者、决策者、购买者还是使用者？以此有针对性地组织营销活动。消费者的需求并不是抽象的，而是具体的，他们受到很多因素的干扰，会产生各种心理活动。概括地说，主要包括以下一些心理（见表 3-4）。

表 3-4　影响消费者需求的主要心理及适应性分析表

心理类型	不同心理活动表现的解释	与之相适应的广告形式
从众心理	所谓从众心理，是指由一个人或一个团体的真实的或臆想的压力所引起的人的行为或观点的变化，具体表现为盲目地顺从别人判断的心理现象	用广告反复地宣称广告产品的品质及产销量的优势地位，就可以唤起消费者的从众心理。例如，"××牌啤酒，全国产销量第一"，"××牌空调，连续××年全国产销量第一"等广告就唤起了从众心理
"四求"心理	①求名心理：以追求名牌为主要目的的消费心理。由于名牌受到普遍的信任和尊重，因此，求名心理是一种消费者意图炫耀自己身份、地位的心理动机的表现	针对①，广告诉求点主要是突出使用了广告商品后的"高人一等"、"超值享受"等方面，强化使用了广告商品之后的受人尊重和提高自身地位的感受，引发购物行为
"四求"心理	②求美心理：以追求美感为主要目的的消费心理。由于人类总是按照美的规律参照自身、认识生活、创造生活的，因此美感就普遍存在于各种比较之中，包括商品、自身、新技术、新材料给人带来的美感	针对②，广告要用艺术手法，以美感的充分展现为诉求点，强烈刺激消费者的求美心理，引发购物行为
"四求"心理	③求新心理：以追求时尚、流行的商品为特点的消费心理，表现为消费者希望所购买的商品独具一格或别开生面的消费现象	针对③，广告要突出广告商品的新颖、独特。突出广告商品的个性和与众不同的风格，以此刺激消费者的求新心理，引发购物行为
"四求"心理	④求廉心理：以追求实惠和经济上得到利益为主的消费心理，表现为在购物时的重价格而不重质量、款式和色彩的消费现象	针对④，广告要把诉求点放在强调广告商品的物美价廉方面。通过强调广告商品的价格优势，来刺激消费者的求廉心理，引发购物行为
逆反心理	所谓逆反心理，是指客现环境与主体需要不相符合时产生的一种心理。在日常消费生活中，常有部分消费者从逆反心理出发而导致的特殊消费现象。其特征表现为：认识的偏见，观点的极端，情绪的抵触和行为的盲从、放荡、反常规等	广告诉求在于针对消费者的好奇心理进行刺激，突出广告信息中使之深究好奇的成分，使消费者产生欲罢不能的感觉。例如："这里有最差的食品，由最糟糕的厨师烹调"；"不准偷看！"……

显然，在了解了消费者的上述需求心理之后，就有可能对消费者的复杂行为进行深入的分析了。

（2）购买的行为。购买行为分 4 类，分别是复杂购买行为、简单购买行为、习惯性购买行为和随意性购买行为。广告就是针对不同的产品和购买行为设计合理的营销策略，对消费者产生导购效果。

比如，对于曾经热门的"洗肠"服务，一般消费者对此服务所采取的购买行为，往往是复杂购买行为。他们首先要对似懂非懂的"洗肠"概念进行学习，了解它的健康、美容、保健概念的实质。因为是全新概念，所以要知道"洗肠"的全过程：用什么液体来洗？怎样洗？是否会有痛苦？洗肠后人的感觉是什么？有无危险？长期洗会不会有副作用等问题。只有了解上述知识后，他们才会做出购买决策。

（3）购买决策的各个阶段。购买决策阶段包括认识问题需要阶段、收集信息阶段、评价信息阶段、购买决策阶段和购买后行为阶段。全程调查、分析消费者的购买决策是制定营销策略的前提。比如，对信息收集的调查，可以分析消费者的信息来源是商业信息来源、社会信息来源还是个人信息来源。假如个人信息来源是某类人群对于该类商品的信息获取的重要渠道，那么就可以积极地在该人群中寻找和培养意见领袖，使其成为该类商品针对该类消费群的信息传播渠道，从而可以科学、合理而节约地建立广告信息沟通渠道。

消费者调查是对消费者的群体范围性质、消费需求、消费动机和消费习惯进行的调查。日本很多企业的宗旨就是"消费者需要什么，企业就生产什么"。要知道消费者需要什么，就要对消费者进行调查。如调查某种产品主要是哪一类消费者购买，这一类消费者的基本状况如何（年龄、文化程度、性别、职业等），他们为什么购买，何时购买等。

迪希博士在参与康普顿广告公司象牙牌香皂现代广告策划时，通过调查发现人们沐浴并非仅仅把身体清洗干净，还是一个摆脱心理束缚的仪式，他断定"洗澡是一种仪式，你洗掉的不仅是污垢，而且还是罪过"。由此，他拟定象牙牌香皂的广告口号是"用象牙牌香皂洗去一切困扰，使自己洁净清醒"。

5. 目标消费者购买力情况调查和分析

所谓购买力，是指社会各方面在一定时期用于购买商品或劳务的货币支付能力，它是构成市场和影响规模的一个重要因素。但购买力又是由消费者的收入、支出、储蓄和信贷等因素决定的。因此，在进行购买力情况调查时，应主要了解和掌握消费者的收入、支出、储蓄和信贷情况的变化。

（1）掌握消费者收入的变化。个人收入状况决定购买力水平。其收入的增加必然会引起消费支出的增加，储蓄增加，产品销量扩大，社会总需求扩大。反之，则出现相反的情况。显然，消费者收入的变化将会引起市场波动。这种波动正是导致企业经营不稳定的因素，但也是形成新的市场机会的原因。现代广告策划就是要通过调查，把握变化，提出应对方案。

（2）掌握消费者支出模式的变化。个人支出模式的变化不仅会影响购买力，而且将对企业经营和广告活动产生重大影响。在个人总收入中，可区分为个人可支配收入和可任意支配收入。前者是指除去税款等负担之外可用于消费支出或储蓄的余额；后者则是指个人可支配收入用于维持日常生活支出后多余的那部分收入。显然，后者和消费者兴趣的细微变化，都将影响消费者支出模式的变化，都将影响某些商品的销路。

（3）掌握消费者储蓄和信贷的变化。一般情况下，当其他条件一定时，消费者购买力和储蓄成反比，即储蓄额增加，则购买力下降，反之，则购买力上升；而当其他条件一定时，消费者购买力和信贷成正比，即消费者能够获得的信贷增加，则购买力上升，反之，则购买力下降。

以上三个方面的情况是对消费者的总购买力的分析，但还应考虑其他情况的影响。例如，人口因素对购买力的影响；不同人群的数量与需求情况对购买力的影响；不同类型居民的购买力、爱好和生活习惯对购买力的影响；消费者心理变化对购买力的影响；社会风尚变化对购买力的影响；处于同一年龄段但在不同地区的消费者对同一类商品需求上的差异等。

显然，消费者的购买能力越高，购买欲望越强烈，在市场上的反应就越活跃，对高档和优质商品的兴趣也就越大。企业就是在消费者的这种购买力和心理的变化中发现市场机会的。现代广告策划也正是在把握了这种变化规律的基础上，才能够明确方向，发挥作用，实现效果。

3.4 竞争状况调查

竞争状况调查是广告调查的重点，包括他们各自的生产经营管理水平、所占市场份额、产品结构、广告投放、媒体选择组合、促销活动设计，尤其是销售的组织状况、规模与力量、销售渠道选择的方式，还有销售服务、售后服务方式及消费者的评价。另外，还有诸如生产者的技术资源、人力资源和投资背景及在产品的设计、技术、生产、包装、价格方面的信息。通过分析，针对竞争对手的优势和劣势，才能更好地制定有效的营销和广告策略。广告产品的市场竞争性调查的内容主要有以下几方面。

3.4.1 广告主企业经营情况调查

对于广告公司，对委托其代理广告业务的广告主的情况进行摸底调查，是很有必要的。这有两方面的好处：

（1）可以避免因广告主企业在信誉、经营等方面的问题而使自己蒙受损失。

（2）可以为制定广告决策提供依据。

广告主企业经营情况调查的主要内容为：企业历史、设施和技术水平、人员素质、经营状况和管理水平、经营措施等，见表3-5。

表3-5　广告主企业经营情况调查主要内容

企 业 历 史	设施和技术水平	人 员 素 质	经营状况和管理水平	经 营 措 施
1.广告主企业是老企业还是新企业？ 2.在历史上有过什么业绩？ 3.社会地位及社会声誉如何？	1.与同类企业相比企业的生产设备是否先进？ 2.操作技术是否先进？ 3.发展水平如何？	1.人员知识构成？ 2.人员技术构成？ 3.人员年龄构成？	1.企业成绩如何？ 2.工作机构和工作制度是否健全？ 3.流通渠道是否畅通？	1.企业有什么样的生产标准？

3.4.2 市场竞争性调查

这部分将企业与主要竞争对手进行市场态势比较。如果广告产品在市场上的确是全新的，可以不进行竞争分析而直接进行产品分析，挖掘产品的优越性。

（1）企业在竞争中的地位。主要包括：市场占有率及地位；消费者认知及评价顺序；企业自身的资源和目标。

（2）企业的竞争对手。对主要竞争对手的确认并按实力排队；竞争对手的基本情况，资料越详细越好；竞争对手的优势与劣势；竞争对手的营销策略，包括 6P、4C 等。

（3）企业与竞争对手的比较（SWOT 分析）。在第二条的基础上，结合自己进行机会与威胁，优势与劣势分析，找出主要问题点。具体包括：广告产品的市场潜力；其他同类产品的竞争潜力；广告产品的销售渠道及掌控程度；竞争产品的销售渠道情况；广告产品的销售政策和促销手段。一句话，自己用于市场的资源和竞争对手比是否有优势，以决定下一步是扬长避短，还是补充不足。

（4）企业和竞争对手以往的广告活动概况。开展的时间，开展的目的，投入的费用，广告活动的主要内容。

（5）企业和竞争对手以往的目标市场策略。广告活动的目标市场，目标市场的特性，目标市场的合理与否。

（6）企业和竞争对手以往的产品定位策略。领导者定位，挑战者定位，跟随者定位，补缺者定位。

（7）企业和竞争对手以往的广告诉求策略。诉求对象，诉求重点，诉求方法。

（8）企业和竞争对手以往的广告表现策略。广告主题的合理与否，广告创意的优势和不足。

（9）企业和竞争对手以往的广告媒介策略。媒介组合的合理与否，广告发布的频率，广告发布的优势和不足。

（10）广告效果。广告在消费者认知方面的效果，广告在改变消费者态度方面的效果，广告在消费者行为方面的效果，广告在直接促销方面的效果，广告在其他方面的效果，广告投入的效益。

（11）竞争分析的总结。竞争对手在广告方面的优势，企业自身在广告方面的优势，企业以往广告中应继续保持的内容，企业以往广告突出的劣势。

 本章小结

广告环境是指影响和制约广告活动策略、计划的诸多不可控制的因素，包括政治、法律、社会经济、科技、文化等因素。

当前我国广告的市场环境特点：市场监管的法制化；买方市场的形成；社会经济生活的富裕化；企业经营导向策略的形象化；市场竞争的激烈化；产业技术化的趋同化；大众媒介的普及化。

广告调查是广告公司、工商企业或媒介单位等从事广告活动的机构，为了了解市场信息、编制广告方案、提供广告设计资料和检查广告效果的目的而进行的市场调查。广告调查是制定广告策略的前提。

广告调查包括：广告环境调查、产品情况调查、市场竞争性调查、消费者调查。

广告调查的方法较多。按调查材料的来源可分为文献调查和实地观察；按调查时所使用的语言形式可分为问卷调查和访问调查；按调查的范围可分为全面调查和非全面调查。非全面调查包括抽样调查、典型调查和案例调查。广告调查的方法包括全面调查、典型调查、抽样调查、文献调查、访问法、问卷法、观念法、实验法；广告调查的程序包括明确调查目标、制定实施方案、整理分析资料、编写调查报告。

 案例分析

文化价值观对广告表现的影响

美国的芭芭拉·缪勒女士认为，国与国之间广告表现的差异，除了法规和媒介的影响，主要原因在于文化价值观因素。

缪勒女士曾经挑选了日本和美国有代表性的杂志，抽取了其中涵盖了 9 种商品类别的 378 则广告进行了深入的分析，并依据日本人和美国人的文化价值观分别设定了 5 项有代表性的广告诉求。

经过研究和分析，分别得出以下有意义的看法（见表 3-6）。

表 3-6　不同文化价值观的诉求方式

代表日本文化价值观的诉求方式		代表美国文化价值观的诉求方式	
诉求方式	诉求内容	诉求方式	诉求内容
集体共鸣式诉求	大家都用这种东西，你为何不用？	个人主义及独立诉求	使用此商品会使你不同于其他人
感性诉求	强调使用产品的心理感受	强力推销诉求	强调品牌或商品的优点甚至与竞争品牌比较
尊崇年长及传统诉求	以年长的使用者为诉求对象	年轻及现代诉求	用年轻演员做形象代言
身份地位提升诉求	使用外国演员或外来语，借此提升自己	商品利益诉求	强调商品的特点和优越
回归自然诉求	表现人类与自然的融合	人类超越自然诉求	表现人类征服自然的观念

由于受到文化价值观的影响，日、美两国的广告表现和消费者的观念在各个方面都表现出了明显的差异（见表 3-7）。

表 3-7　日、美两国的广告表现和消费者观念差异

比 较 项	日 本	美 国
在对广告的认识上	视广告为推销商品的工具	视广告为生活中的一部分
在对商品的观念上	重视价格因素，但往往为了满足虚荣心而购物	对商品的质量和价格斤斤计较，决不为了满足虚荣心而购物
在购买观念上	人口的流动性小，强调"老主顾的商店"	人口的流动性强，强调经济实惠

续表

比 较 项	日 本	美 国
在信息处理方式上	强调由上而下的信息处理方式：品牌形象→公司印象→产品形象→决定是否购买	商品特点→商品优点→个性表现→决定是否购买
在购买动机上	"品牌偏好度"优于"商品特性"	"商品特性"第一，但是也受"品牌偏好度"影响

思考与练习

1. 什么是广告环境，其构成是怎样的？
2. 广告调查的范围包括哪些方面？
3. 企业为什么要进行广告调查？
4. 广告调查的常用方法有哪些？

实训训练

雀巢速溶咖啡广告调查

当年速溶咖啡首先投放市场时，家庭主妇们纷纷抱怨速溶咖啡的味道不好，不像是真正的咖啡。但在随后的蒙眼试饮的实验中，这些家庭主妇并不能分辨出速溶咖啡和鲜咖啡的区别。显而易见，是消费心理使她们产生了抵触。后来，调查人员设计出两张内容几乎完全相同的购货单，要求参加测试的人员分别推测购物单主人的社会特征和个人特征。参加测试的人员的判断呈现出显著的差别：看到速溶咖啡购物单的测试者中，有相当高比例的人认为购物单主人必然是一个"懒惰、浪费、安排不好家庭计划、蹩脚的妻子"；而看到普通咖啡购物单的测试者则认为，购物单主人必然是一个"勤俭、有家庭观念和喜欢烹调的人"。显然测试者把自己对购买速溶咖啡的忧虑和不良印象通过虚构的形象反映出来。速溶咖啡公司迅速开展一个针对性的广告宣传活动来改变人们的不良印象。广告设计人员将广告主题由原来的"又快又方便"转为"质地醇厚"；广告画面的视觉中心是一杯热气腾腾的美味咖啡，它的背景是一颗颗粒饱满的褐色咖啡豆；再配之以"味道好极了！"的广告语。由于有了准确的重新定位，极富视觉冲击力的广告画面以及诱人的广告语，使产品迅速打开了新的饮料市场。

结合案例内容回答下列问题：

1. 请分析当时速溶咖啡面对的主要广告环境。
2. 以案例中的速溶咖啡为例，谈谈广告调查与广告策略之间的关系。
3. 根据以上案例材料，你认为该调查问卷设计应注意的主要问题是什么？
4. 开展由教师所确定产品的广告调查工作，具体要求：
（1）确定调查的基本思路，包括确定问题、确定时间、确定范围和形式。
（2）根据要求进行问卷设计，了解和分析产品、消费者、竞争对手以及广告活动的情况。

第4章 广告战略策划

◆ **技能目标：**

会分析广告主战略形势。

会根据实际情况制定企业广告战略。

◆ **知识目标：**

理解广告战略与策略的基本理论、运作规律等。要求学生掌握广告战略的基本概念、主要内容、运作要点、基本类型，了解社会上有关制定和实施广告战略与策略的相关方法，并将所学知识应用于具体的广告实践。

"西铁城"向澳大利亚的渗透战略

20世纪六七十年代才实施海外扩张战略的"西铁城"手表，当时在澳大利亚几乎没有任何市场份额。70年代初，"西铁城"手表在澳大利亚某市发布了一条信息，说是定于某星期天某时，在某广场上空"空投""西铁城"手表。这一条信息立即引起了社会强烈的反响。

在确定日期到来那天，成千上万的市民聚在广场上……这时飞机从空中开始空投，千万个微型降落伞投下成千上万块"西铁城"手表，人们看着走时准确，造型美观、新颖的"西铁城"手表纷纷赞不绝口……"西铁城"手表一炮走红。

这是"西铁城"手表采用的渗透战略。由于当时"西铁城"手表在澳大利亚几乎没有任何市场份额，为了进入澳大利亚市场，其广告战略必须瞄准竞争对手的同类产品在市场上的已有地位，通过广告渗透及营销扩散战略把自己的产品打入同类产品所占有的市场。在这个案例中，"空投"的概念深深地吸引了目标受众，"空投"的场面产生了永久的记忆，尤其是该活动用新颖的形式和实物的广告推出了品牌，这比起需要采取密集广告但也不一定能够奏效的战略，在经济角度和广告效果上不知强多少倍。

4.1 广告战略策划概述

4.1.1 广告战略与广告战略策划含义

战略决策谋划是根据所要达到的目的、竞争双方力量的对比、影响竞争的各方面因素，照顾到全局的各个方面、各个阶段之间的关系，考虑各种所能调动的力量、资源的准备和运用，所应采取的基本方法和手段，是带有全局性和决定性的计谋。

广告战略作为营销战略的重要组成部分，是对影响广告的重大的、带有全局性的或决定全局的重要决策的把握。广告战略策划是具有全局性、长远性、方向性、抗衡性和指导性的谋划。

战略是相对策略而言的，策略是指为实现战略任务而采取的手段。策略是战略的一部分，它服从于战略，并为达到战略目标服务。战略任务必须通过策略来逐步完成。战略在一定历史时期内具有相对的稳定性，在规定目标没有完成以前基本上是不变的。策略具有实际灵活性，在战略原则下容许随形势变化，两者的关系反映全局和局部的关系。

广告战略策划服务于企业的营业目标，它是在对市场分析和营销目标确立的前提下，在广告预算的范围内，对如何实现企业的营销目标做整体前瞻的、明晰而准确的把握。

美国七喜汽水公司，面对可口可乐公司、百事可乐公司的强劲竞争，尽管从1980以后广告费增加了一倍多，营业部门也人员倍增，但仍然亏损。近年来，公司利用人们对咖啡因的畏惧心理，开展了"七喜从来不含咖啡因，也永远不含咖啡因"的宣传攻势。由于这项"反咖啡因"广告战略的成功，使该公司的营业额稳步增加，并逐步转亏为盈。大幅度提高广告开支预算无法使企业起死回生，一项"反咖啡因"的广告战略却立见奇效，足见创造性和针对性都很强的广告战略的重大意义。因此，正确的市场战略，是广告战略的基础，敏锐的战略眼光，是制定有效的广告战略的前提。

4.1.2 广告战略的特点

成功的广告战略具有以下基本特征。

1. 全面性和长期性

广告战略并非一时一地的权宜之计，而是在周密调研的基础上，从企业的全局、长期方针的角度，高瞻远瞩、审时度势、谋划制定出来的，它与一般策略、战术不同，具有鲜明的全面性和长期性。

从企业营销目标出发，研究广告运动整体上与营销目标如何适应，在具体策略上研究广告活动，要同战略相配套，相协调，同其它的营销手段系统性组合成营销组合。但都要服从营销目标。

如日本家电广告战略关注长期信息效果，关注未来的消费群。

广告战略策划应着眼于长期、未来的效果，而不是谋求短期效果。

2. 科学性和创造性

科学性和创造性的广告战略是广告宣传成功的关键，也是整个市场营销战略获得成功的关键。广告战略不是市场营销战略的简单翻版，而是在市场营销战略指导下，对市场营销战略创造性地发展。广告战略的形成是一个创造性的过程，它因市场条件和营销目的不同而不同，把一般营销战略发展为具体、可执行的广告战略。

3．指导性和方向性

广告战略是企业现代广告策划的核心。战略一旦确定就对现代广告策划、创意、具体广告作品设计、制作具有指导意义。同时，战略还左右整个广告活动发展的方向，它是实现目标的核心机制，直接制约其他一切因素在特定的目标条件下的运作。

广告战略策划应强调对整体广告运动的指导，广告战略是广告运动的原则及指导方针，指导广告创意、广告表现、广告媒介及广告预算等。

4．抗衡性和协调性

作为市场竞争谋略之一的广告战略，常常是针对某一具体营销目标、某一特定竞争形势、某个或某些特定竞争对手而制定，它必须考虑与竞争对手在市场上的抗争和制衡的问题。因此，广告战略必然带有很强的抗衡性，并且在考虑具体竞争、抗衡的需要的同时，要从长远的、全局的战略角度出发协调好与各社会环境因素、传播环节因素的关系，协调好与竞争对手的关系，协调好全局与局部的关系，协调好战略和战术的关系。根据竞争对手广告采取相应策略。

4.1.3　广告战略的类型

企业要根据不同时期市场的变化，而采用相对应的广告战略。广告战略分为以下 6 种。

（1）集中战略。推出拳头产品，先在最可能取得高销量的地区集中宣传、取得市场优势后再逐步扩大到其他地区。

（2）进攻战略。针对竞争对手的弱点，以主动进攻的态度抢占市场，赢得同类市场的制高点。

（3）渗透战略。瞄准竞争对手的同类产品在市场上已有的地位，通过广告渗透及营销扩散战略，把自己的产品打入同类产品所占有的市场。

（4）防御战略。维护自己的市场地位，运用不间断的广告来维持产品知名度和市场占有率。

（5）心理战略。利用"攻心战术"进行广告宣传，使消费者产生强烈的购买欲。

（6）名牌战略。创立、推进、保卫名牌，步步深入地实施名牌战略。

广告战略策划类型，见表 4-1。

表 4-1　广告战略类型一览表

战略名称	战略内容
集中战略	亦称密集战略，有利于推出优势品牌，在最可能销售的地区集中宣传、重点突破，取得市场优势后再扩大到其他地区
进攻战略	避开竞争者的优势，针对竞争者弱点，以主动进攻姿态抢占市场，志在必得，赢得决定同类市场之态势的"极"点（如同围棋中的"占关"）

续表

战略名称	战略内容
渗透战略	瞄准竞争对手的同类产品的市场地位，通过广告渗透及营销扩散战略，把产品打入同类产品市场，其大致过程是：识别机会—实施一体化战略
防御战略	为维护市场地位，运用不间断广告维持产品知名度及市场占有率。广告目的不仅是推销产品和扩大市场占有率，而且必须是维持与巩固现有地位，其防御的核心凝结在商标上
心理战略	根据消费者心理进行宣传，使消费者对其发生兴趣，产生欲望，发生购买行为。广告的心理战略必须适合消费者心理需要、审美需要和利益需要
名牌战略	具体包括微观与宏观的两大方面。前者是指创立名牌的运作战略，解决的是创立名牌问题；后者则是在社会上整体推进名牌事业的战略，解决的是名牌发展的外部环境问题

4.1.4　广告战略策划内容

1．广告战略策划概念

所谓广告战略策划，是根据市场分析、消费者分析和企业、产品分析所获得的资料，为实现广告目标和各阶段的目标而制定出全局性和长远性的广告活动原则和策略的过程。从这一定义可以看出：

（1）广告战略策划的前提和基础是对相关客观资料的详尽分析。

（2）广告战略策划的核心是制定广告战略目标。

（3）广告战略策划的关键是根据广告战略目标制定出全局性、长远性的原则和策略。

2．广告战略策划的内容

广告战略策划的内容可包括 4 个方面：一是整体思想的确立；二是广告战略目标与重点的确立；三是广告战略方案的设计与实施；四是广告预算。

（1）整体思想的确立

所谓整体思想，是指广告战略策划的指导思想，是指导广告活动达到目标的基本观念和思路。由于整体思想是指导广告活动达到目标的基本观念和思路，因而它往往会决定整个广告战略的基本特征和价值取向，往往会关系到整个广告战略的成败。

广告战略策划的整体思想（或观念）对战略目标、具体行为及广告表现重点的影响是十分明显的。

（2）战略目标与重点的确立

战略的性质是由战略任务所决定的，但是反映战略性质的具体观念又会对具体战略目标和战略重点产生影响。通过表 4-1 可以看到，战略观念不同，则目标选择及重点确立也不同。因此，在整体思想确立之后，广告战略策划所包含的第二个方面内容，就是广告战略的目标与重点的确立。

由于广告战略是企业针对市场的变化而在广告活动中所采取的长期对策，因此广告战略策划就是企业为实现其经营目标而拟定指导思想和整体方案的过程。在这个过程中，广告战略目标是规划一定时期内广告活动方向的核心内容，所有其他有关内容都是围绕这一中心展开的。广告战略目标的选择，取决于企业的经营目标和促销目标，并对上述目标产生推动作用。

在战略目标选定之后，接下来的任务就是确定战略重点了。战略重点是指企业在特殊时期需要解决的主要经营方向上重点问题，是企业面对主要矛盾所确定的解决矛盾的重要思路。例如，当消费者对于商品产生误解、疑虑时，广告战略的重点就应该确定在转变消费者态度上，如果仍然确立在扩大知名度上，则必然产生南辕北辙的效果，付出的努力越大，广告战略越失败。

（3）广告战略方案的设计与实施

广告战略策划内容的第三个方面就是广告战略方案的设计与实施。

根据不同的广告战略观念和由此而确立的广告战略目标、重点所设计的战略方案是不同的。在具体方案中不仅涉及广告主题、广告创意、广告表现、广告媒介及具体的发布手段，还包括实施时间、区域、目标市场以及广告战略与其他诸如产品开发、销售、市场、企业、形象战略的关系等，这些都是广告战略方案设计与实施中所必须考虑的。

（4）广告预算

广告预算是指为达成广告目的所需费用，力争以最少费用达到最好效果。其根本原则是广告所需费用不得超过广告可能带来的效益。广告费用应列入产品成本考虑。

4.2 广告战略目标

4.2.1 广告战略目标的概念

广告战略目标是指企业广告活动所要达到的目的。作为广告活动的总体要求，广告目标规定着广告活动的总任务，决定着广告活动的行动和发展方向。在不同时期不同产品上，企业的广告目标是不同的。例如，促进销售的目标、改变消费者态度和行为的目标、创牌广告目标、保牌广告目标等。企业的广告战略目标不是单一的目标，而是广告目标树，是由不同层次的广告目标所组成的。

广告战略目标是广告战略要素之一，是广告战略内容中最重要的部分。企业投资广告的最直接的目的就是要以最低的投入达到最好的营销产出，为实现企业经营目标服务，为进一步建立企业形象、品牌形象的长远战略目标服务。要确定广告战略目标，必须了解广告战略目标与营销目标和广告指标的区别。

1. 广告战略目标与营销目标

（1）销售产品与销售信息截然不同。营销目标的基本点是销售额与利润，而广告目标则代表了对目标顾客传达销售信息，并达到某种传播效果的标推。测定营销目标的具体形式就是销售金额和利润数量，而广告目标则是以公司及产品在消费者中知名度的提升、态度或观念的转变，并最终促动消费行为来认定的。

（2）即时效果与延时效果也不一致。营销目标往往以单一的时间段来作为衡量标准，比如通常企业根据产品销售和财务核算确定一个月或一年是一个周期。而广告在一般情况下都有一个迁延特性，这个迁延特性包括两方面含义：其一是广告费用的投入一般情况下并不是立竿见影，大多数广告效果的显现要在广告运作相当时间之后才有所表露；其二是广告作为一种对消费者心理及观念的影响，它的有效性往往具有相当长时间的持续，即使在广告运动结束之后，仍旧在消费者中存在着以往广告运动的影响。

（3）有形结果与无形结果殊有差异。营销目标通常是一些具体的措施和明确的数字，它以准确无误的计量单位来说明，如销售渠道和网点、利润数字、上货率等。广告目标虽然也力求定量化，但在实施之后所达成的结果常常很难具体化，如消费者态度的转变、意见的改变、信心的激发等，许多属于心理状态，很难用具体数字来对这种模糊性质加以测定。

2. 广告战略目标与广告指标

广告战略目标指广告活动所要达到的目标，着重揭示行为、活动方向。广告指标是指广告活动效果的数量、质量等方面的计量标准。例如，企业广告战略目标是扩大销售、增加利润，其广告指标就在数量上有具体规定，如销售额增长 20%，利润增长 18%。两者的关系是：

（1）广告战略目标包括广告指标，后者是对前者的具体化和数量化。

（2）广告战略目标只有一个总目标或几个主要目标，后者是多种多样的，并且能考核。如上海正广和汽水广告战略目标是使正广和"重返南京路"，在这一目标之下，确定具体的指标是重新在上海饮料市场占有 10%，甚至更大的份额。

4.2.2　广告战略目标的原则

由于广告目标具有多层次、多元的特点，现代广告策划者在确定广告战略目标时，应遵循以下原则。

（1）单一性原则。现代广告学主张企业在做广告时，尽可能使广告目标单一，并主张出现两个以上目标时，一定主次分明，重点突出。事实是在多元目标出现的情况下，极容易造成各个目标之间和总分目标之间的对立和矛盾。总之一定要抓住关键目标。

（2）具体性原则。具体性是指广告目标要具体化、数量化。企业经常用产量、产值、品种、利税额等数字来表示企业完成计划目标的情况。广告目标也可用具体数字来表示。如市场覆盖率、市场占有率、投资收益比等。

（3）可行性原则。可行性主要指策划者要从实际出发慎重考虑主客观环境的限制，目标建立在扎实的基础上，切实可行，目标要确立具体的时间界限，还要规定测评方法各评估措施。

（4）合理性原则。合理性指确定广告目标时要恰当。既不要满打满算，目标过高，又不要过于谨慎，目标太低。

（5）稳定性原则。稳定性指广告目标确定慎重，一旦能确定下来，就要保持稳定性，要有统一的长远安排，不能朝令夕改，任意调整。

4.2.3　广告战略目标的选择

1. 从不同市场位次选择战略目标

在竞争激烈的今天，任何广告战略目标的选择都应着眼于自己的实力，明确本企业在同行业中的位次。

根据企业在市场上的竞争地位不同，可以将企业分为 4 种类型：市场领导者、市场挑战者、市场追随者和市场补缺者。处于不同地位的企业，应该制定和实施不同的广告竞争战略。

（1）市场领导者的广告战略

在绝大多数行业都存在一个居于领导地位的企业，它在相关的产品市场上占有最大的市场份额。其他企业有些会承认它的领导地位，有的会向它发起挑战。市场领导者的策略失误，很可能会导致领导地位的丧失。企业要想保持市场领导者的地位，必须从扩大市场总需求、保护市场占有率和提高市场占有率三个方面进行努力。

① 扩大市场总需求。市场领导者占有最大的市场份额，因此当市场总需求扩大时它获利最多。市场领导者扩大市场总需求可以从寻找产品的新的使用者、新的用途和增加产品使用量三个方面着手。

- 寻找新的使用者：一些潜在的顾客可能因为不知道企业的产品，或者因为对企业的产品不感兴趣，或者因为他们认为企业产品的价格不合理或存在缺陷等因素而没有购买企业的产品。企业可以从这些群体中发掘新的使用者。

小资料

美国强生公司的婴儿洗发精是该产品的市场领导品牌。当美国的出生率下降时，公司对产品的未来销售增长情况极为关注。公司发现家庭的其他成员也偶尔使用婴儿洗发精，于是决定针对成人开展广告宣传活动，在很短的时期内，强生公司的婴儿洗发精成为整个洗发精市场的领导品牌。

- 发现推广产品的新用途：如果企业能够发现和推广产品的新用途，也能扩大市场的需求。

小资料

杜邦公司的尼龙是这方面的一个极为成功的例子。尼龙的新用途不断被发现，由开始作为制作降落伞的合成纤维到做丝袜的纤维、做衬衣的主要原料，后来又成为制作汽车轮胎、椅套、地毯的原料。杜邦公司为了发现新用途而不断进行研究开发活动，使企业名声大振。

- 促使使用者增加使用：企业可以通过适当方式，说服顾客更多地使用企业的产品，这也能有效地增加产品销售量。例如，电力公司实行用电分段计价，超过一定额度部分的用电量将执行较低的价格，从而鼓励人们更多地用电。

② 保护市场占有率。市场领导者还必须注意不使自己的业务受到竞争者的打击。有的市场挑战者总是在寻找市场领导者的薄弱之处，伺机发起进攻，以便取而代之。

市场领导者要保护自己的市场占有率，就必须不断地创新，在任何时候都不能满足于现状，要使企业在行业的新产品开发、顾客服务、销售渠道的效益性和降低成本等方面都居于领先地位。例如，吉利公司从 20 世纪 90 年代开始研制传感剃须工具，获得 29 项专利成果，产品在市场上无人能够抑制，畅销世界各个国家和地区，拥有 7 亿顾客。

进攻是最好的防卸。市场领导者要抓住竞争者的弱点，主动出击。当企业不能主动进攻时，就应对企业的市场进行认真研究，制定正确的应付挑战者进攻的防卸策略，确定哪些部分应不惜代价加以防守、哪些部分可以放弃而不会给企业带来危害，从而正确配置企业的资源。防御策略的目标是减少受到攻击的可能性，或将攻击引向对企业造成危害较小的地方并削弱其攻势。可供市场领导者选择的防御策略有 6 种。

● 阵地防御：即企业在现有市场周围建立防线，实行消极防御。这一策略只有当竞争者发起的攻击不出企业所料时才能奏效，而这是很难做到的，当竞争者的攻击出乎企业预料时，可能会导致企业防线的崩溃，给企业造成重大损失。而且，简单地防守企业现有的地位或产品，即使竞争者没有对企业直接发起攻击，企业也可能因为患上"营销近视症"而丧失市场领导者地位。

● 侧翼防御：侧翼防御指企业不但要保护自己的主要阵地，还应建立一些侧翼阵地以保护企业的薄弱部分或作为今后出击的前哨阵地。

 小资料

通用汽车公司是汽车工业的领导者，它的主要优势在于中档车，它曾轻而易举击退了福特、克莱斯勒等汽车公司的正面进攻。但它没有注意侧翼防御，当日本人用丰田、达特桑、本田车从低档车市场发起进攻，德国人用梅塞德斯、宝马车从高档车市场发动进攻时，都取得了成功。

● 先发制人：先发制人是一种积极的防御策略，是在竞争者准备进攻但尚未进攻之前，率先向竞争者发起攻击。

一个美国的药品公司是某种类型药物的领导者，当它得知竞争者准备建厂生产这种药物时，便宣称企业将降低该药品的价格并扩大生产规模，这给竞争者造成了威胁，提高了进入壁垒，迫使竞争者决定不再进入该药品的市场。

● 反击防御：反击防御指市场领导者受到竞争者进攻时，为了摆脱被动局面而积极主动地向竞争者发起反击。这种反击可能是正面反击，也可能是进攻竞争的侧翼，或采取锥形攻势切断进攻者的退路。有时有效的反击方式是进入竞争者的领域里发起攻击。

 **小资料**

美国西北航空公司的明尼阿波利斯至亚特兰大的航线是其最有利的航线之一，一家小航空公司在这条航线上发起了降价进攻，以扩大市场占有率。西北航空公司则在对方的最有利的航线——明尼阿波利斯发起反击，降低票价，从而迫使对方恢复原价，停止进攻。

- 运动防御：运动防御是市场领导者将自己的防御范围从目前的阵地扩展到了新的领域，而这些领域又可能成为企业未来的防御或进攻的中心。企业扩展市场可以采用两种方式：一种是市场扩大化，即企业将其注意力从现有产品转移到主要的基本需要和对该需要相关联的整套技术进行研究开发，如企业的业务范围从生产电视机改为生产家用电器，这说明企业将涉及空调、冰箱等许多产品的生产经营；另一种是市场多元化，即进入与现有市场不相关联的市场，实行集团多元化经营。
- 收缩防御：当企业无法防守所有的阵地时，可以实行收缩防御，放弃一些力量薄弱的领域，加强主要阵地的防御。

小资料

多年以来，可口可乐没有推出大包装产品，丧失了阻击百事可乐的机会。1929 年百事可乐向公众贯输这样一个概念：同样 5 分钱，能买 2 份可口可乐。意思是 5 分钱买百事可乐 12 盎司一瓶，也只能买 6.5 盎司可口可乐一瓶。这个广告策略以电视广告予以表现，抢走了可口可乐在美国的中下层市场。

但是，在 1970 年，可口可乐终于找到了作为领先者的最佳防御策略，即它拥有的领先地位本身就是最佳策略。

"正宗货"，可口可乐这一广告词暗示着，其他的可乐饮料都只是模仿可口可乐。当然，其他可乐确实都是模仿可口可乐。

"正宗货"的策略利用了"货品 7X"做广告，"货品 7X"是可口可乐的秘密配方。从潘伯顿医生的时代起，知道"货品 7X"的人屈指可数。这种广告在于激发了可口可乐消费者的想象力。但是，"正宗货"的广告持续的时间并不长，在 1975 年变成了"看哪，美国"，1976 年的广告是"可口可乐为生活添姿加彩"，1979 年的广告是"喝可口可乐，喝出好心情。"

到了 1982 年，可口可乐的口号已经乏味到了极点："就是它，可口可乐。"尽管可口可乐多年前就抛弃了"正宗货"的口号，但它并没有从人们的头脑中消失。你可以试着问问人们，什么是"正宗货"，多数人都会告诉你是可口可乐。你再问问他们，"它是什么？"看看能有几个人能说出"就是它，可口可乐"。

③ 提高市场占有率。市场领导者还可以设法提高它的市场占有率，以进一步增加利润。美国哈佛商学院的学者与有关专家进行的题为"营销战略对利润的影响（PLMS）"的研究项目表明，决定企业（税前）投资报酬率的变量有市场占有率、产品质量、推销费用。

研究报告显示，市场占有率在 10% 以下的企业，投资报酬率在 9% 左右，市场占有率有 10% 的差异，会使投资报酬率产生 5% 的差异，市场占有率超过 40% 的企业能获得 30% 的平均投资报酬率。这一研究结果促使许多企业致力于提高市场占有率。国外的蓝契斯特法则也认为，当市场领导者的市场占有率达到 73.88% 时，竞争者难以动摇其地位，这一指标构成市场独占条件，当市场占有率达到 41.7% 时，进入相对安全圈，这是各企业参与竞争的首要目标，26.12% 的市场占有率则是安全下限指标，虽然企业此时的市场占有率名列榜首，也极不稳定，随时有受到进攻的可能。

（2）市场挑战者的广告战略

市场挑战者是指在市场上居于次要地位，采取向市场领导者或其他竞争者发起攻击的方式来争取更多市场份额的企业。在市场的早期阶段，第三位、第四位也具有吸引力。因为产品销量在不断增长，新的消费者在不断地进入市场，他们不了解哪些产品居于领先地位，往往购买他们感兴趣的产品，而这些产品可能正是处于第三、第四位企业的产品。

随着市场的成熟，最终将形成两强相争的局面。例如，饮料是可口可乐和百事可乐，胶卷是柯达和富士，汽车是通用和福特，快餐业是麦当劳和肯德基。事实说明，两强相争的竞争格局是不稳定的，在这种竞争格局中，领先品牌的市场占有率将减少，而第二位产品的市场占有率将增加。因此，居于挑战者地位的企业高水平不断地提高自己的市场占有率，争取取得领导者的地位，或使自己成为第二位的企业。美国通用电气公司总裁兼总经理杰克·韦尔奇曾说过："只有那些在市场上数一数二的公司，才可能在日益激烈的国际竞争中获胜。"因此，该公司要求它的产品在所在市场上都占有第一或第二的地位，否则便撤出该市场。而宝洁公司（P&G）具有强大的竞争力也在于它的产品中有70%以上都居于第一或第二的位置。

市场挑战者为追求市场占有率应该做好确定战略目标和进攻对象及选择进攻策略两方面的工作。

① 确定战略目标和进攻对象。大多数市场挑战者的战略目标是为了提高市场占有率。它可以选择的进攻对象有三种类型：市场领导者、实力相当者和地方性小企业。向市场领导者发起攻击，对市场挑战者来说是很有吸引力的。在领导者的地位很巩固、实力很强大的情况下，这种攻击有很大的风险；但在领导者的地位不够巩固、实力不够强，存在薄弱环节的情况下，向领导者发起攻击可能给挑战者带来很好的收获。当实力相当者或地方性小企业出现经营失误、存在薄弱环节时，挑战者可以向它们发起攻击。

② 选择进攻策略。在确定目标和进攻对象后，市场挑战者要选择适当的进攻策略。发起进攻时，必须掌握"集中优势兵力"的原则，才有可能取得成功。可供选择的策略主要有以下五种。

正面进攻：集中力量向竞争者的主要阵地发起进攻，而不是攻击其薄弱环节。这要求挑战者具有超过竞争者的实力优势。挑战者可以在产品、广告、价格等方面向竞争者发起攻击，而建立在低成本优势基础上的价格进攻是挑战者进行有效的持续攻击的必要的前提条件。

百事可乐在20世纪30年代将当时最高价为10美分的百事可乐饮料降价一半和其在20世纪80年代针对可口可乐改变配方时所发起的进攻都是正面攻击的例子。如果挑战者不具备实力优势，那么正面进攻就不易奏效，甚至适得其反。1997年，国内某品牌大屏幕彩电在成都大幅度降价销售，向长虹发起正面进攻，挑起了第三次彩电价格大战。但由于实力相差甚大，而且价格的降低不是取得规模经济的结果而是采取"小马拉大车"的手段，因此不但没有有效地提高市场占有率，反而在其做法被竞争者披露以后造成了对企业形象的伤害。

侧翼进攻：集中力量进攻竞争者的薄弱环节。这又有两种方式：一种是地理性的侧翼进攻，即在国内或国际市场上寻找竞争者的薄弱环节；另一种是细分性的侧翼进攻，即寻找尚未被竞争者所覆盖的细分市场。日本汽车打入美国、华龙集团占领中小城镇和农村市场都是成功的侧翼进攻的例子。

包围进攻：这是一种全方位、大规模的进攻策略。当挑战者具有优于竞争者的实力，并且通过包围进攻能有效地打击竞争者时，可以采取这种策略。

日本精工表在国际市场采取的就是包围进攻策略。公司在全世界生产和销售2300多种款式的手表，并在每一个主要的手表销售网点上销售，从而压倒了它的竞争者并征服了消费者。

迂回进攻："以迂为真"（《孙子兵法·军争篇》）也是一种有效的进攻策略。迂回进攻的方式主要有：经营与现有产品无关联的产品，实行产品多元化，进入新的市场，实行市场多元化，发展新技术、新产品，取代现有产品。迂回进攻能够麻痹竞争者，减弱其防御意识。

美国利弗兄弟公司一直落后于它的竞争劲敌P&G公司，但因其推出了集除臭、润肤等功能于一身并可供全家使用的利弗2000型香皂，使企业1993年在香皂上的收入首次超过P&G。

游击进攻：这种策略适用于实力较弱的挑战者向较大的企业发起进攻的情形。挑战者以小规模的、间断的进攻骚扰竞争者和影响它的士气，达到建立永久性立足点的目的。必须认识到，长期的游击战也需要很大的投入，只靠游击进攻也不能击败对手。

（3）市场追随者的广告战略

市场追随者是在市场中居于次要地位、参与市场竞争但不准备向市场领导者或其他竞争者发起进攻的企业。美国学者库普斯和莱布兰德通过对美国和加拿大的1600家企业的调查研究提出，一个企业要想在市场竞争中取胜，最好的方法是创造性地模仿市场领导者。创造性模仿的系统方法是"参照"。所谓参照是指企业将其产品、服务和其他业务活动与自己最强的竞争者或某一方面的领先者进行连续对比测量的程序，其目的是发现自己的优势和不足或寻找领导者领先的原因，以便为企业开发新产口、开展市场营销活动、制定目标和战略提供依据。参照已经成为一种管理技巧，为越来越多的西方大企业所采纳，如施乐、通用汽车公司、柯达、福特、杜邦等一些大企业还设立了专门从事参照活动的部门。参照本身所具有的主要优势有：它是一种创造性模仿，建立在其他企业成功或失败的基础之上，因此可以不犯或少犯创新者犯过的错误，从而降低创新的风险；参照既了解被模仿者，也了解自己，做到了"知己知彼"；参照对于信息具有更大的价值，而且信息量也可能更多；参照是采用完全合法的手段学习、模仿其他企业，因此更容易得到被参照者的合作。市场追随者模仿市场领导者，最终可能成为仿造者。这对市场领导者是一种间接性进攻，给市场领导者造成了伤害，因此市场领导者也总是在设法寻找防止和打击这种模仿的办法。

① 紧跟模仿。市场追随者在产品、广告、分销等各个方面尽可能地模仿，不是任何一个参与正当竞争的企业所应该采用的策略。

② 选择性模仿。市场追随者在某些方面模仿市场领导，在其他一些方面（如广告、包装、价格等方面）则有所不同。追随者不进攻领导者，领导者对模仿者也不大注意。

③ 改变性模仿。市场追随者改变或改进市场领导者的产品销往其他不同的市场，避免与领导者的冲突。这类市场追随者很多在经营成功后成为了挑战者。市场追随者一定要认识到，简单的模仿不会使企业在竞争中取得比领导者更佳的业绩，只有创造性模仿才是成功之路。

（4）市场补缺者的广告战略

市场补缺者是指那些致力于在一个或很少几个细分市场上开展营销活动、建立相对的竞争优势而避免与大企业竞争的企业。对于市场补缺者来说，理想的细分市场应该具有以下特点：具有足够的规模和购买力，有增长潜力，被主要竞争者所忽视或对其缺乏吸引力，企业具备为此细分市场服务的能力和资源，企业在顾客中的既有信誉能对抗大企业在细分市场上发起的攻击。市场补缺者的竞争策略是实行专业化营销，可供选择的专业化方式有以下几种。

① 最终使用者专业化。即专门为某一类型的最终顾客服务，如一个服装厂专门为中小学生生产校服。

② 垂直层面专业化。即专门致力于营销渠道的某一层面的生产经营活动，如铜业公司集中于生产原铜、铜制零件、铜制成品。

③ 顾客规模专业化。即专门为某一种规模的顾客提供服务，如一些小企业专门为被大公司所忽视的小客户服务。

④ 特定顾客专业化。即只为一个或少数几个主要顾客提供服务，如江苏靖江三江电器制造公司专门为小天鹅集团生产各种洗衣机用的微型电机。

⑤ 地理区域专业化。即只为某一特定区域提供服务，如一些地方性的小啤酒厂生产的啤酒只在本地销售。

⑥ 产品或产品线专业化。即只生产某种产品或某一大类产品，如长安汽车公司专门生产微型车。

⑦ 客户订单专业化。即专门按客户订单进行生产，如某手表厂家为顾客定做"情侣表"。

⑧ 质量和价格专业化。即专门生产经营某种质量和价格的产品，如北京某酒厂专门生产价格低廉的高度酒"二锅头"。

⑨ 服务项目专业化。即专门提供其他企业所没有的一种或几种服务，如上海小阿华胎毛笔公司就专门为新生婴儿的家庭提供制作"胎发笔"的服务。

⑩ 销售渠道专业化。即专门为某一种销售渠道提供服务，如专门生产供超级市场销售的产品。

市场补缺者不但要善于发现适宜的细分市场，还应不断地拓展细分市场和保护企业的细分市场。由于集中经营一个细分市场风险较大，市场补缺者通常选择两个或两个以上的细分市场，在这些细分市场上经营成功后，企业的生存适应性将大为加强。

处在不同市场位次的企业，其广告战略目标的选择是不同的（见表4-2）。

表 4-2　不同市场位次企业之广告战略目标选择一览表

位次	广告战略目标	广告战略特点	现代广告策划中战略实施重点
市场领导者	稳定其行业王者、霸主地位	保持或拉大与第二位次企业的距离，发挥规模优势	稳定优势商品市场占有率，建立其"第一"的地位，形成产品系列化。利用优势品牌带动其他产品，侧重形象宣传，赢得公众好感
市场挑战者	联合其他位次企业形成合作，在多领域向第一位次企业挑战	保持与第三位次企业的距离	把握广告时机对新领域加强宣传，注重与低位次企业的协调，防止其与第一位次企业的结盟
市场跟随者	主动与第一位次企业结盟，借以打破平衡促进市场变化	借助第一位次企业力量，创造超过第二位次的机会	争取大众市场，迎合公众需要，着力宣传短期新产品，在广告战略中暗示自己与"王者"的同盟关系
市场补缺者	与同类企业联合，作为弱者应避免相互摩擦，注重新产品开发	积蓄力量，形成统一战线，使"王者"不敢轻视	实事求是，不仿照高位次企业宣传方式，重点宣传对自己有利的特定市场，注重发挥自己特长

2. 从配合市场的角度选择广告战略

市场需求范围和需求目标具有多样性及变动性，任何产品不可能满足市场的全部需求，只能是局部区域、特定时间对特定市场的满足。产品与市场需求范围、需求目标应是对应关系，因而广告战略的选择也应该考虑配合市场。

在广告战略策划时要善于洞查市场变化的预兆，注意市场周期变化效应，并据以选定广告战略。所谓周期变化效应是指随着某一产品在市场上供求关系的规律性变化所带来的循环往复的动态效应。

 **小资料**

广告怎样将销售"淡季"转为"旺季"

夏季是洗衣机销售的"淡季"，由于看到了这种规律性，为了改变这种局面，"海尔"推出了"小小神童"、"小丽人"等新的洗衣机产品，并且针对目标消费者担心夏季使用洗衣机洗少量的衣物既费水又费电的心理，通过广告告诉消费者"衣物一半，水一半"。由于产品进入市场和广告的发布选择了最恰当的变化时机，因此一举占领市场，使"淡季"变为"旺季"。

产品在销售过程中的"旺季与淡季"、"畅销与滞销"、"热门与冷门"、"走俏与疲软"等，均有其变化规律，且在周期性变化中均有一定的转化预兆。善于发现变化规律并科学预测变化趋势，才能准确把握时机并在最恰当的时机使产品先人一步取得市场优势。

在现代广告策划时要充分考虑市场需求范围的多样性和变动性，并据此选择广告战略。影响市场变化的主要因素来自消费者，消费者有其不同的需求层次范围有效配合起来。在现代广告策划时还要充分考虑市场需求目标的多样性、变化性，并据此以选择广告战略才能成功。即使是在相同需求的范围内，由于具体产品的更新换代，也必将会涉及具体的不同需求目标。针对这种情况要慎重选择广告战略，不能进行简单化的处理。

4.3 广告战略总体设计

广告战略思想的确立是广告战略策划的基础，广告目标的制定是广告战略策划的核心，对内外环境的分析是广告战略策划的前提，明确广告战略任务是广告战略策划的条件，而广告战略设计是广告战略策划的关键。

广告战略设计就是设计众多的广告战略方案，并从中选择最能体现战略思想的，符合广告产品和企业实际，适应市场需要的广告战略方案。

4.3.1 广告战略总体设计步骤

1. 分析资料，找准重要的利益点

建立具体广告战略的第一步要深入钻研相关的资料，不要被一些假象所迷惑。对广告

战略制定者来说，能够冷静地分析资料是起码的能力。同时还要研究市场、产品、竞争者和消费者，从而确定什么消费利益对这类受众来说是重要的或特别有意义的。比如我们在谈论一个产品的利益点时，不应该是告诉消费者可以直接看到或已经知道的明显利益点，而应该是不易为人所发现的重要利益点。糖果好看会讨人喜欢，但重要的是它的口味是否得到消费者的喜爱。雀巢咖啡向消费者诉求的是"味道好极了"，而不是"能抑制瞌睡"。尽管许多人是为了熬夜而准备咖啡，但却是因"味道好极了"而选择雀巢咖啡。

2．强调主要利益点

通常广告主和广告创作人员谈论广告时，往往更多地偏重于如何创作出一个好广告片或具体的创意，这容易让产品、价格和包装跟广告内容各行其是。如果是在销售一种口味极好的饮料，创作战略就是要突出它的口味，而不是它的营养价值，不要把它和营养类保健饮料混到一起去。

大多数广告需要广告创作者们尽可能地在广告中多说些产品的利益点。对广告主来说，他的产品各方面都是重要的。但对消费者来说，有时只关注产品的某些特点。如果一个广告中强调的利益点过多反而使主要利益点显得不突出，而丧失广告应有的作用。不仅如此，有些广告主更希望自己的产品所有人都用，要求创作者对所有人做广告，这显然是错误的。广告只能对可能使用该产品的受众诉说，市场永远不会被一家企业的产品所独占。确定目标消费者看起来人数少了，但更为准确、有效。

3．选准目标顾客

现代市场经济条件下，消费者对于某类产品的重视程度不同。企业必须明确产品在何时、何地对哪一个阶层的消费者出售，从而有利于同其他企业的同类产品的竞争。现实生活中人们对于产品的认识，往往是根据自己的了解和需要在心目中把产品排成一个顺序，通过横向纵向对比，显示其差别，位置越高的产品或占有特定位置的产品最容易受到消费者的注意，进而引导消费者的购买。

小资料

如在一则辣椒酱广告中，一个脑满肠肥，一身短装的男子，坐在椅子上啃着比萨饼，吃着吃着，他仿佛想起了什么，翻找出那瓶亨士辣椒酱，涂抹在比萨饼上。涂完后更加起劲地吃起来，由于辣劲的发作，脸上红彤彤的，满脸是汗。这时伴随着一阵阵嗡嗡的蚊鸣声，一只蚊子正盘旋着寻找吸血的落脚。蚊子嗡嗡地落在胖男人的壮腿上，胖男人斜觑了一眼，仍旧气定神闲。蚊子使劲吸足血后，心满意足地飞离了那只胖腿。只见蚊子将出门之际，突然全身发生了爆炸，一团小小的火焰从蚊子的小小身躯向四周扩散着，"这就是，辣的力量"，这样的广告叫人辣到心尖，辣得叹为观止，能够满足喜欢辣的消费者的需求。

配合消费者需求的广告战略就是要广告活动中通过突出商品符合消费者心理需求的鲜明特点，确定商品在竞争中的定位，促使消费者树立选购该商品的稳定印象。其主要特点是突出产品的个性，即同类产品所不具有的优异之处，而这些优点是为消费者所需求的。

广告产品能否符合消费者的需求，是广告成败的关键。

除非企业的产品是一个独创的新产品，能使市场增加新顾客。否则，产品的市场份额总是从别的产品那儿夺来的。理论上称为"零和游戏"。所以在制定广告战略时必须判定目标顾客的来源。如糖果无论如何都还是糖果，食用它的人是喜欢吃糖果的人，而不是那些一直不喜欢吃糖果的人，了解了这些，企业的目标顾客就十分明确了，企业就可以花很多时间在目标消费者身上，而不是在广告计划中花很多时间来说商品特质。研究消费者不要只顾到其性别、年龄、收入，还要明了消费者使用产品的情况。这样才能使我们的广告创作人员说出目标消费者最想听的话，使之受劝诱去购买商品。比较习惯的做法，是将目标消费者具体化，不是一群人，而是一个人。购买食用糖果的是一位正在上高三的女生，还是一个活泼可爱刚上小学的小女孩？这样广告创作人员创作起来会容易很多，而目标消费者也会因"度身订做"而更感到兴趣，更予以关注。

4. 树立品牌形象

只要我们能够在市场上寻找到空档，就不要和竞争者的产品制定相同的产品形象，如果万宝路、健牌、百乐门、"555"香烟都以牛仔形象则不具任何代表意义，所以，在众多竞争者产品中，要能够从市场中"跳"出来，制定一个独特的产品形象是十分重要的。某广告公司在给"大成功"糖果创作产品形象时，考虑到了大白兔奶糖的大白兔、小龙人奶糖的小龙人、阿咪奶糖的小猫以及喔喔佳佳奶糖的大公鸡等形象。为了与它们严格区别开来，同时又能表现"大成功"三个字的独特内涵，便创作了一个手拿"大哥大"的卡通人物形象，头部像太阳一样，身体是一个五角星，简单而容易记忆，一目了然。通过这个卡通人物在电视、报纸广告及包装设计中的扩散使用，使"大成功"品牌的形象与众不同，从市场中"跳"了出来。可见，品牌形象并不单单是该产品个性如何，而是一种感觉，一种气派，从而使品牌能够与众不同。

广告战略的制定必须使每个广告都能对建立品牌的长期形象有所贡献，而不是今天一个形象，明天一个形象，使得消费者始终不能在心目中建立起一个该产品的品牌形象，造成广告费的浪费。

5. 坚持特色诉求

尽管市场和消费者在不停地变化，但广告战略中的有些部分是不应该轻易变化的，如产品的主要优点和特点，应该几乎永远不变，至少在广告战略中应坚持特色诉求。例如，可口可乐公司在遇到百事可乐甜度优势竞争时，曾试图改变配方调整口味以迎合消费者口味偏好，来与百事可乐抗衡，结果惨遭失败。消费者对可口可乐最注重的是其为老牌，拥有正宗可口可乐这样一种身份与地位的象征，可口可乐公司及时恢复原配方原口味，它依然失去了一大批消费者的信任，直至很多年后，才又重新赢回了原有的市场份额。

可见，既要相信广告的力量，又不能高估广告的作用。要做好广告，先要有好产品，这是永远不会改变的。好的广告战略永远建立于优质的产品和对市场的清醒认识之上。同时，还取决于制定广告战略的人能否既着眼现实，又目光远大。

6．形成总体广告战略

在完成以上 5 个步骤后，广告公司就可以对整个广告活动形成基本的框架，然后，通过对诸多广告策略的把握，形成整体完备的广告战略。

4.3.2　广告战略的选择设计

根据一般的广告战略策划经验，可供选择的广告战略主要有以下几种。

1．配合市场营销进攻性要求的广告战略

（1）进攻型战略。进攻型战略是以竞争对手或市场某一目标为出发点，通过广告宣传，在广告的覆盖面、促销力、信任度及产品的公众知晓率、市场占有率等方面要超过主要竞争对手。这是一种赶超型的进攻战略，一些能够左右市场的大公司经常运用大量的广告来保证产品或企业的知名度、市场占有率，即使产品畅销，也不间断地做广告。

（2）防御型战略。防御型战略是在广告活动中以防御对手为主的广告战略，有些企业受主客观因素的制约，没有进攻的愿望或进攻的经济实力，在广告活动中处于防守地位，因此只有千方百计地防御竞争对手击败自己，采用这种战略，在广告宣传上处于守势，只求保持原有的销售市场和知名度，没有开发潜在市场的能力。

2．配合产品策略的广告战略

广告策略是市场营销中的有机组成部分，广告主要是为推销产品服务的，因此广告战略首先必须配合市场营销策略中产品战略的实施，采取相应的广告战略。

（1）市场渗透广告战略。市场渗透是指企业在扩大经营规模和提高生产的基础上，积极利用原有市场的优势，不断提高原有产品在市场上的销售增长率与市场占有率。市场渗透广告战略指通过广告宣传更有效地刺激老主顾的需求欲望，更强有力地吸引竞争对手的市场范围内的顾客，激发潜在消费者转化为现实消费者，从而达到提高销售量和市场份额占有率的目的。

（2）市场开发广告战略。市场开发是指企业在原来市场的基础上，将原有产品打入新的目标市场的战略。市场开发广告战略指利用广告宣传，激发新市场的消费需求以扩大原有产品的目标市场，是原有产品的目标市场的延伸。

3．无差别化广告战略

所谓无差别化的广告战略是指企业生产一种产品，采用一种定价，使用相同的营销渠道，在同一时间内，运用各种媒体组合，向同一个大的目标市场，做相同主题的广告诉求。无差别广告战略，容易给消费者留下深刻的印象，迅速提高知名度，同时大大降低广告成本，当广告主认为各个市场细分的具体情况大致相同，即同质市场时，就可采用这种无差别化的广告战略。

例如，德国豪华轿车制造商宝马公司把以电影短片拍成的"宝马"车广告搬上网络，这个名为"雇用"的系列短片讲述了一位驾驶着宝马车的保镖是如何受人雇用、出生入死

完成使命的，在夜色的掩护下，银灰色的宝马不仅把追踪的车辆甩得无影无踪，还愈发衬托出主角的勃发英姿，短文与分解的广告俨然是一部"缩水"版的"007"电影。这个短片在电视、电影院里也做宣传，但仅有30秒钟。

这种战略仅适用于少数供不应求的产品或产品导入期与成长期以及没有竞争对手或竞争对软弱时期，随着生产力的发展和消费水平的提高。无差别化的广告战略已经满足不了消费者的需求。因而大多数企业开始转向差别化市场广告战略。

4．产品差别化广告战略

产品差别化广告战略是指广告主在不同的细分市场上，根据目标市场的不同要求，设计不同的产品，制定不同的价格，使用不同的营销渠道，运用多种媒体组合，做不同内容的广告诉求，以满足不同消费者的需求。差别化广告战略能增加消费者对商品的信赖程度，更好地满足不同消费者的不同需求，有利于增加企业的销售量，提高市场占有率。

如美国福特汽车公司，19世纪只生产一种黑色T型车，而它的竞争对手美国通用汽车公司却在差别化策略指导下，推出了高级豪华的富翁型"凯迪拉克"牌汽车，中档的"奥尔兹"、"莫比尔"牌汽车，低档适用的"雪佛莱"牌汽车。通用汽车公司的市场占有率一下升为第一，打败了老牌的福特，成为美国最大的汽车公司。

这种战略适用于进入成长期或成熟期后期的产品，差别化市场广告战略具有很大的优越性。首先，这种广告战略大大降低了广告的风险系数，由于采用不同的媒体，选择不同的广告策略形式来宣传产品，使不同类型的消费者都能接收到广告信息，使广告诉求明显，避免广告费用的无效使用。其次，这种广告战略大大提高了企业的竞争力，争取了市场上大部分的广告受众，提高了产品的市场知名度与占有率，但这种战略广告成本高，而且有时对市场过于细分后，反倒得不到预期的利润目标。

5．产品系列化广告战略

产品系列化战略，是厂商在销售推广时，为求得各种产品之间能相互配合，发挥相得益彰的效果，所采取的产品组合战略。产品系列化广告战略是通过企业有计划地连续开展广告宣传，反复地向消费者进行品牌或商标的诉求，以此来加深消费者的印象。这种广告宣传战略，多采用广告设计形式相对固定，广告内容却不断变化的系列化广告宣传方式。

6．正位竞争广告战略

正位竞争广告战略是指实力相当、势均力敌的企业或品牌之间，为争夺市场份额，获取有利的市场地位，而展开的针锋相对的广告大战或正面较量。例如，国际上著名的百事可乐与可口可乐广告战，富士与柯达的广告战，日美的电器、汽车广告战等，其目的一方面是为了挫败对方，取而代之，另一方面是进行防卫，以攻为守。正位竞争广告战略常采取以下三种方式。

（1）争夺媒体。媒体是传递商品信息的载体，必然成为竞争双方争夺的"阵地"。谁掌握了有利的媒体，谁就占据了压倒对方的有利优势，而且有的媒体"阵地"有限，只许一人容身，谁争得第一，谁就显示了实力。

小资料

　　世界胶卷市场上的两支劲旅——柯达与富士的广告竞争集中体现在媒体竞争上。20世纪80年代以来，两者一直进行体育媒体的争夺战，如1984年洛杉矶奥运会，大会组委会征求赞助单位，名额只限30家，要求每家至少赞助700万美元，柯达公司不够爽快，一再讨价还价。富士公司得此信息后，乘虚而入，以900万美元获得大会专用胶卷的赞助权，堂而皇之地进入觊觎已久的美国市场。此一壮举，使得柯达公司深感不安，后悔莫及。这次广告战使柯达在自己的大本营遭到惨败，富士则在美国名利双收。1998年汉城奥运会，柯达吸取教训，捷足先登，抢先以2700万美元的高价，购买了汉城奥运的胶卷专用权，将富士排挤在外。在奥运会期间免费向记者提供胶卷，富士近在咫尺，只有望洋兴叹。柯达终于报了4年前的一箭之仇。柯达、富士在世界范围内的广告竞争没有就此罢休，争夺世界胶卷市场宝座的竞争仍在激烈进行。

　　（2）互相攻击。互相攻击是指在广告内容中以各种手段指名道姓地与竞争品牌进行直接比较。有的是攻击对方长处，有的是揭露对方短处，有的则进行直接的对比。

小资料

　　百事可乐的一幅印刷广告，广告画面是两只拳击手，手中各握着百事可乐和可口可乐，两拳相撞，可口可乐不堪一击，显示了百事可乐的强大无比。近年来一向对比较广告较为宽容的美国法律也对此予以干预，而原来与美国持相反态度的欧盟国家，则将通过允许比较广告的新法案。在我国互相贬低的广告受到了严格禁止，但国内企业要参与国际竞争，面对国外竞争广告的攻击在所难免。

　　（3）价格竞争。广告价格竞争是指竞争品牌之间广告费的较量。如为争取有利的媒体和有利的版面、时间、地段而互出高价，进行争夺。另一种价格竞争的形式表现为广告预算的竞争，即企业以比竞争对手更高的广告支出来决定自己的广告费用，以保持有利的竞争地位。广告费的竞争表现为企业经济实力的竞争。如百事可乐为保证有力的竞争地位，一段时期每年的广告费支出额都超出可口可乐。

7. 错位竞争广告战略

　　这是一种在总体实力不如对手，通过调整力量对比，避实击虚，进行错位竞争，争取局部胜利的广告战略。其精髓是趋利避害，扬长避短。

　　错位竞争战略在广告中屡见不鲜，典型的是早年百事可乐与可口可乐的广告战。可口可乐是问世于1886年的一种以可拉果和可可叶为原料的饮料，有100多年历史，是世界上销量最大的软饮料。而百事可乐则比之晚12年，二战前仍是名不见经传的小公司，二战期间，百事可乐才异军突起，结束了可口可乐独霸世界的时代。半个世纪以来，在两种可乐的广告中，"百事"一直以灵活机动、主动出击、扬长避短、避实击虚的错位竞争广告战略见长，终于取得了一个个辉煌成果，从而跻身于世界十名牌之列。

　　错位竞争广告战略，是总体实力不如对手，但有局部优势的企业所采用的广告战略。采用此战略必须把握的要点是：权衡优劣，扬长避短，化短为长，避实击虚。

8. 侧翼竞争广告战略

这是一种品牌处于竞争中的不利地位，但又无力与对手正面抗衡或局部取胜的前提下，采用避开敌手锋芒，旁敲侧击的从竞争对手侧翼发起进攻的广告战略。侧翼竞争广告战略常用以下手法。

（1）泛比术。泛比术指不针对对手直接指名道姓的进行广告比较。如某手表广告"全国评比，十次第一"；"奔驰"汽车的广告"王者风范，至上选择"；乌乐牌钢笔广告"笔来笔去（比来比去），乌乐最好"；上海第一百货商店的广告"不怕货比货，但愿心比心"等都是泛比式广告。这种广告没有直接的比较对象，不太会引起某家对手强烈的反击，却又显示自己在所处行业中的地位。对于泛比式广告不同国家持不同态度，如美国很长时期管理颇严，我国则大开绿灯。

（2）暗示术。暗示术即以含蓄的言语或示意的举动使人领会其攻击对象。暗示的方法较隐蔽，但攻击对象比较明确，人们能够心领神会。

如百事可乐的电视广告，一位少女拿着可口可乐说："为什么它变了？"于是喝了一口，然后神秘一笑说："哦！我知道了！"就是用比较含蓄的语言暗示可口可乐的口味不佳。

（3）影射术。影射术即指桑骂槐，含沙射影，攻击竞争对手的一种广告方式。这种影射广告攻击目标明确、影射对象众所周知。

小资料

美国温迪快餐公司攻击麦当劳汉堡包的"牛肉在哪里？！"的电视广告就是影射广告。一位名叫裴乐的龙钟老太，面对一个硕大的汉堡包眉开眼笑，可是当她用刀切开最上面的一个大汉堡包时，发现里面的肉馅只有指甲那么大，她由惊异转为气恼，于是声嘶力竭地大声嚷道："牛肉在哪里？！"广告接着说，"温迪的汉堡包不会使你处于这种窘状！"这个广告在美国引起轰动，对温迪汉堡包销售起了推波助澜的作用，该年度温迪快餐营业额比上年提高了18%。裴乐老太在广告中虽未指名道姓攻击麦当劳，但在美国，无人不知这是影射麦当劳。这则广告使麦当劳汉堡包的销售额减少。

侧翼竞争广告虽不如正位竞争广告攻势凌厉，但对于竞争地位不利的品牌，则能挫伤对方锐气，保存自身实力，甚至反败为胜。

9. 迂回竞争广告战略

这是一种在竞争中处于劣势地位时所采取的主动退却、避开锋芒、另辟蹊径、转移阵地，以谋东山再起、反败为胜的广告战略。

本章小结

广告战略是指对重大的、带有全局性的或决定全局等宏观问题的决策和把握，其特点有全面性和长期性、科学性和创造性、指导性和方向性、抗衡性和协调性。

正位竞争广告战略包括媒体争夺、互相攻击、价格竞争，其他非主导地位企业的战略有错位竞争广告战略、侧翼竞争广告战略、迂回竞争广告战略。

产品生命周期及其广告战略有产品导入期广告战略、产品成长期广告战略、产品成熟期广告战略、产品衰退期广告战略。

配合市场需要的广告战略有配合目标市场战略、配合产品定位广告战略。

 案例分析

七喜饮料的"无咖啡因"广告战略

在 20 世纪 60 年代，美国饮料市场上被誉为三大王牌产品的是可口可乐、百事可乐、荣冠可乐，而七喜汽水是一种果汁饮料，无论怎么努力宣传，在美国人眼中可乐就是饮料的代名词，面对三大强手，七喜公司举步维艰，1986 年，七喜公司毅然改变竞争方式，不再与可乐进行正面竞争，而采取退却策略，经过一番精心策划，推出一个非可乐型饮料。七喜汽水的新广告一改过去做法，向人们灌输一种新的消费观念：饮料里分为可乐型和非可乐型两类，可口是可乐型饮料的代表，而七喜汽水则是非可乐型的代表。久而久之，这个广告使市场发生了戏剧性的变化，七喜汽水第一年销售量上升了 15%，而后销量不断上升，坐上了非可乐饮料的第一把交椅，与昔日对手平起平坐。后来，到 80 年代初，七喜公司又抓住了当时美国消费者兴起的抵制咖啡因食物的浪潮这个难得的机会。开展了一场"无咖啡因"广告运动，广告到处在说，"你不愿意你的孩子喝咖啡，那么为什么还要给孩子喝与咖啡含量有等量咖啡因的可乐呢？给他非可乐不含咖啡因的饮料——七喜。"同时又推出一部电视广告，广告中各种品牌的饮料排列在一起，包括可口可乐、百事可乐在内，赫赫有名的球星麦格洛要大家辨认哪种饮料不含咖啡因，结果都不是，最后，七喜汽水出现了，球星喊道："就是这种，七喜柠檬汽水不含咖啡因，过去不含，将来也不会含。"这一"无咖啡因"广告，击中了两大可乐公司的要害，在观念上开辟了另一个市场，对可乐饮料产生了强大的冲击波，使得两大可乐公司阵脚大乱，而"七喜"则乘机夺取了更多的市场，成为软饮料生产市场上的第三大品牌。

思考题

1. 七喜公司采用了什么样的广告策略？谈谈你的感想。
2. 如何在现实生活中运用广告策略抓住市场机遇？试结合你了解的案例进行分析。

 思考与练习

1. 什么是广告战略？它有什么特征？
2. 非主导地位企业的广告战略有哪些？
3. 在产品生命的不同周期应分别采取哪些广告战略？
4. 迎合企业目标市场广告战略中应从哪些方面对产品实施宣传？
5. 配合企业营销活动的广告战略有哪些？

 实训训练

1. 搜集可口可乐的广告语，通过广告语的变迁，分析可口可乐广告战略的变化情况。
2. 世界著名企业耐克公司实行体育营销，积极赞助世界著名的运动会，2010 年，亚洲运动会又将召开，请你为耐克公司制定一个切实可行的 2008～2010 年的体育广告战略。

第5章 广告策略策划

◆知识目标：

理解广告目标市场策略、定位广告策略、广告产品策略、广告市场策略以及广告事件策略策划的基本内容和策划要领。

掌握基本的广告策略策划的方式方法，为参与现代广告策划实践打下一定的理论及能力基础。

◆技能目标：

会制定广告策略。

会根据广告策略的内容，用具体的方法进行实施。

 引导案例

麦当劳广告策略

一位躺在摇篮里的小婴儿，一会儿笑个不停，一会儿哭个不停，当摇篮靠近窗口时，他就露出笑脸，而当摇篮晃下去时他就哇哇地哭，这一简单的镜头重复出现，直到广告的最后，镜头从婴儿的角度看过去时一切才恍然大悟。一切的欢笑，都是因为看到了麦当劳的黄色拱门。明了的创意，丰富的情节，这则广告在全世界都有，只是每到一个国家，主角便换成了各国的孩子，那样更容易让人接受。这则广告的中国版特意加进了一位母亲的形象，这是麦当劳充分考虑到本土特有的文化因素而做出的选择。

麦当劳在中国早期的广告，在"快乐"指引下也非常具有情趣性。

麦当劳薯条——人与狗篇

一个小男孩子带着狗儿散步，他的一只手里拿着一包美味的麦当劳薯条，另一只手拿着一根正美美地吃，狗儿咬住小主人的裤脚急不可耐，小主人取出一根薯条去逗狗，狗儿几次跳起来却不能得到，狗儿愤然离去，小男孩躺在路边的躺椅上，悠闲自得地享受着薯条，突然间闻到难以拒绝的香味，小男孩被诱惑着寻香而至，一包薯条出现在小男孩的上方，男孩跳起来抢薯条，薯条却自然地往上一缩，差一点点，薯条再垂下来，他再跳，又差一点点，反复几次，小男孩望着薯条无计可施。画面转到薯条牵线的上端，狗儿一只手拿着一根薯条，另一只手捏着薯条的牵线，看着小主人窘态百出，不亦乐乎。

这是典型的中国式幽默，"人逗狗"和"狗逗人"的互换，使得结局令人大笑，这则广告也把"更多选择，更多欢笑"的主题表现得十分形象生动又给人快乐。

上两则广告的共同点，在于它们对悬念的设置，不看到最后就不能很好地把握年轻人的心理特点，但广告对这一主题的表现却很到位，特别是下面一则。

麦当劳——我喜欢，那里有欢笑

镜头一：一个工作了的年轻女性，左手拿了一只休闲的小包，右手拿着麦当劳的食品，欢乐地走到小孩子玩的方格中，愉快体验童年的乐趣。

镜头二：一个正赶去上班的年轻男士拿麦当劳的食物在电梯里高兴地欢舞，尽情享受简单的快乐。

镜头三：一位穿西装的男士在麦当劳餐厅里吃东西，他用手把汉堡盒子拿起来扮演一只嘴，来和自己的嘴争吃左手上的一薯条，当然被自己吃了，但那张假嘴却在右手的支配下不服气地和自己的嘴逗笑，这一切都被对面的一个小孩子看到，发出了爽朗的笑声。

整则广告都以陶喆的《我喜欢》为背景音乐，歌词如下：

我喜欢这样的感觉

我看着没表情走在那大街的人

他们在想象什么

灿烂的阳光下解放了心中的我

这一刻放轻松 o - yeah

在复杂世界又有一些从容 o - yeah

在复杂世界又有一点天真

我喜欢这样的感觉

我只想要简单的快乐

希望和你一起拥有

给好心情留一个角落

想想过去想想未来

回到最初的感动

常常欢笑尝尝麦当劳！

常常欢笑尝尝麦当劳！

这是麦当劳在中国第一支起用主题歌的广告，演唱者是年轻人中深具影响力的歌手陶喆，整个音乐以及整个广告的表现上都洋溢着欢乐的气氛，这次的主角不再是孩子，而是上班的年轻人，广告以年轻人喜欢的简单、欢乐和对童年美好的回忆表现广告主题，给人非常亲切的品牌体验。

这样有亲和力的广告也无法挽回麦当劳在全球销售下滑的势头，麦当劳对其品牌的陈旧深有体会，同时也感到使品牌年轻的重要性，于是新的内涵、新的主题、新的广告在屏幕上频频亮相。

麦当劳——我就喜欢

一群外国男女在大口地咬麦当劳的汉堡，一只狗跳起来叼了一块；玩滑板的人在一对男女头上一飞而过；王力宏的热舞；一个女人躺在游泳池里的气袋上；办公室里坐在椅子上向后跑的比赛，最后大家都摔倒了；嬉皮士车里的打击乐；狂飙的自行车，狂热的武术者应有尽有；街头两个年轻人拿着放音机轻轻点头，旁边的老伯却努力跳时尚的舞……

广告的主题音乐全球统一，元素全球统一，唯一变化的是广告歌的语言和广告歌的演唱者。在中国投放的广告歌演唱者是王力宏，酷、活力、自我意识在他身上都体现出来，广告中飞速的节奏完全突显了"我就喜欢"的主题。"我就喜欢"的广告宣传，是麦当劳国际化的更进一步，它意在向世界宣传麦当劳不是某一国的专利，它是世界的，麦当劳的品牌永远年轻！

从这几则广告中可以看出麦当劳在中国的发展历程，从广告中主角的变化来看，婴儿—儿童—年轻的上班族—新时代的年轻人，这一过程完完整整地反映了麦当劳在中国的消费者选择。在场景上，婴儿篇与儿童的这两则广告是典型的孩子与妈妈世界的环境，整个场面突出了快乐、情趣。而年轻上班族的广告只是那时一个市场的补充，也可以说是一个过渡，为扭转全球销售下滑的策略罢了。而最近的广告主角都是新时代的青年，它虽然也是麦当劳为扭转销售下滑的策略，但最重要的是要扩大其市场，也使其品牌永远年轻化，同时免去与肯德基的正面交锋。前三则广告的情节，完全显现了中国式的幽默。而最后一则广告与此不同，为了塑造自我、叛逆、轻松、时尚的品牌个性，运用了全球统一的元素，HIP-HOP，街头音乐都疯狂地张扬着麦当劳的年轻与活力，就言辞表现策略来说，这一主题表现相当成功。

5.1 广告目标市场策略

5.1.1 广告目标市场策略的含义

1. 目标市场的概念

在市场细分化的基础上企业根据自己的资源和目标选择一个或几个细分部分作为自己的目标市场，这样的营销活动，就称为目标营销或市场目标化。目标市场是企业决定要进入的市场。企业的一切营销活动都是围绕目标市场进行的，选择和确定目标市场，明确企业的具体服务对象，关系到企业任务、企业目标的落实，是企业制定营销战略的首要内容。

如果某一广告主想让自己的产品遍天下，把所有的人都变为自己产品的消费者，这种想法无可厚非。但事实上是只有正确地选择了目标市场，才能有针对性地根据消费者心理需要，把商品信息通过不同的媒体传递给目标消费者。任何企业，无论其规模如何，都不可能满足所有顾客的整体要求，而只能为自己的产品销售选定一个或几个目标市场作为自己的市场。

2. 广告目标市场策略

广告目标市场策略是企业在细分市场的基础上，为进行广告营销活动而选择出一个或几个最有开发潜力的市场而采取的策略。

3. 选择广告目标市场的条件

经过市场细分后，企业选择的广告目标市场必须同时具备以下三个条件：

（1）有一定的购买力和足够的营业额；

（2）有尚未满足的需求和充分发展的潜力；

（3）有可能进入市场并可能占有一定的市场份额。

5.1.2　广告目标市场的范围选择策略

在选择目标市场时，可采用的范围选择策略归纳起来有五种。

（1）产品市场集中化，即企业的目标市场无论从市场或是从产品角度看，都是集中于一个细分市场。

（2）产品专业化，即企业向各类顾客同时供应某种产品。

（3）市场专业化，即企业向同一顾客群供应性能有所区别的同类产品。

（4）选择性专业化，即市场专业化和产品专业化的混合，企业决定有选择地进入几个不同的细分市场，为不同的顾客群提供不同性能的同类产品。

（5）全面覆盖，即企业决定全方位进入各个细分市场，为所有顾客提供他们所需要的性能不同的系列产品。

5.1.3　广告目标市场策略类型

企业所选择的目标市场不同，所采取的广告宣传策略也不一样，目标市场战略一般有无差别市场广告策略、差别市场广告策略和集中市场广告策略三种。

1. 无差别市场广告策略

无差别市场广告策略是在一定时间内，向同一个大的目标市场运用各种媒介搭配组合，做同一主题内容的广告宣传。这种策略一般应用在产品导入期与成长期初期，或产品供不应求、市场上没有竞争对手或竞争不激烈的时期，是一种经常采用的广告策略。它有利于运用各种媒介宣传统一的广告内容，迅速提高产品的知名度，以达到创牌目的。

2. 差别市场广告策略

差别市场广告策略是企业在一定时期内，针对细分的目标市场，运用不同的媒介组合，做不同内容的广告宣传。这种策略能够较好地满足不同消费者的需求，有利于企业提高产品的知名度，突出产品的优异性能，增强消费者对企业的信任感，从而达到扩大销售的目的。这是在产品进入成长期后期和成熟期后的广告策略。这时，产品竞争激烈，市场需求分化较突出。由于市场分化，各目标市场各具不同的特点，所以广告设计、主题构思、媒介组合、广告发布等也都各不相同。

3. 集中市场广告策略

集中市场广告策略是企业把广告宣传的力量集中在已细分的市场中一个或几个目标市场的策略。此时，企业的目标并不是在较大的市场中占有较小的份额，而是在较小的细分市场中占有较大的份额。因此，广告也只集中在一个或几个目标市场上。采取集中市场策略的企业，一般是本身资源有限的小型企业，为了发挥优势，集中力量，只挑选对自己有利的、力所能及的较小市场。

选择广告目标市场的三种基本策略见表 5-1。

表 5-1　选择广告目标市场的三种基本策略

基本策略	含　义
无差别市场广告策略	企业试图用一种产品、单一的市场营销组合策略，为整个市场服务
差别市场广告策略	企业将整体市场细分后，决定同时以几个细分市场为目标市场，并根据各个细分市场的需求特点，分别设计产品及营销方案，有针对性地满足不同细分市场顾客的需求
集中市场广告策略	企业选择一个或少数几个细分市场作为企业的目标市场，集中使用企业的有限资源，力争在选定的狭小的目标市场中占有较大的市场份额

除了以上三种类型外，还有目标市场定位策略、目标市场渗透策略、目标市场开发策略、目标市场广告促销策略等。

5.1.4　广告目标市场策略的选择

一个企业究竟采用何种目标市场策略，受多方面因素的影响和制约。

（1）企业资源能力。企业实力雄厚，可考虑采用差异性或无差异性营销策略；资源有限，则宜选择集中性营销策略。

（2）产品特征。同质化强的产品，消费需求差异较小，产品之间竞争主要集中在价格上，适用于无差异广告营销策略；差异较大的产品适用差异性广告营销策略。

（3）市场特点。如果顾客需求、购买行为为基本相同，对营销策略的反应也大致相同，即市场是同质的，可实行无差异营销策略。反之，则应采用差异性或集中性营销策略。

（4）产品生命周期。如果企业是向市场投入新产品，竞争者少，宜采取无差异营销策略，以便了解和掌握市场需求和潜在顾客；当产品进入成长期或成熟期以后，就可采用差异性策略，以开拓新市场，或实行集中营销策略设法保持原有市场，延长产品生命周期。

（5）竞争对手的营销策略。如果竞争对手实行无差异营销策略，企业一般就应当采用差异性营销策略与其相抗衡。如果竞争对手已经采取差异性营销策略，企业就应进一步细分市场，实行更有效的差异性营销策略或集中营销策略。

三种策略选择标准见表 5-2。

表 5-2　三种策略选择标准

营销策略	企业资源实力	市场同质性	产品同质性	产品生命周期	竞争对手数目	竞争对手营销策略
无差别	多	高	高	导入期	少	—
差别	多	低	低	成熟期	多	差异
集中	少	低	低	—	多	—

5.2　广告定位策略

所谓广告定位策略，严格的说，是根据顾客对于某种产品属性的重视程度，把本企业的产品予以明确的定位，规定它应于何时、何地、对哪一阶层的消费者出售，以利于与其他品牌的产品竞争。

广告产品定位策略，是在广告活动中通过突出商品符合消费者心理需求的鲜明特点，确立商品在竞争中的地位，促使消费者树立选购该商品的稳定印象。这一策略的特点就是突出产品的个性，即同类产品所没有的优异之处，而这些优点正是为消费者所需求的。广告产品能否符合消费者的需求，是广告成败的关键。

市场定位是市场细分策略在广告中的具体应用，是将企业或产品定位在最有利的目标市场上，也就是说选择准确的消费群体或阶层进行定位。例如，"波导"曾经生产过一款微型手机——"女人心"，就是定位于年轻、追求时尚的女性。

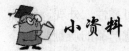

百事可乐"新一代的选择篇"广告，它的上半部分展现的是发生在 1975 年的一个场景：三位年轻的妈妈推着婴儿车并行，每位母亲都想入非非地为自己的孩子设定着将来的梦想，通过婴儿的表情，受众可以感受到他们强烈的不满；在一个巧妙的画面转接之后，当年的那三个婴儿均长大成人，并遵照自我个性意志成为了摇滚乐歌手。

受众可以通过广告，看到百事对于"新一代人群"的诠释：他们可以是对于历史和传统萌生强烈叛逆心理的青少年；也可以是企盼自己能够年轻一些，依然精力充沛、朝气蓬勃的健康心态。总之，只要是渴望"青春"的人就是"百事新一代"。

市场定位广告策略在具体运用上主要分为两大类：实体定位和观念定位。

5.2.1　实体定位

实体定位就是指在广告宣传中，以产品的功效、质量、性能、用途、造型、价格、包装、服务、运送、维修等某一方面的独特性来定位，强调广告商品与同类商品的不同之处及带给消费者的更大利益，突出商品的新价值。

1. 功效定位

功效定位是在广告中突出商品的特异功效，突出该商品在同类产品中的不同之处和所带来的更大利益。它是以同类产品的定位为基准，选择有别于同类产品的优异性能为宣传重点。如美国百事可乐的宣传，就以不含咖啡因为定位基点，以区别可口可乐。

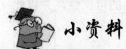

美国宝洁公司为其生产的海飞丝、飘柔和潘婷三种洗发水做广告时，根据各品牌的不同功效，进行了不同的广告定位。飘柔的广告定位是"洗发护发，双效合一"；海飞丝的广告定位是"止头痒，去头皮屑"；潘婷的广告定位"从发根到发梢营养头发"。不同的功效定位，满足了不同需求的消费者，因而赢得了广大的消费市场。

功效定位多用于功能性产品的广告宣传，比如冰箱、空调、洗衣机等家用电器。

2. 品质定位

所谓品质定位策略是指从产品品质出发，通过展示产品的品质、性能等来引起消费者对产品的关注。在应用中重点宣传本产品的特殊品质,通过广告强调商品所具有的与众不同的优良品质必须是具体到看得见、摸得着的"品质",与过去的那种"品质优良、质量上乘"等笼统、空洞的许诺大不相同。

比如,康师傅方便面上市之际,把广告定位在"香喷喷,好吃看得见"上,并对这些看得见的香喷喷用料进行了重点宣传;"德芙"巧克力"如丝般的感觉"。

3. 质量定位策略

质量定位策略指在广告宣传中,通过强调产品的性能、耐用性、可靠性、外观、经济等使用价值的指标而进行的一种广告战略。这种战略在具体实施中注意产品的质量要确实过硬,广告不能浮夸,要用生动形象化的语言,给消费者真实的感受。

4. 造型定位策略

造型定位策略指在广告宣传中利用消费者的视觉和知觉等心理特征,以产品外观、图案、橱窗商标等为广告诉求点,向消费者传递情感和意识信息的广告策略。这种定位策略中消费者能够获取的信息不仅包括形状、光线、色彩、空间、深度和广度等视觉信息,还包括温度、味道、声音等知觉信息,会引起消费者心理上不同的反应,激发其购买欲望。

（1）色彩定位策略

色彩定位策略指在广告宣传中,利用不同地区、不同民族的消费者对色彩的认识的差异,来促进消费者的购买行为的广告战略。这种战略必须明确色彩在不同目标市场的功效与作用。

（2）商标定位策略

商标定位策略又叫品牌定位策略,是指在广告宣传中,以消费者得以识别和认牌选购的牌子或商标为广告诉求点,使消费者从众多的商品中区分和识别本产品的广告定位策略。

5. 价格定位策略

价格定位策略是因商品的品质、性能、造型等方面与同类商品相近似,没有什么特殊的地方可以吸引消费者,在这种情况下,广告宣传便可以运用价格定位策略,使商品的价格具有竞争性,从而击败竞争对手。

价格定位主要是说明其产品价格的合理性、适应性以及和同类产品的可比性,并以此业激起消费者的购买欲。从产品价格角度分析,无非有以下两种情况。

（1）价格高于同类产品

这时一般需要用价格与产品的各种性能进行比较,一般的结论是"优质优价"。但是这种产品不可能成为普遍适用的消费品,而只能适合社会中一部分收入高、追求高素质生活的消费者。

高价定位是以高位价格突出产品的档次,塑造高品质的产品形象,多运用于汽车、香水等奢侈品。高价定位的成功秘诀在于抢先在同类品中建立高价位的位置。当然,这个位置必须是有事实根据的,而且是消费者能够接受的,否则,这种高价位也正是驱走消费者的主要原因。例如,"世界上最贵的香水只有快乐牌"。

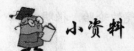

1930 年出品的 JOY 喜悦香水，推出后马上被人们关注。JOY 香水在这几十年来，一直深受人们喜爱，人们不仅把它当做香水，还将它作为思想和感情的反映，JOY 成为香水界中的一把基准尺，衡量着众多的香水。JOY 香水，"世界上最贵"的香水，因为它是"世界上最贵"的香水，30 毫升 JOY 香水，就需要至少 10000 朵茉莉和 28 打玫瑰，还因为 JOY 的名字来自设计师尚巴度，希望它能成为人们晦暗日子里的一抹亮色的美好愿望。

（2）价格低于同类产品

低价定位是以低位价格增加产品的竞争能力，吸引更多的消费者，多适用于竞争激烈的产品和无品牌的日用品，如盐、糖、面粉、饮料等。比如，"雕"牌"只买对的，不买贵的"；日本松下"SL-30"录像机"用购买玩具的钱买一台高级录像机"。低价本身就是产品的特色之一，这种定位可为产品在市场中确定最理想的位置，其竞争力也是强有力的。但想长期保持这种理想位置较为艰难，付出的代价也十分巨大。如某电话机广告"旧机勿丢仍值 50 元"，空调广告"何止买得起，更能养得起"都是从价格定位上诉求。

低价定位一般不能单独使用，以避免给人造成"便宜没好货"的印象。使用时，最好能以品质、功效作为铺垫，着力渲染。

5.2.2 观念定位策略

所谓观念定位，就是突出商品的新意义，改变消费者的习惯心理，树立新商品观念的广告策略。观念定位的具体运用有如下几种方法：逆向观念定位、是非观念定位、流行观念定位和感性观念定位。

1. 逆向观念定位

逆向观念定位是借助于有名气的竞争对手的声誉来引起消费者对自己的关注、同情和支持，以便在市场竞争中占有一席之地的广告产品定位策略。大多数企业的商品定位都是以突出产品的优异性能在正向定位为方向的，但逆向定位则反其道而行之，在广告中突出市场上名气响亮的产品或企业的优越性，并表示自己的产品不如它好，甘居其下，但准备迎头赶上；或通过承认自己产品的不足之处，来突出产品的优越之处。这是利用社会上同情弱者和信任诚实的人的心理，故意突出自己的不足之外，以唤起同情信任的手法。例如，美国"皇冠"牌香烟广告"此地禁止吸烟，连'皇冠'牌也不例外"；某商店广告"本店这种成衣每人只准购买一件"。

广告祖师比尔·伯恩巴赫为艾维斯汽车出租打造的以退为进的"谦卑"战略。这一广告战役取得了异乎寻常的效果。

［广告标题］艾维斯在出租车业仅居于第二

［广告正文］我们更努力（当你不是最大时，你就必须如此）。我们就是不能提供肮脏

的烟盒，或不满的油箱，或用坏的雨刷，或没有清洗的车子，或没有气的轮胎。很明显，我们如此卖力就是力求最好。

2．是非观念定位

是非观念定位是从观念上人为地把商品市场加以区分。在广告中注入一种新的消费观念，并通过新旧观念的对比，让消费者明白是非，接受新的消费观念。最有名的例子是美国七喜汽水的是非观念定位。

 小资料

七喜汽水为了挤进饮料市场，把七喜汽水定位成"一种非可乐型饮料"，人为地创造出一种新的消费观念：即饮料分为可乐型和非可乐型两种，可口可乐是可乐型饮料的代表，而七喜汽水则是非可乐型饮料，促使消费者在两种不同类型的饮料中选择。

他们打出的广告标题是："你过去到现在一直用一种方式思考吗？现在可以改变了。"广告口号则是："七喜，非可乐。"

这一口号被美国广告界公认为是一个辉煌的、划时代的广告口号，它打破了传统的思维习惯，不是在七喜汽水瓶里找到"非可乐"的构想，而是在饮用者的头脑中找到它。因此，此口号打出的第一年，销量就上升了15%。

是非观念是一种以守为攻、变被动为主动的定位方法，适用于三流企业、三流产品。这样可以避开一、二流企业的锋芒，另辟市场，从侧面与其展开竞争。

3．流行观念定位

流行观念定位即以社会流行观念创造出产品的附加功能，以迎合广告对象的消费心态。

 小资料

美国一家糖果厂生产一系列箭牌口香糖，薄荷香型的青箭、兰花香型的白箭、鲜果香型的黄箭和玉桂香型的红箭，四种品牌口味各异。厂家除了在包装上加以区分外，又利用社会上流行的色彩观念，赋予各种口味颇有创意的附加功能。在广告宣传中，青箭是"清新的箭"，以清新香醇的口味，令人从里到外清新舒畅；红箭是"热情的箭"，以独特的口味使你散发持久的热情；黄箭则是"友谊的箭"，可以缩短距离，打开友谊的门扉；将白箭定位于"健康"二字，它的广告词写道："运动有益身心健康，如何帮助脸部做运动呢？每天嚼白箭口香糖，运动你的脸。"用嚼口香糖"运动你的脸"，这是非常有创意的定位，不但使产品的附加功能更加突出，而且将广告范围由青少年的诉求扩大到中年人。正是这种既新颖独特，又符合社会流行观念的广告定位，使箭牌口香糖在美国市场上畅销不衰。

4．感性定位

所谓感性定位策略是指多用于某些产品性质不易说清楚的产品，或在产品之上附加一种文化观念的定位方法，以引起消费者的情感共鸣而激发兴趣、好感。这类定位包括对个人生存的全部正面价值的肯定，比如事业、成功、地位、身份、财产、健康、友谊、爱情、审美等。

 小资料

法国有一种贮存 20 多年的 XO 高档白兰地，多为高级宴会饮用，为了进一步提高它的知名度，扩大销售，一方面厂家对酒瓶形状进行改造，采用长颈酒瓶设计，以示与众不同；另一方面，在现代广告策划上，把长颈 XO 定位在"高贵"上，并推出了一个含蓄、幽默的广告语："长颈 XO，高人一等"，既宣传了从酒瓶到质量的高人一等，又暗含了饮用者将拥有一种更高贵的气派，真是一箭双雕。

观念定位法不仅仅只有上面介绍的这几种。由于观念的流动性、可塑性，观念定位法也不拘一格，没有一个固定不变的模式，只要定位能最终抓住消费者的心，有利于广告目的的实现，就是成功的定位。

5.3　广告产品策略

在现代经营中，人们发现，任何一种产品，一般都具有一个产生、发展和衰落的过程。消费者对商品也有一个从接受到放弃的过程。这是产品的市场活动规律，是产品更新换代、推陈出新的过程。在正常情况下，一个典型的产品市场生命周期分为介绍期、成长期、成熟期、衰退期四个阶段，形成产品的经济生命周期，但它不是指产品的使用寿命。

世界上的产品极其复杂，各种产品的生命周期各不相同。形成产品生命周期最本质的原因是由于科学技术的进步，世界范围内竞争的加剧以及顾客需求的不断变化，推动产品不断创新。所以，企业要着眼于产品发展的规律和过程，根据产品的生命周期选择、制定以及有计划地调整广告战略。

5.3.1　产品导入期的广告策略

在产品的引入期和成长期前期，新产品刚进入市场，新产品的品质、功效、造型、结构等都尚未被消费者所认知。在这一阶段里，广告宣传以创牌为目标，执行开拓市场战略，目的是使消费者产生新的需要。这是广告宣传的初级阶段。在这一阶段，以告知为主的广告策略，突出新旧产品的差异，向消费者介绍新产品的有关知识，使消费者对新产品有所认识，从而引起兴趣，产生信任感，并大力宣传产品的商标和品牌，不断扩大知名度。其目的在于运用各种与促销相结合的广告手段，促使最先使用者购买，并在带头人的推动下，争取更多的早期使用者，逐步过渡到普遍采用，在广告的初期阶段，应该投入较多的广告费，运用各种媒介配合宣传，造成较大的广告声势，以便使新产品迅速打入市场。

进入导入期产品的市场特点是：产品销量少，产品的改良尚未成熟，制造成本高，知名度低，销售较缓慢，企业用于产品导入期的渠道及促销费用高昂，销售利润率很低，成为负值。这阶段的广告战略决策要注意以下几点。

（1）提高产品的知名度和认知度是首要目标

广告投放时间上要求及时，或在产品上市前适当提前进行宣传，扩大产品声势，在传

播对象上，要重点启发那些可能最先购买的消费者，刺激中间商，并注意树立产品牌形象。同时结合有效的公共关系、人员促销、销售促进活动，做好营销渠道和市场终端的初期建设，以求打开试销局面。

（2）在广告传播的信息内容上

主要是介绍产品的新特征和新用途，它与老产品和同类产品有什么不同，该产品可为消费者带来什么利益等方面的独特销售主张，从而在市场上促成对这种产品的一般性需求。对较复杂以及高技术含量的产品，应利用理性诉求，大量介绍产品的利益、性能、功用、使用方法，对于感性消费品，要着眼于开始建立某种品牌个性，并及时回收消费者对新产品形象的反馈，使后续传播能更有效地建立品牌形象。

（3）广告投入量可根据具体情况适当增减

如果目标市场较小，市场上大多数消费者熟悉产品且愿出高价，潜在竞争威胁不大，可采取缓慢撇脂型广告策略，即高价格、低广告投入。

如果大多潜在消费者还不了解这种新产品，已经了解这种产品的人急于求购，企业又面临潜在竞争者的威胁，应迅速使消费者建立对自己产品的偏好，可采取高价格、高广告费用的快速撇脂型广告策略，以求迅速扩大销售量，取得高市场占有率。

在市场容量很大，消费者对这种产品不熟悉，但对价格非常敏感，潜在竞争激烈、企业可取得预期规模效益时，适合采用快速渗透型广告策略，即实行低价格、高广告投入，迅速打入市场，取得尽可能高的市场占有率。

当市场容量很大，消费者熟悉这种产品但对价格反应敏感，存在潜在竞争者，可以低价格、低广告投入来推出新产品，即采取缓慢渗透型广告战略。

5.3.2 产品成长期的广告策略

产品经过导入期后，消费者对该产品已经熟悉，老顾客重复买，并带来了新的顾客，企业利润迅速增长，销售渠道增加，这时产品就进入了成长期。

1. 市场特点

此时随销量的增大，企业生产规模也逐步扩大，产品成本逐步降低，新的竞争者会投入竞争。随着竞争的加剧，新的产品特性开始出现，市场开始细分。企业为维持市场的继续成长，需要保持或稍微增加促销费用。

2. 广告策略

（1）广告目标

成长期的广告目标是围绕如何进一步提高市场占有率而建立的，该时期最重要的战略决策是检查前期的消费者反馈，调整并确定广告定位。

（2）改变广告宣传的重点

把重点从介绍产品功效转到建立产品形象上来，以树立品牌，维系老顾客，吸引新顾客。广告内容可逐渐由重点宣传产品某些特殊功效转移到重点宣传商标和组织形象上。广告致力于说服更多的消费者购买本产品，提高产品市场占有率，在成长期传播信息显得很重要，该期间的广告总的来说是一种劝说性广告。

酌情扩大宣传范围，疏通分销渠道，做好市场终端建设和铺货工作，提高装潢和销售现场广告的质量。同时，适时开展针对中间商及消费者的促销活动，扩大市场份额。

广告宣传方式上，如第一阶段采用了集中性的广告宣传策略，并运用了各种广告方式，那么到了成长阶段，就要对已经使用过的几种广告方式的效果进行调查，对比优劣来决定取舍。

（3）广告内容策略

广告内容从原先建立知名度出发转向说服消费者接受和采取购买行动上。因为竞争加剧，同时产品的定位也逐渐明确，信息不再仅是满足于向消费者提供告知性的理性知识，而是加紧了品牌形象的塑造，以求得在目标市场中的长久坚固的地位，竞争性广告开始增多。

5.3.3 产品成熟期的广告策略

1．市场特点

产品经过成长期后，销售量的增长会逐渐缓慢下来，利润开始缓慢下降，这表明产品已开始走向成熟期。这个阶段的持续期一般长于前两个时期，并且可细分为三个阶段：成长中的成熟、稳定中的成熟、衰退中的成熟。

进入成熟期后，产品的销售量增长缓慢，逐步达到高峰，然后缓慢下降，该产品的销售利润也从成长期的最高点开始下降，市场竞争非常激烈，各种同类产品不断出现。对成熟期的产品，只能采取主动出击的战略，使成熟期延长，或使产品生命周期出现再循环。为此，可以采取市场营销组合改良，通过改变市场营销组合的因素来延长产品的市场成长和成熟期。在这一战略中，最常用的是通过降价来吸引顾客，提高竞争力。此时，企业应以营业推广为主，配合少量的广告宣传。在这个时期的广告是一种提醒性广告，不定期地使用一些费用少、效果尚好的广告媒体。如果经过一定广告量的增加，销售仍无好转，就不要再继续增加广告投放。也就是说，应尽量使广告保持在最低限度上，以减轻企业负担。如果产品的成熟及衰退期极长，意味着还有丰厚的利润潜力，也可根据需求深度加大广告投入。

2．广告策略

（1）广告目标

成熟期是经营者面临艰巨挑战的时期。此时产品的质量已基本定型，消费者强调选择名牌，用户需求量趋于稳定，产品销售量逐步达到最大，市场需求量开始饱和。这时产品的饱和表现在三个方面：一是老化，二是质量差，三是价格高。这时多数购买行为是属于重复购买，新顾客的增加已十分缓慢。生产同类产品的各企业之间竞争异常激烈，竞争者产品的质量差距离缩小，在价格、广告、服务方面的竞争加剧，产品相继降价，许多企业在竞争中感到了巨大的压力，所以广告的重要目的是强调产品的区别与利益，提醒消费才持续购买，维持品牌忠诚度。

（2）广告信息策略

① 维持品牌忠诚。暗示消费者这是同类产品里最正宗、性能最成熟的品牌，如可口可乐打出"真正的可乐"的旗号，对竞争者进行堵截，以保持市场地位，提高顾客购买数量和频率。此阶段广告应向目标受众介绍产品的新增性能、新的用途、新的个性、新的使用场合，鼓励经销商树立市场上的有利地位，通过宣传产品的差异性、优越性、新特点能为企业树立进步和领先的形象。

② 扩大顾客范围，变换多种广告形式。深耕老市场，开拓新市场，吸引更多的购买者，向市场深度和广度进军。利用竞争性广告劝说竞争者的顾客使用自己的品牌，并向新的细分市场受众发动新一轮的广告攻势。广告攻势要根据销售策略的变化而加快频率，注意广告形式的变化组合，广告费不要缩减。

5.3.4 产品衰退期的广告策略

1. 市场特点

在产品进入饱和期和衰退期之后，产品供求日益饱和，原有产品已逐渐变老产品，新的产品已逐步进入市场。这一时期的广告目标，重点放在维持产品的市场上，采用延续市场的手段，保持产品的销售量或延缓销售量的下降。其主要做法是运用广告提醒消费者，以长期、间隔、定时发布广告的方法，及时唤起注意，巩固习惯性购买。诉求重点应该突出产品的售前和售后服务、保持企业荣誉、稳定产品的晚期使用者及保守者。一般来说，广告的市场策略主要包括三个具体策略：广告目标市场定位策略、广告促销策略和广告心理策略。

产品的销量从缓慢增加转降。如果产品销售量的下降速度开始加剧，利润水平很低，库存超过合理数量，消费者转向使用新一代产品，就可以认为产品进入衰退期。产品的衰退期也预示着下一轮产品生命周期已开始。

衰退期市场的主要特点是，产品销售量急剧下降，企业从这种产品中获得的利润很低。甚至为零，大量的竞争者退出市场，消费者的消费习惯已发生转变等，面对处于衰退期的产品，企业通过广告尽量维持现有市场占有率，或将广告重点转到其他更有潜力的产品上，广告战略要根据具体的营销战略而变。

如果企业发现自己处于吸引人的行业中并有竞争实力时，可以考虑增加或维持广告投资水平。一些公司采取收缩策略，降低投资，把广告预算集中到有利可图的顾客需求领域中。如果公司拥有高度的品牌忠诚度，可以选择收获政策，把广告预算减到最低，销售仍可以维持一个较长时期。采取放弃政策的公司几乎不再对广告进行投资。

2. 广告特点

（1）继续性广告策略：继续延用过去的广告策略，仍依据原来的细分市场，使用相同的广告传播方式，直到这种产品完全退出市场为止。

（2）集中性广告策略：集中在最有利的细分市场和销售渠道上进行广告。这样有利于缩短产品退出市场的时间，同时又能为企业创造更多的利润。

（3）收缩性广告策略：大幅度减少广告费用，以增加利润。这样可能导致产品在市场上的衰退加速，但又能从忠实于这种产品的顾客中得到利润。

（4）放弃性广告策略：对于衰退比较迅速的产品，应该当机立断，停止广告投入，可以采取完全放弃的形式，也可采用逐步放弃的方式，使其所占用的产品费用逐步转向其他产品。

衰退时期的产品广告更多的是提醒广告，唤醒人们对品牌的怀旧意识，如果公司正致力于推出新一代产品，应当利用它与老产品的功用毫无关系或公司希望塑造全新的品牌个性，则应该彻底摒弃老产品广告的风格，以免顾客产生不利于新产品的偏见。

由此可见，产品在市场销售过程中的生命周期的变化，决定着广告宣传战略的变化，见表 5-3。但广告战略上的相应变化，不是消极被动的，在一定的条件下，人们可以依据广告活动规律，改变产品周期的状况。在广告的这种反作用下，产品的宣传可达更好的效果。

表 5-3　广告策略与产品市场生命周期

产品生命周期	导入期	成长期		成熟期	饱和期	衰退期
		前期	后期			
广告阶段	初期	中期			后期	
广告目标	创牌	保牌			维持	
广告目的	创造需要	指导选择性需要				
广告战略	开拓市场	竞争市场		保持、转移、压缩市场		
广告策略	告知	说明　差别化 多样化 印象		提醒		
广告对象	最先使用者 早期使用者	早期使用大众 晚期使用大众		晚期使用大众保守者		
媒体选用情况	多种媒体组合、刊播频率高，造成广告声势，广告费投入较多	广告费、刊播频率较初期次之，说服、竞争消费者		广告压缩，采用长期间隔定时发布广告的办法，唤起注意，延续市场		

广告的最终目的是为了促进产品的销售，对企业而言，企业与消费者的关系是通过产品的沟通的。产品是否具有吸引力，能否满足消费者的需要，是企业经营成败的关键。因为对于消费者来说，对产品的要求，不光是对产品的占有，更重要的是希望得到某种需要的满足。

5.4　广告市场策略

广告市场策略在这里主要介绍广告心理策略、广告明星策略和广告现场策略。

广告信息传播的心理策略其实质就是说服策略，说服本质上是一种沟通方式，是通过有效的信息诉求改变消费者头脑中已形成的某种认知，促使形成新的认知并由此改变消费者的行为。说服策略旨在通过广告活动让消费者对广告产品以及品牌产生良好态度，进而说服他们去购买广告传播的产品或服务。

5.4.1 广告心理策略类型

1．心理定位策略

心理定位着眼于产品带给消费者的某种心理满足和精神享受。如汽车行业的凯迪拉克、奔驰以及劳斯莱斯都以其豪华气派营造名流象征。法国洋酒在中国市场上进行推广，为了撑起其价格高贵的神话，在诉求上就注重形成心理暗示，轩尼诗、人头马莫不如此，"人头马一开，好事自然来"，没有任何实质性承诺，完全是心理价值上定位，广告强调"在性能和豪华程度上都属于欧洲最高级，让您在多方面享受一路遥遥领先的风采"，突出轿车能使您更加体面气派，烘托高贵的身份地位，使消费者获得炫耀式的心理欲望的满足。

2．以理服人的心理策略

消费者的态度组成结构中有认知成分，不同的消费者的认知能力是不同的。针对知识水平较高、理解判断力较强的消费者，采用双向式呈递策略较好。双向式呈递策略是商品的优劣两方面都告诉消费者，让他们感到广告的客观公正，结论由他们自己推出。因为这个层次的消费者普遍对自己的判断能力非常确信，不喜欢别人替自己做判断。如果广告武断地左右他们的态度，会适得其反引起逆反现象，拒绝接受广告内容。但对判断力较差、知识狭窄、依赖性较强的消费者，采用单向式呈递信息的方式较适宜。这个层次的消费者喜欢听信别人，自信心较差。所以针对此点，广告应明确点出商品的优势，它给使用者带来什么好处。直接劝告他们应该购买此物，效果更明显。

3．以情动人的心理策略

在消费者态度中，感情成分在态度的改变上起主要作用。消费者购买某产品，往往并不一定都是从认识上先了解它的功能特性，而是从情感上对它有好感，有愉快的体验。因而广告如果能从消费者的情感入手，往往能取得意想不到的效果。如威力洗衣机电视广告：画面上妈妈在溪边洗衣服，白发飘乱。镜头转换，是"我"给妈妈带来的威力洗衣机，急切的神情。接下去是妈妈的笑脸，画外音是："妈妈，我又梦见了村边的小溪梦见了奶奶，梦见了您。妈妈，我给您捎去了一个好东西——威力洗衣机。献给母亲的爱！"画面上与语言的配合，烘托出一个感人的主题。谁能不爱自己的母亲呢！这个广告巧妙地把对母亲的爱与洗衣机相连，诱发了消费者对爱的需要，产生了感情上的共鸣，在心中留下深刻美好的印象，对此洗衣机有了肯定接纳的态度。因此，在广告有限的时空中以理服人的传递信息，固然显得公正客观，而以情动人的方式，更容易感染消费者，打动他们的心。

4．以品牌认知影响品牌态度的心理策略

品牌认知是指消费者对某一种品牌的产品的认识。消费者的品牌认知对品牌态度形成的影响，就如通常我们对一个人的认识，影响着对这个人的态度一样。有时会因为这个人

的外表漂亮或者帅气而喜欢她（或他），有时会因为性格温柔或刚强而喜欢他（或他）。相反有时也会因为这个人的某些不吸引人的地方而讨厌她（或他）。具体的心理策略如下。

（1）从商品的抽象功能着手。在现代竞争激烈的市场中，某种商品的具体功能与其他竞争品牌没有两样，此时光介绍商品的具体功能就显得缺乏说服力。而从商品的抽象功能着手，却可能达到意想不到的说服效果。例如，马爹利酒的广告中有一句广告口号"饮得高兴，心想事成"，就是产品抽象功能的诉求；诺基亚移动电话广告，广告中所突出强调的产品"以人为本"这一抽象特性理念。

（2）承诺商品能给消费者带来某种好处。有一位著名的广告人曾经指出："你最重要的工作是决定你怎么样来说明产品，你承诺些什么好处。"例如在多芬香皂广告中，采用了这样的承诺："使用多芬洗浴，可以滋润你的皮肤。"

（3）强调商品具有某一特点的重要性。有些商品的属性是每一种竞争品牌都具备的，正是因为这一缘故，各种品牌商品的广告都不愿意对这一属性加以介绍。因此，如果某产品广告率先针对某一些特点加以介绍，就会使该产品处于先入为主的地位。例如，在别人都在介绍洗衣机的全自动功能、洗涤量大时，强调洗衣机省电往往会更有说服力。上海大众轿车曾以售后维修服务作为诉求点发布了一系列报纸广告，其中有一则广告的标题是"全国超过 200 家维修站——即使你远在天边，上海大众的优质服务都近在眼前"，从"维修点多"的角度突出强调上海大众的售后服务水平。

5. 以广告音响效果对消费者展开情感诉求

音响是广播、电视广告的一个重要组成部分，它包括音乐和效果声。音响可以辅助广告画面和解说词塑造出某种特定的情感气氛，唤起人们的注意，产生心灵共鸣，从而加强了广告信息的记忆。例如，南山奶粉之南南与山山篇。

故事以小"南南"寻找梦想的"四季常青牧场"为线索展开，期间巧遇同样寻找四季牧场的"山山"，终于，南南与山山在南方美丽的南山找到了"四季常青牧场"。宽广的草原、青青的草构成了一幅美丽的四季牧场的画卷，南南和山山在这里过上了健康、快乐的生活。

音乐歌词："风沙太可怕/梦想中的牧场在南方/能够遇到他/可以日日见到他/快乐的心总是飞扬/牵你的手和你一起回家/无论走到哪里也要一起回家/彩虹挂在美丽的南山上/四季牧场四季常青。"

总之，广告信息的传播能否被消费者认可、接纳，并深深地印在消费者脑海中决定着企业广告的传播效果和经济效益，因此现代广告策划人要充分利用消费者广告心理接受特点，策划广告信息传播策略，用最经济、直接、有效的传播，引导消费。同时企业一定要做真实、诚信的广告，否则再好的广告传播策略对企业而言，都是苍白无力的。

6. 广告诱导心理策略

广告诱导心理策略是抓住消费者潜在的心理需求，通过某种承诺，使消费者接受广告宣传的观念，自然地诱发出一种强烈购买欲望的广告策略。

如洗衣机是一种女性化的商品，小天鹅牌"爱妻型"洗衣机，则抓住了丈夫体贴女性、怜爱妻子的心理做广告。而威力洗衣机——献给母亲的爱这则广告是从儿女体恤母亲的辛苦出发，让人感到母亲溪边洗衣的辛苦，想到威力洗衣机恰好可以把母亲从辛苦中解脱出来，满足了人们孝敬长辈的心理需求。

7．广告迎合心理策略

广告迎合心理策略是根据消费者不同性别、年龄、文化程度、收入水平、工作性质，在广告中迎合不同消费者的需求的广告策略。如果消费者关心产品质量，那么就可以突出宣传产品的质量可靠；如果消费者关心产品的售后服务，那么就应该突出宣传企业配套的服务设施。如服装销售广告，在经济发达地区，消费者比较注重服装的质地、款式、个性、广告宣传就要迎合消费者的这种需求心理，在经济发展相对落后地区，消费者比较注重服装的价格低廉，保暖或凉爽、结实耐穿，广告宣传也要善于迎合消费者的这种需求心理。采用迎合消费者心理需求的广告战略，关键就是确定消费者最关心的是产品的哪一个方面的内容，广告就突出宣传产品在这方面的特点和相关的信息。

8．广告猎奇心理策略

广告猎奇心理策略是在广告中采用新奇的媒体，新颖的形式，独具特点的内容等特殊的手法，使消费者产生强烈的好奇心，从而引起购买欲望的广告心理战略。

如 1993 年美国航天局发明了一种最新奇的"太空广告"，即利用火箭和飞行器发射广告，登广告者只需付 50 美元，即可在火箭体表面买下 1.77 米长的广告区，这种媒体材料、形式好，能给人以新的刺激。

5.4.2 广告明星策略

名人广告是指由社会知名人士出面推荐产品或为产品优点、企业实力佐证的广告。

名人广告策略是广告创意策略中常见的一种。在这里，名人通常包括影视明星、歌星、笑星、体育明星及各行各业中知名度较高的专家等。不论以前或现在甚至将来，名人广告都是尽快卖出产品的一个好办法，利用名人迅速提升品牌的知名度，被专家称之为借势传播。但众所周知，在广告活动中，名人的知名度与他（她）的酬金是成正比的。企业采用名人广告策略，巨额投入是一个前提，正因为花费庞大，很自然就有一个投入与产出比的关系。有钱请名人是一回事，请什么名人，怎么利用名人为产品和企业服务又是另外一回事，这是策略问题。纵观中外广告史，名人广告的正面案例远远多于反面案例，那么，到底名人广告策略有什么样的优势呢？

1．名人广告效应

名人作为消费者耳闻目睹的公众人物，有其难以形容的特定魅力，名人越有名，这种魅力就越强大，广告主也正是看中这一点而乐于采用名人广告策略。名人为产品做广告宣传，只要所传播的信息真实确切，画面和语言配合得体，自身与产品有一定的关联，就能在一定程度上将自身的魅力移植到产品上，既刺激大众的注意与兴趣，又能提高品牌的知名度与接受度，赋予产品更多的附加值，同时通过名人的推介，使消费者对产品与企业产生好感，有助于树立产品和企业的形象，具体来讲，这种名人效应包括以下几点。

（1）引起注意，快速产生市场效应

资讯的发达使各种媒体的广告量不断增长，如何让广告在纷纷攘攘的广告轰炸药中脱颖而出，有效地引起消费者的注意？名人广告策略是一种立竿见影的选择，名人之所以成为名人，就是因为他（她）在相当大的范围内比普通人受到更多的关注和喜爱，他们的一言一行都会引起大众的议论甚至模仿，所以采用名人推荐产品或企业，可以省却其他类型的广告策略必须经过的传递信息、熟悉功能、强化品牌的步骤，直接引起消费者注意。消费者能凭借自身对名人的好感主动去理解产品信息、功能，并做出快速的市场反应，形成对产品的偏好或抵触，好的名人广告其效果几乎都是快热型的，因为名人广告代表了一种主流消费倾向，一种流行趋势，目标消费群很容易在他所崇拜的名人的暗示或说服下，去尝试消费经验，并因心理上的这种认同感倾向而成为某一品牌的忠实消费者。

（2）提升产品档次

对于广告商家来说，可借助名人良好的公众形象、社会化程度、较高的知名度及美誉度，有效提升产品的档次，塑造企业及产品的良好形象，使观众因喜爱和崇拜广告中的名人而连带喜欢广告中的产品。当然，真正取得这样的效果必须具备三个条件：所选择的名人具有高尚的职业操守和人品格调，他（她）具有杰出的业绩（在同业中的确有卓然出众的成绩和表现）；名人在较大社会公众范围内有良好的人缘口碑。这三个条件缺其一都会影响到消费大众对产品的价值判断。企业主只有选对了名人，或者说真正找准名人的价值，这样的名人广告才有可能因势得势、锦上添花，真正发挥出广告的效应。从另一个角度讲，好的名人广告，可利用名人本身所具有的特质，使商品也带上其独特的品味、格调、地位和威望，这是其他类型的广告创意策略难以在短时间内达到的。

（3）昭示企业实力，提高品牌信任度

众所周知，做名人广告是要花大价钱的，广告是一种商业行为，名人不仅有社会价值，在广告中还体现其经济价值，很多时候，企业请不请名人做广告以及请哪一级别的名人做广告，已成为衡量（准确地说是攀比）各企业经济实力的一种标志，巩俐为美的空调回眸一笑值 100 万元，姜文煞有介事地唱了一段美声《我的太阳》（太空酒）收了 200 万元，张曼玉"爱立信手提电话"升到 500 万元，而黎明的"和记电信"则飙到了 1000 万元……从普通消费者的心理反应角度，企业请名人做广告，的确直观地昭示了企业的实力和魄力，而且因消费者对名人的崇拜和喜爱，"爱屋及乌"地对名人所做广告的产品或企业产生连带信任也是顺理成章。美国人才代理公司"名人集团"总裁莫拉姆说："一名演员，只要人家给钱，要他说什么，他就会说什么——这只不过是另一项工作而已。若是由一位名人来做，你就可以肯定，有人对产品检察，他的推销是用自己的名誉担保的，这对消费者来说是一种额外的保证。"名人广告在提升品牌信任度上的确卓有功效。

2. 名人广告策略实施要领

无数广告实践证明，名人广告策略是一种行为直接、影响广泛、效果显著的广告创意策略，但由于名人广告策略执行中牵涉到许多环节，如名人的甄选，名人的形象与产品和企业的关联，名人的广告出镜率以及名人的表演等。任何一个处理不当或不到位，都有可能影响整个广告的效果，名人广告失败的案例也时有发生，所以，要从产品及企业的实际出发，科学、理智又富创造性地利用名人广告策略。

（1）名人细分是名人甄选的前提

不同类型的企业，不同特色的产品，在采用名人广告策略时，应注意选择与之相适应的名人，而不是见名人就用，或搞攀比、跟风，别人用谁跟着用谁，首先应注意名人与产品的相关性，将名人细分开来，比如化妆品最大的消费群体是女性，广告主当然应选择年轻艳丽的女艺人（电影、电视、歌唱、话剧、戏曲等领域的明星）做形象代言。因为她们本身就是化妆品的主流消费者，同时她们的美貌与气质正是无数女性消费者梦寐以求的，而体育爱好者一般偏爱体育明星而非影视明星，如果叫刘德华为李宁牌运动系列做广告，其效果一定不好，因为只有体育界的知名人士才是本领域最权威、最具有影响力的人物。其次，中国广告受众对广告明星的偏好有着明显的地方差异，这取决于消费者对明星本身的认同，也和地方文化背景、生活品味和已有观念有很大的关系，比如在各大城市广告名人排行榜中上海和广州把刘德华排在第一位。

而北京、大连和青岛却把葛优排在第一位，这一事实不得不促使我们反思，偶像的魅力虽大，明星的效应虽强，但影响力有时也只是限于某个区域、某个群体，更何况在人们生活价值趋于多元化的今天，名人的影响也呈多元化。因而广告中所选名人首先要看该名人在当地的知名度，并注意该名人的影响范围是否和产品的目标消费群体相吻合；再者，由于不同年龄段的消费者在文化、生活习惯、心理上都存在着差异，因而他们对不同明星，名人的接受程度和喜爱程度不同，这影响了对广告的记忆度（见表 5-4）。所以广告中选用名人应先了解该名人属于哪个年龄及心理层次，从而进一步做好名人细分，才能达到名人广告的预期效果。

表 5-4　名人细分表

年龄段	巩俐	葛优	刘晓庆	冯巩	陈佩斯	刘德华	张德培	成龙	钟楚红	总人次
18~25	23.1	12.6	12.6	2.1	1.4	35.0	16.1	12.6	12.6	296
26~35	26.9	16.3	26.9	2.9	2.9	26.0	12.5	11.5	8.7	215
36~45	34.1	14.6	9.8	4.9	4.9	17.1	2.4	17.1	0.0	65
46~60	22.7	22.7	13.6	4.5	4.5	4.5	0.0	18.2	0.0	47

（2）名人形象与产品的定位应一致

名人的形象包括外在形象类型和内在的气质魅力，名人的差别不只在于知名度的不同，更在于其扬名的领域的差别以及名人从年龄、性别、外形长相到内在思想的一个综合形象差别，同样是一个产品，由著名艺人、体育明星或科学界卓越学者来推介，其效果一定是不同的。反过来说，由于各种产品的特点、适用范围和消费群体也都各不相同，即使同一个名人，为不同类型的产品做广告，其效果也同样大相径庭，所以采用名人广告策略，要针对产品的定位，选择从外形到气质与产品最对位的名人，这样两者才能相得益彰，互为映衬。可以说，名人选对了，名人广告就成功了一半，比如 LUX 力士香皂，常常都以国际影星现身说法的方式，诉求其美容功效，洗后让人散发迷人魅力，女星们凝脂般的肌肤和高雅气质与力士香皂洁白清雅的特质有一种内在的关联，消费者很容易理解为因果关系，这些巨星是因为常用力士香皂才有如此魅力的，这对产品的促销恰恰是最有益的。

与此相反，若名人广告策略选择的名人形象与产品的定位不一致其广告效果就会大打折扣，这种不一致包括名人形象与产品毫无联系或搭配不当两种状况，两者都会对产品产生不利影响。例如，国氏全营养素是一种减肥食品，其科学减肥新理念为"迅速减肥，恢复健美"，然而在其广告中选择世界体操冠军，体态娇小、身轻如燕的莫慧兰做其代言人，不禁使人发生疑问，健美的莫慧兰是靠"国氏"才造就了如此的身材吗？（略有体育常识的人都知道，女子体操选手的身材决定于当初选材时对骨骼的判断和平时高强度的训练与比赛）。类似这样只是一味强调名人效果，而不考虑名人与产品关联度的广告，其结果只会降低其可信性，因此，不同的产品应选择不同的广告代言人，在名人与产品之间找到一个合理的关系，还可采用名人扮演广告故事情节中的某个角色来有意制造名人与广告产品的联系，如奥妮集团巧借夫妻百年好合的故事情节选择周润发以其特殊的角色推荐"百年润发"洗发水，而为迎合天下父母望子成龙的心态，让成龙以"父子"的双重身份替"小霸王"学习机做广告等，这些都是非常成功的名人广告个案。由此可见，名人的形象与产品的定位搭配得当，广告可以事半功倍，否则就会事倍功半，不伦不类。

（3）产品与名人在广告中的地位应主次分明

企业主花钱做广告，自然是想让自己的产品家喻户晓，人人喜爱，所以不论采取什么样的广告创意策略，产品永远是第一位的，产品信息传达理应成为第一要素，名人广告策略也不例外，再有名的名人在广告中也只是一种表现与沟通的手段，只能从属于产品，为产品的宣传服务，这个关系处理不好，就可能导致名人与产品的角色错位，最后不是使推销的品牌出名，而是让名人更有名，看看芭蕾，红花与绿叶的关系摆得很得当，男演员再有名气，他也只是负责托举女演员。如果名人广告里看不到红花，只显绿叶，那只能算是失效的创意，这种案例在目前中国的名人广告中可谓比比皆是，陈佩斯、冯巩及葛优都是我国有名的喜剧明星，陈佩斯曾以其幽默的演技为"双鸽"火腿肠做广告，而葛优与冯巩也在"双汇"火腿肠的广告片中担任主角，然而这两个喜剧广告却让许多消费者混淆起来，国际广告研究所曾在 1996 年 10 月对见过两个广告的消费者进行调查，发现许多消费者对两个广告的情节记忆犹新，然而当被问起他们各自做的是什么品牌的广告时，结果却是相反的，记住葛优的消费者中有 44%的人把"双汇"火腿肠记成"双鸽"，而记住陈佩斯的消费者中也有 33.3%的人把"双鸽"记成"双汇"。记住名人而忘记了产品品牌名称，所以，在选择名人做广告时，应该事先明确，名人是配角，产品才是主角，否则在编排广告情节时很有可能突出名人，忽略产品信息，从而造成喧宾夺主的现象，削弱了广告传播效果。

（4）控制名人使用频率，掌握名人广告时机

名人通常都是曝光于社会媒体的公众人物，其广泛的知名度和公信度是一笔宝贵的广告资源，但和地球的自然资源一样，名人也不是取之不尽，用之不竭的，选择和利用名人为产品做广告，也要掌握一个"度"和"时机"。

① 要控制名人的使用频率。这完全是从受众的心理角度提出的建议，有时候，名人在过多的广告中出现，并不是一件让消费者感觉舒服的事，有调查表明，一个名人若在一段时间里过多地为各种产品或企业代言，不仅会使他所推荐的产品与企业的可信度大打折扣，甚至会影响到消费者对名人本身的喜爱度，前面引述过的美国人才代理公司"名人集团"，

其创作主任比蒂说："对一位名人的使用是有风险的，如果这已是本周第 27 次使用'辣妹'（SPACE GIRL，英国著名女子演唱组合）做广告，则消费者会视之为与品牌毫不相干的赶时髦。"所以说企业或广告代理公司在选择产品与企业代言人时，不仅要评估名人的知名度，还要考虑其现有的广告频率，以做出理智的权衡与选择。

② 避免与其他公司同一时期使用同一名人。前面第一点"控制名人使用频率"可以说是从纵向上考虑，即控制单个名人的使用量。从横向上即企业与企业或产品与产品之间，在同一时期也要尽力避免使用同一名人，以确保名人与产品的单一而纯粹的联系，增强受众的直接记忆力，比如柯受良为一种名为"小黑子"的纯净水做广告，效果就十分明显。因为"小黑"是圈内好友对柯受良的昵称，名人与产品关联直接，而同一时期，柯受良又为小霸王 VCD 做广告。效果就大打折扣，一是"小黑子"给消费者印象太深，二是 VCD 广告太多、太滥，名人纷纷为各品牌代言，让人有点眼花缭乱，这种情况下柯受良纵有三头六臂也难显其威。同样情况，成龙尽管形象健康，表演出色，在大陆及港澳台地区甚至日本、好莱坞很受欢迎，但在同时期内他同时成为小霸王学习机、爱多 VCD 和汾煌可乐的代言人，无形中三个品牌的可信度都不同程度地被削弱。所以，广告主或广告代理公司在采用名人策略时应特别慎重，尽可能地使产品与一相对固定的名人在某一相对固定的时间段进行匹配，以使消费者建立名人与产品的固定的联系，加强记忆度。

③ 巧选时机，最大限度地发挥名人广告的效应。名人作为社会焦点人物，其言谈举止、穿着打扮均会引起公众的关注和议论，而每一个名人，在其名人生活中，总会有一些高潮和亮点，形成一定的社会新闻效应，比如歌星出唱片新碟，影星参演新片，获得空前社会反响；体育明星在重大比赛中取得好成绩；专家学者在专业领域内成果斐然等。选择名人广告策略，就要善于抓住这些时机，在所选定的名人最红的时候或最受媒体关注的时候做产品与企业代言，由此取得事半功倍的效果。前几年一部《还珠格格》使两位格格的扮演者赵薇和林心如迅速窜红，佳能复印机与索肤特木瓜香皂捷足先登，分别锁定赵薇与林心如做品牌的代言人，一个诉求"百分百赵薇，百分百佳能"，一个诉求"真的格格，真的白"，与正在播出的《还珠格格》续集交相辉映，取得了相当不俗的效果。又比如 TCL 电脑，选择在前中国女排主教练郎平率女排获得奥运、世锦赛两次银牌之后黯然辞去主教练职务之时当产品代言。电视广告上，简单的黑白画面，素装的郎平正向观众娓娓而道："那些刻骨铭心的日子，大家不分彼此的付出，……心在一起，是最重要的。"这段情真意切的话，正满足了所有关心郎平、关心中国女排发展的观众和球迷们的内心期望，引起他们强烈的情感共鸣，TCL 电脑的公众形象也随之而生动和饱满。

总之，名人广告是企业主针对产品或企业特质在特定的市场背景下，所采取的一种卓有成效的策略。成功的名人广告，可以产生不同凡响的社会效应和经济效应，可以昭示企业的实力，可以增加消费者对产品的信任感和企业的美誉度。但是过多地依赖名人广告，不加调查分析，凭主观臆想随意或滥用名人广告策略，已为中国广告界乃至社会带来了越来越多的问题。譬如，名人广告泛滥，消费者对名人广告产品的认同感和信任度开始下降，名人广告酬金问题与企业主、广告代理商有不快争端，引起公众的反感；有些名人广告产品与名人联系牵强，名人表演又制作粗糙、媚俗，消费者不认账；有些名人广告中名人喧宾夺主，使消费者只记住名人，却想不起或混淆品牌；有些名人功利心胜过职业操守，同时为几家企业的多种产品做广告，使名人广告可信度与亲和力节节下挫……要克服名人广告策略执行中的种种弊病，使名人广告真正为企业与产品起到"锦上添花"或"雪中送炭"的效用，看来不仅需要广告创意人认真地分析与选择，更需要广告主客观冷静的心态和实事求是的作风，同时也需要社会名人们以良好的敬业精神来配合。

 **小资料**

有新意的名人广告策略——长岭冰箱系列广告

1998 年 7 月，长岭集团公司在首都各大报纸刊登的系列广告引起了人们的关注。

这组广告清一色地采用了 7 位在科学领域取得了相当成就的学者和专家的形象，这在许多企业热衷于聘请各类"明星"做广告的潮流中，令人耳目一新。

以"卓越是他和长岭的共同追求"为主题的系列广告，醒目处刊登一组或刊登一位学者的头像，旁边是学者成就的简介和标题"他也用长岭冰箱"。

站出来为国企名牌的质量"作证"的专家阵容甚为壮观，他们当中有：国家科技委员会专业评委、博士生导师陈庆寿；玉柴机器董事长、上海交大教授王建明；语言学家、北大东方学系教授巴特尔；中国社会科学院专家、教授果洪升；中华人民共和国原化工部最年轻的高级工程师、一级注册结构工程师尉朝辉等。

据悉，这些专家无一例外均是长岭冰箱的新老用户，是在查验用户档案中发现他们的，据称，这几位学者为长岭做广告，分文未取。

在回访中，学者们说，这也没有什么特别的，长岭冰箱技术含量一直比较高，质量不错，价格实在，用了这么些年一直没出什么毛病，就这么用下来了。

专家的评价使集团公司领导怦然心动。他想，在人们看烦了千篇一律的各类"明星"们做的广告之时，让社会形象最好的专家们走上广告说一说实在话，也许能收到意想不到的效果。

对消费者来说，一边是家里可能处处都是国外名牌电器的歌星、影星；一边是追求科学，又是国产家电忠实用户的学者，同时向你推荐某个国产家用电器，这回消费者的确要权衡一下了。

应该说，这是个非常有创意的系列广告，它不但开了大陆广告界"专家集体出现"做广告的先河，而且整组广告主题突出，文字精练，排版稳重，传达清晰，创意表现上也可圈可点。广告通过专家为产品和消费者之间搭起了一座桥，因为专家和学者在群众心中是实事求是、讲实话。另外在品质上，长岭与专家的共同点是追求卓越，而且这些专家学者就是长岭的用户，因此可信度会更高一些。还有一点，作为系列广告，长岭冰箱使用统一的版式，通过不断的重复，强化了人们的印象，使人们记住了品牌，特别是统一广告语"大树底下好乘凉，实在就是好冰箱，"通俗易懂，画龙点睛，很好地烘托了广告主题。

5.4.3　广告现场策略

广告现场策略主要指在售卖现场所采取的一些广告手段。它主要包括商品展销、展览、表演、猜谜、摸奖等促销广告形式大酬宾、赠品、折价公共关系等促销广告形式，这些促销广告对增进人员推销的功能，提高企业的形象，起到很好的促销作用。

1. 馈赠广告

馈赠广告是一种奖励性广告，其形式很多，如广告赠券等。食品、饮料和日用品的报刊广告多用此法。优待方法多采用折价购买或附赠小件物品。这个办法既可以扩大销售，又可检测广告的阅读率。除广告赠券外，广告与商品样品赠送配合也是一种介绍商品的有效方法，但费用很高。

2. 文娱广告

文娱广告也是广告促销的常用策略，如出资赞助文艺节目和电视剧、广播剧的制作等。此外，如猜谜、有奖征答等，也是文娱的有效形式。

这是运用文娱形式发布广告以促进产品的销售的广告策略。企业出资赞助文娱节目表演，使广告不再是一种简单的、直观的、赤裸裸的硬性产品宣传，而是演变为一种为人所喜闻乐见、多姿多彩的"广告文化"，并且还可以通过下期搞一些文娱竞赛节目，诸如猜谜语比赛、技术操作比赛、问答比赛等，给得胜者以奖励。

文娱广告有以下特点：以伴随文娱性活动发布广告为手段；减少广告的商业味，增加广告的知识性与趣味性；使消费者在享受娱乐中了解产品信息，并使企业形象得以增强。

3. 中奖性广告促销策略

中奖广告是一种抽奖活动和广告活动结合起来的广告策略，在国外很流行，对推动销售有一定效果。但此法也为某些经营作风不正的企业提供可乘之机，如以劣充优、混迹提价、克扣分量，甚至哄骗群众，从中牟取暴利。因此，在运用此广告策略时，必须注意社会效果与合法性，在我国抽奖式有奖销售活动，奖品价值不能超过 5000 元，否则被视为违反公平竞争原则。

4. 公益广告

公益广告是把公益活动和广告活动结合起来的广告策略。通过关心公益、关心公共关系，开展为社会活动服务，争取民心，树立企业形象，从而增强广告的效果，能给人一种企业利润取之于社会、用之于社会的好感。

公益广告的形式很多，如企业可以捐款捐物赞助公益事业，并发布广告扩大影响，如对老弱病残者、孤儿、受灾民众、办学等赞助公益事业，并发布广告扩大影响的活动如展销会开幕、工程落成、企业开张等祝贺；企业还可以举办诸如烹调技术、服装裁剪、卫生用品常识等免费专题讲座。

（1）赞助体育活动。体育运动立脚点是全民性运动，特别是一些国际性的体育盛会，可以超越国家、民族和文化等各种界限，吸引成千上万的人们注意，企业向这类活动提供赞助，可以迅速地提高企业品牌形象。

（2）赞助文化教育事业。文化教育事业是一个国家的立国之本，资助文化教育事业，可以增强企业社会责任感。这类公益性活动不是肤浅的，稍纵即逝的，它对企业的影响是深厚的。

（3）赞助社会慈善和福利事业。企业选择对各种慈善事业、社会福利事业进行赞助，比较容易获得社会各界的普遍好感，比如赞助各种展览、各种竞赛活动，赞助学术讨论活动，赞助公众节日庆典活动，还可赞助各种基金会的设立，如奖励基金、扶贫基金、送温暖基金等。

总之，企业在开始公益活动运作时，可以采取各种技巧及方式，大造活动声势，以此震撼社会公众，从而使企业形象在消费者心中的感知价值得到提升。

5. 专题促销活动

专题促销活动是有单独计划、特定目标的公共关系工作。在专题促销活动中要有明确的主题、任务、目标以及采取措施和步骤。因而每次活动都要经过精心策划，充分准备。保证促销活动达到最佳的效果。

（1）专题促销活动应有明确的主题，并为广大公众所接受。广州花园酒店曾在母亲节举办过一个以歌颂母爱为主题的活动，深受人们欢迎，他们第一次把西方的"母亲节"介绍到广州，并与广州市妇联共同举办"母亲节征文比赛和表扬模范母亲"活动。从广州每个区选出 5 位母亲，给予表彰；向全市小学高年级学生征集歌颂母爱的作文，从中选出 30 篇优秀作文，举办朗诵会；在朗诵会上，获奖者当众朗诵自己的作文，并回答新闻记者的提问，最后评出优胜者，颁发奖品和纪念品。花园酒店的这次活动收效显著：其一，很短时间里，花园酒店的名字在广州家喻户晓；其二，由于当时"母亲节"活动是在广州及国内首次举办，人们后来容易把类似活动与花园酒店的经营进行联想。将酒店的发展同社会密切联系起系，为酒店树立了良好的文化形象。

（2）专题促销活动间隔的选择也至关重要。每逢过节、开张吉庆都是举办专题活动的好时机。

（3）专题促销活动还应当具有鲜明的特色，有特色的活动最容易吸引人。

6. 展览促销活动

展览展销是通过产品实物展示和现场示范表演达到宣传企业及产品的目的的活动，有时还辅以文字或图表来加以说明，这种复合性的传播方式综合了许多种传播媒体的优点，它具有鲜明、易懂、引人入胜的感染力，容易造成热烈的销售效果，所以沟通效果比较好。展览促销活动在现代商战中成为企业竞争的手段和较量的场所，不论采用何种何类方式，都要经过精心策划与设计，求得最佳效益。

（1）要明确展览促销会的主题思想，围绕主题搜集参展实物、图表、照片及文字等，并形成有机的组合与排列。

（2）依据主题构思整个展览结构，各部分之间要互相配合，分头准备。

（3）要估好活动期间的新闻宣传工作，分阶段准备好新闻稿，扩大展览会的影响范围和效果。

（4）要认真周到地做好会务工作，使活动井然有序，效果显著。

5.5　广告事件策略

5.5.1　事件营销的含义

事件不是活动，活动也不等同于事件。但二者之间并不是一个机械性的割裂，事件营销与活动营销在某些情况下可以转换。"富亚"涂料厂的促销活动本来是让小猫小狗喝涂料，以证明涂料无毒，但在活动现场由于许多动物保护者的反对，在一种无奈情形下临时改为老总自己喝涂料，这就由活动转换为一次事件。张瑞敏果断命令下属当众砸毁不合格冰箱是一个突发事件，砸出了海尔的信誉，由此引发了一个系列性的质量标准月活动。美国某大型企业一向给人一种高高在上、不可亲近的形象，使公司在遇到困难时常处于不利地位。公司门口一位擦皮鞋老人，几十年来一直靠给该公司的高级主管擦皮鞋为生。在公司 50 周年庆祝会上，公司总裁在众多记者的注视下弯下身躯认真仔细地替这位擦鞋老人擦了一次皮鞋。第二天，报纸、电视等媒介便连篇累牍对此进行报道，该公司借助这一事件开展了一次关爱社会的活动，事件迅速变成了活动。1915 年国际巴拿马博览会是中国茅台酒厂早就看好的一次营销活动场所，活动中中国代表愤摔茅台酒却是一个事件，但是随着酒香四溢招来不少客人，中国代表开始宣传茅台酒的独具好处，事件就演变成了一次活动。因而如何将突发性、不可预料性，或者说不以人的意志为转移的突发事件转化为我所用的活动，最终取得营销效果，则是事件营销的重点。

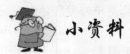小资料

小麦香缔造品牌激情成就梦想

在北京消费者早已习惯于喝燕京啤酒，已经占据了北京啤酒市场份额 80%多的垄断情形下，为了能争得一块北京啤酒市场的蛋糕，青岛啤酒大胆挺进北京市场，在市场调查与预测分析的基础上，策划出了一套完整的市场推广方案，从消费者调查、公关、广告活动、企业赞助等市场打入的前期运作到"啤酒推广互动"、"终端生动化品牌体验"、"销售终端定位"等实务活动的开展，同时大打"麦香"口感之卖点来争取消费者的认可。在一浪高过一浪、层层推进的宣传策略下，青岛酒最终顺利打入北京市场，取得了 20%的啤酒市场份额。看了这份极具创意的营销推广策划案后，我们不由为商家战略战术运用得当与巧妙而赞叹。

在当今的商品经济社会里，事件营销与活动营销早已被商家看做进行市场营销的一个绝佳契机，因而许多企业也就将其纳入企业的整个营销战略之中，但是多年来学者和商界却一直把事件营销与活动营销混为一谈，他们一致认定事件营销就是活动营销，两者只是叫法不同而已，并没有本质上的区别。殊不知这一观点恰恰混淆了两者之间的不同属性，这一观念既不利于企业预定营销目标的实现，更不利于从根本上把握事件营销与活动营销中所蕴藏着的不同商机。

从实质上事件营销与活动营销是两个不同的商业运作过程。首先，事件和活动的各自

概念就不相同。不管新版还是旧版本的《辞海》中如"事件"和"活动"都是如下解释的。

　　"事件"指的是历史或社会现实中所发生的重大事件，其关键点在于它的突发性与不可预知性，也就是说事件是事先无法预测的。2003 年肆虐了大半个中国的"非典"事件要是能预测，那起码它所造成的人民生命损失则会降到最低。而美国的"9•11"事件要是能被预先知道的话，那"9•11"更是绝对不会发生。

　　"活动"则是人们事先就已经有了一个可被利用的对象，比如中国广告节、大连国际服装节、青岛国际啤酒节、上海国际电影节等活动都是每年一次，不管刮风还是下雨，到了预定的时间就要举行。而企业或者商家只是对这一事先就已经知道并存在的对象加以一个能动性改造并力求取得最大商业效应的过程。到此就足以看出二者之间的本质有不同，也就是"事件"是突发性的、不可预测的；而活动则是早就独立存在或者说早就计划安排好的。我们来看个例子：唐山地震是一个事件，没有人事先知道唐山将要发生强烈地震。但是唐山地震 30 周年纪念却是一个活动，因为人们早就知道 2006 年 7 月 28 日是唐山大地震 30 周年纪念日。

　　事件营销与活动营销就是借助于某一事件或者某一活动的契机来营销的，必须区分二者的不同，从而进行不同的运作，最终取得预想之营销效果。

　　事件营销的运作，笔者认为主要发力点应是"借势"，借用这一突发事件之"势"在公众心目中留下一个对产品或企业的良好印象。既然是"借势发力"就要隐藏营销目的，让消费者在对事件的关注中潜意识的接受产品。2003 年"非典"期间，威露士洗手液在各种媒体上耐心地告诉大家："非典"让我们无所适从，防止"非典"要从养成勤洗手的习惯做起。威露士洗手液的人纷纷在威露士的善意诉求下开始养成使用洗手液的习惯，威露士洗手液的销量在其产品宣传目的被隐藏的情形下得到了大幅增长。伊拉克战争刚刚爆发不到 24 小时，统一润滑油在伊拉克战争当月出货量比去年同期一下子增加了 100%，月销售额历史性地突破了亿元大关。美国"9•11"事件发生后，美国国内经济受到了巨大冲击，消费者对未来经济形势竟一度丧失了信心。

5.5.2　事件营销的要点

　　事件营销的主要着力点是"借势"，因而在"借势"中要把握以下几点。

1．快

　　事件就是商机，稍纵即逝。统一润滑油从开始有想法到广告制作完成并在中央电视台播出总共用了不到 24 小时。

2．准

　　要在事件与企业形象或者产品之间找到最佳切入点，不可给人一种故意做作或有意为之的感觉。从而能让消费者在一种正常心态下自然接受，像威露士洗手液善意的提示就很能让老百姓在那种特殊时期被感动。

3. 着眼点

"借势"的着眼点应放在目标消费者群体上，不可漫天造势，给人趁火打劫的感觉。

在事件营销时还应注意，某一事件发生后不可再次造热势，因为事件本质之点就是其突发性，如果再大张旗鼓地宣传这个事件，人们的心理会接受不了，就不可能对你的企业或者品牌有好感。比如说"9·11"之后美国人民都沉浸在了巨大的悲痛中，如果这时候你再宣传企业或者品牌与"9·11"如何，那就会适得其反。同样，2003 年的"非典"期间企业同样不能大肆宣传自己的产品如何，只能鼓动全国人民战胜"非典"的信心。

事件营销刺激的是消费者的注意力，活动营销激发的则是消费者的兴趣。事件营销可遇而不可求，活动营销则是有意而为之。事件营销就是借公众、媒体之力达到对品牌的自然关注和下意识传播，是一套"四两拨千斤"、"借势发力"的现代营销太极。事件营销就是稍纵即逝的机会。借势是对事件资源的一次利用。而活动营销则是通过策划组织、制造具有一定新闻价值的活动并营造声势，以此达到对传播资源的二次利用。

 本章小结

广告目标市场策略类型主要体现在对无差别市场广告策略、差别市场广告策略和集中市场广告策略在不同条件下的运用；定位广告策略就是要策划好产品的实体定位和观念定位；广告产品策略要根据产品市场生命周期的不同阶段，采取不同的有针对性的广告策略；广告市场策略就是要充分运用广告心理策略、广告明星策略和广告现场策略，达到有效的广告传递；广告事件策略策划要明确广告事件的基本概念，在正确理解广告事件基本概念的基础上掌握广告事件策略策划要领。

 案例分析

从广告语看可口可乐品牌定位百年变迁

在世界各地大行其道的可口可乐在其百年的发展进程中，广告发挥了至关重要的作用，紧贴市场的广告策略为其建立最有价值品牌地位功不可没。而作为广告核心内容的广告语则是品牌定位的一种明确表达方式，通过各种传播媒介到达消费人群，一切有关市场的活动都应与其遥相呼应，相得益彰。我们从可口可乐广告语的变化来回顾世界品牌的发展历程，特别是在中国市场的成功经验，对国内企业会有一定的借鉴意义。

请喝可口可乐

从 1886 年第一瓶可口可乐问世到美国本土第一家工厂的建立，可口可乐处于初级的发展阶段，需要更多的人去品尝可口可乐，请喝可口可乐成为其活动的主题，在其后的十几年里，虽然不时会有新的广告语出现，但主要是从产品的功能层面去宣传，解渴、好味道、清凉——如新鲜 美味 满意 就是可口可乐；口渴时的享受等。

20 世纪二三十年代，随着可口可乐产品被更多的人接受和认知，广告语的宣传越发趋于感性，在功能性的诉求基础之上，增添了更多的内容和含义，如欢乐、友谊等。如充满友谊的生活，幸福的象征等，但这个时期仍是一个产品推广阶段，真正品牌地位还未完全建立起来。

二次世界大战是可口可乐发展的一个重要时期，可口可乐成为美国人首选饮料，并伴随着美国大兵的海外作战开始流向各地，为保障驻外部队供应开始在一些国家建立了装瓶厂。

至今在注册的可口可乐商标上都保留着 ENJOY 的单词，在某种意义上代表了可口可乐百年的历史，一种古典的风范。

挡不住的感觉

二战结束后是美国经济高速发展的时期，也是可口可乐的快速成长期，美国在世界各地推行其民主思想和生活方式的同时，可口可乐和麦当劳等则成为美国文化的重要组成部分。可口可乐在世界各地建立工厂，参与重大体育赛事，进行多种形式的广告宣传和促销活动，可口可乐在知名度和各地市场的占有率得以巨大提升，品牌价值节节攀升。这个时期的广告语有：我拥有的可乐世界；可乐加生活等。

1978 年第一批可口可乐产品进入中国市场，80 年代第一家合资工厂建立，当时的中国处于改革开放的初期，许多中国人还不习惯这种有"中药味道"的饮料，并且价格偏高，可口可乐把市场的重点放在了几个主要城市，利用中国本土饮料渠道的优势，在夯实各项基础工作的同时，带来了全新的营销理念，在外来文化大举入侵的同时，可口可乐也以"贵族"的身份受到部分人的青睐。

挡不住的感觉是当时最为流行的广告语，也表达了可口可乐要带给人们的一种精神层面的东西，实际上也代表着人们对西方文化的好奇和向往。

"喝可口可乐不仅是喝它的味道，更重要的是一种感觉"这是当时一些忠诚消费者的切身体验。

可口可乐在主要城市通过大量使用电视媒介、户外广告、冷饮设备等宣传手段，利用售点的生动化的管理方式，推动可口可乐在中国市场的高速发展。90 年代中期，可口可乐已初步完成主要城市的布点工作，各地的国内传统饮料受到沉重打击。

尽情尽畅，永远是可口可乐

1996 年亚特兰大（可口可乐总部）奥运会应是可口可乐在中国市场最为辉煌的时刻。全国已有 23 家装瓶厂，可口可乐品牌成为最有价值品牌。产品经常供不应求，在中国市场每年保持 20%以上的高速增长。

可口可乐的渠道重点由批发向直营转移，要求在市场更大面积的渗透，对业务执行要求更高，产品陈列面要大、品种要多、广告材料要丰富、客情关系要好——"无所不在、物有所值、情有独钟"成为市场营销的主要策略，销售工作也从过去的引导消费变为促进销量。

"尽情尽畅，永远是可口可乐"既表达了酣畅淋漓的感觉，又体现了可口可乐的自信和大气。

实际上这个时候可口可乐才真正找到品牌的核心内容 ALWAYS。既有传统和古典，又不乏激情与活力。

每刻尽可乐，可口可乐

进入 21 世纪，可口可乐开始感觉到前所未有的竞争压力。

首先是总部对中国市场寄予厚望，督促加快发展的步伐，但随着国内饮料行业的逐步成熟，以非常可乐、旭日升、健力宝等为代表的国产饮料抢城掳池，提前占据了许多二、三级市场；百事可乐从"新一代的选择"到"畅想无极限"分割了许多青少年消费对象；

消费者消费多样性，使得可口可乐不得不改变市场策略。

以不变应万变，还是以变应变？

"每刻尽可乐"是基于当时的市场环境提出的。

"刻"体现在时间上，表达可口可乐紧跟时代步伐，以谢庭锋、张柏芝等当红歌星为代言，目标锁定在青少年一代，以此达到抗衡百事可乐的目的。说明无论过去、现在和未来，永远是可口可乐。

"尽"体现在空间上，一方面公司从碳酸饮料向全饮料公司转移，全方位地开发茶、果汁、水等产品。另一方面开发二、三级城市，并开始拓展农村市场，价位越发趋于大众化、平民化。

最近几年，可口可乐更是与时俱进，不失时机地寻找市场机会，开展网络营销、体育营销等方式吸引消费者的注意。同时根据一些事件的广告语也是值得称道的，例如：

抓住这感觉

可口可乐，节日"倍"添欢乐；

看足球，齐加油，喝可口可乐；

春节刘翔的回家版。"每一个回家的方向都有可口可乐"，也是每刻尽可乐的一个延伸。

分析：

综观可口可乐的发展历程，广告语的变迁，总是与品牌的市场定位紧密相连的，总结起来有如下特点：

（1）言简意赅的广告语不仅便于记忆，更能使人们容易产生品牌的联想。

（2）广告语是根据当时产品所处市场地位、竞争环境等因素而制定的，是为市场的拓展而服务的。

（3）广告语是品牌定位的一种文字表达方式，可以在文字表达形式上改变，核心内容和方向不要轻易地改变。如非常可乐从"中国人自己的可乐"到"年轻没有失败"；从"非常可乐，非常选择"到现在的"有喜事，当然是非常可乐"，产品定位模糊，甚至有些混乱。

（4）一个品牌的产生过程是一个不断累积的过程，是一个不断深入的过程。从请喝可口可乐到每刻尽可乐，是前后相关联的、内涵逐步丰富的。

很多企业在广告语问题上常感困惑，在"变"与"不变"的问题上左右为难，"不变"很容易使品牌老化；"变"则很容易产生未知风险。实际上可口可乐的成功来源于长期明确的市场定位，通过产品系列开发、包装的变换、新渠道的建立、营销手段的不断更新，特别是广告内容和形式的创新，赋予这个百年品牌新的生命和活力！

每刻尽可乐——可口可乐！

 思考与练习

1. 广告目标市场策略有哪些类型？
2. 可以从哪些方面实施定位广告策略？
3. 广告产品策略要根据产品市场生命周期的哪些阶段实施什么策略？
4. 广告心理策略、广告明星策略和广告现场策略包括哪些内容？
5. 什么是广告事件策略？实施广告事件策略的要领是什么？

实训训练

富士康借助奥运的广告策略

在国内 DIY 市场上，富士康的机箱和 CPU 散热器向来以高品质著称，做工用料无可挑剔，外观设计精益求精，价格却保持在一个适度的水平，可谓高贵不贵。究其原因，富士康具有世界一流的设计和制造能力，当今顶级的计算机厂商大多是其合作伙伴，富士康源源不断地为这些合作伙伴提供品质卓越的计算机配件。在长期的实践中，富士康逐步形成了"一地设计，三地制造、全球交货"的完善设计、制造和物流体系，为其推出自有品牌的 DIY 产品奠定了坚实的基础。2004 年 4 月，富士康自有品牌主板产品国内上市，来自权威媒体的产品评测数据显示，富士康主板除了在做工用料方面保持了一线品牌的行列。而同时从其媒体报价来看，二线厂商的痕迹又很显而易见，也许这就是所谓的"富士康特色" —— "一线品牌的品质，二线品牌的价格"。

雅典奥运会开幕之前，借奥运会促销的厂商不在少数，不过像富士康这样别出心裁、真礼馈赠、真情回报、真心结交朋友的企业却不多见，有分析人士认为，富士康"别有用心"，继成功打出和经营自有品牌的机箱和 CPU 散热器后，主板产品也于 2004 年 4 月全面上市，而富士康此次"百年奥运"专题促销，主板、机箱、散热器三箭齐发，从内到外，一次性满足用户全套的 DIY 需求，充分表明了其大举挺进和称霸国内 DIY 市场的企图和野心。超过 9 成都市的用户明确表示，富士康优质低价的产品和大举的促销活动使这些用户受益多多，点燃了他们 DIY 的激情。

分析：

（1）在本案例中，运用了哪些广告策略？

（2）该案例对你有何启示？

（3）我国神舟八号宇宙飞船约 2 年后发射，请结合这次事件为富士康产品设计广告策略。

第6章 广告创意策划

 学习目标

◆技能目标：

能通过独特角度认识广告的对象。

能进行创造性思维。

会运用创意理论进行广告创意活动。

◆知识目标：

掌握广告创意的概念、特征和实质。

了解广告创意的基本理论。

运用广告创意的思维方法和创意过程理论寻找新的创意点。

熟悉广告创意的模式和广告创意的具体技巧。

 引导案例

农夫果园——摇出来的创意

2003年一个电视广告在中国的电视荧屏上出现，吸引了许多人的注意力。画面上两个身着沙滩装的胖父子在一家饮料店前购买饮料，看见农夫果园的宣传画上写着一句"农夫果园，喝前摇一摇"，于是父子举起双手滑稽而又可爱地扭动着身体，美丽的售货小姐满脸狐疑地看着他俩。广告语："农夫果园由三种水果调制而成，喝前摇一摇！"两个继续扭动屁股的父子走远。整个广告诙谐幽默，让人忍俊不禁。广告播出后，短短几个月，农夫果园的销售已经攀升过亿元，作为果汁饮料新成员，这样的业绩越来越显示出大品牌的气势。

"农夫果园，喝前摇一摇"已经成为农夫果园的代名词，与"农夫山泉有点甜"一样成为养生堂最经典的广告传播导语之一，却很少有人知道这则广告是一个"摇出来"的创意。

实际上，农夫果园原来的广告创意并不是这样的。在摄影棚按照最初的创意拍摄广告片的时候，为了拍出三种水果组合而成"混合型果汁"的最佳效果，需要将三种果汁混合均匀，摄影师对混合后的效果不满意，冲着负责摇匀的工作人员喊，摇一摇，但是拍摄现场人声嘈杂，听不清，工作人员不知所言为何，摄影师情急之下只好倒转身不断来回扭动屁股，希望工作人员能够明白他的用意。

当时，有许多品牌专家在现场工作，"摇一摇"和"扭动的屁股"触发了他们的灵感，决定暂时停拍广告片，回去重新创意。有人提议，可否将屁股和饮料联系起来？现场一下子热闹了起来，创意喷薄而出，"摇一摇"才有机会与扭动的屁股缔结了陌路姻缘，俗中有雅，雅中有趣、简单、直效，记忆点清晰、深刻，一举成名天下知。

案例分析：农夫果园为何能取得如此成功？

2003 年的果汁饮料市场，统一、康师傅、汇源等品牌纷纷采用美女路线。而农夫果园脱离美女路线，运用了差异化策略，以一个动作作为其独特的品牌识别，"摇一摇"成为最易传播的品牌符号。

　　三种水果调制而成，喝前摇一摇。"摇一摇"最形象直观地暗示消费者它是由三种水果调制而成，另外，更绝妙的是无声胜有声地传达了果汁含量高，摇一摇可以将较浓稠的物质摇匀这样一个概念。"摇一摇"的背后就是"营养丰富"的潜台词。

　　在农夫果园打出这句广告词之前，许多果汁饮料甚至口服液的产品包装上均会有这样一排小字——"如有沉淀，为果肉（有效成分）沉淀，摇匀后请放心饮用"。农夫果园运用逆向思维，反其道而行之，把劣势变为优势，"摇一摇"反而变成了一个独特的卖点。

　　消费者每天要接触大量的信息，广告的记忆点越少越好，越深刻越好，农夫果园抓住受众的心理特征，以一句简单直接的广告语得宣传诉求与同类果汁产品迥然不同，以其独有的趣味性、娱乐性增添消费者的记忆度，使广告传达的概念在最短时间达到最大的传播效果。

6.1　广告创意概述

6.1.1　广告创意的概念

　　创意是广告的灵魂，也是广告的魅力所在。从字面上理解，创意即为"创造意象"，将抽象的概念用具体的易于理解的形式表现出来。人们关注广告的一个重要理由就是看它的广告创意，在评价一个广告优劣的时候，人们常常把创意的好坏作为评价标准，许多人都认为广告创意是广告活动中最引人注意的部分。创意好的广告作品，不仅仅是一个宣传品，更是一件艺术品，它兼具商业氛围和艺术气质，说服受众的同时也给人以审美享受。

　　从广告运作的角度来看，广告创意是广告活动中最具创造性的一步，也是衔接现代广告策划与广告表现的重要环节，直接影响到广告策略的传达和广告与消费者的沟通质量。优秀的创意可以精准地切入广告主题，让目标消费者与之产生共鸣，有效地实现广告目标。用威廉·伯恩巴克的话说，广告创意是"将广告赋予精神和生命的环节"。

　　对于广告创意的概念，学者和专家的表述各不相同，广告大师们也曾经对广告创意的概念做出自己的界定。广告教皇大卫·奥格威指出："要吸引消费者的注意力，同时让他们来买你的产品，非要有很好的特点不可，除非你的广告有很好的点子，不然它就像很快被黑夜吞噬的船只。"奥格威所说的"点子"，就是创意的意思，他认为"好的点子"即是创意；另一位美国著名广告人詹姆斯·韦伯·扬在《产生创意的方法》一书中对于创意的解释是："创意完全是各种要素的重新组合。广告中的创意，常是有着生活与事件'一般知识'的人士，对来自产品的'特定知识'加以新组合的结果"。这一观点归纳了广告创意的构成原理，从广告构成元素的角度提出创意是"旧的元素，新的组合"，得到了大多数广告人的认同；此外，还有人把广告创意定义为"伟大的构思"、"创造性的思维劳动"等。以上这些观点都是对于广告创意概念某一方面的精辟阐述，一定程度上道出了广告创意的内涵，但这些说法都过于强调创意的创造性，存在不够全面的问题。

对于广告创意的概念问题，我们还应该从以下几个方面进行理解。

1. 广告创意是科学广告活动的一部分

广告活动是一个动态的运作过程，这个过程从整体上来说是科学的。广告以帮助广告客户传播信息、实现销售为目标，在广告活动的规划和实施过程中要经历包括广告调查、现代广告策划、广告创意、广告表现、媒体发布以及效果测定等多个环节，广告创意只是众多环节中的一环。此外，科学的调查统计的手段在广告的各个环节运作中应用越来越多，几乎贯穿整个广告过程，科学的方法为广告的运作提供了高效率、低风险的运作方式。

2. 现代广告策划为广告创意明确方向

广告活动的基础是策划，策划为创意提供方向；广告表现的核心是创意，创意为广告活动提供前进的动力。广告活动必须在保证方向正确的前提下发展有效的广告创意，创意和策划密不可分，一旦策划出现失误而迷失了方向，必然导致南辕北辙，创意再精彩也只能是白费力气。

创意本身是具有创造性的思维过程，但却时刻受到广告目标、广告主题等策略的限制，在有限的空间施展创造力。因此，有人把广告活动形容为"带着镣铐跳舞"，就是说广告创意并非天马行空，任意想象，它必须在既定的策略框架和创意方向内进行。

据此，我们把广告创意的概念定义如下：广告创意是为了传达广告策略，表现广告主题，将抽象的广告概念转换成具象的艺术表现形式所进行的创造性思维活动。

6.1.2　广告创意的特征

1. 主题指导性

广告主题是广告发展的方向，也是现代广告策划活动的中心，每一阶段的广告工作都紧密围绕广告主题依照广告策略而展开，不能随意偏离或转移广告主题，广告创意也不例外。

 小资料

蒙牛的平面广告就很好地体现了广告主题的指导。2005 年，蒙牛成为湖南卫视选秀电视节目"超级女声"的赞助商，获得节目冠名权，主推蒙牛酸酸乳产品，借"超级女声"在全国的热播而展开了一场声势浩大的整合营销战，并大获全胜，成为当年最成功的一个营销案例和最大亮点。蒙牛之所以取得如此成就，主要是赢在策划。蒙牛看中"超级女声"的重要原因是"超级女声"的观众群体与"蒙牛酸酸乳"的消费群体有着高度的重合与一致——它们面对的都是年轻女性，因此，蒙牛把广告传播策略的重点放在"超级女声"和产品的结合传播方面，于是在各种媒体上都出现了"酸酸乳"和"超级女声"相结合的创意表现，广告语"酸酸甜甜就是我"也同时体现了产品和节目的特色。蒙牛的广告赢得了巨额的回报，蒙牛向"超级女声"投入的冠名费大约是 1400 万元，累计市场投入也不过数千万元，带来的却是"蒙牛酸酸乳"产品近 10 亿元的直接销售收入。

2．新颖独特性

每个人都有好奇心，都对新奇的事物感兴趣，广告只有标新立异，与众不同才能吸引观众的注意力，给消费者留下深刻的印象。尤其在现代社会，社会生活节奏加快，商业广告铺天盖地，广告很容易淹没在信息的海洋之中，如何在众多广告中脱颖而出？唯有创造奇特的图景，形式或内容具备新颖性和原创性，在第一时间抓住受众的眼球。

威廉·伯恩巴曾说过："我认为广告上最重要的东西就是独创性与新奇性。你知不知道有 85%的广告是没人看的？此项统计是由广告业者委托别人收集的，由哈佛商学院做的。我们想找出人们对广告的想法。我们极想知道广告界是否为美国人民所喜爱。结果甚至还没有人恨我们！他们完全忽视了我们，所以我们所关切的最重要的事就是新奇，要有独创性——这样才有力量来和今日世界上一切惊天动地的新闻事件以及一切暴乱相竞争。因为你虽然能够把一切事情都放在广告里面，可是如果没有人被迫使停下来去听你的，那就白费了。"

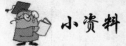

图 6-1 是一则 Clorets 口香糖的平面广告，广告是一幅奇特的画面，一个人张开的嘴里伸出的不是舌头，而是一条看起来很腥很臭的鱼，让人产生感觉上的联想，传达产品去除口臭的功能诉求。此外，广告的排版也比较新颖，画面中间大量留白，反倒突出了左上角的视觉中心，重点突出，表现简洁，让人过目难忘。

图 6.1　Clorets 口香糖平面广告

3．形象化

广告创意要从事实材料出发，集中提炼出主题思想与广告语，并且寻找具体的语言、画面、声音传达抽象的概念，构成一幅完善的广告作品。在广告创意中，一些抽象的概念非常难于表现，如对于平面媒体来说，无形的风和抽象的时间很难直接表现，这就需要创意人运用智慧找到形象化的表现手法。最终的表现越具象、越直接，就越有利于受众的信息接收。

小资料

图 6.2 是一幅快干油漆的平面广告，"快干"的概念与时间有关，似乎在平面媒体上无法直接呈现，但创意人巧妙地把刷油漆的人放在已经刷好的一侧，让人联想到油漆干的速度很快，以至于可以伏在刚刚刷好的地板上工作。这样，抽象的时间概念就通过平面的画面展示出来，受众通过联想理解完整的意义。整个广告不着一字，与受众的沟通却迅速有效。

图 6-2　快干油漆广告

4. 相关性

所谓原创性是指创意的不可替代性，而相关性则是指广告产品与广告创意的内在联系，优秀的广告创意往往直指产品最核心的诉求信息，从产品本身挖掘卖点，再用具象的形式直观地展示出来。例如日本电扬所创作的 VOLVO 平面广告《安全别针篇》（见图 6-3），广告画面十分简洁，一个做成汽车形状的安全别针，广告创意传达了 VOLVO 一直以来强调的概念，即安全。广告创意直接，让人过目难忘，获得了 1996 年 6 月戛纳国际广告节广告大奖。如果创意与产品没有相关性，广告产品的个性就无法传达，广告创意与产品脱离，同样的创意放在不同的产品身上，广告的产品也就无法让消费者记住。

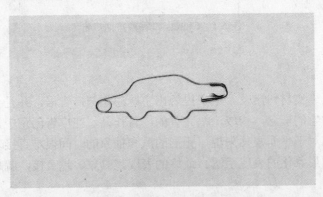

图 6-3　VOLVO 平面广告

6.1.3　广告创意的实质

对于广告创意的实质，可做如下理解。

1．科学的调查与分析是前提

广告创意并不仅仅是"灵感"的产物，只有熟悉市场、文化、品牌形象特性、公众心理需求的人，才能真正创造出有市场影响力的广告。没有调查和分析这些科学的环节，广告容易违反市场、违反文化、背离商品特点和企业的品牌特性。对于创意人员而言，应该掌握各方面的信息，如市场自然条件信息、营销促销信息、竞争信息、商品信息、公众需求信息、公众文化信息、公众经济信息、顾客消费模式、企业内部生产和管理信息、政策法律信息以及涉外商务信息、社会变迁信息等。

2．符合公众心理是关键

广告的宣传过程与接受过程，实质上就是广告主施加心理影响和顾客接受心理影响的过程，只有具有心理震撼力和感染力的广告宣传活动，才能触动公众心理，产生引起注意—提起兴趣—培养好感—激发欲望—引发行动—加深印象的心理功效。如果广告创意平淡无奇，或者脱离公众心理需求，广告作品和宣传活动缺乏心理震撼力，那是不可能有强劲的宣传功效的。

当然，强调广告创意要富有心理震撼力和感染力，并不是追求"奇"，追求"怪"。创意的新奇要以公众心理为依据，以公众心理需求为准则。过分新奇、荒诞的创意，虽能给公众以强烈刺激，一时引起公众的高度注意，但是并不能有效地对公众的兴趣心理、记忆心理、欲望心理和消费决策心理产生积极影响，甚至还会给公众留下不良的印象。我们强调的创意，并不是脱离公众心理和民族文化背景的新奇，新奇要合情合理，符合我国国情，符合我国公众的接受心理。

3．创新与优化是特性

创新不是创意的全部，但却是创意的本质特性。创意有多种含义，如创造、创新、革新、产生等，后来广告界将其意译为创意。从词的本义上看，创意是一项创造性工作，是来于创新、源于智慧的创造性思维活动。缺乏创造性的广告是没有生命力的。广告创意的活力和魅力在于创新，强调的是以新颖的主题、新颖的形式、新颖的手法形成广告作品和宣传活动别具一格的风采，争取公众的注意和理解，形成市场影响力。

广告创意，一方面表现为创新，另一方面还表现为优化选择。只有一个人的"创新"和灵感，不可能真正形成好的创意，即使创意成功，也具有很大的偶然性。广告创意过程中，在依靠广告主创人员的基础上，还要充分调动其他所有广告人员甚至公众的创造性，借助头脑风暴法、博采广选法等方法，引导大家围绕宣传商品和宣传内容畅所欲言，相互启发，随意发表自己的看法，进行广告战略创意、战术创意、主题创意、语言创意、插图创意、情节创意、色彩创意和版面设计创意，形成多种创意方案，然后从中找出最佳组合方案。只有这种经过优化选择的创意方案，才能真正具有生命力。

4. 形成有吸引力的美好意境是目的

广告创意的成果与文学创意的成果具有一定的相似性，即以构筑意境为目标。不同的是文学创意强调通过意境表达某种思想、观念，而广告创意则通过意境来展示商品信息和品牌特性。

文学是通过创意，让读者、观众、听众产生具体性的联想，来感染人和影响人的。广告也是这样，只有通过创意，设计出具体、形象、生动、美好的意境，公众才会接受影响，并按照意境的暗示，产生美好的体验，进而对宣传的商品形成好感。

现代公众在购物过程中，不仅期望购买到物美价廉的商品，而且还期望"购买"到愉快的心情。与此相联系，公众在接受广告宣传的过程中，不仅希望从广告宣传作品中获得充足的商品信息，而且还希望从中得到美的艺术享受。因此，广告创意在构思过程中，不仅要准确、清晰地表现商品的特性，满足顾客在商品信息方面的需要，而且要营造美好的意境，满足顾客的欣赏需要。

5. 广告创意的法则

广告创意受制于商品信息和企业信息，具有实用功能，同时又影响顾客的利益，因此需要严格遵循以下基本法则：主题突出、服务促销（具有关联性和目标性）、诚实可信（即符合道德规范和法律法规，具有可信性）、鲜明独特（具有关注性）、信息显露（即通俗易懂，广告内容能被公众所理解）、形象逼真、情节生动、符合常理（即具有思维合理性，具有可受性）、富有品位（即具有较高的文化特质、艺术水准和美感色彩）、渲染情感、简洁明了、内容单纯且集中等。

6.2 广告创意理论与思维

6.2.1 广告创意的理论

1. USP 理论

USP（Unique Selling Proposition）中文表述为独特的销售主张，它是罗瑟·瑞夫斯在20 世纪 40 年代提出，到 50 年代有广泛影响的一种广告理论，简单地说 USP 就是给产品选择一个买点或恰当的定位。USP 学说的基本前提是，把消费者堪称理性思维者，他们倾向于注意并记住广告中的一件事，一个强有力的声称，一个强有力的概念。由于有这一前提，广告则应建立在理性诉求的基础上。广告对准目标消费者的需求，提供可以带给他们实惠的许诺，而这种许诺必然要有理由的支持。USP 所提供给消费者的就是：特有的承诺加充分的理由支持。

（1）USP 的基本要点

① 每一则广告必须向消费者说出一个主张，强调购买广告中的产品可以获得什么具体的利益；

② 所强调的主张必须是竞争对手做不到的或无法提供的，必须说出其独特之处，在品牌和诉求方面是独一无二的；

③ 所强调的主张必须是强而有力的，必须聚集在一个点上，集中打动、感动和引导消费者来的买相应的产品。

该学说指出，在消费者心目中，一旦将这种特有的主张或许诺同特定的品牌联系在一起，USP 就会给该产品以持久受益的地位。例如，可口可乐是红色，百事可乐为蓝色，前者寓意着热情、奔放，富有激情，后者象征着未来，突出"百事——新一代"这一主题。虽然其他可乐饮料也有采用红色与蓝色作为自己的标准色，但是，它们首先占有了这些特性，因而，其他品牌就难以从消费者的心目中将其夺走。实际经验表明，成功的品牌在多少年内是不会有实质上的变化的。可以说，对于 USP 所做的改变也许是广告主的一个最大失误。

一个 USP 所要传达的意思必须是单一的。雷斯认为普通消费者从一条广告中只能记住一个信息。世界知名的品牌往往用一句广告语表述一个长久不变的信息，在消费者心目中不断强化品牌形象。例如帮宝适纸尿裤的广告语为："给你的宝宝一个你孩提时代不曾拥有的东西。一个清爽的屁股。"M&M 巧克力："只溶在口，不溶在手。"这些广告语都传达了一个单一的信息，一旦确定不会轻易改变，有助于在长期的传播过程中建立统一的容易识别的品牌形象。

（2）USP 的新要点

进入品牌至上的 20 世纪 90 年代，广告环境产生了翻天覆地的变化。达彼斯公司在继承和保留其精华思想的同时，发展出了一套完整的操作模型，并将 USP 重新定义为：USP 创造力在于提示一个品牌的精髓，并通过强有力的说服力证实它的独特性，并发展、重申了 USP 的三个要点。

① USP 是一种独特性。它内含在一个品牌深处，或者尚未被提出的独特的承诺。它必须是其他品牌未能提供给消费者的最终利益。它必须能够建立一个品牌在消费者头脑中的位置，而使消费者坚信该品牌所提供的最终利益是该品牌独有的、独特的和最佳的。

② USP 必须有销售力。它必须是对消费者的需求有实际重要的意义。它必须能够与消费者的需求直接相连，必须导致消费者做出行动。它必须是有说服力和感染力，从而能为该品牌引入新的消费群或从竞争对手中把消费者抢过来。

③ 每个 USP 必须对目标消费者做出一个主张，一个清楚的令人信服的品牌利益承诺，而且这个品牌承诺是独特的。

 小资料

截至 2004 年，南昌卷烟厂的"金圣"品牌的价值从一文不名攀升到 41.8 亿元，同年"金圣"商标被国家工商总局认定为中国驰名商标，自从 2001 年开始，"金圣"香烟打开国际市场，首批产品登陆东南亚，当年就创汇 70 多万美元。

是什么让"金圣"从众多烟草品牌中脱颖而出呢？是独特卖点。针对吸烟引起咳嗽、哮喘的问题，金圣提出了在香烟中添加中草药成分的卖点，使其产品具备了其他产品绝对没有的功能：能够缓解咳嗽、哮喘。这一点极大契合了消费者的需求和愿望，从而使"金

圣"品牌保持了旺盛的生命力。

2. 品牌形象论

品牌形象论又叫 BI 理论（Brand Image），是 20 世纪 60 年代由大卫·奥格威提出的，是广告创意策略理论中的一个重要流派。在此策略理论影响下，出现了大量优秀的、成功的广告。品牌形象论的基本要点如下：

（1）为塑造品牌服务是广告最主要的目标。广告就是要力图使品牌具有并且维持一个高知名度的品牌形象。

（2）任何一个广告都是对品牌的长期投资，每一个广告都对品牌的价值起到增值作用。从长远的观点看，广告必须尽力去维护一个好的品牌形象，而不惜牺牲追求短期效益的诉求重点。

（3）随着同类产品的差异性减小，品牌之间的同质性增大，消费者选择品牌时所运用的理性就越少，因此，描绘品牌的形象要比强调产品的具体功能特征重要得多。这一观点与雷斯的 USP 理论有所不同。

（4）消费者购买时所追求的是实质利益加心理利益，对某些消费群来说，广告尤其应该重视运用形象突出心理利益来满足其需求。例如麦氏咖啡的品牌形象塑造就采用这一策略，广告语"滴滴香浓，意犹未尽"是对一种感觉的强调和描绘，与雀巢的广告语"味道好极了"相比，虽然不如雀巢那么直白，但却符合品咖啡时的那种意境，同时又把麦氏咖啡的那种醇香与内心的感受紧密结合起来，同样经得起考验。

此外，奥格威还提出了一些关于品牌广告的创作技巧，比如广告的前十秒内使用品牌名称，利用品牌名称做文字游戏可以让受众记住品牌，以产品形象结尾的片子有助于改变品牌偏好等。总的来说，就是在广告中增加品牌名称和品牌形象的曝光率，以保证品牌的高知名度，树立产品品牌形象。

无论 USP 还是品牌形象论，两者都在追求对品牌的确认，不过 USP 立足于理性诉求，而品牌形象论则更多诉求于情感因素。而在实际应用中，任何理性诉求都暗含着情感的因素。这不仅表现在，产品提供的实惠给消费者带来的满足会产生积极的情感体验，而且产品的理性诉求往往需要有情绪的激发来补充。比如，雀巢咖啡突出一个"味道好极了"，这是该广告集中于味觉的 USP，而这种 USP 正是通过一个给人好感的模特儿，以其自然潇洒的神态表达出饮后的无限美味感受，给人以强烈的感染力。

3. 定位论（Positioning 理论）

20 世纪 70 年代被人们称做定位的时代，因为在这一时代美国两位年轻人 A.里斯和 J.屈特提出了定位论（Positioning），这一理论对营销和广告的贡献超过了原来把它作为一种传播技巧的范畴，而演变为营销策略的一个基本步骤。A.里斯和 J.屈特对定位下的定义为："定位并不是要您对产品做些什么，定位是您对未来的潜在顾客心智所下的功夫，也就是把产品定位在未来潜在顾客的心中。" 定位论强调在竞争激化，产品同质化倾向严重的背景下，需要创造心理差异和个性差异与其他产品相区分，主张从消费者角度出发，由外向内在传播对象心目中占据一个有利的位置。而要由外向内，就需要研究了解消费者的所思所想，通过调研寻找到一个独特的市场位置。

因此，定位论在广告中所主张的是一种新的沟通方法，能够达到更有效的传播效果，其基本主张是：

（1）广告的目标是使某一品牌、公司或产品在消费者心目中获得一个据点，一个认定的区域位置，或者占有一席之地。

（2）广告应将火力集中在一个狭窄的目标上，在消费者的心智上下工夫，是要创造出一个心理的位置。

（3）应该运用广告创造出独有的位置，特别是 "第一说法、第一事件、第一位置"。因为创造第一，才能在消费者心中形成难以忘怀的、不易混淆的优势效果。

（4）广告表现出的差异性，并不是指出产品的具体的特殊的功能利益，而是要显示和实现品牌之间的类的区别。

（5）这样的定位一旦建立，无论何时何地，只要消费者产生相关的需求，就会自动地首先想到广告中的这种品牌、这家公司或产品，达到 "先入为主" 的效果。

小资料

脑白金的定位策略

在中国，"今年过节不收礼，收礼只收脑白金" 已经成为家喻户晓的流行语句，脑白金已经成为中国礼品市场的第一代表。

睡眠问题一直是困扰中老年人的难题，因失眠而睡眠不足的人比比皆是。有资料统计，国内至少有 70% 的妇女存在睡眠不足现象，90% 的老年人经常睡不好觉。"睡眠" 市场如此之大，然而，在红桃 K 携 "补血"、三株口服液携 "调理肠胃" 概念创造中国保健品市场高峰之后，在保健品行业信誉跌入谷底之时，脑白金单靠一个 "睡眠" 概念不可能迅速崛起。

作为单一品种的保健品，脑白金以极短的时间迅速启动市场，并登上中国保健品行业 "盟主" 的宝座，引领我国保健品行业长达五年之久。其成功的最主要因素在于找到了 "送礼" 的核心概念。

中国是礼仪之邦。过年过节、访亲探友、看望病人、参加婚礼等场合都要送礼，礼品市场极其庞大。脑白金的成功，关键在于定位于礼品市场，而且先入为主地把自己明确定位为 "礼品" ——以礼品定位引领消费潮流。在脑白金铺天盖地的广告攻势下，消费者渐渐接受了脑白金，认同了脑白金的概念，在有送礼需求的时候自然把脑白金作为首选。脑白金的成功得益于对中国消费市场的洞察和精准的定位策略。

4. CI 理论

CI 理论即 "企业识别或企业形象" 理论（CI：Corporate Identity）。20 世纪 60～70 年代该理论在广告界盛行。CI 理论强调塑造企业的整体形象而不是某一品牌形象，要求视觉设计服务于企业战略理念、企业文化与企业整体形象保持一致性。因此，企业在导入 CI 理论之后，广告作为企业实施 CI 战略的一部分，对广告的定位和创意提出了新的要求。

CI 理论要求将企业的文化通过统一的企业视觉识别设计加以视觉化、规范化、个性化和系统化，并通过整合传播，使公众产生一致的认同感和价值观，从而创造出最佳的市场发展环境。

CI 理论是一个整体，包括三个基本要素，即 MI（理念识别系统）、BI（行为识别系统）和 VI（视觉识别系统）。

（1）MI（理念识别系统）：企业进行经营管理的文化根基，包括价值观念、经营哲学、企业精神、管理哲学、商业信念、行为准则、道德规范等，一般表现为企业标语。

（2）BI（行为识别系统）：该系统分为内部和外部两个方面，内部行为识别系统主要有市场调查、科研开发、产品生产、质量管理、人力资源管理、员工教育和培训等；外部行为识别系统包括市场经营、广告宣传、公共关系、公共接待、竞争活动、商业服务、危机管理、公益服务宣传等。

（3）VI（视觉识别系统）：企业品牌的基本标志，用于商品包装、宣传的标准图案、标准文字和标准色彩，一般表现为平面广告作品。

CI 理论的目标是塑造企业的整体形象，强化企业的整体性运作机制，使广告传播活动融入品牌形象的塑造工程之中，创造品牌。

 小资料

CI 理论应用最典型的事例当属美国国际商用机器公司（IBM）。IBM 于 20 世纪 50 年代率先全面导入 CI 理念，实施了公司的统一的视觉形象。在未导入 CI 之前，IBM 的产品虽然很多，但在公众中却没有深刻的印象，年销售额仅 1 亿美元左右。导入 CI 后，实施了一系列战略性新决策，将产品识别标志和企业识别标志两者统一起来，经过设计师精心构思设计的蓝色标志 IBM，使用在 IBM 的一切信息传播媒介上。IBM 获得了巨大的发展：20 世纪 60 年代经营业绩迅速上升为 60 多亿美元，70 年代的经营业绩飞跃为 200 多亿美元，80 年代经营业绩高达 600 多亿美元。IBM 今天成为电脑界的最著名厂商，被称为"蓝色巨人"。它的成功与 CI 理论的应用是分不开的。

随着 IBM 的巨大成功，美国企业界纷纷效仿，于是在 20 世纪 60～70 年代美国出现了第一个导入 CI 热潮。美国的可口可乐公司也在第一批成功地导入 CI 理念的行列中。

5. BC 理论

BC 理论即品牌个性理论（BC：Brand Character）。美国格雷（Grey）广告公司在前人理论的基础上结合自己的实践经验，进一步挖掘品牌内涵，提出了"品牌性格论"，这是一种新鲜的、充满生机的广告创意新理论。该理论在解释广告在"说什么"的问题时，认为广告不只是"说利益"、"说形象"，而更要"说个性"。如德芙巧克力宣传"牛奶香浓，丝般感受"，品牌个性在于那个"丝般感受"的心理体验。能够把巧克力细腻滑润的感觉用丝绸来形容，意境够高远，想象够丰富。它充分利用联想感受，把语言的力量发挥到极致。

品牌个性理论的基本要点是：

（1）在与消费者的沟通中，创意人员应通过一些具有吸引力、感性化、让人印象深刻的元素，引导消费者的注意力从品牌标志转移到品牌形象进而深化到广告所赋予的品牌个性上来。品牌个性是由气质、情感和企业形象等多方面因素构成的，比品牌形象更深入一层，形象只是造成消费者的认同感，而个性则会在最大程度上诱导消费者的情感和行为。

（2）消费者的文化层次是参差不齐的，为了实现更好的传播沟通效果，应该将品牌人格化，即思考"如果这个品牌是一个人，它应该是什么样子……"（找出其价值观、外观、行为、声音等特征）。这种表现形式更加形象和具体，能极大激发消费者的视觉兴趣，使其易于被接受。

（3）塑造品牌个性应使之独具一格、令人心动、历久不衰，而其关键是用什么核心图案或主题文案能表现出品牌的特定个性。

（4）选择能代表品牌个性的象征物往往很重要。例如，米其林公司的象征物是轮胎人；蒙牛的象征物是奶人多多；耐克的象征物是火柴棍人等。

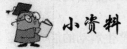 小资料

雕牌洗洁精广告"盘子会唱歌篇"推出后，吸引了包括小朋友在内的众多消费者的目光。因为它打破了一般由使用者宣传其功效的惯用模式，反其道而行，将洗干净的盘子作为主角，由幼儿园正在唱歌的小朋友一句"我家的盘子会唱歌"吊起观众的胃口，同时带着疑问"盘子为什么会唱歌？"往下看。接着画面上说话的孩子用手擦擦他家的盘子，发出"咯吱"、"咯吱"的声音，很认真地说一句"只有洗干净的盘子才会唱歌"。老师和其他带着疑惑表情的小朋友恍然大悟，观众也不禁被童真的语言逗乐了。这是被常人忽视的细节，在这里做足了文章。可爱的孩子、稚气的语言、形象的比喻、精彩的铺垫、欢乐的个性诉求……，构成了一幅创意独特、主题鲜明、定位准确、传达清晰、极富感染力的作品，同时也打动了你我的心。

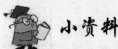 小资料

品牌个性论在广告界也有广泛成功的代表作。例如，LEVES 牌牛仔裤广告：两个男女腿部在视觉上相互重叠而形成了新奇的视觉效果，该广告的模特全部赤裸上身，穿着牛仔裤。此广告将 LEVES 牌牛仔裤"反叛"、"个性主义"的品牌性格显露无遗。

6. ROI 理论

ROI 理论是广告大师威廉·伯恩巴克创立的 DDB 广告国际有限公司在 20 世纪 60 年代根据自身创作积累总结出来的一套创意理论。伯恩巴克是艺术派广告的大师，他认为广告是说服的艺术，广告"怎么说"比"说什么"更重要。该理论的基本主张是优秀的广告必须具备三个基本特征，即关联性（Relevance）、原创性（Originality）、震撼力（Impact）。三个原则的缩写就是 ROI。

ROI 理论认为：

（1）好的广告应具备三个基本特质：关联性（Relevance）、原创性（Originality）、震撼性（Impact）。

所谓关联性就是说广告创意的主题必须与商品、消费者密切相关。伯恩巴克一再强调广告与商品、消费者的相关性，他曾说过："如果我要给谁忠告的话，那就是在他开始工作之前要彻底地了解广告代理的商品，你的聪明才智，你的煽动力，你的想象力与创造力都要从对商品的了解中产生"；他还指出："你写的每一件事，在印出的广告上的每一件东西，

每一个字，每一个图表符号，每一个阴影，都应该助长你所要传达的信息的功效。你要知道，你对任何艺术作品成功度的衡量是以它达到的广告目的的程度来定的。"

关联体与商品特性的关联强度影响广告效果。两者的关联性越强，消费者就越能够理解，广告效果就越好；关联的对象可以是生活中的人们所熟悉的具体的人、物、事，也可以是为消费者广为认同的道理、观念。名人广告中的名人也可以作为产品的关联体，广告中的名人的个性特点应该与产品的特色相吻合。

所谓原创性，就是说广告创意应与众不同，其创意思维特征要求"异"。广告创作的一个根本要求就是新颖，广告必须有所创新以区别于其他的商品和广告，创新首先要突破常规的禁锢，善于寻找诉求的突破。

所谓震撼力，就是指广告作品在瞬间引起受众注意并在心灵深处产生震动的能力，这种震撼可以是感官的，也可以是心理的。一条广告作品从视觉和听觉以至心理上对受众产生强大的震撼力，其广告信息的传播效果才能达到预期的目标。当消费者有很强烈的震动，就说明了你的广告具备了震撼性。有时人们不常注意的事实的真相就具有震撼人心的效果。

从 ROI 理论来看，关联性、原创性和震撼性在逻辑上存在着先后的关系，在作用上各有不同，独立而联系，相互之间不能取代。因此，ROI 创意理论认为，广告创意如果与商品之间缺乏关联性，就失去了创意的意义，而广告如果没有原创性，就缺乏广告作品的吸引力和生命力，最后，广告创意如果没有震撼力的话，就不会给消费者留下深刻印象，则谈不上有什么传播效果。当然，一个创意要同时具备这三个要素也非常不容易。要达到这三者的完美结合，就必须深刻地了解消费者、了解市场，清楚产品的特点、明确商品的定位，才能准确有效地传达商品的信息。

（2）同时实现"关联"、"创新"和"震撼"是个高要求。针对消费者需要的"关联"并不难，有关联但点子新奇也容易办到。真正难的是，既要"关联"，又要"创新"和"震撼"。

（3）达到 ROI 必须具体明确地解决以下五个问题：

① 广告的目的是什么？

② 广告做给谁看？

③ 有什么竞争利益点可以做广告承诺？有什么支持点？

④ 品牌有什么独特的个性？

⑤ 选择什么媒体是合适的？受众的突破口或切入口在哪里？

7. 共鸣论

1998 年，《泰坦尼克号》获得了 11 项奥斯卡金像奖，同时也创造了人类营销史上的奇迹，上映 3 个月就赢得了 12 亿美元的票房收入。《泰坦尼克号》由于迎合了人们的怀旧情结，引起了观众的共鸣，才取得如此的成绩。这种以怀旧等方式，挖掘人的情感，创造了现代广告策划、创意策略的重要理论——共鸣论。

共鸣论主张在广告中述说目标对象珍贵的、难以忘怀的生活经历、人生体验和感受，以唤起并激发其内心深处的回忆，同时赋予品牌特定的内涵和象征意义，建立目标对象的移情联想。通过广告与生活经历的共鸣作用而产生效果和震撼。

共鸣论实质上是一个卖什么的问题，简单说就是解决"为什么"、"为谁"、"何时"、"针对谁"的问题。"为什么"是指具体的消费者利益点或对品牌做出保证的独有的诱动因素；"为谁"是确定目标市场；"何时"是指在什么时候使用该产品；"针对谁"是指主要争夺消费市场的竞争者。比如，"百事可乐：新一代的选择"是著名的广告口号。在与可口可乐的竞争中，百事可乐终于找到突破口，它们从年轻人身上发现市场，把自己定位为新生代的可乐，邀请新生代喜欢的超级歌星作为自己的品牌代言人，终于赢得青年人的青睐。一句广告语明确地传达了品牌的定位，创造了一个市场，这句广告语居功至伟。

共鸣理论的策略要点如下：

（1）该理论最适合大众化的产品或服务，在拟定广告主题内容前，必须深入理解和掌握目标消费者。

（2）常选择目标对象所盛行的生活方式加以模仿。

（3）关键是要构造一种能与目标对象所珍藏的经历相匹配的氛围或环境，使之能与目标对象真实的或想象的经历连接起来。

（4）侧重的主题内容是：爱情、童年回忆、亲情等。

例如香港"铁达时"手表的广告就是一则典型的引起人们共鸣的广告，广告语"不在乎天长地久，只在乎曾经拥有"，配以兵荒马乱年代伤感离别的动人爱情场面，使消费者对该品牌产生了强烈的共鸣。

8. 魔岛理论

魔岛理论是詹姆斯·韦伯·扬（James Webb Young）（1886—1973）提出的，魔岛理论就是说，灯泡一亮，灵感一来，于是创意诞生。在古代的水手传说中认为有一种魔岛存在。他们说，根据航海图的指示，这一带明明应该是一片汪洋大海，却突然冒出一道环状的海岛。更神奇的说法是，水手在入睡前，海上还是一片汪洋，第二天早上醒来，却发现周围出现了一座小岛，大家称之为"魔岛"。后世的科学家知道，这些"魔岛"实际上是无数的珊瑚经年累月地成长，最后一刻才升出海面的。创意的产生，有时候也像"魔岛"一样，在人的脑海中悄然浮现，神秘而不可捉摸。这种方式产生的想法会稍纵即逝，所以应该随时将想法记录下来。可能你随手写下来的东西就会成为改变人生的源泉。

魔岛理论对创意的启示：

在一望无际的深海洋的某些点上，突然会冒出许多环状的岛屿，被称之为"魔岛"。它实际上是无数的珊瑚在海中长年累月的生长，在最后一刻升出海面的结果。创意的产生也要经过足够的前期积累才有可能。广告创意来自于对市场材料的积累。这是一种基于严密的市场调查的创意方法，只有在这个基础上形成的"创意魔岛"才更有针对性，更有冲击力。

古代水手的传说中提到：明明航海图标示原本应该是一望无际的汪洋，会突然间冒出一道环状的海岛，创意人的脑海中悄然浮起的创意也是如此，有时主意的产生就像魔岛一样，神秘不可捉摸。但这些魔岛实际上是经年累积的珊瑚成长而成的，也是在最后一刻才浮现。所以，真正的创意也是要经过99%的努力得来的。

魔岛理论用以解释创意、构思的产生，还得建构在既有的经验、知识上，特定的一刻（或诱发下）才能展现其风采。

小资料

999 "皮炎平" 广告最初设计是准备表现这种药物能够克服过敏带来的心浮气躁,而心浮气躁情绪不稳的情节是必须表现的。为了找到好的方式,广告人员曾提出过很多方案,如电脑操作员心绪不安,按错按键,错删记录;或是安装工人心绪不宁,掉下东西砸了路人……这些因使用次数较多都不太理想。最后通过在普通小区里的一次帮助止痒行为巧妙地表达出该产品的快速止痒的功效,使 "皮炎平" 广告给了人们心理上一种简单但有趣的体验。

6.2.2 广告创意的思维方法

广告创意的产生一方面需要广告策略的指导和广告诉求点的支撑,另一方面也需要的创意人员的灵感,优秀的创意往往出现在灵光一现的时刻,可遇而不可求。对于创意来说,人和人之间的个体差异较大,但如果能够对创意的思维方法做一些有益的探讨,通过良好的方法开拓思维,寻找灵感,对创意人员来说也是较为实用的。以下就介绍三种创意中可以应用的有效思维方法。

1. 垂直思考法

垂直思考主要是逻辑的思考和分析的思考,以思维的逻辑性、严密性和深刻性见长,也是一种传统的思考方法。垂直思考是按照一定的思维路线或思维逻辑进行思考的方法。一般是在一个固定的范围,向上或向下垂直思考。

传统逻辑上的思考法有其公认的明显特点,这就是思考的连续性、方向性。所谓连续性,是指思考从此状态开始直接进入相关的下一状态,循序渐进,直到把问题彻底想通为止,中间不允许中断,假如长时间还想不通,就沿着此思路长时间思考下去。所谓方向性,是指思考问题的思路或开始思考时所预定的框架不得在中途改变。为了说明这种连续性和方向性,有人用了个十分贴切的比喻:好像建塔,一块石头放在另一块石头之上,不断往上垒,既不允许向左方或右方垒,也不允许中间抽掉一些石头,总之,必须垂直向上不断垒石头;又好像挖水井,按既定位置从地面垂直向下挖,小坑变为浅井,再继续挖下去成为深井,不允许向井壁两边挖,也不允许中间某一段泥土不挖。正由于传统逻辑上的这种纵向深入思考方法的特点很像建塔和挖井,所以将其称为 "垂直思考法"。

这种思考方法由于是从已知求未知,因而往往囿于旧知识和旧经验的束缚,多是旧观念的重复和再现,至多是更高一个层次和水平的再现,由这种创意产生的广告作品一般都似曾相识,雷同的东西比较多,缺少新意,尤其是顺向垂直思考,这些缺点更为突出和明显。

与顺向垂直思考相对,有一种逆向的垂直思考法。这种思维不是 "顺延",而是 "逆延",与常规的思维相反。因此,思维具有反常性,创意常常比较新颖。

如美国 DDB 广告公司曾经为德国大众型金龟车所做的广告创意,就运用了逆向思维的方法。一般的思维模式,总是从正面、从赞扬的角度对事物进行表现。但这则广告的诉求

却从丑陋着眼："1970 型的金龟车是丑陋的"，正是"丑陋"，出乎人的正常思考习惯，引起了人们的注意。随后话锋一转，"车型虽然丑陋，但汽车的性能却一直在更新"，从而使消费者对这种汽车产生了良好的印象。

2. 水平思考法

水平思考法这一概念是英国心理学家狄波诺博士提出的，其本意不是用于广告创意，而是用于管理。但是广告创意人员及广告学者发现，水平思考法在帮助产生广告创意新构想方面确有其独特作用，因而将其移植于广告创意方法。

水平思考是以垂直思考为比较前提的。因此，理解水平思考法，一是要首先明确垂直思考法的含义，二是要和垂直思考法时时加以对照比较。

当人们要进行横向的广泛的面上或点上的思考时，传统逻辑上的垂直思考法就不够用了，对那些不连续的多方向的思考来说，简直无能为力。这时需要使用"水平思考法"。形象化地说，水平思考允许建塔时左倾右斜，或中间几层不用石头而用空气去垒建，或者塔尖朝下，塔基朝上等。也允许水井挖成火车隧道一样，或者换几个地方乱挖，或者不挖了而去干别的事等。

水平思考法的要义是做"不连续思考"、"多方向思考"，寻求"突破"。即不必"彻底想通"，只务求想出在此以前并没有考虑到可能会解决某一个问题的新的方法与途径。务求突破已有定型，对新的和以前未探讨的关系或范围进行可能性探讨。

水平思考法的主旨在于补充垂直思考，找到新思路。在许多情况下，创意人员的心智行为已经定型化，这样将不利于再形成另外一些构想，因而心智上也就会缺乏最新的可充分使用的资讯。这种情况下继续进行传统的垂直思考，对创意的产生极为不利，必须导入水平思考。此后，水平思考将避开那些旧构想而激发出一些新构想，这样再形成构想后，又使用传统的垂直思考法，将新构想加以有效的发展，直至完善创意。

水平思考法已成为产生创意的主要方法之一。它有利于跳出垂直思考法的局限，摆脱老旧经验和观念的束缚，有利于转变观念，获得新思维。但是，它不像垂直思考那样适于更加深入的研究和表达。因而它无法取代垂直思考，两种思考方法可以结合起来使用，即用水平思考找到新方向，再用垂直思考深入分析和探究。对于完整的广告创意来说，要充分认识两种思考法各自的特点作用，看到它们之间的互补关系，并利用其产生和发展创意。一旦通过水平思考获得了某种满意的新构想，就要紧接着运用垂直思考法使这种新构想继续深入，得到发展并具体化、完善化。

3. 头脑风暴法

头脑风暴也叫头脑激荡或集脑会商，是管理决策的一种基本方法。运用于广告创意很有成效，故而也被作为广告创意的一个重要方法。

头脑风暴不是由某一个创意人员去单独思考构想，而是有目的地组织一批专家、创意人员和有关人员，对广告创意主题进行集中讨论，集思广益，寻找创意点。会商的内容不加任何限制，与会人员就同一议题发表自己的建议和意见，依靠集体智慧，最后形成创意构想，并加以发展完善。

头脑风暴一般在召开会议前的一两天发出通知，说明开会的时间、地点、议题等。参加人员包括广告营业人员和创作人员等，人数在 10～15 人。设会议主持者 1 位，秘书 1～2 位。会议开始后，会议主持者详尽介绍需要议论的话题和问题要点，以及所有相关的背景材料后，任由与会的每个人开动脑筋。会议秘书及时地将大家发言的内容记录下来，通过大屏幕，使在场人员随时可以看到，以便激发思想火花，开阔思路，互相启迪和补充。

在头脑风暴会议中要尽量保持与会者大脑的高度兴奋状态，让每个人的建议构想对别人头脑中的构想产生启发、导引和冲击作用，互相碰撞出火花。

这种思考方法的特点如下：

（1）集体性创作。众人的思考力量不可小视，新的创意的产生，往往是思考连锁反应的结果，凝聚着众人的智慧。

（2）禁止批评。批评可能会扼杀一个有价值的点子，会议要明确规定对每个成员提出的创意不能进行批评和反驳，都要记录在案，留到会后整理分析。

（3）创意的量越多越好。每个人都可在会上畅所欲言，毫无限制地自由发表看法。参加人员要有一定代表性，并能无拘无束地发言。会商会议上禁止批评意见，对别人意见不允许会上即时反驳，只鼓励欢迎正面阐述自己意见，想法越独特越好，提倡在适当限度内标新立异。

（4）对创意的质量不加限制。因为头脑风暴并不是最终决定创意，即使是不可能实施的创意，也可以提出。鼓励在别人构想的基础上联想、发挥、修饰，从而产生新的创意。

在"头脑风暴"之后，由会议记录者将记录加以整理，成为进行决定性创意的基础。

头脑风暴法符合创意产生的规律。创意是一种艰巨的脑力劳动和复杂的心智活动，因而，最开始要经过长时间的反复构想。但真正创意来临、构想浮现时，又要有瞬时的确切的爆发性，而头脑风暴的现场讨论和激发给这种爆发提供了条件，许多人员的思想火花的爆发会聚一起，自然容易产生集体智慧的光彩夺目的"结晶体"。

1979 年，美国麦伊广告公司就举行过一次成功的头脑风暴。公司预先通知派驻在全球各地的机构，说明公司的大客户"可口可乐"要求重新更换广告主题，希望各地的机构尽力考虑。然后，再把各地派驻机构中富有创造力的主管全部召回纽约，举行会商，要求出席会议的每位代表都必须提出创意构想，否则就不散会。经过整整一天的紧张会议，最后构想成一个主题：可口可乐的消费者都满面笑容，1900 年如此，1979 年也是如此。只需要清楚地说明它能使人们的生活多添一点情趣即可，不必再做进一步夸张。最后用来表达主题的陈述被浓缩确定为："喝一口可口可乐，你就会展露笑容"。麦伊公司担任可口可乐的广告代理已经有 24 年历史，但对更换主题却感到棘手，只好采用头脑风暴创意方法，一天就解决了问题。

6.3 广告创意组织与创意过程

6.3.1 广告创意组织

在广告公司中，都有进行广告创意工作的部门。在 4A 等大型公司中，创意部或创作部是它们的核心组织，这个组织由行政创作总监领导文案指导、美术指导（设计总监），文案指导下面又有资深文案、文案助理等，美术指导下面还有资深设计师、设计师、设计助理等职位，是一个很系统庞大的组织，这种组织层次清晰，战斗力强。而在小公司中，分工就没有这么详细，常常是一个人身兼数职，策划人员可能同时兼任创意和文案，设计人员也可能兼做创意。无论是何种组织形式，创意人员最直接的目的就是尽最大努力使广告策略得到最完美的终端体现。

在创意部，团队合作对于一个成功广告活动的发展是很重要的。今天，大部分新创作出的广告都是由许多有才华的人共同努力的结果。撰稿人不能像诗人和小说家一样，晃晃悠悠地一个人自由遐想，一定要尊重设计者和摄影师的意见和构思，推进集团的创作活动。要想与设计者打成一片进行工作，就要有对美术工作的知识和理解。当然，事先了解对方的个性、才能也是十分必要的，而且日常的人际关系也非常重要。

广告公司的创意部门是由广告创意、文稿撰写、插图制作、版面设计、摄影师、电视现代广告策划，以及指导、统筹这些工作的艺术总监等构成，广告作品就是通过这些人员的共同工作来完成的。这些人员组合到一块就称为创意小组（Creative Team）。

在日本，创意作业是广告公司、广告制作公司、客户的宣传部来合作进行的。不管是哪一家，几乎都不是撰稿人或者设计者一个人进行，常常是几个人一组地实施制作。由此可见，创意非常注重团队的效用，一个好的创意往往就是一群智囊智慧的结晶。

在一个大型公司的创意部门中，往往细分为多种职位，每一职位都有自己的专门职能，下面分别做简单的介绍。

1. 创意总监 Creative Director（CD）

保证并监督创意部的作品质量；带领并指导重要品牌的创意构思及执行；协助客户部及策划人员发展并完成策略；与公司管理层共同经营公司业务，负责对创意制作部成员的专业培训和指导；协调创意制作部与其他部门之间的工作关系；定期做出部门评估报告和发展建议。

2. 创意组长 Creative Group Head（CGH）

针对不同的广告项目，广告公司会成立专门的服务小组，而对于创意设计部分的统筹和负责人员就称做创意组长。创意组长的职能是对创意总监负责并协助落实执行所负责品牌的创意构想及形成；经营管理创意小组成员日常的工作及出勤；执行并监督所负责品牌工作的创意作品，包括美术和文字的构成符合品牌策略及创意标准；谨慎评估组员每项作品，以带领组员形成对创意的共识，必要时请示创意总监做裁决；定期与创意总监做出对创意小组成员及其作品的评估及检讨；对自己所负责的创意设计、执行工作要设立高标准，并成为组内的榜样；签认组内工作品质并承担责任；协调创意小组与设计组、完稿组的工作分配与安排。

3. 文案 Copy Writer（CW）

文案人员的职能是与美术指导密切配合，一起讨论并执行所负责品牌的创意构想及形成；着重从文字上考虑创意点的表述，并完成最终的广告文案内容；与美术指导一起共同确定创意的文字及设计编排；创意构思需与美术指导讨论后呈报创意组长和创意总监讨论并形成共识；与美术指导一起共同承担品牌管理的责任，签认所有交付完成的作品的文字部分。具体工作内容包括标题内文、电视广告旁白、广播稿以及其他广告中的文字部分。

4. 作业室经理 Studio Manager

作业室经理负责所有非电子媒体创意的最终执行及完成；执行并监督所有设计作品符合一定的标准；指导并评估组员的每项工作，带领组员形成对创意设计的共识，提高工作水准和工作效率；定期与客户服务部一起做出对小组成员及其工作的评估及检讨；经常参与创意小组讨论，以取得对创意设计视觉感觉的共识；对自己所负责的创意设计、执行工作，设立高标准，并成为组内的榜样；签认组内工作品质并承担责任；协调创意小组与设计小组、完稿小组的工作分配与安排。

5. 视觉设计组长 Visualizer Group Head

视觉设计组长对各创意小组负责；带领组员着重在视觉化方面执行创意构思并为其加分；在 AD 指导下，执行并监督所负责品牌的创意构思及形式，包括色稿、监督摄影、插画、完稿、印刷之标色、印刷成品等其他美术元素之形成及其美术质量；帮助执行所负责品牌的美术设计及色稿；每一个创意工作需与创意小组进行讨论并取得共识后方能自行交付完成；协调本组与其他小组的工作分配与安排；对完稿人员提供协助和指导；检查并签认菲林（胶片）、打样、制作完成物的质量。

6. 视觉设计 Visualizer

视觉设计也叫广告设计人，对各创意小组和视觉设计组长负责，着重视觉设计上的执行并出色完成创意构思；执行所负责品牌的创意设计及完稿；执行所负责品牌的美术设计及色稿；每一个创意工作需与创意小组进行讨论并取得共识后方能自行交付完成；对完稿人员提供协助和指导；检查并签认菲林（胶片）、打样、制作完成物的质量。

7. 完稿组长 Finish Artist Group Head

完稿组长对创意小组负责；管理组员的日常工作与出勤；执行并指导完稿的制作；负责检查与监督所有完稿制作物符合印前技术标准；签认菲林（胶片）和打样的质量并承担责任；协调各创意小组与完稿小组的工作分配与安排；建立并管理完稿档案；定期对组员及其完稿技能做出评估；主动了解、学习印刷、制版、制作公司的技术发展情况并加以利用。

8. 完稿 Finish Artist（FA）

对创意小组和完稿组长负责；执行完稿的制作；签认所做的完稿制作物符合创意标准和技术标准并承担责任；检查并签认菲林（胶片）、打样的质量；建立并管理完稿档案；主动了解、学习印刷、制版、制作公司的技术发展情况并加以利用；在时间许可的前提下，帮助创意小组和视觉设计小组执行美术工作。

9. 制作经理 Production Manager

制作经理对创意总监和各创意小组负责；负责所有平面、赠品、场地布置创意制作物的品质、时间及成本控制；检查所有需印刷及制作的完稿之标色、菲林（胶片）、打样的质量、制作要求；说明并填写外发工作单；协调一切打样及制作成品与原品牌小组及客户的品质验收与费用处理；提供印刷、制作技术的发展讯息；提供竞价厂商估价并负责监督印刷产品的品质；寻找并提供客户所需之样品，如礼品、纸样、制作技术实样等；建立及管理合作厂商档案。

10. 制片 TV Producer

制片对创意总监及各创意小组负责；负责所有影视创意作品的制作完成；以专业水准控制影视作品良好的品质，并符合原创意的要求；控制影视作品制作成本，讲究效益，协调创意人员与制作公司之间的工作沟通；系统性建立并管理所有创意作品的母带及素材档案，管理所有的 AV 器材和材料；提供竞价制作商估价和导演作品集，建立及管理合作厂商档案并定期给予评估。

6.3.2 广告创意过程

广告创意过程是一个复杂的脑力劳动过程，要想用一个模式来概括地描述这个过程相当困难。不过，根据广告大师们的实际经验和体会，仍可以在这个问题上获得比较明晰的认识，这里主要介绍詹姆斯·韦伯·扬的广告创意过程理论。

詹姆斯·韦伯·扬是举世公认的美国广告界泰斗。他从事广告工作 50 余年，曾任智威汤逊广告公司的创意总监，他不仅广告实务成就举世瞩目，而且专业研究深邃，著述甚多。他在 1960 年发表的《产生创意的方法》中提出了"产生创意的五个阶段"的著名理论。詹姆斯·韦伯·扬的创意产生过程理论跟英国心理学家瓦拉斯对创造性思维过程的描述相类似。该方法自提出之后，得到广告界的广泛运用和讨论。

詹姆斯·韦伯·扬认为创意是"旧的元素，新的组合"，在阐述旧的元素是如何进行新组合以形成一个新构想时，他认为这个过程可分为下列五个步骤。

1. 收集原始资料

新颖、独特的广告创意是在周密调查、充分掌握信息的基础上产生的。因此，首先就应该做好收集资料的工作。这主要包括了解有关商品、市场、消费者、竞争对手等几方面的信息。信息资料掌握得越多，对构思创意越有益处，越可触发灵感。原始资料分一般资料和特定资料。一般资料是指人们日常生活中所见所闻的令人感兴趣的事实，特定资料是与产品或服务有关的各种资料。旧的元素即从这些资料中获得。因此要获得有效的、理想的创意，原始资料必须丰富。

2. 思考和检查原始资料

这一步骤就像食用食物一样，对所收集的资料进行理解消化。主要是对获得的资料进行分析，找出商品本身最吸引消费者的地方，发现能够打动消费者的关键点，也就是广告的主要诉求点。

（1）把商品能够打动消费者的关键点列举出来：

① 广告商品与同类商品所具有的共同属性有哪些，如产品的设计思想，生产工艺的水平，产品自身的适用性、耐久性、造型、使用难易程度等方面有哪些共同之处。

② 与竞争商品相比较，广告商品的特殊属性是什么，优点、特点在什么地方，从不同角度对商品的特性进行列举分析。

③ 商品的生命周期正处于哪个阶段。

（2）将列出的有关商品的特性做成一个表，左侧按重要程度从上到下列出商品的性能、特点，右侧列出这些性能特点给消费者带来的各种便利。如一种新型小轿车的特性有车速快、耗油量小、安全系数高、具有环保性能、价位不高等。可把每种性能列在左边，然后把这些性能带给消费者的利益列在右边。如车速快、耗油量小，能提高效率，节约开支；具有环保性能，说明该车具有现代意识；价位不高，能够使中等收入的家庭成员进入有车族的行列等。

通过这样的列表方式，可以清楚商品性能与消费者的需求和所能获取利益之间的关系，然后用简短的几句话来进行描述，最后结合目标消费者的具体情况，找出商品的诉求重点。

3．酝酿阶段

在对有关资料进行搜集和分析之后，就开始为提出新的创意做准备。在这一阶段，创作人员往往为想一个好的"点子"而苦苦思索，甚至到了废寝忘食的地步。这一阶段需要的时间可长可短，有时会突发灵感，迸发出思想火花，一个绝妙的主意油然而生；有时可能会费尽心思，百思不得其解。从许多广告创意人的经验来看，广告创意常常不期而遇，出现在人们的潜意识中。因此，在这一阶段经过冥思苦想绞尽脑汁之后实在没有什么新的想法可挖掘了，创作者可以试着给创意一个发酵的时间，尽量不要去思考与创意有关的问题，一切顺乎自然，放下工作去做一些休闲的活动，将问题置于潜意识之中去处理，等待创意的灵感的到来。

4．创意产生

经过第三阶段，你可能没有期望会出现什么奇迹，但奇迹就莫名其妙地出现了，即一个新的构想诞生了。在构思过程中，可能会提出很多个新的创意，这些创意往往具有不同的特点，要注意把每一个新的创意记下来，不能"浅尝辄止"，满足于一两个创意。在你记下来的众多创意中经过综合评价选择最适合的创意做进一步的发展和完善。

5．形成和发展构想

一个新的构想不一定很成熟、很完善，它通常需要经过加工或改造才能适合现实的情况。在这一阶段，要将前面提出来的许多个新的创意，逐个进行研究，最后确定其中的一个。在研究过程中，要对每个创意的长处、短处，是新奇还是平庸，是否有采用的可能性等进行评价。要注意从几个方面加以考虑：所提出来的创意与广告目标是否吻合；是否符合诉求对象及将要选用的媒体特点；与竞争商品的广告相比是否具有独特性。经过认真的研究探讨后，再确定选用哪一个创意。

在广告创意的过程中，前两个步骤搜集和分析资料是十分重要的，对广告商品或企业的情况越了解，就越能把握住广告的诉求重点，才可能构思出具有新意的点子。创意虽然是思维活动，但创意前的准备工作，对有关商品、劳务等资料的占有必须充分，要做大量的调查研究工作，广泛收集和评析资料，这部分工作虽然看起来枯燥，却是必要的，是后面工作顺利进行的基础。

6.4　广告创意的模式与具体技巧

6.4.1　广告创意的模式

1．夸大痛苦

消费者之所以购买某种产品，是因为他相信它能够给他解除某种痛苦，满足某种需求。如果我们将这种痛苦戏剧性地夸大，用于产品的广告创意策略中，就能给广告受众留下较为深刻的印象，促使其采取购买行动。

例如在芬必得的平面广告中（见图 6-4），广告人用视觉强化关节痛带给人的痛苦，一支巨大的钢笔，一个痛苦的人，再加上一段文案："肌肉关节痛，让小事情变成大麻烦"，有力地传达了产品的核心功能。

图 6-4　芬必得平面广告

2．价值承诺

如果我们在品牌的传播策略中，巧妙地从商品的产生、发展到使用情景中提炼出一个特别的特征、量化的指标，或创意出积极的情景作用、极端的夸张场面，消费者就会从中得出商品质量优异的结论。

3．分类分级

消费者在认知产品的时候，都存在一定的认知定势，他们会不自觉地把产品按照自己的逻辑与"同类"产品进行比较。如果我们通过创意，把需要推广的品牌从消费者习以为常的"概念抽屉"中取出来，划归到另一个"类别"或"等级"中去，就会避免与现有竞争产品展开激烈的竞争。

七喜饮料就是运用这一模式的成功案例。七喜饮料刚刚投放市场的时候，当时美国的饮料市场被可口可乐一统天下，因此销售一直不佳。后来，七喜饮料采用分类定位的方法获取了市场位置。广告中宣称：饮料分为两大类，一类是"可乐饮料"，另一类是"非可乐饮料"，市场上最好的"可乐饮料"是可口可乐，最好的"非可乐"饮料是七喜饮料。通过重新定义概念的手法把竞争对手置于另一产品类别，避免了直接冲突，从而占据了"非可乐"饮料市场的老大地位。

4．树立新敌

为推广的品牌树立一个令人意外的、可以替代的新"对手"，用推广品牌的优点与"敌人"的弱点相比较。

90年代初，箭牌口香糖的销量开始徘徊不前。经过策划，它出人意料地将香烟作为自己的竞争对手。它引导消费者在不能吸烟的场所用咀嚼口香糖来代替吸烟。箭牌公司在广告宣传中戏剧性地展现了禁止或不宜吸烟场合，如在办公室、会议或者前去拜访岳父岳母，等等。实行这种"树敌"广告战略后，箭牌的销量重新回到上升轨道。

5．刺激"情结"

在每个人的头脑中，都有许多"情结"。情结分为两种，一为生理性的"情结"：当我们看见一个婴儿、动物或者异性的身体时，就会产生一种可以观察到的情感表现。另一种为文化"情结"：对家乡、某一地区、某些浪漫事件、某种时期怀有特殊的感情。如果我们用品牌传播的创意不断去刺激消费者心中这些已存在的"情结"，他们把品牌与该种情境联系起来，对产品产生良好的印象。

百年润发的广告再现了人们似曾相识的场景，勾起了人们怀旧的情结，"青丝秀发，缘系百年"的广告语，以及大牌明星周润发将100年润发洗发水轻缓地倾洒在梦中情人飘逸的长发上时，温情的微笑，不知引起多少东方女性的情感共鸣。

6．消除内疚

每个人对自己都有一些期望，期望自己是对家人、对朋友、对社会有责任感、义务感的人，当他发现自己的作为不能达到这些要求时，就会感到良心的"不安"。如果我们通过广告创意来刺激他的"不安"，并帮其消除"内疚"，就能促成其采取购买行动。

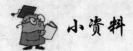 小资料

"帮宝适"是一种婴儿尿布，20世纪50年代刚在美国面市时，市场效果很不好。经过调查发现，妈妈们之所以不买"帮宝适"，是因为使用方便的纸尿布让她们减少了劳动，却产生不承担照顾孩子责任的内疚感。后来，广告内容诉求点放弃了"方便"这一概念，变为"帮宝适"能够使您的孩子肌肤更加干爽。有哪一位母亲不愿意使自己的孩子干干静静呢？"帮宝适"策略的转变让母亲们消除了内疚，理直气壮地使用婴儿尿布，产品迅速地扩张了市场。

7. 彰显身份

有些品牌的功能看似对消费者无害，如果通过与自然界的某些事物相类比，将问题直观形象地展示出来，就可出现戏剧性的转折。

诺基亚8850手机，外观以银色及金色的镜面处理。广告中以夸张的仰角、鱼眼镜头，在各种金属感的镜面、饰物、建筑、房车、水晶器皿中，反射出这款手机的模样，字幕显示"银色优雅"、"黄金尊荣"及"辉映极致品味，再创黄金高峰"。广告中所用的符码，以及形容词，都显现这款手机是为社会上层人士所设计，代表了这一社会阶层的身份。当这部分人群看到广告时，就会产生归属感。

6.4.2　广告创意的具体技巧

广告创意是一种创造性的心理思维过程，其最终目的就是创造出新的理论、新的观念、新的意境、新的情节、新的文案和新的作品。在具体运用中，创造性思维可以分解出许多操作性的创意技巧和方法，这些创意技巧与方法的灵活运用是提高广告创意水准的基本保障。

1. 创立形象法

此类广告以宣传企业为主，不断强化企业形象，使企业形象得到良好塑造和展现。企业是其产品的决定性因素，先有企业后才有产品。企业素质高，产品素质才高；企业形象好，产品销路才好；提升企业的价值，也会直接提升产品的价值。

2. 逆向法

逆向法采用逆向思维，不是从事物的发展规律和人的正常思维规律出发，而是逆流而上，通过形贬实褒，以此赢得顾客的好评，出奇制胜。采用这种方法创造的广告意境，往往能给公众一种"新奇感"，满足公众求新求奇的要求，有时还具有鹤立鸡群的效果，能有效地吸引公众，取得良好的广告效果。广告创意人员运用这种方法时，不针对方法，而是针对目标，"倒过来"思考问题，最后形成广告宣传方案。

小资料

美国一家种植园的苹果有一年遭受闪电、冰霜的交替侵袭，大量的苹果皮上出现了令人讨厌的斑斑点点，影响了销售。苹果商出奇制胜，把缺点转化成宣传优点，做了这样一个广告："好的苹果应该都有斑痕，因为那是下冰雹所碰到的痕迹。它证明：这些苹果都生产在寒冷的高山上。而唯有在寒冷的高山上，才能生产出香甜、爽口、清脆的苹果。请你就来品尝这种特殊佳味的高山苹果吧!"广告登出后，得到广大消费者的高度认同，大家抢着要斑点苹果，斑点苹果于是成为独特美味苹果的代名词。

3. 音乐法

音乐创意法是通过精练短小、高度概括、通俗明快、形象鲜明、个性突出、制作精致的广告音乐与画面和广告的丝丝入扣，使广告的艺术创意得到淋漓尽致的体现，从而达到其真正能具备发掘商品内涵、点缀商品特色、提高商品身价、增强商品魅力的功能，并使广大消费者一听就爱、一哼就会、一想就懂、百听不腻，在愉悦的音乐启迪中愉快地购买所需产品。例如小霸王学习机的广告采用儿歌的形式："你拍一，我拍一，小霸王出了学习机"，朗朗上口，利于传诵，配合音乐，在孩子和家长中间产生了良好的传播效果。目前，广告歌的形式也较为流行，由艺人为品牌代言的同时演唱广告歌，既是流行音乐又可与广告相配合。例如动感地带品牌代言人周杰伦创作并演唱的《我的地盘》，蒙牛酸酸乳代言人张含韵演唱的《酸酸甜甜就是我》等，都已成为年轻人传唱的经典曲目，广告歌与品牌形象融为一体，传唱的同时使广告概念广为传播。

4. 悬念法

悬念法是通过制造悬念并将答案巧妙地寓于谜底之中的方法，让消费者通过揣测谜底而自然去接受广告的产品。2006年4月，全国许多地方陆续出现一则神秘广告，广告上只有一句话："4月18日，谁让我心动？"画面上是青春偶像谢霆锋的一脸神秘。消费者纷纷猜测这则广告的含义，一段时间之后，神秘广告揭开谜底：联想集团"FM365"网站于4月18日开通。联想公司为此打出广告"下篇"："真情互动FM365.COM"，解开谜团。

5. 系列法

系列法广告其"创意"的要旨是通过系列的广告形式强化受众对下一项广告的期待，又通过不断变化的形式强化受众的关注热情，直到合适的时候，才适合缓解受众的期待心理。而在这整个过程中，都不致使受众感到呆板、乏味。如台湾广告公司为三阳工业公司1974年推出的125野狼摩托车而设计的广告：

第一天广告：今天不要买摩托车，请您稍候6天。买摩托车您必须慎重考虑。有一部意想不到的好车，就要来了。

第二天广告：今天不要买摩托车，请您稍候5天。买摩托车您必须慎重考虑，有一部意想不到的好车，就要来了。

第三天广告：今天不要买摩托车，请您稍候4天。买摩托车您必须慎重考虑，有一部意想不到的好车，就要来了。

第四天广告： 请稍候 3 天。要买摩托车，您必须考虑外型、耗油量、马力、耐用度等等。有一部与众不同的好车就要来了。

第五天广告： 让您久候的这部，无论外型、冲力、耐用度、省油等，都能令您满意的野狼 125 摩托车，就要来了。烦您再稍候两天。

第六天广告： 对不起，让您久候的三阳野狼 125 摩托车，明天就要来了。

第七天广告才刊出全页面积的大幅介绍性广告，产品正式上市。

在广告创意过程中，只要积极思维，敢于创新，勇于创新，善于创新，不断强化自己的创新能力、创新素质和创新精神，激发创新激情，灵活运用各种创意方法，一定能够创造出颇具创新个性和市场影响力的广告意境，为顺利开展广告宣传奠定良好的基础，以神来之笔，创造出广告宣传石破天惊的效果。

6．实证法

实证是通过事物的真实表现来传达信息，激发广告受众的欲望，说服广告受众的方法。是广告和其他促销活动中常用的极具表现力与说服力的方法。其具体的表现技巧主要有：

（1）文字写实。就是以文字形式直接陈述事实，如介绍产品的原材料、生产工艺、生产历史、用途功能、质量标准以及价格、服务等，常用于印刷类广告。

（2）产品展示。在广告中直接展示产品的外观、形态、包装及内部构造等，多见于印刷类广告中的广告插头、电视广告中的画面展示。

（3）现场表演。通过现场的直接表演，展现产品的使用效果，使广告受众产生兴趣，如时装表演、场景式家具展台、生活场景式橱窗广告以及相应的现场电视录像广告等。

7．直诉法

直诉法是借助于特定的人直接陈述产品的功能、特点等，直观地表达所宣传的广告内容。由特定的人介绍产品，比较直观，易于显现产品的优点与特色，有一定的说服力。如果运用得当，将产生非凡的感染力与说服力。例如，适合儿童使用的牙膏，其广告创意抓住乳牙易患虫蛀的特点，由牙科医生直接陈述某种牙膏能有效预防蛀牙的特点，说理充分，无疑会产生很强的说服力。

8．对比法

对比法是指在广告中通过比较的方法来说明自己的观点，即将同类产品或竞争产品拿来与自己的产品比较优劣。在广告中运用对比的手法，是说服广告受众非常有效的方法。

对比法最重要的问题是所比较的事物，要在相同的条件下比较，应选择消费者所关心的内容，如产品功效、产品品质、产品的时尚性及价格等，以利于激发消费者的注意力与认同感。对比法的广告通常有两种方式：一是依托普遍存在的市场现象或品牌通病进行对比，以突出其优越性；二是基于某一项或几项内容，如功效、价格等进行比较，彰显其吸引力。值得指出的是，对比法的广告要防止指名叫阵而抵毁其他品牌，以免误入不正当竞争的歧途。

9. 故事法

故事法是指广告内容以有简短情节的故事形式表现出来，使人们通过了解故事进而接受广告信息。所选的情节，可用人物对话、生活片断、新闻采访、设问、制造悬念或某种气氛等来表现。例如，某种保健品的电视广告，通过儿女向父母寄送保健品，其父母服用后焕发青春，以至儿女与父母团聚时儿女都惊呆了，其广告给电视观众留下了深刻的印象。

故事法的最大优点是情景交融，以情节吸引人，使之产生某种印象与联想，有一种委婉而不是强加于人的效果。其缺点是表现主题的诉求重点可能不够直接与突出。

10. 夸张法

夸张是在一般中求新奇变化，通过虚构把对象的特点加以夸大，赋予一种新奇的变化的情趣；以强化效果，引起注意。夸张手法的运用能为广告的艺术美注入浓郁的感受性色彩，使产品的特征性更加鲜明、突出、动人。例如，旧中国梁新记牙刷的一则报纸广告，以漫画形式画了一把很大的梁新记牙刷，有一位老者正拿着一把硕大无比的老虎钳用力拔牙刷上的毛，一个小孩在帮忙，但是却拔不下来，印证了其广告标题："梁新记牙刷，一毛不拔"，这成为当时非常有名的广告。

 本章小结

广告创意是科学广告活动的一个组成部分，广告创意必须遵循现代广告策划制定的方向进行，广告创意的定义是为了传达广告策略，表现广告主题，将抽象的广告概念转换成具象的艺术表现形式所进行的创造性思维活动。

广告创意具有策略指导性、新颖独特性、形象性、相关性的特征，广告创意的实质是通过科学的调查，获得资料，进行不断的创新，获得客户的认可，为企业和产品服务，最终赢得市场。

广告创意的理论主要包括 R.雷斯提出的 USP 理论（独特的销售主张），大卫·奥格威提出的品牌形象论，A.里斯和 J.屈特提出的定位论，威廉·伯恩巴克提出的 ROI 理论（关联性、原创性、震撼性），迎合人们怀旧情结的共鸣论。各种创意理论都对广告创意的构想和实施产生深远的影响。

广告创意的产生一方面需要广告策略的指导和广告诉求点的支撑，另一方面也赖与有效的思维方法，包括以逻辑思考为主的垂直思考法（顺向思考、逆向思考、寻求突破）、寻找多方向的水平思考法、集思广益的头脑风暴法。

在大型广告公司中，创意部或创作部是专门的广告创意组织，创作部门包括创意总监、创意组长、文案、作业室经理、视觉设计组长、视觉设计、完稿组长、完稿、制作经理、制片等职位，专业分工较为细致。

广告创意过程是一个复杂的脑力劳动过程，按照詹姆斯·韦伯·扬的广告创意过程理论，共分为收集原始资料、思考和检查原始资料、酝酿阶段、创意产生、形成和发展构想五个步骤。

广告创意的模式有七种，分别是夸大痛苦、价值承诺、分类分级、树立新敌、刺激"情结"、消除内疚、彰显身份。在具体运用中，创造性思维可以分解出许多操作性的创意技巧和方法，这些创意技巧与方法包括创立形象法、逆向法、音乐法、悬念法、系列法等。

 案例分析

两种颜色一种药
——"白加黑"感冒药广告的重新定位

　　感冒了，流眼泪、打喷嚏、咽喉发炎、嗓音嘶哑，怎么办？

　　吃药呗。但是不少人都有困倦的体会：这治感冒的药，吃下去总爱犯困，自然影响白天的工作和学习。忽然有一天，电视上有了这么一条广告——白天吃白片，不瞌睡；晚上服黑片，睡得香。清除感冒，黑白分明。

　　一种药居然也分成两种颜色？于是，立刻让人想起小时候吃过的有颜色的小儿麻痹糖丸。三分试探心理和七分恋旧情结使得不少人买来了这种治感冒的新药。服用过后，果然，"清除感冒，黑白分明"。于是在有意无意当中，有人开始关心这药片的主人——江苏启东盖天力制药股份有限公司以及"白加黑"成功背后的林林总总。

　　在"白加黑"诞生之前，市场上的感冒药已经数以百计，在消费者心中扎了根的著名品牌也有十来种，并且都已经具有了相当的知名度。在这种情况下，"盖天力"开发"白加黑"无疑是搭了末班车。再说感冒药的市场增量毕竟是有限的，这就意味着"白加黑"的主要出路是挤占别人的市场。

　　在同类产品都过多过剩的环境中，一个公司怎样才能利用广告来打通浸入人心之途径呢？营销策略的根本之路就在于必须"重新定位，以利竞争"，换句话说，你只有先把一个新观念新产品搬进人的心中，才有可能将一个旧的搬出去。

　　盖天力人认为最重要的是要创立起治疗感冒的新概念，以这种新概念作为"白加黑"飞越当代时空的支点。为了拿出一套比较完整的产品创意方案，公司总经理率领一班精兵强将，南下广州，北上北京，进行了广泛的市场调研，借鉴名牌广告公司广告创意的经验。3 年中，他们先后召集了近百次专门会议，提出的各种方案近百个。经过去粗取精，优胜劣汰，盖天力终于筛选出了一套完整的产品创意方案。这套独特的产品创意方案以黑、白两色为基础，进行了全方位的延伸和辐射。

　　产品以"白加黑"命名，极富新意。白天和黑夜服用的药品采用的是处方成分不同的片剂。白天服用的白颜色片剂，抽掉了所有感冒类药物几乎都有的让人打哈欠的"扑尔敏"成分，使患者白天不打哈欠不瞌睡，不出差错地投入工作；而晚上服用的黑颜色片剂，则加重睡眠成分，使患者睡得更深更香。而那句让很多人觉得有趣的广告语则更使广告诉求定位恰到好处。

　　有了新产品，新观念，还有好的创意方案，但真正要将这些搬进人们的心中，却不是轻而易举的事，非得发挥宣传策划的威力不可。盖天力人聘请了在新闻界有较高知名度的记者担任了"白加黑"的策划师，和厂里的人一起，分析研究提炼"白加黑"的新闻价值，先后撰写了：

　　消息《全新感冒药"白加黑"投放市场》。

长篇通讯《"白加黑"，从名牌摇篮中走来》。

科普文章《治疗感冒新概念》等。

不久，全国 60 多家报刊、杂志、电台、电视台都陆续刊播了这些文章，短短两个多月的时间，有 120 多篇稿件见诸报端，总字数在 8 万字以上。一时间，新闻界刮起了一股"白加黑"的旋风。

盖天力人又先人一步，确立了全新的广告投入观念："白加黑"投入市场前，他们的广告投入计划达 2000 多万元，在全国 100 多家大众传播媒体上展开了高密度的广告轰炸，形成了空前的轰动效应。有资料透露，在未来 3 年内，盖天力公司用于"白加黑"的广告投入将超过 1 亿元。您也许会为这个数字大吃一惊。但您知道吗？从头年 11 月到次年 4 月底的 180 天时间里，"白加黑"已投放市场 4 万箱，创产值 1.6 亿元，占了全国感冒类药市场份额的 15%。

有人感叹了：一个成功品牌的创立，通常需要花上几年甚至更长的时间，比如"万宝路"、"可口可乐"，再比如"松下"、"日立"，都无一例外地走过了一段段艰辛的路程，而江苏启东盖天力，180 天就造就出一个名牌。真乃幸运儿也。

分析：

"盖天力"为使"白加黑"杀出一条生路，创立治疗感冒的新概念，以这种新概念作为"白加黑"飞越当代时空的支点。产品创意从市场调研、借鉴经验入手，通过方案论证、选优，形成一套完整的产品创意方案，以"白加黑"命名，极富新意。

广告定位"清除感冒，黑白分明"，恰到好处。聘请在新闻界有较高知名度的记者担任"白加黑"的策划师，以消息、通讯、科普文章方式宣传新生产品、新观念，刮起了一股"白加黑"的炒风；又先人一步确立了全新的广告投入观念：广告开路，以 2000 多万元广告费在全国 100 多家媒体上展开广告轰炸，形成了轰动效应。

180 天时间里，"白加黑"投放市场 4 万箱，创产值 1.6 亿元，占了全国感冒类药市场份额的 15%。180 天造就出一个名牌。

思考与练习

1. 什么是广告创意？
2. 广告创意的特征和实质是什么？
3. 广告创意的理论有哪些？简述这些理论的基本主张。
4. 如何运用广告创意的思维方法？
5. 詹姆斯·韦伯·扬的广告创意过程理论分哪几个步骤？
6. 广告创意有哪些模式和技巧？

实训训练

20 世纪 90 年代中期，经过一轮又一轮的"水战"，饮用水市场形成了三足鼎立的格局：娃哈哈、乐百氏、农夫山泉，就连实力强大的康师傅也曾一度被挤出了饮用水市场。综观各水成败，乐百氏纯净水的成功相当程度上得益于其"27 层净化"的营销传播概念。

乐百氏纯净水上市之初，就认识到以理性诉求打头阵来建立深厚的品牌认同的重要性，于是就有了"27 层净化"这一理性诉求经典广告的诞生。

当年纯净水刚开始盛行时，所有纯净水品牌的广告都在诉求纯净，然而消费者不知道哪个品牌的水是真的纯净，或者更纯净。乐百氏纯净水不失时机的在各种媒介推出统一的广告，突出乐百氏纯净水经过 27 层净化，对其纯净水的纯净提出了一个有力的支持点。这个系列广告在众多同类产品的广告中迅速脱颖而出，乐百氏纯净水的纯净给受众留下了深刻印象，"乐百氏纯净水经过 27 层净化"很快家喻户晓。"27 层净化"给消费者一种"很纯净，可以信赖"的印象。

请同学们搜集我国纯净水市场的资料，然后分析问题：

1. 乐百氏"27 层净化"的广告为什么能在当时的背景下取得成功？
2. 该广告应用了哪些广告创意理论？
3. 该广告运用了哪些广告创意模式和技巧？

第 7 章 广告表现策划

◆**知识目标：**

明确广告表现、广告表现策划的含义、广告表现的载体。

了解广告表现的作用与协调；学会归纳广告表现的类型和原则。

掌握广告表现的方法和策略。

◆**技能目标：**

能够运用所学的广告原理和方法进行广告表现策划方面的操作。

能够进行广告媒体的评估策划。

大众甲壳虫——想想小的好处

20 世纪 60 年代的美国汽车市场是大型车的天下，大众的甲壳虫刚进入美国时根本就没有市场，伯恩巴克拯救了大众的甲壳虫，提出 "Think Small" 的主张，运用广告的力量（见图 7-1），改变了美国人的观念，使美国人认识到小型车的优点。从此，大众的小型汽车的销量稳居全美之首，直到日本汽车进入美国市场。

图 7.1　甲壳虫广告

文案:

标题: 想一想小的好处（Think Small）

正文: 我们的小车不再是个新奇事物了, 不会再有一大群人试图挤进里边, 不会再有加油生问汽油往哪儿加, 不会再有人感到其形状古怪了。事实上, 很多驾驶我们的"廉价小汽车"的人已经认识到它的许多优点并非笑话, 如1加仑汽油可跑32英里, 可以节省一半汽油; 用不着防冻装置; 一副轮胎可跑4万英里。也许一旦你习惯了甲壳虫的节省, 就不再认为小是缺点了。尤其当你停车找不到大的泊位或为很多保险费、修理费, 或想为换不到一辆称心的车而烦恼时, 请你考虑一下小甲壳虫车吧!

分析: 大众甲壳虫是从哪些方面表现产品特性的?

这套 60 年代的广告创意风格, 90 年代仍然得到延续, 这正验证了一句话: 好东西是不会过时的。

从广告策略上来看, 这则广告采用以理性为主, 理性和感性相结合的诉求策略, 用轻松的语言激发人们的情感共鸣, 再用有说服力的事实和数据使人相信广告的论点。

采用逆向思维, 在大型车为主导的市场背景下, 为小型车寻找生存空间, 深入挖掘小的好处, 把产品的特性和人们的生活联系起来。

从广告画面构图上来看, 小小的汽车和大面积的空白形成对比, 反倒让人更加注意画面上的甲壳虫汽车, 突出了产品形象。广告标题简洁明了, 直指创意核心, 可谓点睛之笔。

整个广告风格简约, 亲切温馨, 在广告表现上打破陈规, 改变了之前甲壳虫汽车在人们心中的负面形象。

7.1 广告表现与广告表现策划

现代消费者几乎每天都要接触大量的广告信息。在美国, 每个人每天平均可能接触到两三千个广告; 在我国, 有调查机构统计, 人们也被大量的广告信息包围。如此众多的广告汇成一股信息的洪流不断冲击着消费者, 真正让人印象深刻乃至于被记住的广告又有几个呢? 现代社会是一个快节奏的社会, 在这样的社会中人的注意力变成了稀缺资源, 注意力是人们的一种信息过滤器, 人们总会有意或者无意避免得到刺激, 总要对可能接触到的信息进行筛选。所以, 能够获得注意是困难的事情。而广告信息的传播环境更为杂乱, 能引起消费者注意的难度更大。广告信息如何能够形成产生注意力的因素。吸引住人们的"眼球", 占有并扩展消费者的注意力资源, 信息战略和策略的恰当运用是非常关键的。广告要传达什么样的信息, 如何表达这样的信息, 这正是广告表现的重要任务。

7.1.1 广告表现的概念

所谓广告表现就是根据广告媒体的传播特点, 将广告的主题意念、创意构想, 充分运用各种符合及其组合, 以形象的、易于接受的形式表达出来的过程。任何一个广告, 要表现它的目的和意图, 都要借助语言文字、图形和色彩。将广告创意转化为文字、图像、声音等信号, 再传达给消费者, 这一过程, 就是广告表现。广告表现在整个广告活动中占有极其重要的地位, 它关系到广告创意在执行环节能否准确传达, 广告表现的好坏直接影响到与消费者的沟通效果。

广告表现在广告的策划工作中处于承上启下的地位,位于广告主题策划、广告创意构想和广告制作环节之间。在早期的广告活动中,由于广告信息内容简单、可借助的表现形式单一,整个社会广告活动相对稀少,就不存在广告表现,它包含于广告制作过程中。随着商业社会中广告信息传递的日益膨胀,需要精心地设计广告信息的内容和形式,否则,就会使广告效果受到很大影响,这样,广告表现才从广告制作过程中独立出来。广告表现和广告制作虽然都是对广告主题和广告创意的表现,但广告表现着重于通过什么样的形式表现广告的主题和创意,而广告制作则主要涉及一些具体的技术活动,讨论怎样对这些形式进行必要的设计和操作,是处于比广告表现更加具体的层次上的概念,所以,从根本上讲,它们仍然属于不同的范畴。

7.1.2　广告表现的含义

广告表现决定着广告效能的发挥程度,综合反映出广告活动的管理水平。广告表现的最终形式是广告作品。广告表现的概念包含以下几层含义:

(1)广告表现的内容有一定限制。从大的方面看,主要是有关商品、劳务和企业方面的信息。具体到一则广告作品中,其内容则要根据广告客户的愿望、利益来决定。此外,一则广告作品的信息含量有限——印刷媒体受版面的限制,电子媒体受时间段的限制,因此,广告所表现的内容必须经过去粗取精,经过信息的取舍,高度概括,突出重点,如此才能成为消费者容易接受和理解的信息,从而形成较强的说服力,产生强大吸引力,给消费者留下深刻印象。

(2)广告表现是艺术与商业的结合。广告需要借助于文学、绘画、舞蹈、电影、电视等多种艺术门类的表现手段和方法。广告不可能强迫消费者接受某些信息,只能通过艺术手法吸引和影响消费者,引起注意,促使其产生兴趣。表现形式必须具有审美价值,必须遵循广告设计和制作的特殊规律,使广告具有艺术性和感染力。但这只不过是手段,广告的最终目的是向消费者提供商品信息,影响消费者的感官,促使其产生购买欲望,促成购买行为。创作广告作品,必须认识到其非绝对独立性的特性,处理好艺术要为实现广告目标服务的关系。美国广告大师大卫·奥格威曾经说过,你的广告是要销售量,还是掌声,答案是前者。广告创作必须与销售、利润、品牌密切联系在一起,其艺术性才有价值。从具体的执行层面来说,广告表现又是市场营销、广告整体策划的一部分,必须依从于广告策略和广告创意。广告创作既要讲求艺术,也要讲求效率,不能凭空想象、背离广告目标,要按照广告创意的要求来进行广告设计和制作。

(3)广告作品是广告创意的形象表达。广告作品是广告信息的载体,是广告客户与消费者的交接点,是联系广告主与消费者的纽带和桥梁,也是广告表现的最终成果。广大消费者是通过某些广告作品,认识和了解有关的商品和企业的,如果广告作品缺乏感染力,枯燥无味,则不能吸引目标受众;如果广告作品不能有效地传达广告主的意愿和创意人员的想法,势必会影响广告的传播效果,达不到预期的目标。广告作品对广告创意的传达好坏取决于广告设计人员的执行力,也取决于创意人员与设计人员的沟通程度。

(4)广告创作体现集体智慧。广告创作活动是个人能动性和集体智慧的结合。广告创作的成果，是众人智慧的结晶，是众人能力和作用的集大成。在广告作品的形成过程中，个人的作用是必要的，但集体的创作更要重视，要注意发挥广告创作小组的作用。

7.1.3 广告表现的载体

广告主要是运用语言、图像等符号系统来表现信息内容的，从符号分类上看，广告表现载体可分为语言和非语言两大系统。

1. 语言系统

语言系统即广告作品中的语言文字部分，包括平面广告中的标题、正文、随文、标语口号，广播广告和电视广告中的解说词，以及商标、商品名称、价格、企业名等。语言有无声语言和有声语言之分。平面广告中，大部分采用的是无声语言。广播和电视广告的语言都是有声的，但出现在电视屏幕上的广告文案也可以说是无声的。网络媒体运用多媒体技术，兼具平面媒体和广播电视媒体的特性，广告语言更能有效地刺激受众的感官。

运用语言文字来表现广告信息，需要掌握以下几个特点：

（1）掌握好词语创造的随意性特点。词语是能够随意组合的，不同的组合表达不同的含义和情绪，但组合的同时必须符合约定俗成，符合社会语言习惯和承受能力。创造和产生新的词语，要在人们能够接受和理解的基础上进行，也要视目标受众的年龄和个性特征而定。目标受众为中老年人的广告一般采用保守的、传统的语言习惯，而目标受众为年轻一代的广告则可采用较为新潮、时髦的语汇，甚至一些网络语言。

（2）掌握好语言开放性的特点。语言既要扬弃，又要吸纳，创造活泼、生动、贴切、富有刺激的广告语言无止境。要深切感受生活，丰富想象，敢于创新。

（3）注意需要非语言符号的补充。当语言表现已穷尽其力时，应注意运用非语言来表现、配合。

广告往往能够创造流行语。这种语言之所以能够流行，就在于恰当地运用了语言文字的符号系统。广告语言有特殊的表达方式，要意义明确、语句贴切；简明易记、饶有趣味、具有独创性；还要能够与商品有密切联系。这里是有无限创造力的领域。

汉语言有着丰富的文化底蕴，为广告创作运用语言文字系统提供了广阔的天地。但需要引起广告创作者注意的是，语言文字的运用、创新，不能影响中华民族文化的健康发展，不能伤害传统语言精髓的承继。在一些广告作品中，随意运用谐音、滥用成语等，是不能提倡的创作倾向。

2. 非语言系统

语言之外的能够传递信息的一切手段都可称为非语言。在广告表现中，非语言主要有图像、色彩、构图、音乐音响等要素。非语言是广告表现的重要元素，它有时可单独表达创意，有时与语言相配合共同传达广告信息。

（1）图像。平面广告中的插图，包括绘画和摄影照片两个部分。电视画面可视为一种活动的图像。运用图像，可以直观地表现广告商品，增加注意力和说服力。要注意图像的表现具有真实感，能体现广告主题，与广告文字有机配合，还要考虑与媒体传播特点相适应的问题。一般说来，杂志广告的印刷较为精美，可以传达更为细致的图像，适合一些需要进行精美的产品展示的产品；报纸广告印刷质量较差，对图像的精度和色彩的还原都不如杂志；户外广告受到观赏环境的限制，受众大多是匆匆的行人，因此对图像的表达不能太烦琐，要求简单明了，一目了然。

（2）色彩。色彩是广告表现的一种重要手段，能够刺激受众，产生强烈的心理效果，加强记忆，产生联想，促进购买。不同的色彩带给人的心理感受也各不相同，红色、橙色等暖色让人感觉到温暖，蓝色、绿色等冷色让人感觉到凉爽。颜色还能产生距离感，冷色距离我们远，暖色距离我们近。在广告设计中，色彩甚至可以配合图形用来作为品牌的识别，例如我们在街上看到黄色的大"M"就知道这是一家麦当劳餐厅，特定的颜色组合也会带给人关于特定品牌的联想。

（3）构图。构图就是对广告内容进行编排和布局，以达到最佳的视觉效果。构图有一些基本形式法则，如处理空间长宽比例的黄金分割法，力场即地心引力对人感觉的影响，整体布局要上重下轻，左稀右密；视觉中心与几何中心的不一致性，要注意对称、均衡、富有韵律，恰当运用空白，对比，形成反差等。构图是一种取舍的艺术，通过舍弃一些无关紧要的元素来求得画面的平衡，主题的突出，无论平面广告还是广播电视广告，都需要构图。

（4）音乐、音响。在广播和电视等广告中，经常要运用音乐和音响。音乐可进行原创或从现有的作品中选用。但不论哪一种方式，都要注意与广告主题相协调，与广告词能够相得益彰。音量也要注意控制适中。此外，还要注意对运用音乐的有关规定，避免出现违规侵权等问题。音响有环境音响、产品音响、人物音响等，在使用时，要看与广告主题是否有关，要清晰、悦耳，防止噪音。

（5）体语。广告中模特、人物的体语也是传达广告信息的重要手段。体语与文字、音乐等配合，能生动地传达广告信息，个性十足，如舞蹈、现场表演、活动中人的要素等。

各种其他艺术形式和门类，如雕塑、建筑等，也是非语言文字手段，也可应用到广告表现中。广告新的媒体形式也在不断开拓之中，未来还有广阔的空间。要能够用一切艺术手段和方法，有效地刺激和调动受众的感觉器官，从而取得理想的传播效果。

广告表现策划是广告运作过程中必不可少的环节，是能够把广告表现科学的、综合的并符合广告法则的运用于广告过程的广告活动。阐述广告表现策划的前提是明确广告表现的原则、法则、技术、因素等，在此基础上运用策划的科学原理进行广告表现策划活动，才可取得较好的效果。

7.2　广告表现的作用与法则

7.2.1　广告表现的作用

1. 广告表现的关键作用是强化广告目标

（1）广告表现使广告目标更加明确。广告目标是具体的可度量的尺度，能否实现广目标关系到营销效果的好坏。广告创意的出发点正是广告目标所设计的，广告策略就是实现广告目标的具体手段。广告表现作为创意的物化过程必须明确广告目标所规定的方向，准确地了解广告目标的内涵，并以最为有效的艺术手段去诠释广告创意。广告表现在真实性的基础上，运用相关元素，使用多种艺术语言，将广告信息加以包装，最终才能使广告目标更加明确。

（2）广告表现使广告诉求具有权威性和说服力。广告表现的主要功能就是创造广告的说服力和推动力，让广告受众在愉快的状态下顺利地接受广告信息，产生和形成广告主所期待的心理感受。洗发用品"飘柔"曾经用张德培作为形象代言人，该广告的核心诉求是"有头皮屑——不行!"，这种广告表现强调的是一种个性化的生活观念和生活准则，因此，具有强烈的说服力和推动力。

2. 广告表现的核心作用是强化广告创意的形式

广告表现对广告创意强化具体表现在以下两个方面：

（1）广告表现直接影响广告创意的说服力。广告表现的好坏直接影响广告创意的说服力，影响广告信息传播的效果。例如"背背佳"广告采用了情感诉求的广告表现策略，用青春美少女在大城市充满生机活力的舞蹈，达到强化广告创意说服力的目的，因此树立了品牌形象扩大了知名度，有力地促进了产品销售。

（2）广告表现直接强化广告创意的排他效果。广告表现直接强化广告创意的排他效果是广告商品在竞争中取胜的关键。排他效果是实施广告创意策略的支撑点，广告创意有了这个支点，就会使广告在竞争中处于有利位置。例如万宝路香烟广告使它具有极强的排他效果，这种效果使得其他香烟的广告望尘莫及，再也无法向男子汉形象靠拢。而"农夫山泉"的广告表现使得其他品牌的矿泉水再也找不到"甘甜"的滋味。

3. 广告表现直接影响广告效果

广告的最终目的在于广告效果，而广告效果则在很大程度上取决于广告表现。"维他奶"的广告《背景篇》由于成功地表现了祖孙二人的亲情，并且在表现这种亲情的过程中顺理成章地推出了商品，使目标消费者受到了极大的震撼，因此取得了大大超过预期的广告效果。

7.2.2　广告表现的法则

消费者从接触广告信息到购买商品的过程是一个分阶段的过程，而广告的作用就是在这个过程中吸引消费者的注意力，一步一步地使消费者的态度发生变化，最终达成购买行为。美国广告学家 E.S.刘易斯在 1898 年提出的 AIDMA 法则就概括了消费者的变化过程，而广告表现的作用也发生在每一个环节之中。根据 AIDMA 法则，科学的广告诉求是在一定的法则，也就是我们所说的 AIDMA 法则（"艾达玛"模式）下进行表现的，见图 7-2。

引起注意 —→ 激发兴趣 —→ 产生欲望 —→ 加强记忆 —→ 促成购买

图 7-2　AIDMA 法则

1. 引起注意（Attention）

通过媒体广告、他人介绍等方式获知商品信息，并引起了对该商品的注意。一则广告要对消费者起作用，首先要能够引起人们的注意，只有吸引人们的注意力，才有进一步传播的机会。如果一则广告不能吸引人的注意，特别是不能引起目标消费者的注意，那么这则广告就等于白做了。因而，广告表现首先应紧紧抓住消费者的眼球，用各种手段吸引消费者的目光。为了发挥这一作用，通常有以下几种做法：

（1）在广告标题中突出商品及服务的名称、内容；

（2）新颖、独特的广告形式；

（3）通过广告面积大小的对比、色彩的对比、强弱的对比、编排的对比等，使该广告与其他广告有显著的差别；

（4）通过广告的表现要素如语言、构图、色彩、音响、点与线、附加价值等的有效和科学组合。

2. 激发兴趣（Interest）

广告使消费者对商品产生兴趣。吸引消费者的注意力，还有唤起他们的兴趣，即让消费者继续看下去，并对广告的内容产生进一步了解的浓厚兴趣。

为了引起消费者的兴趣，广告往往要针对消费者的需要进行细部诉求，其方法通常有：

（1）突出商品给消费者带来的利益；

（2）针对人体生理需要进行诉求，如商品与服务在满足消费中衣食住行和精神的需要上的作用；

（3）情感诉求，如化妆品、时装等方面的广告强调使用后对异性的吸引力等；

（4）健康的诉求，如药品、卫生用品、体育用品、保健用品的广告强调该产品对人类健康长寿的益处；

（5）社交的诉求，如节日商品、礼品、饮食服务等广告往往强调对社交、人情味的促进作用；

（6）娱乐的诉求，一些日用品、家用电器产品，要强调它们在提供娱乐上的作用。

3. 产生欲望（Desire）

使消费者对该商品形成购买欲望。在消费者对广告商品产生浓厚兴趣时，要充分运用多种表现方法，对其进行劝说，不失时机地进一步刺激其得到或拥有该产品或服务的欲望。刺激消费者欲望一般有以下几种方法：

（1）提供保证，表明购买此商品可以给消费者带来的好处；

（2）突出商品质量，让消费者对该商品质量产生信任之感；

（3）宣传、表明这种商品在顾客中受欢迎的情况；

（4）突出表现社会名流、明星也使用该商品的信息；

（5）如果不购买此商品，可能会产生怎样的消极后果，一般常采用使用和不使用该商品进行比较的方法。

4．加强记忆（Memory）

加强记忆，形成对该商品的深度认知。消费者从获得广告信息到采取购买行动，一般要经过一段时间。因此，消费者记住广告的内容，就显得十分重要。在广告表现中，可采用以下几种方法：

（1）简练、易懂、具有节奏感强的广告文，醒目、易记的广告标题、口号；

（2）突出企业名称及商品名称；

（3）在广告文稿中加入促使消费者联想的内容，如标志、人物形象等；

（4）运用多种表现手段和方法，加深消费者的印象。

5．促成购买（Action）

广告的最终目的，是劝说消费者购买广告所宣传的商品与服务。为了达到这一目的，广告表现常采取的手段和方法是劝说消费者迅速采取购买行为。如立即购买可以享受各种优惠，在规定优惠购物的期限购买等。

这个过程，也就是广告对消费者进行作用影响的过程，可以看出，广告表现对消费者的作用是一个累积的过程，广告表现中的各个元素综合作用于消费者的内心，引导消费者沿着预定的方向发生态度倾斜，最终实现购买行为。

7.3　广告表现的类型与原则

7.3.1　广告表现的类型

广告传播的形式多种多样，广告表现的形式更是层出不穷。从报纸广告、电视广告、广播广告和杂志广告到户外广告、POP 广告、直邮广告、网络广告以及各种新媒体广告，传播形式越来越丰富多彩，传播手段越来越多样；另一方面，为了实现 AIDMA 法则，设计人员几乎借用了所有的表现手段如文学、诗歌、电视、音乐、摄影、绘画等。从某种角度上说，广告是一种艺术。

然而，广告与其他艺术有着根本的区别，广告表现的最终目的还是为了促进销售。大卫·奥格威曾经说过："广告不应被视为一种艺术形式的表现。广告唯一正当的功能就是销售而不是娱乐大众，也不是运用你的原创力或美学天赋，使人们留下深刻的印象。"因而，广告表现应紧紧围绕促销这个中心目标。根据这一原则，可以将广告的表现形式分为三类。

1．商品信息型

商品信息型即是在广告中直接宣传商品的性能、特点、服务等信息，为促销服务。在美国、日本等国家，早期的广告较多采用这种表现方式。这是因为当时供求关系相对比较平稳，人们对新开发的产品了解不多，需要广告传送更多的商品信息。如电视机、录像机等家用电器刚进入市场时，人们还不了解其性能、特点和作用，通过广告对这些功能的介绍或在电视媒体中的实际操作使消费者逐渐了解并接受产品。可见，这是一种向消费者推荐新产品的广告表现方法。

此外，一些广告为了增加可信度，往往采用示范、实证等方式，展示一种场面，体验一种服务，演示一种使用方法，达到加深印象的目的，这些广告属于商品信息的表现类型。

不同媒体的传播特点不同，对广告商品的表现特点也会不一样。一般来说，电视广告的表现较多采用这种方式，通过对商品的说明和对功能的演示，增强消费者对产品的认知，通过理性说服促进购买行为。

商品信息型广告，较多是从广告主企业的角度来传递信息，是对产品信息的直接展现。商品信息型广告表现可分为五类：

（1）比较：与其他商品相比较，突出明显的区别。

（2）USP（Unique Selling Proposition strategy）从客观的立场，证明其独特的程度。

（3）先下手：并不诉求独特程度如何，只诉求客观事实。

（4）夸张：无法客观地证明其特点，采用适当夸张表现。

（5）一般商品情报型：以商品种类的特长，取代品牌本身的特长而进行诉求，而且其诉求属于情报型。

2．生活信息型

生活信息型广告从消费者的利益着眼，突出表现商品或服务带给消费者的价值、利益和欲望满足，展现商品与消费者生活之间的关系，向消费者描绘和灌输新的生活模式。这是随着生产的发展和人们物质生活水平的提高，产品种类日趋丰富，选择性需求日益强烈，需要广告强调产品或者服务在人们日常生活中的意义和作用，以吸引消费者，增加好感，加大被选择的机会。

生活信息型广告表现可分为四类：

（1）使用者印象：以品牌使用者与生活形态为焦点，且以使用为中心进行广告表现。

（2）品牌印象：传达品牌个性，以品牌印象为中心诉求。

（3）使用情景：以使用该品牌的场面为第一重点进行表现。

（4）一般生活信息型：以商品种类为中心，并以使用者的亲身消费体验为重点进行广告表现。

3．附加价值型

附加价值型广告通过给商品附加新价值、新魅力的手段和方法，使消费者能够留下更深刻的印象。广告经常用名人、美女、动物、儿童、外国风情、颁发奖品等来实现增值效果，从而给商品或服务附加一种新的价值。

在现代企业竞争中，企业间的生产技术已非常接近，产品质量也无太大的差别。消费者购买商品时，往往是根据其对某个企业或品牌形象的印象做出购买决定的。因此，企业形象和品牌形象对消费者的影响就显得格外重要。消费者常常凭着对某个企业或品牌的印象好坏，去购买、选择商品。消费者更多的是关注商品可能带来的利益与价值。在广告创作过程中，要结合品牌策略，通过广告商品或服务的附属信息进行强化和宣传，使之具有一种新的附加值，产生新的魅力或强烈的印象，从而吸引消费者的注意，并因此购买该商品或服务。例如 ipod 是苹果公司生产的音乐播放器，经过广告的渲染，产品与消费者的生活产生连接，塑造了生活中亲密伙伴的概念，它代表的就不只是一个普通的音乐播放器，而是一种生活方式，附加值由此产生。这种附加值一旦被消费者所接受，就会建立良好的忠诚度，给企业带来更多的利润。

7.3.2　广告表现的原则

广告运用各种艺术手段和方法来表现有关的信息内容，还要达到一些基本的要求，遵循一些基本原则。

1. 表现内容真实、准确、公正

广告所表现的内容必须真实、准确、公正，不能虚夸、欺骗，要体现公平竞争。即使是采取各种艺术手法，也都要在真实的基础上进行。脱离广告商品的实际情况，虚构或无限夸大其功能用途，给消费者一些不可能实现的承诺等，都是不诚实的表现。且不论这是对消费者的欺诈行为，违背有关法规道德，仅从广告表现的角度看，虚假浮夸的东西，常常不会得到受众的认同，有时反而产生逆反心理，引起厌恶。

2. 表现形式的新颖、简洁

广告所采取的形式应该新颖、简洁。各种艺术手法、信息符号等，应能有机地组合成为整体，为广告主题服务，使人赏心悦目，感到愉悦。如一则表现牛奶产品的电视广告，再现了大草原的宁静、温馨，加上演员恰到好处的表演，就给人一种美好的感觉。如毫无新意、味同嚼蜡，或冗长烦琐、不得要领，或大哄大闹、低俗不堪等，这样表现的广告作品，不会对受众产生有益的刺激，只能令人生厌，甚至产生排斥心理。

3. 社会影响积极、向上

广告具有公共性，要有益于社会生活、符合公共利益。广告表现必须考虑对社会可能发生的影响。广告所反映的消费倾向，往往有模仿和暗示的作用，因此，广告表现应该提倡积极向上的方面，体现社会大众的利益，采用健康、文明的手法和形式。如果不加以注意，广告效果往往适得其反，违背了广告主的意愿。

7.4　广告表现的方法和策略

在广告的具体实施中，需要广告表现的方法和策略的支持。广告表现方法的运用，除了能引起注意外，还能达到提升广告创意的认知强度、强化广告创意认知深度、延长广告创意认知时间以及增加广告创意认知兴趣等效果。因此，应根据广告创意策略，选择相应的广告表现策略，采用恰当的广告表现方法和技巧，从而使创意的效果得以提升。

7.4.1 广告表现的方法

广告主要是采用说服的方式，将有关信息与消费者进行交流。在现代信息传播条件下，广告的说服，要转化为一种沟通，更要讲求艺术，这就需要有一定的表现手法。要使广告达到沟通的目的，进一步促使消费者采取购买行动，必须熟练地掌握各种广告表现手法。

运用广告表现手法的重要前提条件，就是广告所要表达的内容一定要真实，绝不允许有弄虚作假、合理想象的成分。虚假广告虽然有可能得逞于一时，但最终会给企业及消费者带来更大的损失。

下面介绍几种在广告创作中常用的表现手法。

1. 直接展示法

直接展示即将广告的主题内容（如广告产品的性能、特点、适用范围等）直接如实地展示在广告画面上。在处理方式上，充分调动广告画而构成基本元素——图像、文字等的写实表现力，深入细致地刻画广告宣传产品的形态、功能及用途。用美的形象吸引消费者注意，让他们在一种亲切的氛围中感受产品，接受产品，刺激购买。

由于这种手法比较写实，广告宣传要特别注意画面安排，注意选取宣传对象最美的形态、色彩，以及衬托关系，塑造强而有力的视觉空间，加强广告画面的视觉冲击力和吸引力。

在直接展示广告中，可对商品的优点适当加以突出，使消费者产生良好的印象，这种手法在广告传播中经常使用。在突出商品特征时，既有客观的尺度，也有主观的判断，有几点需要注意：

首先，广告所传播的信息必须符合商品的真实情况。如果将质量低劣的产品说成"质量上乘"，技术水平一般说成"世界领先"，一种感冒药被说成是包治百病的良药，违背人们日常生活的常识。这样的美化就不能令人信服，广告也不会产生好的传播效果。

其次，对产品优点的突出强调要适度、实在。在事实的基础上适当美化，能够加深印象、增加好感。广告设计可以运用各种表现方式，抓住、强调广告主题内容的特征，使之有别于其他事物。在安排画面时，尽量选择画面的黄金位置，鲜明地表达广告主题内容，快捷地传递广告信息。在广告表现中，设计师要仔细地分析广告主题内容。尽量挑选那些具有代表性的构成要素进行处理。但如自我表扬过头，就难免有自卖自夸的嫌疑，同时还会使消费者产生怀疑，甚至反感。用于称赞商品的词语要慎重选择，要有美感，同时也要含蓄、有回旋余地，不要把话说得太满。既能够使消费者产生愉快美好的联想，也能经得住客观实际的检验。

2. 对比法

对比法是通过对广告设计构成要素之间的艺术处理，使之鲜明地展示各自的特点，形成视觉张力的表现手法。它可达到增强艺术广告主题内容对视觉的刺激强度，引起消费者注意的目的。

广告设计中对比衬托的手法的运用，具体可从以下几个方面入手。造型方面，强调形体的大小对比、轻重对比、粗细对比、疏密对比、曲直对比、凹凸对比等色彩方面，根据色彩基本原理，着重强调色彩的色相对比、明度对比、纯度对比等。构图方面，强调广告构图的虚实对比、聚散对比等。除此之外，还有文字与图形的对比等。

需要注意的是广告设计中对比衬托的方法虽然能够丰富画面，活跃各元素之间的关系，但我们还要把握一个限度，避免过分刺激、生硬的效果，使各元素统一于整体，更好地为宣传广告主题服务。

3．比较法

这种策略是采用产品使用前后的功效对比，产品改进前后的品质、性能对比等方式，来突出宣传产品比其他同类产品的优秀之处，以吸引人们购买本产品而不再购其他同类产品。这种策略是专门用于对付竞争对手的。虽然不宜直接涉及竞争对手的产品的缺点，不去直接贬低别的同类产品，但其表达的真正意思还是"我的比你那个好"。采用这种策略要慎重。要注意竞争的正当性和比较的科学性。

4．夸张法

夸张是为了启发、引起消费者的想象力和加强广告宣传的力度而采取的一种表现方法。夸张的手法要求从一般中追求新奇变化。虚构一个广告主题，塑造个性鲜明的广告形象，将这一与所宣传的产品有高度关联性的个性特征加以夸大，使之出人意料，新奇有趣。夸张手法能为广告的艺术美增添浓郁的感情色彩，从而使产品的特性更加鲜明、动人。

广告表现要处理好夸张和虚假的关系，关键在于掌握好夸大的程度，适度的、合理的夸张可以起到吸引注意力和幽默的效果，消费者看过之后会心一笑，并且理解广告的意图；无限制的夸大以致造成受众的误解，就会导致虚假，广告严重脱离产品实际，只会让消费者产生厌烦和反感。

 小资料

最高人民法院界定广告明显夸张与虚假宣传

最高人民法院 2007 年 1 月 17 日公布了"关于审理不正当竞争民事案件应用法律若干问题的解释"，并首次明确了虚假宣传这种不正当竞争行为的内涵。

该司法解释规定，以明显的夸张方式宣传商品，不足以造成相关公众误解的，不属于引人误解的虚假宣传行为。人民法院应当根据日常生活经验、相关公众一般注意力、发生误解的事实和被宣传对象的实际情况等因素，对引人误解的虚假宣传行为进行认定。

该司法解释对引人误解的虚假宣传有三条：经营者对产品做片面的宣传或者对比；将科学上未定论的观点、现象等当做定论的事实用于商品宣传的；以歧义性语言或者其他引人误解的方式进行商品宣传，足以造成相关公众误解的，均可认定为虚假宣传。

（资料来源：中国工商报）

5．联想法

联想是由视觉和听觉引发的加强储存记忆的一种思维活动。它能体现感官感受的对象

与审美者的经验记忆之间的某种联系。在广告设计中，通过丰富的联想，以突破时空的界限，扩大广告形象的容量，加深画面的意境。

这样，当人们在欣赏广告形象时，通过联想，可以看到自己或与自己有关的经验。于是，审美对象和审美者之间容易引发美感共鸣，由此产生的感情强度也会是激烈的、丰富的。

 小资料

在国际市场上久负盛名的日本"西铁城"手表，运用联想的广告表现方法创作广告，打开了印度的市场。

一天，印度河边某一群村落，在一阵狂风大作后，天上竟然下起了奇特的"金币雨"，人们拾起一枚枚沉甸甸的金币，诚信这是佛祖释迦牟尼给人们带来的福音。很快电视台、报纸等新闻媒体就把"天上掉金币"的消息炒得沸沸扬扬，传遍了整个印度。

当时正在印度推销"西铁城"手表的田中三郎听了这个消息后，突发联想，一条广告妙招出台。第二天，"卡拉明齐下了一场西铁城手表雨"的新闻又一次旋风般地席卷了整个印度，使原本陌生的"西铁城"一下子在印度人的脑子里扎下了根，借此广告，"西铁城"旋风一般占领了印度广阔的市场。

6. 以情托物法

"感人心者，莫先乎情"。"感情"是增强艺术感染力的最具直接作用的因素。它是人类最基本的需要和最深沉的表现。因此，在广告设计中，要侧重选择具有感情倾向的内容，将有浓郁的情感色彩和审美价值的情节、画面融合到创意表现中，巧妙地进行"感情"投入，使消费者进入一种"情景交融"的艺术境界中，这样，自然会以情动人，产生感情上的共鸣。

这种以情托物的表现手法，多运用在一些软性商品如服饰、烟酒、化妆品等的广告宣传中，因为与商品的特征相吻合，所以能产生良好的效果。

7. 实证法

实证法又叫典型示范或现身说法。就是借助于特定的人直接陈述或演示商品的功能、特点等，直观地表达有关的广告信息。实证这种手法在电视广告中运用得较多。很多商品都可采用这种方法，如展示某人使用某种化妆品后柔嫩光滑的皮肤，演示汽车跋山涉水，不怕路途艰险的情景等。实证的目的，在于让消费者耳闻目睹，受到感染或激励，产生信服。

进行陈述或演示的演员可以是普通人也可以是名人，聘请名人如影星、歌星、著名运动员、专家等，主要是利用其知名度和可信度吸引消费者，增强说服力。名人在社会上的话语权和号召力比一般人要高很多，名人的演示和推荐较一般人也更有力度。

看实证法是否有效，还要注意两点：

（1）功效展示为重点，演示过程要自然、实在。虽然有表演的成分，但符合事实，有关情节是真实的，让人感到可信，真正起到证实、示范的作用。特别是知名度较高的名人，其基本情况公众都比较关心、了解，更不能随意编造。奥格威曾经尝试让他的一个儿子在广告中演示开着某一品牌的汽车上学，但很快就有人揭发他这个儿子并没有开这种车上学，广告随即也就停止了。有些洗涤用品，总是在演示新推出的产品比第一代的清洗功效如何如何强，而当时推出第三代的产品时，也是这样进行验证的，认真一些的消费者就不禁会产生怀疑，到底哪种产品好？该信哪一种证言呢？

（2）选择名人可增加附加价值。名人做广告更能够起到吸引和带动作用，这种手法抓住人们对名人偶像崇拜、仰慕或效仿的心理，选择人们崇拜的偶像，配合产品信息传达给消费者。借助名人偶像的强大的心理感召力，可以大大提高产品的印象程度和销售地位，对品牌的可信度产生说服力。诱发消费者对名人偶像所赞誉的产品产生兴趣，激起购买欲望。偶像可以是影视体坛明星，社会名流，艺术大师，英雄楷模，俊男靓女等。选择的偶像要与广告的产品在形象或品位上相吻合，否则会给人牵强附会之感，从而在心理上反感或拒绝，达不到预期目的。但同时也不应排斥一般的普通人。宝洁公司的很多品牌，都选用普通人来进行实证，而这更有接近性，具有亲和力。大宝系列化妆品的广告，也都选用没有多少知名度的人做推广，这与其采用平民化策略是一致的。现在很多企业都在运用形象代言人、形象大使，如何选聘他们来推广、证实企业、产品等，相关性是非常重要的。

8. 引证法

引证法是指通过引用正面或反面、正确与错误的事实及第三者对企业或企业产品的评价为广告内容，从而增加消费者的信任程度，影响他们的购买行为的一种策略。这种策略主要应用消费者信任他人或信任某种事实的心理，用旁证增强说服力，从而达到广告效果。运用这一广告策略，可引用专业人员证言、权威机构证言、消费者证言、名人证言等，但切记要精确，不能过多过滥。

运用引证法首先要注意引证准确，不要断章取义。依靠虚假材料来传播，是很难持久的。

其次引证的材料要新鲜，不要过多地使用已过时的评价、证书等。如2000年推出某样产品，却引证5年前、10年前的材料，曾获得过什么奖励、好评，一次获奖，受用终身。这样，往往就会引起消费者的怀疑和反感。当然，对于历史悠久的企业与产品，也可引用时间较长、但权威性也很强的证明材料。

此外，引证要精而当，不要过多过滥。在信息传播中，引证所构成的说服力大小，并不取决于引证材料的多少，而在于精当与否。同时引证的说服力也取决于证明部门权威性，例如许多品牌牙膏都在广告中注明产品经过中国牙防组认证，看似是一个权威部门的认证，但2007年5月，经卫生部调查证实，牙防组并没有认证资格，认证没有权威性，涉嫌欺诈消费者，误导宣传。

9. 号召法

在广告中号召消费者直接采取购买行动。如倡导此商品是最流行的，要求消费者紧跟潮流，从速购买。或突出购买商品将给消费者带来的好处。如"今天你喝过新鲜牛奶吗"，"星期五，喝葡萄酒的日子"，进行号召时，语气要亲切，避免命令式。

10．一面提示与两面提示

一面提示就是传播者只向受传者介绍那些有利于论述他所主张的观点的论据和事实的方法。两面提示是指传播者向受传者同时提出于已有利的和不利的论据与事实，通过驳斥后者的弱点和漏洞，从而证明前者强于后者。

大多数广告宣传采用一面提示法，即在广告中只介绍本企业产品的种种优点。两面提示法运用较少，它除了表明自己产品的种种优点之外，还指出不足，或是其他人对自己产品的批评，并对此加以解释，由消费者进行判断。一般说来，一面提示的方法适用于劝说文化水平较低的消费者，两面提示的方法适用于劝说文化水平较高的消费者。

11．正向劝说和反向劝说

正向劝说的方法是一种鼓励的形式，告诉消费者购买或使用某一商品，将可以得到的种种好处，赞许消费者的选择是正确的。

反向劝说的方法是一种警告，告诉消费者若不购买或不使用某一商品，将可能遇到的不便甚至不愉快。但如果劝说得当，所得到的刺激往往更强。一则香烟的广告："禁止抽烟，皇冠牌也不例外"，反而引起烟民的好奇和对皇冠牌香烟的注意。但如果劝说不当，其效果则不佳。有一则推销餐巾纸的广告，画面展示一条已经烹饪完毕、摆上餐桌的鲜鱼，却采用反面劝说的方式："你愿意与 5000000 个细菌为伍吗"，看着鲜美可口的鱼，却听到这样的警告，其感觉是可想而知的。

一般说来，正向劝说是消费者愿意接受的，采用反向劝说的方式应该慎重把握。因此，往往采用反面劝说和正面劝说结合的方式，可信度更高。

广告表现必须遵循的戒律

美国广告大师大卫·奥格威提出了在广告表现中必须遵循的 11 条戒律：

1. 广告的内容比表现内容的方法更重要，真正决定消费者购买或不购买的是广告的内容而不是它的形式。

2. 若广告的基础不是上乘的创意，它必遭失败。

3. 讲事实。若是你以为一句简单的口号和几个枯燥的形容词就能引诱他们买你的东西，那你就低估了他们的智能。他们需要你给他们提供全部信息。

4. 使人厌烦的广告是不能促使人买东西的。

5. 举止彬彬有礼，但不能装模作样。你应该用良好的风度采吸引消费者购买你的东西。

6. 你的广告宣传要具有现代意识。

7. 许多电视广告和印刷品广告看上去就像会议记录。单枪匹马做出来的广告似乎最能发挥推销作用，这个人必须研究产品，做调查，研究以前的广告，之后他必须闭门写广告。

8. 若是你运气好，创作了一则很好的广告，就不妨重复地使用它直到它的号召力减退。

9. 千万不要写那种连你家人也不愿意看的广告。己所不欲，勿施于人，好的产品可以因诚实的广告而销。

10. 形象和品牌。每一则广告都应该被看做是在对品牌形象这种复杂现象做贡献。现在市场上的广告 95%在创作时缺乏长远打算，是仓促凑合推出的，一年复一年，始终没有为产品树立具体的形象。

11. 不要当公文抄。模仿可能是"最真诚不过的抄袭形式，但它也是一个品德低劣的人的标志。"

7.4.2　广告表现的策略

广告表现策略，也称广告诉求策略，是指表现或诉求广告内容时所采用的技巧和方法。它是决定广告信息能否有效地传达给消费者，能否影响其对产品的印象和态度并采取实际的购买行动，进而决定广告效果的重要因素。一般地说，应根据不同的产品特点、不同的消费者特点，采取不同的表现方法。从广告诉求角度来看，常见的广告表现策略主要有以下三种：

1. 理性诉求策略

理性诉求策略指的是广告诉求定位于受众的理智动机，通过真实、准确、公正地传达广告企业、产品、服务的客观情况，使受众经过概念、判断、推理等思维过程，理智地做出决定。这种广告策略可以做正面表现，即如果消费者购买广告产品或接受服务会获得什么样的利益，也可以做反面表现，即消费者不购买产品或不接受服务会对自身产生什么样的影响。

由于现代社会的发展，人们的文化修养提高，市场为买方市场以用户为中心提供产品或服务，人们了解产品知识的能力和需要增强了，有关各种商品和服务的知识，已经成为人们的一种"生活情报"。人们了解它们，并不一定都是为了即时购买，而相当程度上是把这些知识作为一种"储存"，以备将来需要时使用。理性诉求广告策略正是适应这种情况的。它要求在广告中向消费者介绍各种商品的专门知识，当好消费者的"生活情报顾问"，让消费者能够获得其本身所需要的知识，促进他们进行理智的分析，而后产生购买行动。这种广告策略主要是针对知识分子阶层、老年消费者、家庭消费单位等。从市场和产品的角度看，这种诉求策略一般用于消费者需要经过深思熟虑才能决定购买的产品或服务，如高档耐用消费品、工业品等；或是针对进入市场、开发市场、导入期和成长期的产品、更新产品、高价耐用产品等情况而采用。

理性诉求广告表现策略的类型主要有：知识主导型、利益主导型、感觉主导型、观念主导型、说理主导型。

2. 感性诉求策略

感性诉求策略就是把人类心理上复杂的情感变化加以提炼和概括，营造一种感情氛围，把广告宣传内容融于这种氛围之中，情感吸引达到广告目标的一种策略。这种策略主要是运用情感对购买行为的支配作用，通过以情感人的方式求得广告效果的完善。对于化妆品、食品或礼品等都可以运用这一策略。这种广告策略把商品的特性、用途结合于人们的心理感受，以喜怒哀乐的情感方式在广告中表达出来，营造消费者在使用该产品后的欢乐气氛，给消费者以心理上情绪上的满足。这种易于引发消费者的丰富想象，易于引发消费者对产品产生情感联系的广告策略，可以使消费者对该产品保持较长时期的好感。人的行动往往可能受到感情的支配。广告一旦激发起人们的产品情感，消费者很可能接着会产生购买行动。消费者的情感主要有：爱情、亲情、乡情、同情、怜情、恐惧、生活情趣等。还包括满足感、成就感、自豪感、归属感等。

3. 情理结合的诉求策略

广告诉求的两种最主要诉求方法各有优势也各有欠缺。理性诉求对完整、准确地传达广告信息非常有利，但是由于注重事实的传达和道理的阐述，往往会使广告显得生硬、枯燥，影响受众时广告信息的兴趣。感性诉求贴近受众的切身感受，容易引起受众的兴趣，但是过于注重对情绪和情感的描述，往往会影响对广告信息的传达。因此，在实际的广告运作中，时常将两种诉求方法合起来，即在广告诉求中，既采用理性诉求传达客观的信息，使用感性诉求引发受众的情感，结合二者的优势，以达到最佳的说服效果。这种诉求策略，就是情理结合的广告诉求策略。情理结合诉求手法的基本思路是：采用理性诉求传达客观信息，又用感性诉求引发诉求对象的情感共鸣。它可以灵活地运用理性诉求的各种手法，也可以加入感性诉求的种种情感内容。

情理结合广告在内容方面最突出的特性就是理性内容和感性内容的完美结合。理性内容偏重于客观、准确、公正，较有说服力，感性内容偏重于亲切、自然、生动，在亲和力方面更为突出，二者结合能够最大限度地加强广告信息的趣味性和说服力。

情理结合手法在广告文案的写作以及广告运作中更为常用，但前提是产品或服务的特性、功能、实际利益与情感内容有合理的关联。

所谓广告表现就是根据广告媒体的传播特点，将广告的主题意念、创意构想，充分运用各种符合及其组合，以形象的、易于接受的形式表达出来的过程。广告表现在广告的策划工作中处于承上启下的地位，位于广告主题策划、广告创意构想和广告制作环节之间。

从符号分类上看，广告表现载体可分为语言文字和非语言文字（图像、色彩、构图、音乐音响）两大系统，此外，能够承载广告信息的其他艺术形式也可成为广告表现载体。

广告表现有五大作用：引起注意、激发兴趣、刺激欲望、加强记忆、促成购买行为。

广告表现的类型有在广告中直接宣传商品的性能、特点、服务等信息的商品信息型，也有从消费者的利益着眼的生活信息型，还有给商品附加新价值、新魅力的附加价值型。

广告表现要遵循一些基本原则，具体包括表现内容真实、准确、公正的原则，表现形式的新颖、简洁的原则和社会影响积极、向上的原则。

要使广告达到沟通的目的，必须熟练地掌握各种广告表现手法，真实是运用广告表现手法的重要前提条件。广告创作中常用的表现手法有直接展示法、对比法、比较法、夸张法、联想法、以情托物、实证法、引证法、号召法、一面提示与两面提示、正向劝说和反向劝说等。广告表现策略，也称广告诉求策略，是指表现或诉求广告内容时所采用的技巧和方法。常见的广告表现策略主要有理性诉求策略、感性诉求策略和情理结合的诉求策略。

 案例分析

邦迪创可贴是个知名品牌，在消费者心目中享有一定的信誉，从前邦迪广告主要侧重于对产品功能的诉求，在表现手法上采用了形象的比喻。而"成长难免有创伤"系列平面广告则改变传统的广告策略，描绘了人生成长过程中极为常见的三幅画面：孩子哭闹着要家长买玩具；小朋友为一点儿小事拌嘴呕气；暗恋中的小伙子看到心上人与男友约会。通过对这些生活中平淡无奇小事的描绘，巧妙地将诉求与情感联结在一起，给产品注入浓浓情意（见图 7-3）。

分析：

1. 邦迪创可贴的广告表现运用了哪些方法和策略？
2. 这一系列广告在广告表现上有哪些值得借鉴的地方？

图 7-3　邦迪平面广告

 思考与练习

1. 广告表现的概念，含义是什么？广告表现有哪些载体？
2. 广告表现的作用是什么？

3. 广告表现包括哪三种类型？广告表现的基本原则是什么？

4. 广告表现有哪些常用的方法？广告表现的诉求策略有哪些？

实训训练

1. 上述案例的表现手法如何？搜集有关的和上述案例相似的广告并分组讨论。

2. 在老师的指导下挑选一个主题，用本章所学的表现手法和技巧进行广告设计。

第8章 广告媒介策划

◆知识目标:

本章对广告媒介策划做了介绍,通过本章的学习学生应了解广告媒介的分类,认识各类媒介的特点,并根据其特点选择适当的广告媒介。

掌握评估广告媒介的标准,深入了解媒介选择,媒介组合的相关知识。

熟悉媒介策划的流程,提高媒介策划能力。

◆技能目标:

会进行广告媒介评估。

会进行广告媒介组合策划。

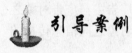

宝洁的媒介策略选择

在 2005 年年底结束的央视广告招标会上,宝洁公司以 3.94 亿元夺得了央视黄金段位,成为行业备受关注的企业。宝洁为什么要将广告投放重点移至央视呢?

近几年,国内的本土日化品牌发展十分迅猛,在洗衣粉市场,雕牌的壮大以及价格上的优势让宝洁很为头痛,于是宝洁不得不把汰渍洗衣粉的价格降下来。在终端管理上,宝洁花大力气提出要靠近雕牌,希望演绎一出"射雕英雄传",面对这场有预谋的压制,雕牌是不会坐视不理的。其实,不只局限于洗衣粉市场,在洗发水市场也涌现了一批以舒蕾、好迪、蒂花之秀、拉芳为首的本土日化企业,他们与雕牌一样,对宝洁构成了较大的竞争压力。迫于这种压力,宝洁已经开始推出了一款新品——9.9 元的飘柔日常护理洗发液,并在重庆等市场开始试点,其希望能够占领中国洗化用品的低端市场。

从雕牌,舒蕾的崛起中,不难发现是宝洁的高价位给竞争对手提供了契机,而在中国市场,价格是一个非常敏感的竞争因素,许多消费者经常在终端促销面前改变自己的购买决定,因为在他们眼里,宝洁的产品和其他本土品牌的产品并没有什么本质的区别。

在竞争对手的挤压下,一直将产品定位在中高端的宝洁开始考虑改变市场策略,以确保市场份额不受蚕食并开拓新的消费群体。参与央视广告招标并成为投放大户是改变市场策略的信号。以前,宝洁的电视企业要投放于各发达省市的电视台,现在,它开始与本土品牌一道,竞逐央视黄金广告时段。

宝洁是以数据为基础的公司,竞标央视广告是宝洁公司在中国谋求更大发展的关键一步。在参加招标之前,宝洁十分理性地做了媒介价值的评估,在央视投放广告能够带来最大的收益,这是 2005 年宝洁品牌发展的需要。

AC 尼尔森就企业广告投放情况所做的调查显示,许多跨国公司的广告投放集中在发达城市,他们的许多成功来源于对细分市场的专注。宝洁也同样如此.跨国公司的这种广告投放特点是因为他们的产品一般价位较高,许多地区的消费者没有足够的能力购买他们的产品。在央视或不发达城市的媒介投放广告,广告的有效到达率并不是很高。宝洁当然明白这个道理,但为什么要改变这种精耕细作的广告投放策略呢?因为宝洁要挤进低端市场,不发达省市的消费者也将成为其主要目标消费群。在这种情况下,在央视投放广告再加入省级媒介及其他地方媒介的投入,这无疑是一个不错的选择。

媒介是广告信息的载体和传播技术手段。广告信息在通过广告公司的制作加工之后,是通过媒介发送给广大消费者的,因而媒介在广告市场上起着重要的作用。可以说,没有媒介,广告的传播信息功能就终止了,广告的目的也就无法得以实现。另外,从产业的角度来看,广告媒介是广告产业构成的一个主体,不可或缺。

8.1 广告媒介的类型与特征

进行广告媒介策划,必须了解媒介、熟悉媒介的基本内容和特征。媒介是人借助用来传递信息与获取信息的工具、渠道、载体、中介或技术手段。也可以理解为指从事信息的采集、加工制作和传播的组织,即传播机构。广告媒介是指借以实现广告主与广告对象之间信息联系的物质或工具,凡是能刊载广告作品,实现广告主与广告对象之间信息传播的物质均可称为广告媒介。

8.1.1 广告媒介的类型

随着社会的发展和科技的进步,新媒介不断涌现,使广告媒介的分类日益复杂。按不同的划分标准,可以将广告媒介划分为如下几类。

1. 按受众的数量划分

按受众的数量划分,广告媒介可以分为大众媒介、中众媒介和小众媒介。

大众媒介是指受众广泛、数量巨大的媒介,其受众没有明显的年龄、性别、职业、文化及消费层次的区分,如全国性的报纸、电视、杂志等。

中众媒介是指在有限的地域内传播,受众小于大众媒介的媒介,如地区性的报纸、电视、杂志等。

小众媒介是指针对很少一部分受众进行传播的媒介,如直邮广告(DM 广告)、售点广告(POP 广告)等。

2. 按媒介传播的内容划分

按媒介传播的内容划分,广告媒介分为综合媒介和专业媒介。

综合媒介通常兼收并蓄各种不同种类、不同性质的信息,内容庞杂,其受众广泛、复杂,如广播、电视等。综合媒介能够把广告信息传播给较多的广告受众,但是不能把广告信息传播给特定的广告受众。因此,一般适用于发布大众需求的商品广告及塑造形象的广告。

专业媒介具有科技和行业性专门指向，如专业性报纸、杂志等。专业化是其最显著的特征，其受众多为特定行业的领导、科技骨干和专业人士。因此，一般适用于目标受众与媒介接触者重合或相近的情况。

3. 按媒介传播范围大小划分

按媒介传播范围大小划分，广告媒介分为全球性媒介、全国性媒介、区域性媒介和地方性媒介。

全球性媒介，是指传播范围跨越国界，拥有不同国家的媒介接触者，例如卫星电视、电台，世界发行的出版物，国际间的交通工具，国际性的广播等。

全国性媒介是指媒介信息覆盖全国，如全国发行的报刊、杂志，全国性的广播电视等。涵盖的广泛性是这类媒介的主要特征，适合做全国性市场的产品广告。

区域性媒介是指媒介信息覆盖在某一区域，比如华北地区、西南地区的媒介，或者某个省（直辖市）如广东省、北京市的媒介。

地方性媒介是指以当地公众为媒介主要受众，信息内容侧重地方新闻为主的媒介，如地、市、县级以下的地方性电视台、地方性报纸、户外媒介等。这类媒介涵盖区域明确，地方民俗性强，适合做地方市场的产品广告。

4. 按媒介的归属权划分

按媒介的归属权划分，广告媒介分为租用媒介和自有媒介。

租用媒介是指非广告主所拥有，需要付费租用的媒介，如报纸、电视、交通工具等。租用媒介在使用时需要付租金，而且受到一定限制，但是覆盖面广，传播迅速。

自有媒介是指广告主自己拥有的媒介，如销售场所、橱窗、柜台等。广告主可以按照自己的意愿使用自有媒介，但传播面比较窄。

5. 按媒介的自然属性划分

按媒介的自然属性划分，广告媒介可分为印刷媒介、电子媒介、户外媒介、销售点媒介、直接邮寄广告媒介以及其他媒介。

印刷媒介是指经用印刷品实物的方式展示的媒介，如报纸、杂志、图片等。

电子媒介是以电讯器械和电讯技术传播广告信息的媒介，例如电视、电影、广播、计算机网络、电子显示屏等。

户外媒介是指设置在室外，让公众了解广告信息的一切传播手段，如路牌、灯箱、招贴、交通工具、气球、公共设施等。

销售点广告媒介（POP 广告媒介）是指在销售场所设置传播广告信息的媒介，包括室内销售点广告媒介和室外销售点广告媒介。室内销售点广告媒介有柜台、货架布置、空中悬挂以及广告录音、录像等，室外销售点广告媒介有橱窗陈列、商店招牌、门面装饰等。

直接邮寄广告媒介又称直邮广告媒介（DM 广告媒介），是通过邮局直接寄发给广告目标对象的媒介，例如商品目录、征订单、试用品等。

6．按受众对广告信息的接收形式划分

按受众对广告信息的接收形式划分，广告媒介分为视觉媒介、听觉媒介和视听综合媒介。视觉媒介指通过视觉符号传播广告信息，受众通过视觉接受信息的媒介，如报纸、户外广告媒介等。

听觉媒介指通过声音这种听觉符号传播广告信息，受众通过听觉接受信息的媒介，如广播、电话、录音、宣传及其他音响等。

视听综合媒介指通过视觉和听觉综合的符号传播广告信息，受众通过视觉和听觉接受信息的广告媒介，如电视、互联网、电影、幻灯片及现场表演等。

其他媒介是指没有或不能列入上述类别的媒介。例如包装物、馈赠品、菜单、火柴盒、模特等。

不同的媒介在广告中所发挥的作用是不同的，因而也在广告中占据不同的地位。这是由媒介的特点决定的，关于这一点，将在下一节中详加讨论。

8.1.2　各类广告媒介的特点

广告媒介都有传达、吸引和适应等基本功能，因而能把广告信息传达到一定范围的公众中去。但是，不同的媒介有不同的特点，有不同的适用范围，在进行广告媒介策划时，为了更有效地选择使用广告媒介，策划者要掌握以下几种主要广告媒介的特征及运用。

1．报纸媒介

报纸是最早传播广告信息的大众传播媒介，也是目前世界上公认的最主要的广告媒介。在媒介多样化的今天，报纸依然在广告领域占据重要地位，在广告媒介投放中一般都把报纸作为主流媒介选择。

（1）报纸媒介的优点

① 覆盖范围广。报纸覆盖面涉及众多读者阶层，适合于任何一种商品和服务的广告宣传活动。报纸的大众化特点适合于任何阶层的读者，并且由于报价低廉，读者的数量也多，传播迅速。每份报纸都有自己的发行网和发行对象，影响面较宽，使广告能充分地发挥作用。广告主可以通过报纸以很低的成本触及各种地方或区域市场，有独特偏好的群体、种族或是民族团体，覆盖全国的各个层次，各个地方的读者，甚至发行海外。

② 可信度高。报纸作为舆论工具和新闻媒介，在读者中享有较高的威信。报纸的新闻性和准确可信度，是其他媒介无法比拟的。由于读者对报纸的信任，无形中也使报纸广告显示出准确性和可信任程度，提高了读者的信心。报纸的信誉，对报纸广告来说是至关重要的。一般而言，严肃而公证的报纸可信度高，广告效率也好；而不严肃的和有失公允的报纸，因为其在公众中的可信度极差，而致使读者对其广告也附带产生不信任情绪，使广告的效益降低。我国许多报纸是党政机关报，具有极高的权威性和影响力。

③ 版面大，篇幅多。报纸的版面大，篇幅多，可供广告主充分地进行选择和利用。凡是要向消费者做详细介绍的广告，利用报纸做广告是极为有利的，因为报纸可提供大版面的广告刊位，可以详细地刊登广告内容，或做具有相当声势的广告宣传。相对其他媒介来

说，报纸可以向读者提供更多的信息量。

④ 便于阅读和存查。报纸具有保存价值，其内容无阅读时间的限制。由于是印刷品，报纸的购买、携带、阅读都十分灵活方便，读者可以快速阅读，一翻而过，也可以细细品味，甚至加以剪存，其广告宣传可作为人们查找翻阅的凭证。

⑤ 制作简便，编排灵活。广告改稿或换稿都比较方便。一般在报社开机印报前或在制版前赶到报社，即可对发现有错的广告进行更改或撤换。而且，报纸截稿期较晚，一般广告稿在开印前几个小时送达，即可保证准时印出。报纸在编辑上的这些特点，给广告主和广告专业公司提供了极大的方便。

（2）报纸媒介的不足

① 生命周期短。报纸出版率高，日报、早报和晚报都是每天一份，周报周期较长，但也仅为一周。绝大多数读者只读当天的报纸，极少有人读隔日的报纸，因此报纸的有效期较短。由于报纸出报频繁，使每张报纸发挥的时效性都很短，一份日报的平均生命周期只有短短的 24 小时，很多读者在翻阅一遍之后即顺手弃置一边，因此，其生命周期是很短的，前一天的报纸在当天即成历史，再发挥广告效果的机会不多。

② 干扰度高。报纸由于受版面限制，经常造成同一版面的广告拥挤，影响读者的阅读。报纸是以新闻报道为主，除少数广告专页外，广告往往难以占据突出位置，因此，广告的注意度低，容易被读者忽略。很多报纸因为刊登广告而显得杂乱不堪，过量的广告信息使单个广告淹没在信息的海洋之中，必然会影响读者的信息接收效果。

③ 印刷质量不高。再版印刷质量差。除了特殊的印刷技术和事先印好的插页，由于纸张材料和印刷技术的局限，报纸广告显得粗糙。虽然有新的生产技术引入，与杂志广告相比，报纸广告的印刷质量仍然很差，许多报纸广告以文字为主，设计较简单。

④ 对读者有文化水平的限制。报纸以文字为主要传播工具，读者必须是识字者，具备一定文化水平。因而对文盲无法产生传播效果。所以，报纸广告一般适用于汽车行业、机械行业、药业、房地产业、出版业、百货行业及公司招聘等。

（3）报纸广告的类型

按广告版面大小分类。报纸一般以"栏"和"行"来计算版面面积。对开大报纸每版（页）一般为八栏，有的也有九栏；四开小报每版四至六栏。按版面大小，报纸广告可分为以下几种：

① 通栏与半通栏广告。通栏广告是指规格为一个版面宽，1/5 或 1/6 版面高的广告。对开大报通栏一般为 8 厘米×35 厘米（1/6 版面高），四开小报通栏为 6.6 厘米×23.5 厘米（1/5 版面高）。半通栏广告即 1/2 通栏，大报为 8 厘米×17.5 厘米，小报为 6.6 厘米×11.5 厘米。

② 双通栏与 1/2 双通栏广告。双通栏是指 2 个通栏高的版面广告，即大报为 16 厘米×35 厘米，小报为 13.5 厘米×23.5 厘米。1/2 双通栏广告是指 2 个通栏高，1/2 通栏宽的广告，大报为 16 厘米×17.5 厘米，小报为 13.5 厘米×11.5 厘米。

③ 整版和半版广告。整版广告即利用一个完整的版面来刊登的广告。

一般整版广告面积大报为 50 厘米×35 厘米，四开小报为 34.5 厘米×23.5 厘米。半版广告是整版广告的一半，其面积大报为 25 厘米×35 厘米，四开小报为 17 厘米×23.5 厘米。也有竖半版广告形式，其面积大报为 50 厘米×17.5 厘米，四开小报为 34.5 厘米×11.5 厘米。

此外，还有小面积广告，面积大小比较灵活，一般不超过整版的 1/10，广告主可根据广告内容和广告预算的需要选择。

解放前，南京有家鹤鸣鞋店，牌子虽老，却无人问津。老板发现许多商社和名牌店那时兴登广告推销商品。他也想做广告宣传一下。

但怎样的广告才有效果呢？店老板来回走动寻思着。这时，账房先生过来献计说："商业竞争与打仗一样，只要你舍得花钱在市里最大的报社登 3 天的广告。第一天只登个大问号，下面写一行小字：'欲知详情，请见明日本报栏。'第二天照旧，等到第三天揭开谜底，广告上写'三人行必有我师，三人行必有我鞋，鹤鸣皮鞋'。"

老板一听，觉得此计可行，依计行事，广告一登出来果然吸引了广大读者，鹤鸣鞋店顿时家喻户晓，生意红火。老板很感触地意识到：做广告不但要加深读者对广告的印象，还要掌握读者求知的心理。这则特别的商业广告，也显示出赫赫有名的老商号财大气粗的气派。从此，鹤鸣鞋店在京沪鞋帽业便鹤立鸡群。

2. 杂志媒介

杂志是视觉媒介中比较重要的媒介，与偏重新闻性报纸不同，杂志更加偏重知识性和教育性。

杂志可以按其内容分为综合性杂志、专业性杂志和生活杂志；按其出版周期则可分为周刊、半月刊、月刊、双月刊、季刊及年度报告等；而按其发行范围又可分为国际性杂志、全国性杂志、地区性杂志等。

（1）杂志媒介的优点

① 生命周期长。杂志是所有媒介中生命力较强的媒介。杂志具有比报纸优越得多的可保存性，因此有效时间长，且没有阅读时间的限制。杂志的重复阅读率和传阅率也比报纸高，因为它可以通过家人、朋友、顾客和同事更广泛的传播，有许多间接读者，广告效果持久。

② 针对性强。杂志一般都有专业化的定位，拥有自己的目标受众定位，如医学杂志、科普杂志、各种技术杂志等，其发行对象是特定的社会阶层或群体。因此，对特定消费阶层的商品而言，在专业杂志上做广告具有突出的针对性，适于广告对象的理解力，有利于针对特定读者群的心理进行广告宣传，能产生深入的宣传效果。

③ 印刷精美。杂志通常使用高质量的纸张印刷，因此有很好的视觉效果，可以印出更加精美图片和文字。精美的印刷不仅能逼真地表现产品形象，而且可给读者带来视觉上美的享受，进而容易产生心理认同。

④ 可用篇幅多，形式多样。杂志能够利用的篇幅较多，可详尽地把广告信息完整地表达出来，这一点和报纸比较相似。封页、内页及插页都可做广告之用，在表现形式上，杂志可以有多页面、折页、插页、连页、变形和专栏等，对广告内容的安排，可做多种技巧性变化，从而使版式更富于创造性和多样化。

（2）杂志媒介的不足

① 时效性不强。杂志出版周期长，不能刊载具有时间性要求的广告。同时，杂志在截稿日期较早，不能像报纸那样发布由时效性的信息，例如短期招聘广告、促销广告等。

② 影响面窄。由于杂志的专业性强，读者相对较少，因此影响面相对较小。

③ 广告费用较高。杂志广告费用包括广告制作费和刊物费用。由于精美的印刷需要较高的设计制作成本，加上杂志的影响面窄，因此广告收费比较高。

3. 广播媒介

广播媒介的发展于本世纪初，在其后的多种广告媒介的竞争中，广播凭着其独特的功能保有竞争力，在广告市场中占有相当地位，发挥着较为重要的作用。

广播媒介是传播广告信息最快的媒介之一，在我国也是最大众化的广告媒介。

（1）广播媒介的优点

① 覆盖面广。广播以电波传递，传播速度快、范围广，基本上不受时间和空间的限制，无论城市、乡村都可以听到广播节目。在我国广大的农村，广播相当普及，因此目前乃至今后一段时间，广播仍将是我国受众众多的重要传媒之一。

② 收听方便。无线广播的接收简单，只需一部收音机就可以收听。广播通过声音传递信息，只要有一定听力的人，都能成为广播的收听者，不受环境、条件和文化的限制，因此广播成为一种可以"一心两用"的媒介而能够深入到各种场合。

③ 时效性强，制作灵活。大多数广播节目都是直播，具有非常强的时效性，因此，可以采用广播发布促销广告。在所有媒介中，广播截止期最短，文案可以直到播出前才交送，这样可以让广告主根据地方市场的情况、当前新闻事件甚至天气情况来做调整。

④ 费用低廉。广播是主流媒介中最便宜的媒介。首先广播时间成本很低，能被广泛地接收到；其次制作广播节目和广告的成本也很低，这两个方面使其成为非常好的广告辅助媒介。实际上，多数广播广告最恰当的地位是辅助性广告，作为其他媒介广告的辅助和补充，起到向消费者提示广告信息的作用。

（2）广播媒介的不足

① 易被疏忽。广播主要是以声音传播，属于听觉媒介，作用时间短暂，转瞬即逝，很容易被漏掉或忘记，难以给人留下深刻的印象和较长久的记忆，很多人都把广播视为背景声音，而不去认真听它的内容。

② 难以查存。广播的声音稍纵即逝，信息不易保存，这给受众对信息的记忆增加了一定的难度。

③ 有声无形。广播没有视觉形象，只能听不能看。声音的限制会阻碍广告创意的表现，广播很难表现商品的外在形象与内在质量，需要展示或观赏的产品并不适合做广播广告，因为消费者无法得到对商品外观和形象的清晰认识，会使广告效果受到一定程度的影响。

4. 电视媒介

在四大媒介中，电视的发展历史最短，但却最具发展潜力，由于其发展势头的强盛，在广告市场上具有很强的竞争力，是当代最有影响、最有效力的广告媒介。

（1）电视媒介的优点

① 声形兼备，冲击力强。电视同时诉诸视觉和听觉，给人以美的享受，同时有利于人们对商品的了解，突出商品的诉求重点。电视画面和声音的结合还可以产生强烈的冲击力。

② 形式多样，感染力强。电视集声、形、色于一体，既可直接介绍产品，也可以把广告信息放在故事情节歌曲漫画特技之中，形式灵活多变，让人耳目一新。电视也允许很大程度的创新，因为它将画面、声音、颜色、动作和戏剧结合起来。电视有令人难以置信的能力，它能使平凡的产品显得很重要、令人兴奋。如果广告令人喜爱，还能使消费者产生对赞助商的正面的联想。

③ 覆盖面广，收看率高。电视是以电波传递音像信息，不受时空限制，传播迅速，覆盖面广。在城市，几乎每个家庭都拥有一台电视机。由于电视具有综合性、服务性、娱乐性等特点，广受不同层次、不同年龄、不同职业、不同兴趣的广大群众喜爱，收看率高。

（2）电视媒介的不足

① 传播效果的一次性。电视信息转瞬即逝，不可逆转，因此大多数电视广告都是重复播出，起到加深印象的作用。

② 制作复杂，成本高。电视广告制作复杂，程序较多。电视广告的制作和播放的成本非常高。虽然人均成本低，但绝对费用可能很高，尤其是对于中小型公司来说，同时电视广告的播出费用也高，因而播放次数和广告时间长度都受到限制。

（3）电视广告的分类与运用

电视广告的形式多种多样，可以从它的播出方式和表现形式来分类。

① 按播出形式划分，电视广告可以分为以下几种：

A．插播广告。插播广告是在电视节目之间或某一节目中间插入播出的广告。插播广告可以自由选择播出时间，因而经常被企业采用，但收视率不稳定，传播效果较差。

B．特约广告。特约广告是根据广告主的要求，在特定时间或节目中播出的广告。特约广告一般收费较高，但企业可以选择恰当的广告播出时间与节目，因而传播的效果较好。

C．赞助广告。赞助广告是由广告主赞助电视台举办节目或组织活动，从中插播企业广告的一种广告形式。赞助广告分为独家赞助和多家赞助两种。

赞助广告有利于提高企业的知名度和美誉度，因而被众多广告主所钟情。

D．节目广告。节目广告是指由广告主向电视台提供节目，并在节目中插入企业广告。节目广告是一种良好的广告形式，在国外被广泛应用，也日渐受到国内企业的重视。

② 按表现形式划分，电视广告可以分为以下几种类型：

A．新闻式。新闻式是用新闻报道的方式，将商品的使用情况真实地记录下来，以证明商品被广泛使用或深受欢迎。

B．告知式。告知式是将有关商品或劳务的信息直接告知观众。告知广告是通过解说，阐明商品被广泛使用或深受欢迎。

C．推荐式。推荐式是借助名人效应在电视上展示某个知名人士使用广告商品的习惯或推荐这商品，通常以介绍新产品或有特色的产品为主。由于推荐人的知名度，广告易受观众注目，给观众留下深刻的印象。

D．示范式。示范式是采用实证或操作演示的方式，让观众了解产品，诱导需求。此类广告通过示范让观众亲眼目睹产品的特征、性能与使用方法，往往能产生良好的促销效果。

E．故事式。故事式是将广告很自然地插入一个故事中。通常是通过人们日常生活中的某一故事片断，很自然地带出商品的应用。常用于介绍日用品及礼品。

F．幽默式。幽默式是利用人们普遍喜欢幽默风趣的心理特点创作的富含哲理的广告。幽默广告多用于玩具、药品与保健品的广告宣传。

G．悬念式。悬念式广告是在广告中先提出消费者常遇到的难题，然后推出宣传的商品，使难题迎刃而解，从而使观众对广告商品留下难忘的印象。

H．形象广告。形象广告是运用图像、音乐等手段诉诸观众的感观，从而对商品产生好感，树立商品的良好形象。

5．户外广告媒介

户外广告是指设置在露天里没有遮盖的各种广告形式，户外广告是历史最悠久的媒介，它以特有的形式在广告活动中发挥重要作用。

户外广告的使用十分广泛：在体育馆、超市、书店和食堂、购物商城、高速公路、建筑物上，都可以看到招牌或电子广告牌。

（1）户外广告媒介的优点

① 接触频度高。设置固定地点的户外广告，可以对经过的消费者产生多次接触，所以它可以在一定程度上达到较高的接触频度。

② 位置灵活性大。户外广告可以放置在公路两旁、商店附近，或者采取活动的广告牌的形式。只要是法律未禁止的场所，户外广告均可放置。这样就可以覆盖地方市场、地区市场甚至全国市场。

③ 创意新颖。户外广告可以采用大幅印刷、多种色彩以及其他很多方式来吸引受众的注意力。

④ 提高认知率。户外广告由于处在公共场所，要求信息尽量简洁，画面吸引注意力，便于接受，因而广告设计具有很强的冲击力，可以在长期内建立高水平的知名度，提升广告所宣传的产品或服务的认知度。

⑤ 成本效率很高。与其他媒介相比，户外媒介的千人成本通常非常具有竞争力。

⑥ 制作能力强。户外广告设计制作较为简便，可以经常替换，因为现代科技缩减了制作的时间。

（2）户外广告媒介的不足

① 信息容量小。由于大多数经过户外广告的受众行走速度较快，展露时间较短，因此广告信息必须是几个字或一个简短概括。太长的诉求通常对受众无效。

② 易于损坏。由于设置在户外嘈杂的环境中，户外广告易于被气候或破坏性行为损害而显得陈旧或遭破损。

③ 广告效果评估困难。对户外广告的到达率、到达频度及其他广告效果的评估的精确性是比较难于解决的问题。

（3）户外广告的类型

常见的户外媒介广告主要有以下几种：

① 路牌广告。路牌广告也称看板广告，是在木头或金属制作的告示板上展示的广告，一般设置在交通要道口、公共场所、风景区等处。

② 霓虹灯广告。霓虹灯广告是利用霓虹灯制作的广告，利用不断变换的绚丽色彩吸引消费者注意，借以传播广告信息。

③ 旗帜广告。旗帜广告是古代旗幌广告的发展，它是在悬挂的各种彩色旗帜上展示广告信息。由于形式新颖，成本低，又能起到渲染气氛的作用，常常受到企业的青睐。

6．售点广告媒介

售点广告也称销售点广告，英文简写为 POP，是指在销售点或购物场所内的各种各样广告形式的总称，是一种综合性广告形式。

销售场所既是买卖交易的地点，也是买卖双方进行信息沟通与传递的极好场所，在消费者浏览和购物时，给予他们适当的信息，促使他们做出购买决策，是极好的广告实际。售点广告就是一个直接与消费者接触的媒介阵地，被称为"无声的导购员"。

（1）售点广告媒介的优点

① 美化购物环境，提高顾客的购买兴趣。巧妙、灵活的售点广告既可将购物场所装点得舒适、美观，又使之显得生意兴隆，从而提高顾客的购买情趣，调动他们的购买欲望。

② 促使顾客就近观看商品。售点广告大都是将产品实物衬以相应的装饰，有助于顾客近距离仔细观看甚至接触商品，可以直接提高顾客的购物兴趣。

（2）售点广告媒介的不足

① 设计要求高，成本费用大。售点广告要吸引消费者、促进销售，就要在商品陈列和设计方面新颖独到，有一定的艺术水平，同时要有一定的物质做保证，成本费用较大。

② 清洁度要求高。由于商店客流量大，灰尘多，如果不经常清洁，就会影响销售点广告的社会和经济效果，也会影响企业形象。因此要求有一定的人力物力来保持清洁。

（3）售点广告的类型与运用

① 柜台广告。柜台广告是设立在柜台上的各类立体的或动态的广告物。这种广告对引起消费者注意，对商品差别化的认识，引起购买冲动，都起到重要作用。

② 货架广告。货架广告主要是利用货架的边框来设置的广告。由于广告与商品接近，最容易吸引消费者。

③ 地面广告。地面广告是利用商店内外的地面空间，放置商品陈列架、展示台、旋转台等，这是展示商品，刺激购买冲动的良好形式。

④ 橱窗广告。橱窗广告包括放在橱窗内的所有广告物和装饰物。它可以随着季节、节日的不同而改变。

⑤ 悬挂广告。这是从天花板、梁柱上垂吊下来的展示物，如彩条、吊牌、饰物、小旗帜等。只要悬挂高度合适，造成各种型态，就能引起消费者注意和增强店面的装饰效果。

⑥ 动态广告。动态广告是指利用马达或热气上升原理使广告作品活动的广告形式，多数是一些立体广告物。广告物上下运动，回转运动，使广告具有动态感和立体感，从而增强广告效果。

⑦ 灯箱广告。在广告作品中放入各种光源，利用灯光照明技术，把广告商品衬托得更精美豪华，既宣传了商品又装饰了商场。

⑧ 招牌广告。它包括各种形状的招牌、旗帜、彩带、框子等，一般都装置于店面上方及建筑物四周，以增强直接的广告效果。

 小资料

实物媒体广告的策划技巧

一是突出个性，别具一格，以唤起公众的知觉，引起公众的注意；

二是陈列美观雅致，讲究对称和平衡，既突出重点又顾及全局，形成和谐优美的广告整体，满足公众的审美心理；

三是注意色彩的搭配使用，保持充足柔和的光度，使整个陈列鲜明新颖；

四是讲究空间的布置和利用，增强立体感和动态感，把整个陈列置于一个美丽的背景中，拓宽公众的视野。

7. 交通广告媒介

交通媒介就是利用各种交通工具（如公共汽车、电车、火车、地铁、轮船等）的厢体或交通要道、场所设置或张贴广告以传播广告信息。

（1）交通广告媒介的优点

① 接触率高。市内形式的交通广告的主要优势在于广告可有较长的展露时间。对于一般交通工具而言，人们平均乘坐的时间为 30 到 40 分钟，因此交通广告可以充足的时间来接触受众。交通广告可接触受众的数目是确定的，所以该广告形式的接触人数也就可确定。每年有数以万计的人使用大众交通工具，从而为交通广告提供了大量的潜在受众。

另外，由于人们每天的日程安排是固定的，所以经常乘坐公共汽车、地铁之类的交通工具的人们会重复接触到交通广告，而且车站和广告牌的位置也会带来较高的展露到达度。

② 时效性强。许多消费者都会乘坐公共交通工具前去商店购物，所以某个特殊购物区的交通工具促销广告能够将产品信息非常及时的传播给受众。

③ 地区定位方便。特别是对地方广告主而言，交通广告的一个优势在于它能够将信息传递给某个地区的受众。具有某种伦理背景、人口特点等特性的消费者就会受到某地区卖点交通广告的影响。

④ 成本较低。无论从绝对还是相对角度而言，交通广告均是成本最低的之一。在公共汽车车厢两侧进行广告宣传的成本非常合理。

（2）交通广告媒介的不足

① 覆盖率存在浪费。虽然交通广告具有地区可选性的优点，但并不是所有乘坐交通工具或者看到交通广告的人都是潜在顾客。如果某种产品并不具有十分特殊的地理细分特点，这种交通广告形式会带来很大的覆盖率的浪费。

② 广告创意和文案受局限。在车厢上或座位上画上色彩绚丽、具有吸引力的广告似乎是不可能的。车内广告牌固然可以展示更多的文案信息，但车身广告上的文案信息总是一闪而过，所以文案诉求点必须简洁明了，短小精悍。

（3）交通广告的类型与运用

从形式上看交通广告大致有以下三种类型：

① 车内广告。车内广告是指设置在公共汽车、电车、地铁、火车等交通工具内部的广告，主要受众是乘客。其广告形式可以是张贴海报、广告牌、悬挂广告、小型灯箱，设置

带有广告信息的扶手，以及火车广播、闭路电路等。

② 车体广告。车体广告是设置在公共汽车、出租车或其他车辆车体（箱）外面上的广告，主要受众是车外行人。好处是流动性大、传播面广、广告成本低。可绘制或电脑喷绘在广告牌上，钉在车体上或直接绘制在车身上。

③ 站牌广告。站牌广告通常是指设置在公共汽车站、火车站、地铁站的站台或候车室（亭）的广告，由于车站流动人口多，站牌的注意率高，广告效果较明显。

 **小资料**

公共交通类广告

公共交通类广告是一种高频率的流动广告媒体。特别是公共交通车辆往返于市中心的主要街道，在车辆两侧或车头车尾上做广告，覆盖面广，广告效应尤其强烈。典型的公共交通类广告有下列几种：

① 机场广告：利用机场的候机室及在机场内其他各种场地和设备上制作刊出的广告，也包括在指示牌上制作的广告。

② 路牌广告：张贴或直接描绘在固定路牌上的广告。一般用喷绘或油漆手工绘制在路牌上。

③ 站牌广告：在车辆停靠站站牌上的广告。人们在候车时往往要注意站名，一般就能留心到广告。

④ 候车亭广告：设置在公共车辆候车站的广告。一般设计成遮阳篷形式，同时作为车站的识别标志，并美化街道。

⑤ 路灯柱广告：设置在路灯柱上的广告，有用招贴的，也有用耐久搪瓷牌的。

⑥ 街车广告：设置在路上行驶的街车前面、侧面和顶面的广告，如电车、公共汽车、出租汽车上的广告。

⑦ 地铁广告：设置在地铁站口、站内的广告和地铁车厢里的广告。

⑧ 站台广告：设置在铁路及地铁等的站台、月台上的广告。

8. 直邮广告媒介

直邮广告是指通过邮寄的方式直接送到用户或消费者手里的一种印刷广告。主要类型包括商品目录、商品说明书、商品价目表、宣传小册子、招贴画、明信片、展销会请柬、手抄传单等。直邮广告在各类媒介中具有与众不同的功能。如果对邮件进行精心设计，运用恰当，往往可以取得相当好的效果。

（1）直邮广告的优点

① 针对性强。广告主根据需要自主选定传播对象，并通过邮寄直接将广告信息传递到被选定的对象手中，避免浪费。

② 形式灵活。不受时间和地域的限制，也不受篇幅和版面的限制，在广告形式和方法上都具有较大的灵活性。

③ 反馈直接性。反馈信息快且准确，易于掌握成交情况，有利于广告计划的制定和修改。

（2）直邮广告的不足

① 由于针对性强，推销产品的功利性就特别明显，往往使接受者反感，因此广告文稿要写得诚恳、亲切。

② 费时费力。直邮广告按对象逐个递送，流通中间费用高。

9. 网络媒介

互联网是一种新型的广告媒介。我国上网人数几乎每年都以 3～4 倍的速度增长，人们利用因特网进行广告宣传已成为一种趋势。

（1）网络媒介的优点

① 传播范围广，速度快。网络广告的传播不受时间和空间的限制，只要具备上网条件，任何人，在任何地点都可以阅读。这是传统媒介无法达到的。

② 形式多种多样。随着计算机程序技术和多媒介的不断发展，网络广告可以采用多种形式，如文字、动画、声音、三维空间、全真图像、虚拟现实等，将广告产品全面真实地展示，使网络浏览者犹如身临其境。

③ 交互性强。交互性是互联网络媒介的最大的优势，它不同于传统媒介的信息单向传播，而是信息互动传播，用户可以获取他们认为有用的信息，厂商也可以随时得到宝贵的用户反馈信息。广告主可以通过网络获取更多的客户信息，现代广告策划通过精美的平面创意、新颖的动画效果、为广告主赢得更多有效信息。

④ 非强迫性传送资讯。传统媒介都具有一定的强迫性，都是要千方百计吸引你的视觉和听觉，强行灌输到你的脑中。而网络广告则属于按需广告，具有报纸分类广告的性质却不需要你彻底浏览，它可让你自由查询，将你要找的资讯集中呈现给你，这样就节省了你的时间，避免无效的被动的注意力集中。

⑤ 受众数量可准确统计。利用传统媒介做广告很难准确地知道有多少人接受到广告信息，而在 Internet 上可通过权威公正的访客流量统计系统，精确统计出每个客户的广告被多少个用户看过，以及这些用户查阅的时间分布和地域分布，从而有助于客户正确评估广告效果，审定广告投放策略。

⑥ 实时、灵活、成本低。在 Internet 上做广告，能按照需要及时变更广告内容。这样，经营决策的变化也能及时实施和推广。能随时变动广告投放，更改广告样式，根据客户需求，制定广告计划。网络广告的费用约为大众媒介费用的 3%，任何规模的企业都可进行网络广告宣传。

（2）网络媒介的不足

网络媒介的不足在于技术要求高。一方面网络媒介要求广告人员具备英文、计算机、网络及广告等各方面素质，而大量的新名词也常常使广告主眼花缭乱，这在一定程度上限制了网络广告的发展；另一方面网络媒介的高技术门槛也要求上网的人具备一定的文化水平和基本的计算机操作能力，一些年岁较大的人往往对互联网望而却步。不过随着科技的发展，电脑硬件和软件的设计越来越人性化，这种状况正在逐渐改变。

8.2 广告媒介选择策略

8.2.1 选择广告媒介的原则

选择广告媒介，并不是随意的行为，它必须遵循广告媒介选择的基本原则。归纳起来，广告媒介选择应遵循以下四项原则。

1. 目标原则

所谓目标原则，就是必须使选择的广告媒介同广告目标、广告战略协调一致，不能背离相违。它是现代广告媒介策划的根本原则。

目标原则强调广告媒介的选择应当服从和服务于整体广告战略的需要，应当同广告目标保持一致。消费者群体不同，他们对于广告媒介的态度也会有所不同，而只有根据目标对象接触广告媒介的习惯和对媒介的态度来选定媒介，才能符合广告战略的要求，进而顺利达成广告目标，收到良好的广告效果。

从媒介自身而言，任何广告媒介都有其覆盖面和优劣势。因此，进行广告媒介策划时，必须认真分析各种媒介的特点，灵活协调组合，扬长避短，尽最大可能使广告媒介的目标对象与产品的目标对象保持高度一致。如果广告媒介传播信息的受众并非广告目标所针对的消费者或潜在消费者，即使广告主投入再多的广告费，广告创意再新奇独特，也不会取得预期的广告效果，最多只能是收效甚微。

2. 适应性原则

所谓适应性原则，就是根据情况的不断发展变化，及时调整媒介方案，使所选择的广告媒介与广告运动的其他诸要素保持最佳适应状态。

适应性原则包括两方面的内容。一方面，广告媒介的选择要与广告产品的特性、消费者的特性以及广告信息的特性相适应。例如，消费品多以大众传播媒介为主，工业品多以促销媒介为主；有些消费者习惯于接受大众传播媒介的广告宣传，有些消费者却对其抱有冷淡态度，而对促销媒介深怀好感；有的广告信息适合以大众传播媒介予以传播，而有的却更适合以促销媒介予以传达等等。另一方面，广告媒介的选择要与外部环境相适应。外部环境是指存在于广告媒介之外的客观原因或事物，如广告管理、广告法规、经济发展、市场竞争、宗教文化，以及媒介经营单位等。外部环境是不断发展变化的，媒介方案也要相应做出调整。

3. 优化原则

所谓优化原则，就是要求选择传播效果最好的广告媒介，或做最佳的媒介组合。

优化原则强调，广告媒介的选择及其组合，应该尽可能寻求到对象多、注意率高的传播媒介及组合方式。然而，就目前的媒介传播技术而言，要想寻找到各个方面都具有优势的某种媒介及其组合是不可能的。例如，报纸广告的注目率相对低一些，形象效果也较差，而电视广告在这些方面取得优势，但从记忆方面分析又不尽如人意。即使是同类同种的传播媒介也是各有长短的。由此可见，无论是选择单一媒介，还是进行媒介组合，只能是努力趋优避劣，通过反复认真的比较权衡，两弊相权取其小，两利相衡选其大，从中选定最优化的方案。

4. 效益原则

所谓效益原则，就是在适合广告主广告费用投入能力的前提下，以有限的投入抓住可以获得理想效益的广告媒介。

现代市场经济条件下，无论选择何种广告媒介都应该将广告效益放在首位，这就要求广告媒介策划应该始终围绕选择成本较低而又能够达到广告宣传预期目标的广告媒介这个中心来进行。选择运用何种广告媒介，固然有广告媒介策划者的心血和智慧，但还取决于广告主对于广告成本费用的投入能力。而媒介费用总有一定的限度，任何广告主无不希望以最小的投入获得最大的产出。所以效益原则强调广告媒介策划的成本费用应该同广告后所获得的利益成正比。

新广告媒体的开发与运用

除了科学技术的推动外，其实现代广告策划者也可以根据具体策划实践以及个体的智慧发现新广告媒体。例如，丹麦首都哥本哈根的脚踏车就成了当地一个新型的广告媒体。在哥本哈根，旅客只要付 20 元丹麦币就可以自由取用一辆脚踏车，用完后把车放回原处，他可再取回 20 元丹麦币。有一个商人表示愿意免费提供 5000 辆脚踏车，条件是能在车身上做广告。市议会经讨论批准了这一请求，这对一向不准做户外广告的哥本哈根市来说，既特殊又新颖。因此，许多广告主与该商人签署了为期 4 年的广告合同，该商人大赚了一笔。

耶路撒冷地区的一家禽蛋公司特地选出 1000 万只黄壳鸡蛋，在每只蛋壳上印上"柯达"彩色胶卷的商标，然后运到南美的一些国家和地区，柯达公司付给这家禽蛋公司的广告费用是 5000 万美元。这里鸡蛋成了一种非常新颖的广告媒体。

新广告媒体的开发无时不在进行。美国电讯专家史力维成功地研制了一种交换机，可以在电话铃响声中的空档间插播广告，每句广告词占时约 4 秒钟。该专利已被美国贝尔电话公司买下，计划用在美国各地机场即将装设的免费电话上，这些电话可供刚抵达机场的旅客与当地亲友或旅馆联系，在拨出电话至对方拿起电话之前，铃声每响一声就插播一句广告，如果要找的人碰巧不在，广告词就会滔滔不绝地涌出来。

8.2.2　选择广告媒介的方法

为了减少广告媒介选择中的偏差和失误，必须善于灵活巧妙地运用广告媒介选择的方法。进行媒介选择的方法很多，常用的主要有以下几种。

1．按目标市场选择的方法

任何产品总有其特定的目标市场，广告目标市场必须服从并服务于产品的目标市场。因此，在进行广告媒介选择时就必须对准这个目标市场，使广告宣传的范围与产品的销售范围相一致。一般情况下，如果某种产品以全国范围为目标市场，就应在全国范围内展开广告宣传，其广告媒介渠道的选择应寻求覆盖面大、影响面广的传播媒介，一般选择全国性的电台、电视台、报纸、杂志及交通媒介最为理想；如果某种产品是以特定细分市场为目标市场，则应着重考虑何种传播媒介能够有效地覆盖与影响这一特定的目标市场，一般选择有影响的地方性报刊、电台、电视台、户外及交通媒介。

2．按产品特性选择的方法

当代市场产品的种类繁多，不同产品适用于不同的广告媒介，这就要求应按产品特性慎重选择其传播媒介。一般来说，印刷类媒介适用于规格繁多、结构复杂的产品；色彩鲜艳并需要进行技术展示的产品最好运用电视媒介。硬性产品（即工业品）属于理性型购买品，如果其技术性较强、价格昂贵、用户较少，通常选择专业杂志、专业报纸、直邮及展销现场媒介；如果其技术性一般、价格适中、用户较多，也可以选择电视和一般报刊。软性产品（即生活消费品）属情感型购买品，通常适宜选择电视、杂志、彩页媒介。

3．按产品的消费者层选择的方法

任何产品都有自己的消费者层，即特定的使用对象。一般来说，软性产品均拥有其比较固定的消费者层。因此，广告媒介渠道的选择应根据其目标指向性，确定深受消费者喜欢的传播媒介。例如，广告产品为新型美容系列化妆品，其使用对象就应是女性，而其主要购买者必定是青年女性，那么，根据这一特征，就必须选择年轻女性最喜欢的传播媒介。如果广告产品是一种新型化肥，其目标市场是农村，其使用对象自然是农民，那么就应选择广大农民喜闻乐见的传播媒介，像广播、电视、报纸等。

4．按消费者的记忆规律选择的方法

广告通过传递商品信息来促进商品销售，但广告是间接推销。人们接受广告传播的信息，却由于时间与空间的原因，一般不会听了或看了广告就去立即购买，总是经过一定时间之后才付诸行动。因此，广告应遵循消费者的记忆原理，不断加深与强化消费者对广告产品的记忆与印象，并起到指导购买的作用。例如，某企业推出的产品是在全国范围内销售，那么这家企业除了选择全国最有影响的报纸媒介外，还应选择最有影响的电视媒介和广播媒介，并认真考虑传播广告信息的连续性，其目的就是为了强化消费者对广告产品的记忆。

5．按广告预算选择的方法

每一个广告主的广告预算是不同的，有的可能高达百万元甚至更多，有的可能只有几千元，这就决定了广告主必须按其投入广告成本的额度进行媒介的选择。对于广告主来说，广告是一项既有益又昂贵的投资，广告主对广告媒介的选择要量力而行，量体裁衣。这就

要求广告主在推出广告前，必须对选择的媒介价格进行精确的测算。如果广告价格高于广告后所取得的经济效益，就不要选择价格高的广告媒介。

6. 按广告效果选择的方法

广告效果是一个相当复杂而又难以估价的问题。一般来说，广告主在选择媒介时应坚持选择投资少而效果好的广告媒介。例如，在发行量为 40 万份的报纸上做广告，广告价格为 2000 元，经计算可知，广告主在每张报纸上只花费 5 厘钱，即可将自己的产品信息传播给一个受众，比寄一封平信要便宜得多。在接受信息的 400 万人中，只需有 10%的人对广告做出反应，此广告就可收回广告费用。

 **小资料**

百威广告的成功秘诀

百威啤酒是在美国及世界最畅销的啤酒，长久以来被誉为"啤酒之王"，居于啤酒业的霸主地位。百威之所以成功，除了是美国首屈一指的高品质啤酒外，其卓越的市场策略和现代广告策划也非常重要一，百威啤酒成功地进军日本市场即可看出这一点。

百威能取得成功首先在于把握了日本年轻人市场的变化，特别是确立了以年轻人为诉求对象的广告策略。日本经济高速发展，使居民的消费水平空前高涨，日本年轻人变得更有购买力，有更多的时间去追求自己喜爱的事物，新奇而又昂贵的产品很吸引他们。百威即把重点放在广告杂志上，专攻年轻人市场，并推出特别精制的激情海报加以配合。

百威啤酒广告在表现上运用了扣人心弦的创意策略，即将百威啤酒溶于美洲和美国的气氛中，如辽阔的大地、沸腾的海洋或宽广的荒漠，产生一种震撼感，给人留下深刻的印象。

在媒体选择上逐年扩展到海报、报纸、促销活动，1984 年开始运用电视媒体，为配合大众媒体的广告宣传，针对年轻人市场成功地举办了很多活动。如举办第三届新港爵士音乐、邀请百威棒球队到日本访问等，这些活动都吸引了大批的年轻人，扩大了产品的影响力。

百威推出多种不同广告，一直都能博得消费者的好感，尤其是海报更受到人们的青睐成为收集品。其中一张绘有夏威夷风光的海报，1984 年在纽约广告竞赛中获奖。

现代媒体是宣传效果的倍增器，一个成功的商品背后必然有成功的广告宣传和媒体运用。无数的事实有力地证明，进行针对性广告创意，选择合适的广告媒体，就一定能够获得产品销售的成功。

8.2.3 影响广告媒介选择的因素

在广告运动中，广告主 80%左右的广告费用预算将投向广告媒介，而如果媒介选择失误，即使广告费用投入很高，实际的传播效果也可能非常不如人意。因此媒介的选择是进行媒介策略决策的至关重要的步骤。要减少失误，产生最佳的传播效果，就必须全方位地考虑影响广告媒介选择的因素。

影响广告媒介选择的因素是多方面的，概括起来主要有以下几种：

1. 产品特性因素

广告产品特性与广告媒介的选择密切相关。广告产品的类别、性质、特色、使用价值、质量、价格、包装、产品服务的措施与项目以及对媒介传播的要求等，这些对广告媒介的选择都有着直接或间接的影响。因此，必须针对产品特性来选择合适的广告媒介。例如化妆品常常需要展示产品的高贵品质及化妆效果，就需要借助具有强烈色彩性和视觉效果的宣传媒介，诸如杂志、电视媒介等就比较合适，而广播、报纸等媒介就不宜采用。一般来说，对于机械设备、原材料等生产资料性的产品，采用商品目录、说明书、直接邮件、报刊广告、展销展览等媒介形式，就能起到很好的宣传作用；而服装最好选用时装表演；自选商品最好采用包装广告等等。总之，广告媒介渠道是否适合产品特性，这是制定媒介计划时必须审慎考虑的。

2. 媒介受众因素

广告媒介受众即是广告信息的传播对象，也就是接触广告媒介的视听众。它是影响广告媒介渠道选择的重要因素。媒介受众在年龄、性别、民族、文化水平、信仰、习惯、兴趣、爱好、社会地位等方面的特性，以及经常接触的媒介和接触媒介的习惯方式等，直接关系到媒介的选择及组合方式。例如广告信息的传播对象如果是青年人，又爱看报，那么诸如《中国青年报》、《中国青年》杂志之类当然就是较好的广告媒介。

3. 营销系统的特点因素

广告主的市场营销策略与特性，直接影响着广告媒介的选择与组合。产品究竟以何种形式销售，是批发给经销商，还是直接向消费者或用户推销，营销范围真正有多大，营销的各个环节如何配合等等，全面了解这一系列营销系统的特点，是确保所选择的广告媒介触及到目标对象并促进产品销售的前提。一般来说，在拉式市场营销策略下，广告主就会选择较多的大众广告传播媒介，如报纸、杂志、广播、电视等；在推式市场营销策略下，广告主就会选择较多的促销广告媒介，如产品说明书、产品目录、产品展销、促销赠品等。

4. 竞争对手的特点因素

竞争对手广告战略与策略，包括竞争对手对广告媒介的选择情况和广告成本费用情况等都对广告主（或广告代理）的媒介策划有着显著的影响。如果没有竞争对手，那么广告主就可以从容选择自己的媒介和安排其费用；如果竞争对手尚少，不足以对广告主构成威胁，就只需要在交叉的广告媒介上予以重视；如果竞争对手多而强大，广告主在财力雄厚的情况下，可采取正面交锋，力争在竞争媒介上压倒对方。在财力有限的情况下，就采用迂回战术，采用其他媒介渠道。

5. 广告预算费用因素

广告主投入广告活动的广告预算经费，对广告媒介渠道的选择产生直接的影响。例如一些效益不佳的中小企业，因受其广告费用的限制，就很少采用报纸、杂志、广播、电视等费用昂贵的广告媒介；而对一些经济效益好的大型企业，因其有较多的广告费用开支，报纸、杂志、广播、电视四大媒介就是其经常采用的媒介对象。因此，具有不同广告经费开支的广告主应根据自己的财力情况，在广告预算许可的范围内，对广告媒介做出最合适的选择。

6．媒介的成本因素

广告媒介的成本是媒介选择中倍加关注的一项硬性指标。不同的媒介，其成本价格自然不同；不同的版面、不同的时间，也有不同的收费标准。在媒介选择中，可能会有多个媒介颇为适合广告信息的传播，但某些媒介费用过高难以负担，广告主就不得不忍痛放弃，另择价格可承受、传播效果又不差的媒介进行组合。

7．媒介的寿命因素

广告媒介触及受众的时间有长有短，这就是媒介的寿命因素，它直接影响着广告媒介的选择。总体来说，播放类媒介寿命最短，印刷类媒介寿命长短不一。例如报纸媒介的寿命大约为三到五天，杂志媒介的寿命为一个月至两个月，电话号码簿上的广告寿命约为一两年。媒介寿命期一过，受众便难以或很少再触及这一媒介上的广告了。因此，若要广告发挥更大的效果，就应多次重复推出，以延长整体的广告触及时间。

8．媒介的灵活性因素

广告主选择广告信息传播的媒介渠道，必然会考虑其灵活性。能否对媒介渠道上的广告做一定程度的调整和修改，这是衡量广告媒介灵活性高低的标准。一般来说，若在广告推出前，可较容易地修改广告文本，调整推出的时间与形式，则此媒介的灵活性就高；若在某一媒介上确定广告，推出之前不太容易修改文本或调整推出时间、形式，则此媒介的灵活性就差。例如，电视广告，其媒介灵活性就很差；广播广告，其媒介的灵活性就很强。凡是促进短期销售、推销产品多样化、推销产品多变、广告文本中需标示可能调整的价格等情况，就以选择灵活性较强的媒介为佳。

9．广告文本的特点因素

就广告文本而言，是文字式的还是图画式的，是静态的还是动态的，是以传播声音为主的还是以展示画面为主的，是以黑白为主的还是以彩色为主的，是以情节为主的还是以形象为主的等等，均对广告媒介渠道的选择有着重要影响。一般地讲，如果是以文字为主的广告，选择报纸杂志等印刷媒介就较适宜，而其他媒介如广播、电视就无法使受众对文字内容有较深的理解和认识。相反，如果是以彩色画面及其动作为主的广告，那么选择电视媒介就最适宜，因为只有电视广告能对动态式的彩色画面广告予以最充分的表现。如果是以音乐、歌曲、音响等为主的广告，广播媒介就是最恰当的选择。它可以最充分地发挥声音传播技巧，使受众获得最深刻的感受。

10．政治、法律、文化因素

对于国际广告媒介而言，媒介所在国的政治法律状况、民族特性、宗教信仰、风俗习惯、教育水平，对广告媒介的选择也有重大影响。在进行广告媒介渠道策划时，国家政权是否稳定，社会经济文化是否繁荣，法制建设是否健全，尤其是国家对广告活动的各种法规限制和关税障碍情况，广告宣传是否符合宗教礼仪轨与禁忌等，这些必须全面虑及。

11. 历史实证

所谓历史实证就是对以往采用某媒介所达到的广告效果的数据统计，这一资料要通过长期的积累和观察获得，并且要保证它们的准确性和客观性。

8.3 广告媒介评估策略

8.3.1 评估广告媒介的标准

不同的广告媒介在覆盖区域、覆盖范围、受众数量、受众特性、对受众的作用和影响程度、媒介自身的风格等方面各有特点，但是媒介的某些特点只能够凭借经验进行定性的把握，比较难于获得明确的量化指标，而某一种媒介的众多特性在进行媒介策略的策划时也难以尽述。评估广告媒介一般依照下面四个标准进行：

1. 发行量、视听率

媒介的发行量主要对印刷媒介而言，是衡量媒介的规模和影响面大小的一个重要尺度。它指的是印刷媒介每期发行（包括零售和订阅）的总份数。

视听率主要是针对广播和电视等电子媒介而言，它是收听或者收视的受众总量，它与接收设备的保有量和收听、收视率密切联系。

2. 受众

某种媒介的受众是指接触这种媒介并且通过这种媒介获取信息的总人数。对于报纸、杂志、直接邮寄广告等媒介，受众包括直接接触者和通过传阅接触者，他们的数量和媒介的保存时间、媒介的传阅率密切联系，保存时间越长、传阅率越高，受众总量越大。对于广播和电视媒介，受众指听众和观众的总量。

3. 有效受众

有效受众是指接触媒介的具有广告的诉求对象的特点的受众人数。在所有接触某媒介所发布的广告的受众中，只有那些作为广告诉求对象的受众才是该媒介广告的有效受众。如果某一电视节目为某一特定的观众群体收看，而这一群体又恰好是在这个节目中插播的广告的诉求对象，那么这个节目的有效受众就比较多。因此，根据媒介和受众的特点预测有效受众的多少是进行媒介选择的重要任务。

4. 每千人成本

指在某一媒介发布的广告接触到 1000 个受众所需要的费用，一般的计算公式是：广告费用除以媒介的受众总量再乘以 1000。这个尺度可以明确地显示出在某一媒介发布广告的直接效益，因此常常作为评估媒介的重要量化标准。为了获得最低成本、最大效益，一般选择千人成本最低的媒介。

8.3.2　媒介评估的主要指标

在制定媒介战略和进行媒介计划时，我们一定会利用一些与之相关的指标来评价媒介的效能，这些指标广泛适用于媒介的评估、选择及组合。下面做简略的介绍。

1. 到达率（reach）

它是指在特定期间广告目标受众（个人或家庭）暴露于某一信息至少一次的百分比。在这里，"暴露于"是指人们看到或听到该广告的"机会"存在。这就是说只要广告在你面前出现，而你恰好在那儿，不管你是看到或听到，就算是一次暴露。

2. 收视（听）率（ratings）

它是指接收某一特定电视节目或广播节目的人数（或户数）与拥有电视机（或收音机）的全部人数（或户数）之比。

3. 开机率（homes using television，简称 HUT）

它用于表示在某一特定时间拥有电视机的家庭中开机的比率。

4. 节目视听众占有率（audience share）

它是指某一特定节目开机率的百分比。节目视听众占有率用于对电视或广播节目收视听的情况进行分析。

5. 总视听率（gross rating points 简称 GRP's）

总视听率也称毛评点，它代表某一广告媒介在一定时期所送达的收视（听）率总和。对广电媒介它可以用收视（听）率乘以播出次数求得，对印刷媒介则可用到达率乘以刊出的次数求得。例如，某报的到达率是 25%，广告刊出 4 次/月，它的总视听率就是 100（也就是 100%）。

6. 视听众暴露度（impression）

视听众暴露度指在特定时期内收看、收听所有媒体、某一媒体或某一媒体特定节目人数的总和，即全部广告暴露度的总和。与总视听率相同，但它以个人数目（或户数）来表示，其计算方法：以某人口群体的人数（视听总人数）去乘送达给该特定人口群体之毛评点，或将广告排期表中每一插播（或杂志刊出的广告等）所送达的视听众（人数）累计加总。其计算公式为

视听众暴露度=人口群体的人数×送达给该特定人口群体的毛评点

视听众暴露度=广告排期表中每一插播的广告所送达的视听众（人数）累计加总

7. 暴露频次（Frequency）

暴露频次也叫频繁度，是指在预定的时间里个人（或家庭）暴露于广告信息的"平均"次数，它是以一个人（或家庭）所看节目相加之和与个人（或家庭）数相除而产生的。在表6-2中，有40人（户）看了4个电视节目1次或1次以上，其中17人（户）只看了1次，11人（户）看了2次，7人（户）看了3次，5人（户）看了4次。把每人（户）所看节目数相加，40人（户）总计看了80次，平均每人（户）看了2次，所以暴露频次为2。

一般暴露频次按以下公式计算：

暴露频次=毛评点/到达率

在确定如何使用媒体和选择不同媒体时，常常会涉及是强调到达率还是强调暴露频次的问题，确定两者之中的重点会涉及不同的效果和费用。到达率侧重的是广告影响的广度，暴露频次则侧重的是广告影响的深度。通常，对于新推出的产品、某些正在发展的产品类别、已有一定信誉和处于"领导者"位置的品牌、目标对象较宽且购买次数较少的商品或服务等，在做广告时更强调到达率。而对于处于激烈竞争中的商品或服务，以及购买次数频繁的商品或服务，在做广告时更强调暴露频次。

另外需要注意的是，到达率、暴露频次、毛评点这三个术语要一起运用。到达率描述广告主的广告信息会有多少比例视听众看到或听到他的广告一次或多次。暴露频次说明广告信息到达视听众的平均次数。毛评点为到达率与暴露频次的产物，它表示广告信息到达视听众的重叠百分数毛额。到达率与暴露频次可被用以分析可供选择的几个刊播日程表，以决定哪一个能对媒体计划的各目标产生比较好的影响。

8. 有效到达率（Effective Reach）

有效到达率（Effective Reach）又称有效暴露频次（Effective Frequency），是指在一定时间内同一广告通过媒体到达同一个人（户）的数量界限。该指标常用来解答"多少广告才够"的问题。经验证明，在一个月（或在购买周期）时间内，有3次暴露才能产生传播效果，低于3次则无效。最佳暴露频次是6次，超过8次则可能引起人们的反感。可以参照纳普勒斯（Michael J. Naples）的研究结论来确定暴露频次。其主要内容包括：

（1）在一定时期内只对广告的目标对象进行一次广告一般毫无价值。

（2）在分析媒体有效程度时，暴露频次要比到达率更为重要。

（3）在一个购买周期，或4～8周时间内要有2次暴露，才可能产生一点效果。

（4）一般地，在1个购买周期或4～8周内需要有3次暴露，才能产生足够的传播。

（5）达到一定的暴露频次后，其后产生的价值是递减的。

（6）达到某一频次后，传播会变得毫无价值，并可能产生负作用。

9. 千人成本（The Cose Per Thousand Criterion）

媒体费用分绝对费用和相对费用两类。绝对费用指的是使用媒体的费用总额。不同媒体或同一媒体的不同时间与版面的绝对费用是不同的。在现代四大媒体中，电视最高，其次是报纸、杂志和广播。在户外广告中，霓虹灯广告较高，电子三翻板广告、灯箱广告次之，路牌广告、墙体广告则较低。相对费用指的是向每千人传递广告信息所需支出的费用，俗称"千人成本"。其计算公式如下：

千人成本=（广告媒体的费用总额/媒体受众总人数）×1000

在考虑媒体费用时，研究媒体的相对费用具有特别重要的意义。因为广告的绝对费用高，并不等于相对费用高。

小资料

现代广告策划者面临着杂志 A 或杂志 B 两种选择，下面依据每千人成本来选择广告媒体，计算见表 8-1。

表 8-1　A、B 杂志每千人成本计算表

杂　志	彩色广告每页成本（元）	读者（千人）		每千人成本（元）	
		全体妇女	18~49 岁妇女	全体妇女	18~49 岁妇女
A	64600	17460	11900	3.70	5.43
B	46940	12680	9110	3.70	5.16

通过比较可知，杂志 A 与杂志 B 的送达人数和广告成本都不相同。如果以全体妇女计算，杂志 A 和杂志 B 的每千人成本相同。如果媒体计划的目标强调送达 18~49 岁的妇女，杂志 B 比杂志 A 的每千人成本低，就说明杂志 B 更有效率，应选择杂志 B。

一般来说，电视是最昂贵的媒体，报纸则较便宜。但如果用每千人成本来计算，可能在电视上做广告比在报纸上做广告更便宜。

综上所述，广告主应该考虑各种影响因素，妥善衡量各种备选媒体，从中选择最适合的广告媒体。

8.4　广告媒介组合策略

广告的最终目的，是要扩大品牌的知名度，提高商品的销售额。而这一目标实现的关键所在就是广告媒介的选择与组合策略运用是否得当。

所谓媒介组合，即是对媒介计划的具体化。就是在对各类媒介进行分析评估的基础上，根据市场状况、受众心理、媒介传播特点以及广告预算的情况，选择多种媒介并进行有机组合，在同一时期内，发布内容基本一致的广告。运用媒介组合策略，不仅能最大可能地提高广告的触及率和重复率，扩大认知，增进理解，而且在心理上能给消费者造成声势，留下深刻印象，增强广告效益。广告媒介组合要和市场营销组合、综合促销活动等联系起来，选择最有效的传播媒介，加以实施。

8.4.1　媒介组合的作用

运用媒介传递广告信息，主要有两种方式：一是单个媒介的运用，即通过经验和筛选的方法，选择运用某一种广告媒介传递有关信息内容。运用这种方式，主要是一些小型企

业，或大型企业临时性、短期需要时运用，一般情况下较少采用。经常运用的是另一种方式，即进行不同媒介的组合。媒介组合是广告媒介战略的核心和主框架。

运用媒介组合策略，具体来说，主要有以下作用。

1. 能够增加总效果（GRP）和到达率

单个媒介对目标市场的到达率是不高的，即使是覆盖范围较大的媒介，也不可能将有关广告信息送达目标市场内的大多数人以至每一个人。所以，运用单个媒介，会导致目标市场内的许多消费者未能接触到广告信息。

而媒介组合则能够弥补这一缺憾。运用两个或两个以上不同的媒介，就使不同媒介所拥有的受众组合起来，从而使广告能到达更多的目标受众，使广告影响的广度增加。

2. 能够弥补单一媒介传播频度的不足

有些媒介的传播寿命较高，有些媒介的传播寿命较短，这就影响到受众对媒介广告的接触程度。只有增加传播的频度，使目标消费者能够多次触及广告信息，才可能取得较好的传播效果。而有些媒介因广告的费用太高而难以重复使用，如果运用单个媒介，这些不足就难以避免。选择多种媒介，进行组合运用，就使受众在不同媒介上接触到同一广告信息内容，增加了频度，强化了重复效应；保证广告能在花费不多的条件下，仍能获得较好的效果。

3. 能够整合不同媒介的传播优势，形成合力，扩展传播效果

某些媒介固有一些特性，如电视具有形象性和直观性，报纸具有时效性和说明性，广播价格便宜具有灵活性，杂志具有选择性，直邮广告具有直接性和直观性，销售点广告具有现场性等。但同时也有一些不足和缺陷，如电视的费用高、杂志的时效慢、广播电视的选择性差等。通过组合使媒介所具有的特性有机地结合起来，既使某些媒介的特长得到发挥，又可使其缺陷被其他媒介所弥合，整体广告效果得到加强。如电视和报纸组合，电视收视率一般比较高，影响较大，能够获得较理想的认知效果；报纸可以比较详细地介绍有关商品或劳务的信息，帮助目标消费者加深理解。这样，就使认知促进和理解促进有机地结合在一起，增加广告的重复和累积效果，推进广告目标的实现。

4. 能够相对减少成本，增加广告效益，有利于企业量力而行

媒介组合不是对媒介的简单排列，而是经过有机整合，发挥媒介各自特长，克服各自不足的过程。组合后能够发挥整体效益。许多企业就可利用媒介组合的整体优势，在资金有限的情况下，组合多种费用低、效果相对一般的媒介，同样可形成声势，实现预期的广告目标。如电视虽然有较强的传播效果，但广告制作费用大，播出费更昂贵，一般企业难以承担这样的大笔开支，就可运用多种类型的小广告，配合促销活动，花钱不多，但也能做到有声有色，取得一定的效果。

健力宝的广告媒体组合

1988 年 10 月，健力宝在全国糖酒交易会期间的一周时间内运用多媒体、全方位、立体感的媒体组合，投下 39.6 万元的广告费，形成"要想不听健力宝广告，除非回家睡大觉"的顺口溜和"谁不想尝尝魔水健力宝"的市场欲望。他们在郑州火车站、体育馆、主要交通干道及公交车悬挂各种广告旗、横标；向路人分发产品介绍、画册；组织千狮千龙、广告模特队深入市区，吸引了大量观众；在省市电视台播出节目；报纸上连续刊登这一规格的广告；举行记者招待会，在短时间内就得到了市场和客户的高度认可。

问题：健力宝的成功在今天的时代还能实现吗？说出你的理由。

8.4.2　媒介组合的方式

在选择具体的媒介时，媒介策划人员可以采用两种媒介组合方式：集中式媒介组合和分散式媒介组合。

1．集中式媒介组合

集中式媒介组合是指将全部媒介发布费集中投入一种媒介，这种做法可以使广告主对特定的受众细分产生巨大的影响。高度集中的媒介组合可以使品牌获得大众的接受，尤其是得到那些接触媒介有限的受众的接受。

集中式媒介组合具有以下优点：

（1）可以让广告主在某一种媒介中占有绝对优势；

（2）可以提高品牌的熟知度，尤其在接触媒介种类较少的目标受众中提高品牌的熟知度；

（3）只在非常显眼的媒介——如黄金时段的电视节目或一流杂志的大型广告版面——中发布广告，促使流通渠道产生热情，形成品牌忠诚；

（4）对于采用高度集中式媒介亮相的品牌，分销商和零售商可能在库存或店内陈列方面给予照顾；

2．分散式媒介组合

分散式媒介组合是指利用多种媒介到达目标受众。分散式媒介组合有助于广告主与多个细分市场进行沟通。借助不同媒介的组合，广告主可以在不同的媒介中针对不同的目标受众发布不同的信息。

一般来说，分散式媒介组合具有以下优点：

（1）广告主可以针对每个目标在产品类别或品牌方面的特殊兴趣，制定专门的信息，用这些信息到达不同的目标受众；

（2）不同媒介中的不同信息到达同一个目标，可以巩固这个目标的认知效果；

（3）相对于集中式投放而言，分散式媒介投放可以提高信息的到达率；

（4）分散式媒介组合更有可能到达那些接触不同媒介的受众。

由于不同的媒介投放要求进行不同的创意活动和制作活动，因此广告制作费可能会上升，并分散广告主的媒介费。

上海通用在为"凯越"汽车做广告宣传时，充分考虑了各媒介的特点，采用了有效的媒介组合方式，从而很好地提高了广告投入利用率。"凯越"汽车的广告媒介主要选择了读者覆盖面较广的大众媒介，尤其是各大城市的强势都市类媒介，如深圳特区报，广州日报，华西都市报和北京晚报等，这些媒介有一个共同特点就是在当地具有较高的市场占有率和极大的舆论影响力，它们的广告一般都能够带来较高的关注率。

如果说在大众媒介上投放是"地毯式轰炸"，那么在行业类媒介上投放则是"精确打击"。"凯越"在行业媒介上选择非常到位，中国经营报，商业周刊和中国汽车画报，汽车之友等都是业界具有非凡影响力的媒介。像中国经营报，商业周刊这类媒介，其读者大多是公司管理层人士，与"凯越"汽车的"时代中坚者"产品定位基本吻合，广告效果明显。对于中国汽车画报和汽车之友这类汽车行业类杂志，其读者除了很大一部分试车迷外，还有重要的一部分就是计划购车者，他们看这些汽车杂志主要是为了选车。这些杂志媒介的传阅率高，保存时间长，"凯越"汽车在这些媒介上的广告到达率必然很高，效果明显。

8.4.3 运用媒介组合的要点

运用多种媒介推出广告，不是简简单单将所选用的媒介累加在一起，要善于筹划，深入细致地分析媒介组合所构成的效果，进行优化，使组合的媒介能够发挥整体效应，使传播效果达到最大化。有以下三个方面需要注意。

1. 要能覆盖所有的目标消费者

把确定的具体媒介排列在一起，将其覆盖域相加，看是否把大多数甚至绝大多数的目标消费者纳入了广告可以产生影响的范围之内，即媒介能否有效地触及广告的目标对象。还可用另一指标来衡量，将具体媒介的针对性累加，看广告必须对之进行劝说的目标消费者是否都接收到广告信息。如果这两种形式的累加组合，还不能够保证所有的目标消费者接收到有关的广告信息，就说明媒介组合中还存在着问题，需要重新调整或增补某些传播媒介，把遗漏的目标消费者补进广告的影响范围内。但是也要注意媒介覆盖的范围不能过多大于目标市场的消费者，以免造成浪费。

2. 注意选取媒介影响力的集中点

媒介的影响力主要体现在两个方面：一是量的方面，指的是媒介覆盖面的广度，即广告被接触的人数越多，影响力越大。一是质的方面，指的是针对目标消费者进行说服的深度，即媒介在说服力方面的效果，其受到广告环境、编辑环境以及媒介广告被关注和干扰的程度等因素的影响。组合后的媒介，其影响力会有重合。重合的地方，应是企业的重点目标消费者，这样才能增加广告效益。反之，如果所选用的媒介影响力重合在非重点目标消费者上，甚至是非目标对象上，这样就得不到理想的广告效果，造成广告经费的浪费。因此，要以增加对重点目标消费者的影响力为着眼点，确定媒介购买的投入方向，避免在非重点目标消费者身上花费过多的费用。

3. 与企业整体信息交流的联系

运用媒介组合策略，还要树立系统观念。媒介组合是为实现广告目标服务的，广告目标依据于企业营销目标的要求。企业要实现营销目标，也要运用营销策略，进行多种营销策略手段的组合。媒介组合要与之保持一致性，特别是在现代营销战略的指导下，要符合整合营销传播的要求，在广告计划的统一安排下进行。注意与企业公共关系战略相互配合，与促销策略相互呼应。在进行综合信息交流的思想指导下，善于运用各种媒介，发挥整体效用。

但是，如何实现媒介组合的最优化，争取最佳的传播效果，涉及许多方面的因素和条件，是一个比较复杂的理论问题，在实际操作中也有较大的难度。

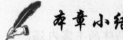

广告媒介是指借以实现广告主与广告对象之间信息联系的物质或工具，凡是能刊载广告作品，实现广告主与广告对象之间信息传播的物质均可称为广告媒介。按不同的划分标准，可以将广告媒介划分为不同的类别，每种类别都具备区别于其他媒介的特点

选择广告媒介，并不是随意的行为，应该遵循目标原则、适应性原则、优化原则、效益原则。进行媒介选择的方法很多，常用的主要有按目标市场选择的方法、按产品特性选择的方法、按产品的消费者层选择的方法、按消费者的记忆规律选择的方法、按广告预算选择的方法、按广告效果选择的方法。影响广告媒介选择的因素是多方面的，必须综合考虑。

不同的广告媒介在覆盖区域、覆盖范围、受众数量、受众特性、对受众的作用和影响程度、媒介自身的风格等方面各有特点，但评估广告媒介一般采用发行量和视听率、受众、有效受众、每千人成本四个标准，同时利用到达率、收视（听）率等媒介的相关指标来进行。

所谓媒介组合，即是对媒介计划的具体化。就是在对各类媒介进行分析评估的基础上，根据市场状况、受众心理、媒介传播特点以及广告预算的情况，选择多种媒介并进行有机组合，在同一时期内，发布内容基本一致的广告。运用媒介传递广告信息，主要有两种方式：一是单个媒介的运用，另一种方式是进行不同媒介的组合。在选择具体的媒介时，媒介策划人员可以采用两种媒介组合方式：集中式媒介组合和分散式媒介组合。

古井贡酒软文投放策略

古井贡酒公司从 2001 年推出"新世纪、新古井、古井贡酒创新风暴"营销升级工程以来，就有重点、有计划、有步骤地在全国各地报刊媒介上，陆续投放古井贡品牌软文广告，

投放范围覆盖古井贡品牌主要重点市场，投放媒介包括全国性权威性报刊《人民日报》、《半月谈》和经济类大报《中国经营报》、定位于酒类经销商的专业杂志《华糖商情》与《酒类营销》、安徽主流报纸《新安晚报》、河南第一报《大河报》、浙江唯一省级晚报《钱江晚报》、山东的《齐鲁晚报》以及辽沈地区的《辽沈晚报》。现将其投放策略及效果，做一扼要分析，以供业界人士参考。

2001年伊始，古井贡酒公司在产品创新、质量创新、通路创新、媒介创新、市场管理创新等方面皆已卓有成效地展开。而其品牌媒介策略的创新质量，决定了新世纪古井贡酒"创新风暴"营销升级工程的走向。

纵观古井贡品牌媒介策略，可以肯定的是：古井贡品牌从未受过硬伤，也从未停止过广告与宣传等方面的品牌积累，所以有了八大名酒、四次蝉联国家金奖、中国驰名商标等荣誉，并有了古井贡品牌=37.38亿元的行业地位。但是，在信息大量传播时代，古井贡品牌建设面临着一系列的媒介沟通障碍。

障碍之一：《广告法》、《酒类广告管理条例》对名酒称号、金奖荣誉做了种种限制，已不允许通过电视等大众媒介的广告形式来传播。要延续古井贡品牌荣耀，需要通过什么样的有效路径进行放大传播？打好擦边球？

障碍之二：品牌概念仅是冰山一角，怎样让消费者知道更多支撑品牌的丰富内涵，古井贡品牌内涵究竟是什么？树立一个品牌究竟应从哪几个方面或包涵哪几个层面？即传播什么？怎样传播？

障碍之三：电视媒介的增多、信息爆炸和大众收视习惯的变化，以及电视广告成本的激增与电视广告播放长度的天然局限性，选择什么样的媒介抢夺消费者眼球并深入消费者心理，起到"攻心夺目"并"潜移默化"的作用？

针对上述古井贡品牌与消费者深度沟通诸方面存在的问题与障碍，古井贡酒的策划班子，大胆创新，有的放矢地提出了三大策略。

策略之一：组织软文撰写组，充分挖掘古井贡品牌丰富的人文历史，通过这种软性新闻弥补硬性广告品牌内涵的不足，丰富品牌形象，降低广告成本。软硬广告各有优劣，可互为补充，但在演绎阐释品牌文化内涵方面，软性新闻不可或缺且事半功倍，好的软文起到"四两拨千斤"的作用。

策略之二：通过产品联想、企业联想、企业家联想三个层面阐释演绎古井贡品牌内涵，与消费者进行无极限的情感沟通和文化沟通，达到体验营销境界。

品牌是集体智慧的结晶体，是共同事业的载体。任何一个优秀的品牌凝聚了一个组织所有成员的心血和汗水。古井贡酒公司独有的、相辅相成的"三名（名品、名企、名人"宣传方针得以执行，唯有拓宽软文投放路径，才能将以上三个方面因素完美结合，也才能丰富一个品牌形象所必须拥有的名品、名企、名人等三个层面的联想。

也就是说，硬广告作用是品牌提示，呈现给消费者仅是冰山一角，而软广告所要解决的问题就是要揭示冰山之下庞大的品牌支撑基石，给消费者丰富的品牌联想，联想越具体生动，昭示了种种意象的力量，品牌体验就越扎实越有生命力。

策略之三：市场聚焦、产品聚焦和媒介聚焦等三大法则决定了古井贡软文投放策略：集中选择、点面结合，既结合区域性强势媒体，打点，又结合高端媒体，打面。

一是选择全国发行量大、权威性强、阅读率高，男性决策层阅读为主的大众媒体。如

《人民日报》、《半月谈》。

二是选择古井贡重点市场发行量大、影响广、阅读率高、家庭购买层阅读为主的地方晚报。如《齐鲁晚报》（山东）、《辽沈晚报》（辽宁）、《大河报》（河南）、《新安晚报》（安徽）、《钱江晚报》（浙江）。

三是选择以经销商阅读为主的权威报刊，因为业界有一句著名的论断：广告首先做给经销商看的。古井贡系列软文诸如在《中国经营报》、《华糖商情》、《酒类营销》等专业期刊上投放，就能很好地与经销商进行良好的沟通，不断地听到古井贡的声音，经销商们及其下线客户，做古井贡生意的劲头就更足。

分析：

1. 古井贡酒是如何突破媒介沟通障碍的？
2. 古井贡酒的媒介选择有何特点？

 ## 思考与练习

1. 什么是广告媒介？广告媒介的类型和特征是什么？
2. 广告媒介选择的原则和方法有哪些？
3. 评估广告媒介所依照的标准和主要指标有哪些？
4. 媒介组合有何作用？媒介组合方式有哪些？

 ## 实训训练

1. 某鼓风机厂，其产品只能销向全国固定的少量单位，每台设备造价昂贵，应如何选择广告媒体？请说明理由。

2. 某中型新建商场计划投资 40 万元进行开业广告宣传，以期在短时间内吸引人们的注意力，提高企业知名度。请问他们应该选择什么样媒体组合，为什么？

3. 某化妆品厂投资 80 万元，通过广播为其护肤新产品进行大规模的广告宣传。半年后，发现其产品知名度和销售额都没有明显变化。试分析原因。

4. 承接一个实际项目或教师拟题，进行广告媒体组合方案设计训练。然后就设计方案在课堂交流，重点讨论各种媒体组合方案的利弊及如何有效配合运用的问题。

第9章　广告预算策划

◆知识目标：

了解广告费用的组成及性质、广告预算的步骤和影响或决定广告预算的因素。

掌握广告预算的方法，各种预算方法各有其优缺点。

能够掌握制定广告预算经费的方法。

◆技能目标：

会进行广告预算策划。

会进行制定广告预算分配方案。

 引导案例

克利斯多炸薯条的"一揽子计划"

克利斯多物品公司是一家食品行业的行销公司，他们推出了新产品：冰冻炸薯条。该产品是克利多斯公司在数年中首次上市的新产品，而且也是该公司第一种进入全国性冰冻产品市场的产品。

冰冻炸薯条是全美国 46%的主妇的采购物品。这一市场主要由一种品牌控制，去年销售占全部销售额的 55%，其余的市场由 6 个小品牌以及全国各地的配销商及店铺品牌管分。公司决定进入这一市场，并进行大量的广告活动。公司为广告运动制定了市场占有率目标：

1. 在炸薯条购买者中，达成 80%的知名度。

2. 在那些知名者中，达成 70%知道克利斯多产品是高品质产品。

3. 在那些了解者中达成 60%的偏好度。

4. 在那些偏好者中，达成 45%的人买克利斯多炸薯条。

5. 在那些信服者中，达成 40%世纪购买克利斯多。

面对许多各种不同的成本因素，公司为产品制定了年预算与投资计划。此外还要考虑以下几点：

1. 去年市场主导公司在广告上估计花费 2000 万美元，并预计每年以此数目的程度继续花费下去。

2. 克利斯多公司的代表建议，在第一年中每箱要给零售商 3 元津贴，以确保其能够给与新产品冰冻空间。

3. 本产品的另一特征是大量适应折价券。

4. 公司领导虽热衷于产品的成功，但并不热衷花大量金钱在广告上。

这样依克利斯多公司传统的广告与销售比率 2.5%计算，其第一年的广告费预算时 320

万美元。

9.1 广告预算的内容

广告预算策划不应单纯理解为经费问题，它是以货币的形式来说明广告计划并执行广告活动进程，是现代广告策划中策略行为的重要体现。学习本节首先应了解广告费用的组成及性质、广告预算的步骤和影响或决定广告预算的因素。

9.1.1 广告费用的组成

1. 广告费用的定义

广告费用，一般指在广告活动中所用的总费用，是开展广告活动所需要的经费的一般概念。如某企业 2008 年度的广告费用为 1000 万元等。广告费用往往也泛指某项广告活动中的某一个具体费用，如某企业为做某一个广告购买了某报纸在某一时期中的某一个版面的广告，花费了 20 万元，这个 20 万元的媒体购买费用也称为广告费用。因而广告费用可以演变为名目繁多的广告费用种类，广告费用的支出也就有了众多的名目。为有效地规范广告费用，正确认识广告费用，有必要对名目繁多的广告费用进行分类。

2. 广告费用的分类

广告费用的种类很多，按不同的分类标志广告费用可以分为不同的类型，广告费用的分类一般有下面四种情形。

（1）按广告费用的内容划分

这是广告费用预算中最常用的划分方式，可以分为以下几种：

① 广告调查费用；

② 现代广告策划费用；

③ 广告设计、制作费用；

④ 媒体购买费用：即媒体的发布费用，在为一次广告活动而支出的所有费用中，购买广告媒体的费用传统上一般占 80%左右；

⑤ 广告人员的行政经费：指参与广告活动的企业人员的工资与办公费用等；

⑥ 机动经费：指在广告预算中为应付广告活动中的临时需要而预留的费用；

⑦ 其他费用：指其他相配合的传播工具费用，如销售促进费用等，就广告公司而言还有利润、税金等。

（2）按广告费用与广告活动的密切程度划分

可分为直接广告费用和间接广告费用。

① 直接广告费用：指直接为推进广告活动而付出的费用，如购买广告媒体的费用，广告设计制作的费用；

② 间接广告费用：指与其相关的但不是为了直接推进广告活动而付出的费用，如广告人员的工资、企业广告人员的办公费用等；

（3）按广告费用的使用者划分

可以分为自营广告费用和他营广告费用。

① 自营广告费用：指企业为自行开展的广告活动或在自有媒体上发布广告而支付的广告费用；

② 他营广告费用：指企业委托其他机构开展广告活动或者在非自有媒体上发布广告所支付的广告费用，广告主的大部分广告费用都属于他营广告费用。

（4）按广告费用的性质划分

可以分为固定广告费用和变动广告费。

① 固定广告费用：指企业按照固定的广告费用预算或者固定的额度支付的广告费用；

② 变动广告费用：指企业在广告费用预算之外额外支出的广告费用和没有支出计划而支出的广告费用。

9.1.2 广告预算的项目

1．广告预算的定义

广告预算是指现代广告策划者在现代广告策划过程中，为实现企业的战略目标，根据一定时期内广告活动的具体计划对广告活动所需经费总额及其使用范围、分配方法等进行的预先估算和筹划。它是一个如何安排、使用广告经费的具体、详尽的资金使用计划。

一般说来，一个企业在其营销战略目标确定之后，通常会根据营销战略目标按一定的方法划拨出一定数额的广告经费，这种广告经费总额的确立即属于广告预算的范畴。在广告经费总额确定后，如何使有限的广告经费起到最佳的广告效果，如何科学、合理、节约使用广告经费，成为广告预算的重要内容。

往往，一个企业特别是小企业并没有广告预算，他们经常是和上述方法的运作方向相反，在市场压力下，先确定广告的使用范围和方法，然后计算广告费用额。此时他们所特别关注的是广告的传播效果与营销效果，只要在承受能力范围内，他们可以不惜代价。它要求现代广告策划者在考虑广告主承受能力的同时，要以最佳的广告效果为先导。

2．广告预算的作用

广告预算是以经费的方式说明一定时期内广告活动的具体计划，因而广告预算对广告活动的过程管理具有十分重要的作用。编制广告预算可以解决广告费用于企业利益之间的关系。因为广告费用并不是越少越好，也不是多多益善，而是应维持在一个合理的水平。

（1）控制广告规模

广告预算为广告活动的规模提供控制手段。广告活动的规模必然要受到广告费用的制约。广告的时间与空间、广告的设计与制作、广告媒体的选择与使用等，都要受到广告预算的控制。通过广告预算的控制，达到对广告活动的管理和控制，从而保证广告目标和企业营销目标协调一致，使广告活动按计划开展。

朗门（Kennech Logman）曾对广告与广告费用支出关系列出一个模式（见图9-1）。

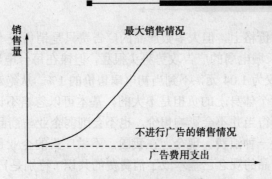

图 9-1 广告与广告费用支出关系

他认为：

① 企业即使在不做广告的情况下产品也会有一定的销售，这就是产品的最低销量。

② 与此同时，任何产品也都有最高销量，即便持续投入广告费用，产品销量也不会突破这个最高值。

③ 在最低与最高销量之间广告才会发挥积极作用。可见广告费用的投入有一个不以人意志为转移的合理值。在到达这个值之前投入广告费用可以有效的促进产品销售，降低单位产品的生产和销售成本，为企业创造效益。而到达这个值以后，继续投入广告费用促销效果将减弱，产出的收益不足以弥补新投入的广告费用，反而致使企业的利益受损。

编制广告预算就是要帮助企业找到这个合理值，通过确定广告费用总额来限制企业广告活动规模，使其与企业经营规模相适应，从而保证企业利益的最大化。

（2）评价广告效果

广告预算为广告效果的测评提供了经济指标。广告预算的目的是为了达到相应的广告效果。较多的、较合理的、较科学的广告经费投入必然要求获得较好的广告效果，可以进行投入产出分析，现代广告策划中详尽的广告费用预算细目则能对广告效果好坏略见一斑。同时广告预算的策划又要求根据广告战略目标、要求提供相应的广告费用。

（3）规划经费使用

由于广告预算的主要目的之一就是有计划地使用广告经费，广告预算要明确说明广告经费的使用范围、项目、数额及经济指标。使广告经费得到合理有效的使用。这对合理有效地使用广告经费无疑具有指导性的作用。

（4）提高广告效益

广告预算还可以提高广告活动的效率。通过广告预算增强广告人的责任心，避免出现经费运用中的不良现象。同时，通过广告预算，对广告活动的各个环节进行财务安排，发挥广告活动的良好效果。

广告预算标志着企业对广告的投入。在进行广告预算策划时要纠正一些错误的认识。

一是广告投入就会有效益。这不一定。如果广告活动有深入的调查、周密的策划、明确的广告目标与广告对象，新颖的、有效的现代广告策划与创意，那么，广告投入越多，效益就越好。但是，如果没有计划，缺少周密、细致的调查；盲目开展广告活动，随意开支广告费，那么，广告费投入再多，也很难说会取得预期的广告效果。

二是广告投入会增加成本，削弱企业与产品的竞争力。其实，广告费只要控制在适度范围内，并不会增加成本，影响销售，削弱竞争力。一般情况下，企业会把运输费、包装费等作为成本加在产品价格上，但大多数产品的广告费只是销售成本的九牛一毛。比如20世纪90年代初，我国长城电扇的广告攻势势头很猛，但摊在每台电扇上的广告费（包括其他促销费）在1990年仅为1.04元，不到当初电扇售价的1%。从绝对数来看广告费可能很庞大，但其加在消费者个体身上的负担是不大的，基本可以忽略不计。因此，广告投入虽然会增加成本，但控制得当并不会影响售价，也不会削弱企业与商品的竞争力。

三是投入广告费是一种浪费。现今，在我国，不做广告的企业是没有实力的企业，不做广告的产品不是好产品的观念已基本成了消费费的共识（特别是日用消费品）。然而，众多产品的广告主仍然局限于产品的质量中，他们的广告意识较差，对广告投资缩手缩脚，顾虑太多，怕浪费了来之不易的资金而舍不得投入广告。岂不知，现今产品已进入质量无差异化时代，"酒香更怕巷子深"。品牌物别是知名品牌是越宣传越值钱，无形价值越高。通过广告挣来的利润，不仅仅够支付广告费，而且收获巨大。所以应该将其视为有利的投资，而不要只看成是负担和无意义的浪费。

3. 广告预算项目构成

企业为开展广告活动（活动）而支付的相关费用名目繁多，非常繁杂，很难确定哪些费用应该列入广告预算费用，哪些费用不能够列入广告预算费用。美国《印刷品》杂志提供了一处区分广告活动（活动）的各种费用的方法。它将所有费用分为三种类型，并且分别列入白、灰、黑三处颜色的表中。白表中所列费用为必须列入广告预算费用，作为广告费用支出的经常项目；灰表中所列费用为可以作为广告预算费用支出也可以不作为广告预算费用支出的项目；黑表中所列费用为绝对不可以列入广告预算费用的项目。据我国广告运作的实际情况，将他们提供的表格整理见表9-1。

表9-1 美国广告预算费用白灰黑表

分 类	主 要 项 目	具 体 内 容
白表	媒体购买费用	支付报纸、杂志、电视、广告等广告媒体的费用，购买（租用）各种户外广告媒体的费用，执行直接邮寄广告的费用，执行售点广告的费用
	广告管理费用	广告主广告部门的人员工资、办公用品、支付广告代理商和其他广告服务机构的手续费、佣金、为广告部门工作的售点推销员雇佣费用、广告部门人员的差旅费
	广告制作费	有关美术设计、制作、印刷、摄影、广播电视广告的录制、拍摄、与广告有关的产品包装设计的费用等
	杂费	广告材料的运送费（包括邮寄费），陈列橱窗的维护费，涉及白表的各种杂费
灰表		样品费，推销表演费，商品展览费，入户推销费，广告主广告部门的房租、水电费、电话费、宣传费，为推销员提供便利所需的各种费用等
黑表		免费赠品费，邀请游览费，给慈善机构的捐助，商品说书费，包装费，新闻宣传员酬金，报价表制作费，推销会议费用，广告工作人员的工资，福利和娱乐费用等

4. 广告预算的程序

广告预算的程序主要包括以下几个过程：

（1）广告资源的价格调研。广告资源价格包括不同的媒体价格、参与广告的人员待遇、不同公司的设计制作价格、杂费等所有与策划中有关的广告资源价格。现代广告策划前，要对这些内容了如指掌，以便在经费总额的限制下有小的进行资源科学组合。这是广告预算制定的前提。

（2）确定广告预算总额、目标和原则。根据市场消费者状况、竞争状况和企业的营销战略目标确定企业的广告战略目标，进而依据一定的方法确定广告经费总额，制定广告预算的目标和原则。

企业营销战略目标 → 广告战略目标 → 广告预算目标

图 9-2　广告预算目标程序图

（3）列出广告活动（活动）中所有广告费用项目。根据策划内容和时机环节，将现代广告策划中所有可能发生的广告费用项目开列出来，不得遗漏。

（4）实施广告经费分配。以广告效果最大化为原则，在广告资源组合的基础上以一定的方法对可能方案中的每一个广告费用项目实施广告经费分配，形成多套现代广告策划方案，交由广告主选择。

（5）控制。在完成广告费用的分配后，应同时确定各项广告费用要达到的效果，以及对每个时期、每项开支的纪录方法。通过这些标准的制定，可以合理地、有控制的使用广告费用。

（6）编制广告预算书。广告预算书是对广告预算的列支项目、计划和分配等进行详细说明的书面报告。

广告预算书中的预算项目有：广告调研费用、广告设计费用、广告制作费用、广告媒介费用、管理费用。在广告预算中要分别列出广告预算费用的开支分配情况和使用范围，要列出各细分项目的分配列支或不同工作阶段的广告费用分配列支，以及对广告费用的使用进行控制的措施等。

在广告预算书中，一般还应附加一段文字说明，对广告预算书中的相关内容进行文字说明与解释分析。广告预算书的具体内容格式见表 9-2。

委托单位：	负责人签字：
预算单位：	负责人签字：
预算项目：	时间期限：
预算金额：	预算人员签字：

这是综合性广告预算书的基本格式，其内容与形式是十分丰富的。在实际编写预算时，应该根据不同的业务需分别制定。

表 9-2 广告预算书示例

	费 用 项 目	开 支 内 容	金 额	执 行 时 间
市场 调查 费用	1. 前期调查费 2. 实地调查费 3. 文献调查费 4. 咨询费 5. 研究费用 6. 其他			
广告 设计 费用	7. 电视 8. 广播 9. 报纸 10. 杂志 11. 网络 12. 其他			
广告 制作 费用	13. 制版费 14. 印刷费 15. 工程费 16. 文案创作费 17. 美术设计费 18. 其他			
广告 媒介 费用	19. 电视 20. 广播 21. 报纸 22. 杂志 23. 网络 24. 其他			
公关 促销 费用	25. 公关费 26. 促销费 27. 服务费			
管理 费用	28. 工资 29. 广告企业行政办公费 30. 差旅费 31. 广告工作杂费 32. 机动费用			

上述广告预算程序中的各个过程还可以细分为许多步骤。

 小资料

美国学者马克斯韦尔·尤尔（G.Maxwell Ule）曾举例说明一家企业对其所生产的新型过滤嘴香烟编制广告预算总额的过程，其步骤如下：

① 确定市场占有率。假定企业想要获得8%的市场占有率，而全国吸烟的人数共有5000万人，则企业必须吸引400万人经常吸本企业所生产的香烟。

② 确定本企业广告所要接触到的市场的百分比。假如企业希望其广告能接触80%的市场，即4000万吸烟者。

③ 确定在知道该品牌的吸烟者中可能被说服试用本企业品牌香烟者应占的百分比。例如企业希望在知道该品牌的顾客中有25%试用本企业香烟。这是因为，企业估计所有试用者的40%（即400万人）可能成为忠诚的使用者，而这正是企业的目标市场。

④ 确定每1%目标人口（40万人）所需要的广告次数。该企业估计大约对每1%的人口做40次广告展露，就会带来25%（10万人）的试用率。

⑤ 确定必须购买的总评分数。1分是对每1%目标人口的一次广告展露。既然该企业期望对目标市场人口的80%进行40次展露，那么它就必须购买3200总评分（80×40）。

⑥ 根据购买每一总评分的平均成本，确定所需的广告预算：假设每一总评分的平均成本，定为3277美元，在产品上市的第一年总共需3200总评分，共需花费10，486，400（=3277×3200）美元。

5. 现代广告策划与广告预算

（1）策划者与广告预算总额的限制。在现代广告策划中，现代广告策划者可以设身处地地为广告主进行科、合理、节约的安排，以期达到广告效果最大化，但是现代广告策划者在现代广告策划过程中要受到广告预算总额的限制，广告规模的大小、广告内容与广告媒体的组合等都要受广告预算的制约。"巧妇难为无米之炊"，即使是广告主没有广告经费总额限制，也不得不考虑他的承受能力。

（2）现代广告策划书与广告预算。广告策划书中的策划是在广告预算总额（承受能力）前提下制定的，现代广告策划书中的每一个具体计划都基于此前提，因而在策划书中进行广告预算时，一定要详尽策划书中的每一个具体计划项目，将每项内容都要分配一定数额的广告经费。不然，如果策划书中的某项具体计划或某项计划中的某个内容因为没有经费开支而无法执行，就会影响整个策划方案的执行，从而影响策划方案的设计效果。

9.1.3 影响或决定广告预算的因素

1. 产品的因素

现代广告策划的主要对象是产品，所以，对产品的情况进行了解和调研的程度会影响到现代广告策划。产品因素主要包括以下几点：

（1）主要产品年与次要产品；

（2）与竞争对手的差异；

（3）日用品还是特购品；

（4）产品生命周期

以上问题都是在进行广告预算时所必须考虑的因素，需要比较多的广告费用投入。

要特别重视产品的替代性因素。一般说来，如果产品在市场上没有其他产品可以替代，那么可以支出比较少的广告费用，而如果产品在市场上面临激烈的竞争，随时可能被竞争对手或者新出现的产品所取代，那么就需要支付较多的广告费用来维持或者改善现有的地位。

2．竞争的因素

广告预算的经费多寡及其分配更多地受竞争因素的制约。一般地，竞争激烈，所需广告费用较多；竞争平缓，所需广告费用较少。当然，竞争还分主动和被动。如果企业主动与竞争对手进行广告对抗，则需要了解对手的的情况，预测自己是否有足够的财力做保障来击败对手，此时的广告投入相对较多。如果是企业被动地接受竞争，则需要考虑进行成功战略防御，怎样才能以最少的投入取得较好的防御效果病有效反击，亦即市场损失最小，此时的广告投入相对较少。

3．销售的因素

广告预算要考虑销售目标、销售的目标市场范围、销售对象、销售时间等有关销售因素。见表9-3。

表9-3　销售因素与广告费用关系表

项　　目		广　告　费　用	关　　系
销售目标大小		高低	成正比
销售利润高低		高低	成正比
目标市场范围		大小	成正比
市场地位程度		大小	成正比
消费对象	消费者数多	大	成正比
	组织用户	小	成正比
时间因素	旺季	多	
	淡季	少	

4．企业状况的因素

经营状况良好、财务负担能力较强的企业可以支付比较大的广告费用，而经营状况不好、财务负担能力较差的企业则只能支付比较少的广告费用或者要本无法负担广告费用。企业的产品市场占有率基础较好，那么需要的广告费用就较少；如果是没有市场占有率基础的新产品，需要的广告费用就高得多。如果企业以广告作为企业的主要营销战略和手段，则即使企业的财务状况较差，企业也会做赌博式投入，此时的广告预算无疑较大。

5. 消费者的因素

产品在消费者中的知名度高，需要的广告费用就较少；没有任何知名度则需要的广告费用就高得多。消费者的心理、行为、习性等多方面的因素也会影响广告预算的多少。例如目标消费群是喜欢看电视，还是喜欢读书报，还是喜欢逛街，还是有其他的爱好，不同的爱好，所接触的广告媒体是不同的，因而广告预算也是有很大差别的。

6. 广告媒体和发布频率的因素

广告媒体租用费是广告投资的主体因素，通常媒体租用要占到广告总投资的80%左右。不同的媒体广告费用有着巨大的差异。电子媒体如电视、网络的广告费用高于报刊如报纸、杂志的广告费用，大众传播媒体的广告费用高于小众传播媒体的广告费用，如 DM 广告、POP 广告、招贴广告的费用相对来说就偏少，但正呈上升趋势。而广告发布的媒体费用越高、广告发布的频率越高、广告持续的时间越长，需要的广告费用就越高。

7. 经济环境的因素

整个经济背景也要影响到广告预算，这方面主要有：国际国内的经济形势、政府的经济政策、通货膨胀因素、社会自然阻力等宏观的经济环境因素。可以说，经济环境较好或有利时，广告费用的投入就要多些，反之则要相对减少。

9.2　制定广告预算经费的方法

合理的广告预算必须和科学的预算方法相结合。广告预算的方法多达几十种。选择什么样的广告预算方法，要根据实际情况而定。现在选择其中几种主要的方法加以介绍。

9.2.1　定率计算法

定率计算法是企业以一定时期内的销售额或利润额为依据，从中取出一定比例的金额作为广告费用支出的预算方法。根据不同的计算依据种类可以将其分为销售百分比法、毛利百分比法和净收入百分比法等。根据不同的计算时期又可将其分为过去（历史）百分比法、预期（预测）百分比法、折中百分比法。其具体运算程序是：

首先，确定以什么种类作为计算依据，是销售额或销售量，还是毛利，还是净收入。

其次，确定计算期，是上一年度（过去）还是下一年度（预期）还是将其折中。

再次，根据自身在特定阶段内的营销情况和营销需要来确定所要支出的广告费用占计算依据的比率（广告费用销售百分比、广告费用毛利百分比、广告费用净收入百分比）。

最后，进行计算得出所需要的广告预算费。

1. 销售百分比法

销售百分比法的计算公式为：

广告预算费用=计算期销售总额（总量）×广告费用占销售额（量）的百分比。

如某企业去年销售额为1000万元，而今年预计的广告费占销售总额的4%，那么今年的广告预算用为：

广告预算费用=1000万元×4%=40万元

销售百分比法可以根据销售额（量）的不同计算时期细分为历史百分比法、预测百分比法和折中百分比法。历史百分比法，一般是根据历史上的平均销售额或上年度的销售额加以计算的。预测百分比法，一般是根据下年度的预测销售额加以计算的。折中百分比法，是以上两法的结果加以折中计算出来的。

销售百分比法已被广泛采用。销售百分比法的优点：使用简单，计算省事，直接与销售挂钩，使广告的作用更为直接。

销售百分比法的不足：在理论上颠倒了广告和销售互动的因果关系，在实际应用中容易忽略营销环境的变化，导致广告费用支出的机械。

2. 毛利百分比法

这种方法也是定率计算法的一种，它以企业或者品牌的毛利为计算依据来确定广告费用预算。其计算公式与销售百分比相同。

广告预算费用=计算期毛利总额×广告费用占毛利额的百分比。

如某企业今年预计实现的毛利为2000万元，广告费用占毛利的15%。其广告预算费用为：

广告预算费用=2000万元×15%=300万元

也有过去和预期两种方法。

毛利百分比法的使用情况：使用较为普遍。

毛利百分比法的优点：容易计算，清楚明确。

毛利百分比法的不足：容易忽视市场变化，导致广告费用预算确定的机械。

3. 净收入百分比法

这种方法以净收入作为确定广告费用的计算依据，取出净收入的固定比例作为广告费用。其计算计算公式：

广告预算费用=计算期净收入总额×广告费用占净收入额的百分比。

净收入百分比法的使用情况：使用较多。

净收入百分比法的优点：可以量入为出，企业风险较小。

净收入百分比法的不足：容易忽视未来可能出现的市场变化。

9.2.2 广告收益递增法

广告收益递增法是一种动态的计算广告费用的方法，即按照企业销售额的增加比例而增加广告费用投入比例的一种方法。随着企业营销目标的实施，产品的销售额就会有所增长。销售额增加了，广告费的投入也会增加，两者比照递增。这也是广告预算的一种主要方法。对于本方法的理解从以下几点：

（1）这种方法是浮定比率法的一种形式。

（2）特点是使用方便，易于把握。

（3）其基本原则是企业的广告费用按照企业的销售额的增加而增加。

从理论模式上分析，如果某家企业的销售额较之上一年度提高了一倍，那么，广告的投资额相应也要增加一倍。当广告投资增加一倍时，销售总额也应该增加一倍。

9.2.3　销售单位法

销售单位法是按照一个销售单位（如每件商品）所投入的广告费进行广告预算的。它的特点是把每件商品作为一个特定的广告单位，对每个特定单位以一定金额作为广告费，再乘以计划销售量得出广告费用投入的总额。

销售单位法的计算公式为：

广告预算费用=每件产品的广告费×产品计划销售数

如某产品每件的广告费用为 1 角，计划销售 100 万件，其广告预算费用为：

广告预算费用=0.1 元/件×100 万件=10 万元

销售单位法的使用情况：适用于品种较少、单价昂贵的大件产品，如电视、汽车、明码标价的整箱饮料等等。也适合于薄利多销的商品，因为这类商品销售快，销量可以计算，虽没有较高的利润，能够较为精确地预算出被均摊后的商品广告费用。

销售单位法的优点：计算简单，容易掌握，而且可了解产品广告的平均费用，有利于计算产品的销售成本，掌握各类商品的广告费用开支及其相应的变化规律，便于及时根据销量调整广告费用。

销售单位法的不足：同销售百分比法一样，存在着颠倒广告与销售的因果关系、不容易适应市场变化的缺点。

9.2.4　销售收益递减法

销售收益递减法是根据销售收益有时差性变化的特点而采取的广告费递减的方法，所以此种方法也称为销售收益时差递减法。我们对它的理解可以从以下几点：

1. 销售收益递减法和广告收益递增法恰好相对照。

2. 就企业产品销售发展阶段来看，任何产品都不可能永远处在销售旺季，都有其销售的最高点，当此种产品饱和时，其销售总额就会减少。如果产品处于供不应求阶段，可以采取广告收益递增法计算广告费用的话，那么，当市场的产品需求量处于饱和状态时，就需要运用销售收益递减法来确定计算广告费用。

3. 由于销售额的增加与广告费用的增长不可能完全成正比，就可采用销售收益递减法，把市场处于饱和状态产品的广告费用支出限制在最佳销售额以下。

4. 采用此法，关键在于企业是否审时度势，有效利用广告收益减法做出广告预算。

9.2.5　目标任务法

根据广告战略中制定的广告目标而规定的广告预算的方法，又叫目标任务法。这是一种比较科学的计算方法。使用这种方法不仅能够明确广告费用与广告目标之间的关系，而且便于检验广告效果。目标达成法的实施主要分为三个步骤：

第一，明确广告目标，即确定广告所要达到的传播目标、销售目标和系统目标。

第二，广告计划，即明确达成相应目标所要进行的工作。如现代广告策划、广告制作、媒体传播、管理活动等。

第三，计算这些工作所需要的经费。如调查费用、策划费用、制作费用、媒体租金、管理费用等。

第四，累加所有费用从而确定整个广告活动的总体经费预算。

这种方法比较科学，它强调广告预算主要服从于企业经营目标这一根本的问题，同时能根据市场营销变化而灵活的确定广告预算。它既可以避免因经费不足而消减广告活动，影响广告效果，也可以避免因经费过多造成浪费，加大企业成本。

目标任务法的基础和依据是比较科学的，它避免了某种公式化的计算广告预算方法的不足。强调广告预算主要是服从于企业的营销目标。这就抓住了广告预算的主要矛盾，即以广告目标实施为目的来制定具体的广告预算方案，突出了广告手段服从广告目的这一根本。在通常情况下，目标达成法对新开发的产品有较大的广告推销优势。

目标达成法的优点：这种方法具有系统性和逻辑性，容易为广告主所接受。按照这种方法可以保障广告费用既不会造成浪费，也不会出现不足。

目标达成法的不足：这种方法以广告目标为前提，但是广告目标往往难以量化，因此很难提供准确的依据。而且，由于广告在刊播时可能出现各种偶然的因素，对广告效果的预计很难准确。

目标达成法根据所依据的目标和计算方法的不同，又细分为销售目标法、传播目标法和系统目标法。

（1）销售目标法。这种方法是以销售额或市场占有率为广告目标来制定广告预算的一种方法。也就是说依据设定的广告目标来拟定广告活动范围、内容、媒体、频率、时期等，再依此计算出每项所必需的广告费用。

（2）传播目标法。这种方法是以广告信息传播过程中的各阶段为目标来制定广告预算的一种方法。西方的广告专家把广告目标分为知名—了解—确信—行为 4 个阶段，来具体确定广告预算的。层次越高，越需发回更大得广告功能。由于广告的直接效果是传达信息并影响消费者，销售额是间接的效果，因此传播目标法较销售目标法更科学。但传播目标法为一种中间目标，将各种媒体计划与销售额、市场占有率以及利润额等目标有机地连接起来，因而能够更科学地反映出广告费用与广告效果的关系，利用现代化的数学模式和计量分析方法已能很好地解决两者之间的关系。

（3）系统目标法。系统目标法是采用系统分析和运筹学的方法，将系统的目标范围扩展到整个企业的生产经营活动之中，也就是说把与广告、销售密切相关的生产、财务等因素一并纳入广告预算所应考虑的范围之内，加以系统分析和定量分析，从而使广告预算更合理、更科学、更完善。

9.2.6 竞争对抗法

竞争对抗法是根据竞争对手的广告活动来制定广告预算的方法。具体地说，是根据同类产品的竞争对手广告费用的支出情况来确定本企业的广告预算的一种方法。我们的理解是：

第一，采用这种方法的依据和参照系数是市场上同类产品的竞争对手。

第二，方法基本特点是面对市场产品和销售实际情况，选择或确定广告费用的投入。

第三，这种方法强调在与对手竞争和比较中动态地确定广告预算。

第四，本期业的广告费数额大小和整个行业的广告费数额的大小成正比。

竞争对抗法主要有市场占有率法和增减百分比法。

1．市场占有率法

这种方法是先计算竞争对手的市场占有率，求得单位市场占有率的广告费，在此基础上加码，乘以本企业预计市场占有率，便得到本企业的广告预算。其计算公式如下：

广告预算费用=（竞争对手广告费÷竞争对手市场占有率）×本企业预计市场占有率

2．竞争比照法

也叫增减百分比法。竞争比照法是企业根据其主要竞争对手的广告费用支出水平（增减百分比）来确定本企业保持市占有率所需相应的广告费用的预算方法。其计算公式为：

广告预算=（1±竞争对手广告费今年比去年的增减率）×本企业上年度广告费

一般来讲，企业应尽可能保持同竞争对手差不多的广告费用水平。这是因为一方面企业虽然不愿意使自己的广告费用低于其竞争对手，否则就有可能由于广告宣传量的差异而使企业处于不利的竞争地位；另一方面，企业一般也不想使自己的广告费用过多地超出其竞争对手。双方增加广告费用所产生的效应，都有可能相互抵消。因此，企业一般采用广告费用与竞争对手保持平衡，避免过多地刺激竞争对手。

竞争对抗法的优点：有利于在短期内达到强有力的市场竞争地位。有市场针对性，适宜市场竞争。

竞争对抗法的不足：

① 对手的支出不易定合理，所以带有很大的盲目性，容易导致浪费。

② 注意了竞争对手的情况，却忽视实际的市场营销环境。

③ 两个企业采取这种方法容易造成广告费用攀比，造成广告费用的不必要增加。

④ 确切了解对手的广告费用支出有很大的困难。

9.2.7 武断法

武断法又叫任意支出法、随机分析法。

武断法是企业的广告费用决策人员凭借以往的经验，根据对市场变化的主观判断决定广告费用的预算方法。一般地，它以某一时期的广告费用为基数，根据企业财力和市场需要增减广告费用。通常的做法是：

广告主只支付广告活动的启动资金即第一阶段的广告资金，后续资金要看第一阶段的广告促销效果，再考虑投不投入资金或投多少资金。采用这种预算方法通常由企业高层领导人决定下一时期的广告费用。

这种方法较适合于没有必要进行长期广告规划的中小企业。在我国的企业中使用较普遍。

武断法的优点：从实际出发，灵活主动，有时可以制定出有效的预算方案。

武断法的不足：缺乏科学依据，往往因为主观判断的失误导致预算的不足或者浪费。

9.2.8　全力投入法

又称支出可能法、量力而行法、力所能及法。

全力投入法是根据企业的财力，尽全力投入广告资金的预算方法。企业在做广告预算时，根据企业财力能拨多少钱做广告，就拿出多少钱做广告。这种方法能够保证资金在"量入为出"的前提下进行适度的调整。如广告费在某个活动阶段相对地集中使用，而在有些阶段则可以相对减少使用，使广告活动尽可能具有完整性。

这种方法适合于必须进行广告宣传，而又没有必要进行长期规划的中小企业。在我国企业中使用较多。

全力投入法的优点：符合量入为出的原则，不会给企业带来资金的风险。实际的市场条件，并且很难确定花费是否有效。

 小资料

表 9-4　某企业在 2007 年的经营状况损益表

项　目	金额（万元）
销售总额	100
销售成本	60
销售毛利	40
销售费用（管理费用）	20
广告费用	10
纯利润	10

（注：该企业的利润水平为销售总额的 10%）

假如该企业 2008 年的销售额预测为 125 万元，而且企业的销售成本按比例同步增长（25%），则 2008 年的销售成本为 75 万元。假设该企业的利润水平保持不变，其广告费用见表 9-5。

表 9-5　某企业在 2008 年的经营状况预测表

项　目	金额（万元）
销售总额	125
销售成本	75
销售毛利	50
销售费用（管理费用）	27
广告费用	10.5
纯利润	12.5

该企业 2008 年的广告总费用是 10.5 万元（50 万元–27 万元–12.5 万元）。

9.2.9　计量设定法（又称定量法）

计量设定法是采用统计分析和运筹学的理论，把与广告、销售密切相关的生产、财务等要素一并纳入广告费用预算应该考虑的范围内，通过数学模型和定量分析决定广告费用的预算方案。

计量设定法是一种更为科学、更为合理、更为完善的方法。它适用于管理水平高、广告投入大的大型企业。

其不足是计算较为复杂，因此在实际使用中困难较大。

9.2.10　通信订货法

通信订货法是广告主在以邮购的广告形式进行广告宣传时，常用的一种编制广告预算的方法。这种方法主要根据某一邮购广告所带来的订货数量来测算广告费用。根据单位产品的广告费用就可以得出销售一定数量的广告商品需要支付的广告费数量。

优点：广告费与广告活动的效果直接联系起来，有利于保证广告预算的动态平衡，又有利于对广告活动进行监控。

缺点：广告费用计算不够准确。邮寄广告的反馈需要一段时间，这就为计算广告效果带来了一定的困难。

9.3　广告预算分配策略

广告经费预算方法着重解决了企业对广告活动所需经费总量的投入问题，但尚未完成广告费用预算的全部工作。接下来要考虑的是如何使用这些经费，如何将各种资源进行有效组合才能达到最大的效果，这便涉及广告预算的分配问题。广告预算的分配是广告预算的具体计划阶段，广告预算分配的恰当与否，直接影响到广告战略的实现。广告预算的分配同样有许多方法。

1. 时间分配法

重点时间分配法就是按照广告活动开展的时间来有计划、有重点地分配广告经费。这里的时间是指广告活动开展的时间。一般地，广告活动按时间进行分配有两种情形：

一是按广告活动期限长短进行分配。有长期性广告预算分配和短期性广告预算分配，还有年度广告预算分配、季度广告预算分配和月度广告预算分配。

二是按广告信息传播时机进行广告预算分配。对于一些季节性、节日性和消费时间比较集中的以及新上市的商品类型，要合理地把握广告时机，一般采用集中式、突击性广告预算分配和阶段性广告预算分配，重点投入，以便迅速抢占市场。

也有的把广告费用的时间分配分为：广告费用的季节性分配、广告费用一天内的时段性安排两种。

对于有限的广告经费，如果不按照时间有计划、分重点进行广告预算分配，那么广告经费很快就会用尽。为了按照时间而且有重点地分配广告预算经费，一般都将某一广告活动时间分成若干个时间段，这个时间段可以是一周，可以是两周，也可以是更短或更长的时间，完全由企业根据自身需要和各个时间段的具体情况而决定。

2. 产品分配法

产品分配法是将企业所经营的所有产品进行分类，凡可以一起做广告的产品归为一类，然后确定重点类广告产品，即主打产品。在进行广告预算分配时，首先保障主打产品对广告经费的需要，以主打产品的点带动整个产品的面的一种预算分配方法。

主打产品的确定是产品分配法的关键。在确定主打产品的过程中必须根据产品的生命周期原理、产品的竞争状况、产品的市场占有率、产品在企业产品体系中的地位、产品的利润水平、产品的发展潜力、产品的消费者了解和接受状况等因素进行综合考虑。

 小资料

新产品广告预算的具体思路
1. 考虑广告投资回收计划时间起止点。
2. 产品的类别，在总市场总的潜在占有率。
3. 在导入期的计划销售额，同业的零售货架和仓库中的存货。
4. 促销推广方案的制定与执行。
5. 预测并制定产品一般销售占有率时，相应的广告占有率的计划。
6. 新产品销售不能达到目标，或遇到不可抗力的影响，企业负担风险的能力。

3. 区域分配策略

这里所说的区域是指广告信息的传播区域，而不是广告产品的销售区域。当然两者在某种程度上是一致的，但也有着很大的不同，广告信息的传播区域可能大于广告产品的销售区域，也可能小于广告产品的销售区域。

一般说来，广告经费在进行地区分配时，要考虑的因素有：各个地区的商品的现实需

求和潜在需求；市场细分和目标市场的分布；市场竞争状况企业战略指向等因素。产品容易销售的地区要比销售困难的地区分配少，人口密度低的地区要比人口密度高的地区分配少，地方性市场的广告经费要少于全国性市场的广告经费，企业重点开发的地区广告费用投入较多。

最好的做法是：

首先，在已确定好的目标市场基础上进行市场细分。

其次，认真分析各细分市场的市场情况和消费特点，在符合企业战略目标计划的前提下，有计划、有步骤地一次选择一个或几个细分市场（主打市场）。

最后，集中企业的广告费重点打好这几个市场的广告战役。当然在广告战役开启之后，营销的各种手段也要同步跟进，这样才会有比较好的效果。在打下一个一个的市场之后，企业在已打下市场上的广告任务是维护和保持市场的竞争，广告经费的分配就是满足维护竞争需要的基本费用，此时更重的是企业要集中更多的广告经费和力量去开拓新的目标细分市场。

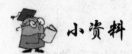 小资料

某企业在全国销售 A 品牌产品，根据产品销售情况可以将全国市场划分为 X、Y、Z 三个区域市场，企业计划投入的电视广告费用为 3500 万元，根据区域市场分配见表 9-6。

表 9-6　某企业电视广告费区域分配情况

市场	占销售总额的比例（%）	视听众暴露度（千次）	千人成本（元）	广告费用（万元）	费用比例（%）
X	50	32000	500.00	1600	45.70
Y	30	28000	500.00	1400	40.00
Z	20	10000	500.00	500	14.30
总计	100	70000	500.00	3500	100

这个表就是该企业根据产品在不同的区域市场上的销售比例，制定了有效的视听众暴露次数标准，在据此分配不同的数额的广告费用。X 市场上产品销售额占 50%，其广告投入为 1600 万元，占总投入的 45.7%。其他道理相同。

4. 重点媒体分配法

重点媒体分配法即是针对综合媒体所进行的广告经费分配方法，它是在传播同一广告内容的不同媒体中选择某一媒体作为主要媒体，其他媒体加以配合一种广告经费分配方法。

广告媒体费用一般占广告预算费用总额的 80% 左右，广告的传播效果又主要是通过媒体的传播效果来体现，因此按照传播媒体的不同来分配广告预算经费是企业常用的方法。这种分配方法具体表现为两种形式：

一种是对于综合媒体，往往一次广告活动需要整合多种传播媒体来进行立体传播，将传播效果发挥到最大，此时根据不同媒体的广告经费需求状况，广告经费有不同的分配。

另一种是对于单一媒体，即同一类型的媒体，根据不同时期、不同区域的需求状况，广告经费的分配也有所不同。

对不同媒体在不同的时期和不同的区域进行广告费的分配直接关系到媒体的传播效果。受产品与媒体的相容性、媒体的使用价格、受众对媒体的接受程度、企业广告经费总额等因素的影响，在广告经费分配的实战过程中，广告经费在不同媒体以及不同媒体的不同时期和不同区域中的分配存在着诸多组合，无论哪种组合都必然要突出重点，切忌平均分配。

由于消费者（受众）的个性、爱好、兴趣等不同，对于不同的传播媒体的接受状况也有着较大的区别，因而为达到最好的传播效果，企业在开展广告活动时一般会进行多媒体整合，但是，受众在媒体接受过程中也存在一定的相似性，一般会集中在一个或几个媒体上，这个集中的媒体就是广告经费分配的主打媒体。同时由于广告经费总额和媒体使用价格的影响，企业在进行广告活动时也没有足够的经费按需要去全面投放，必然只能选择重点媒体进行投放。

5. 对象分配法

指的是在广告目标对象上进行不同的广告费用分配的方法。在企业财力有限的情况下，广告不可能也无法做到说服所有的适应消费者都来使用企业的产品，广告也无法将广告信息传达到适应产品的所有受众，尽管广告能够覆盖所有可能产生消费者的受众。所以我们在做广告预算时要注意以下几点：

（1）切忌将广告经费平均分配，甚至是没有目标受众，盲目开展广告活动，浪费广告费用。

（2）要将广告目标受众进行细分。广告的目标受众必须与营销的目标消费者保持一致。

（3）选择重点广告对象，广告经费的投入就要投在重点对象这个"刀刃"上。

（4）对重点对象要使用他们所能够接触到的多种媒体进行轮番轰炸。

一般说来，对以工商企业、团体用户为对象的广告应尽量满足其所需的广告经费，因为这种投入有利于提高广告宣传的效果，有利于广告预算及其效果的检验与测定。

6. 重点活动分配法

如果企业在规划期内要举行若干个广告宣传活动，则活动要有重点和非重点之分，一般来说并不是每次广告活动都是重点。对于重点广告活动在广告预算经费的安排上要特别予以保障。而对于持续进行的广告活动，在广告预算经费的安排上，也要根据不同阶段、不同时期、不同区域的广告活动情况有重点地统筹分配。

本章小结

广告预算是指现代广告策划者在现代广告策划过程中，为实现企业的战略目标，根据一定时期内广告活动的具体计划对广告活动所需经费总额及其使用范围、分配方法等所进行的预先估算和筹划，是一个如何安排、使用广告经费的具体、详尽的资金使用计算。

影响或决定广告预算的因素主要有产品的因素、竞争的因素、销售的因素、企业状况的因素、消费者的因素、广告媒体和发布频率的因素和经济环境的因素。

制定广告预算经费的方法主要有定率计算法（包括销售百分比法、毛利百分比法和净收入百分比法）、销售单位法、广告收益递增法、销售收益递减法、目标达成法（包括销售目标法、传播目标法、系统目标法）、竞争对抗法（包括市场占有率法、竞争比照法）、武断法（又称任意支出法、随机分析法）、全力投入法（又称支出可能法、量力而行法、力所能及法）、计量设定法（又称定量法）等。

广告预算的分配方法考虑的是如何使用这些经费，如果将各种资源进行有效组合才能达到最大的效果。广告预算的分配着重解决的是广告经费的使用问题，是广告预算的具体计划阶段。主要包括重点产品分配法、重点对象分配法、重点区域分配法、重点媒体分配法、重点时间分配法、重点活动分配法等方法。

广告预算书是对广告预算的列支项目、计划和分配等进行详细说明的书面报告。

 案例分析

奥林匹克花园广告费用预算书

第一步：媒介分析

第二步：宣传推广费用分配计划

根据本项目的客户群定位及以上的媒介分析，按本项目首期的宣传推广费用为 1000 万元做总量控制，做出以下分配建议：

1. 平面制作

（1）内容：精装版楼书、简装版楼书、宣传单张、平面图、价目表、付款方式、认购指南、按揭须知、认购书等。

（2）费用预算：50 万元。

2. 户外活动

（1）内容：明星足球赛，新闻发布会等。

（2）费用预算：70 万元。

3. 户外广告

（1）内容：大型户外广告牌及地铁沿线站口灯箱广告。

（2）费用预算：110 万元。

4. 报纸广告

（1）内容：软性及硬性广告投放。

（2）费用预算：420 万元。

5. 电视广告

（1）内容：包括电视片制作及投放费用。

（2）预算费用：300 万元。

6. 电台广告

（1）内容：包括长效广告及促销广告。

（2）费用预算：50 万元。

第三步：报纸媒介硬性广告投放计划（投放额 400 万元）（略）

第四步：电视媒介广告投放计划（投放额 270 万元）（略）

思考与练习

1. 广告费用包括哪几种？
2. 影响或制约广告预算的因素有哪些？
3. 举出你认为相对比较科学的几种广告预算策划的方法。
4. 概述广告预算的分配方法。

实训训练

2008年"十一"黄金周将要到来，结合刚刚结束的奥运会，面对新的市场形势，请同学们为我国某著名家电连锁零售品牌进行"十一"黄金周广告促销预算策划，并写出预算计划书。

第10章 广告效果测定策划

 学习目标

◆**知识目标：**

掌握广告效果的含义及特征。

了解广告传播效果测定、广告销售效果测定、广告社会效果测定的内容和方法。

◆**技能目标：**

能够熟练运用广告传播效果和销售效果的几种基本公式。

能够为广告公司进行广告效果策划计划制定或落实。

 引导案例

联通公司的广告评价

随着中国电信市场运营主体的增加，国内电信市场竞争越来越激烈。中国电信、中国联通和中国移动等通信企业纷纷在各种媒体上不遗余力地刊登广告，提高品牌知名度，争夺市场份额。中国联通自 2000 年以来，随着在海外的成功上市，大幅度地提高了在电视媒体上的广告投放量，有资料显示 2000 年上半年中国联通电视广告投入量呈快速增长的趋势。这些电视广告的渗透率如何？消费者对它们如何评价？广告起到了何种作用？为了了解和评估中国，为中国联通的广告投放战略提供数据支持和决策依据，中国联通委托社会调查公司对广告效果进行了调研。

当时联通公司主要投放六个广告（以下均为广告名称简称），主要是："篮球篇"、"婚礼篇"、"组合篇"、"千万篇"、"四海篇"、"上市篇"。通过调查、分析得知：

（1）三成被访者在过去两个月内曾经看过令他印象深刻的电信企业的广告，其中看过中国联通广告的最多，其次是中国电信，再次是中国移动。由此可以看出联通广告的渗透率要好于后两者。

（2）对于联通的三项业务的了解程度，了解"手机上网"的人最多，超过了六成，了解"一机多网"的最少，了解"如意通"居于二者之间；了解的主要渠道，三者均是以电视和报纸为主，对于"一机多网"和"手机上网"，通过报纸和电视两类渠道了解的人数相差甚微，而对于"如意通"通过报纸了解的人比通过电视了解的人稍多一些。交叉显示 20～30 岁的人了解"如意通"和"手机上网"的人最多，30～50 岁的人了解"一机多网"的人最多。

（3）对于联通广告，看过"千万篇"的最多，其次是"篮球篇"，看过"上市篇"的人最少。

比较而言，被访者对"千万篇"和"上市篇"这两个广告最容易理解，"四海篇"次之，

对其余三个广告的理解程度稍差一些。对"组合篇"广告喜欢的人略多于其他几个广告，但总体来说调研对象对六个广告喜欢程度差别不大。调研显示，这六个广告的最大作用是加深了受众对联通品牌形象的认识。

10.1 广告效果的含义及特性

广告活动经过周密的策划，制定出一定的战略加以实施，这不过是经历了前两个阶段。完整的广告活动，还要对其所产生的效果进行评估。在广告活动中，广告效果是最令人重视的问题。检验广告活动成功与否，最终是要看所产生的广告效果如何。这需要予以高度重视和认真研究。

从字面上看，广告效果似乎比较简单，但实际上又是一个十分复杂的问题，涉及许多方面。首先我们要对其概念有一个认识和了解。

10.1.1 广告效果的含义

任何一项广告活动，都需要一定的物力、财力和人力的投入，并希望得到"产出"。这个"产出"，就是既定的广告目标。而广告目标的实现，是由广告作品通过广告传播媒体，在与广告受众进行信息沟通的过程中完成的。广告作品被广告受众接触，就会产生各种各样的直接或间接的影响，带来相应的变化。这种影响和变化，就是广告效果。由于广告主开展广告活动的目的各不相同，他们希望得到的广告效果也会有所不同，但要求通过广告活动能够获取效益的愿望是一样的。

这里，有一个问题的讨论需要深入。这就是广告究竟有没有用，有什么用？广告主企业做了那么多的投入，所得到的回报是什么呢？这几乎是广告活动产生后就令人关注的一个焦点，也是只有通过广告效果的测评才能回答的问题。某一个产品需要进入一个新市场，广告能否有助于扩大、加强这一品牌的认知？某一企业有商品积压，广告能够帮助推销吗？企业需要树立形象、建立品牌，广告在这方面的支持、帮助有多大等等。所有这些，都与广告效果有关。可以说，广告活动的核心与终端，就是广告效果。

总体上来看，广告效果有狭义和广义之分。狭义的广告效果是广告所获得的经济效益，即广告传播促进产品销售的增加程度，也就是广告带来的销售效果。广义的广告效果则是指广告活动目的实现程度，广告信息在传播过程中引起的直接或间接的变化的总和，包括广告的经济效益、心理效益和社会效益。

用一句话表述，广告效果就是广告给消费者所带来的各种影响。

10.1.2 广告效果的特性

广告活动涉及各方面的关系，广告信息的传播能否成功，受到各种因素的影响，由此导致广告效果具有与其他活动所不同的一些特性，主要表现在以下五个方面。

1. 时间推移性

广告对消费者的影响程度受到各种因素的制约，包括时间、地点、经济甚至政治、文化等方面的条件。同时，广告大多是转瞬即逝的。因而消费者在接触广告信息时会有各种各样的反应，有的对广告所传递的信息可能立即接受并产生相应的购买行为。但是，大多数人接触广告后并不会马上去购买，而需要购买某类商品时，对广告商品可能已置之脑后了。从总的趋势看，随着时间的推移，广告效果在逐渐减弱，这就是广告效果的推移性。时间推移性是广告效果的表现不够明显。了解这一特点，有助于我们认清广告效果既可能是即时的，更多的是延缓的，具有弛豫性。在进行广告效果测定时，不要仅仅从短期内所产生的广告效果去判断。

2. 效果积累性

广告信息被消费者接触，形成刺激和反应，最后产生效果，实际上有一个积累的过程。这种积累，一是时间接触的累加，通过持续不断的一段时间的多次刺激，才可能产生影响、出现反应。二是媒体接触的累加，通过多种媒体对同一广告的反复宣传，不断加深印象，产生效应。消费者可能在第六次接触某则广告后有了购买行动，而这实际上是前五次接触广告的累积。或者阅读了报纸广告后又收看了电视广告，结果对这则广告有了较深的印象，这应是两种媒体复合积累起来的效果。制定广告战略，应该根据广告效果的这一特性，防止急功近利，急于求成，应从企业发展的未来着眼，有效地进行媒体组合，恰当地确定广告发布的日程，争取广告的长期效果。当然，广告累积到什么程度会产生效果，有一个"阈"的问题，涉及广告费用的边际效用，这需要从另一角度去探讨。

3. 间接效果性

消费者在接受某些广告信息后，有的采取了购买行动，在使用或消费了某种商品（服务）后，感觉比较满意，往往会向身边或亲近的人推荐，激发他人的购买欲望；有的虽然没有去购买，但被广告所打动，劝说亲朋好友采取购买行动。这就是由于广告引起的连锁反应，产生了连续购买的效果。广告所具有的这种间接效果性，需求现代广告策划注意诉求对象在购买行为中扮演的不同角色，有针对性地展开信息传递，扩大广告的间接效果。

4. 效果复合性

由于广告效果受到各种因素的制约和影响，因此往往呈现出复合的现象。从内容上说，广告不仅会产生经济效益，促进销售，还会产生心理效果，对社会文化等发挥作用，需要综合的统筹的理解和评价。从传播方式说，广告是进行信息沟通的一种有效手段，但在企业整合传播所产生的营销效果中，不过是一个方面，还要看其他产播方式相互配合的复合效果，与公共关系活动等联系起来评价。从广告自身效果来看，产品生命周期不同，市场条件不同，广告所产生的效果也不一样。产品进入成长期，市场需求旺盛，广告促进销售、增加销售量的作用可能比较明显；而在市场不景气、产品处于衰退期时，广告虽然没有刺激销售量增长，但延缓了商品销售量的下降。因而，也不能简单地从是否提高销售量来测定广告的效果。

5. 竞争性

广告是市场竞争的结果，也是竞争的手段。因此，广告效果也有强烈的竞争性。广告的竞争性强、影响力大，就能加深广告商品和企业在消费者心目中的印象，树立形象，争取到消费者，扩大市场份额。仅仅把广告作为一种信息传递，没有竞争意识是不够的。而从另一方面来看，由于广告的激烈竞争，同类产品的广告大战，可能会带动跟进，也会使广告效果相互抵消。因而，也要多方面地考虑判断某一广告的竞争力大小。

认识广告效果的几个特性，可以帮助我们更加准确地制定广告战略和策略，以争取理想的广告效果；也可以帮助我们能够更加科学、合理地测评广告效果，保证广告活动持续有效的展开。

10.2　广告传播效果的测定

广告作品是经过传播媒体与消费者接触的。目标消费者接触到媒体传递的有关信息内容，会产生各种变化。这些变化是由广告自身所产生的影响带来的，也就是广告的传播效果。对广告自身接触消费者后所引起的变化和影响大小进行考察评估，就是广告传播效果的测定。

测定广告传播效果，主要是对广告"认知效果"和广告"心理变化效果"的评定。媒体战略与广告的"认知效果"联系在一起，而广告作品在很大程度上决定着广告的"心理变化效果"。广告传播效果的测定，能够更科学、更直接、更客观地反映广告作品和广告媒体的传播效力，是核查广告目标实现程度的最佳手段之一。

测定广告传播效果，主要包括广告表现效果、媒体接触效果和心理变化效果等方面的内容。

10.2.1　广告表现效果的测定

广告表现的最终形式是广告作品，测定广告表现效果，就是对广告作品进行测评。

1. 广告作品的测评内容

广告作品由多种要素构成，包括广告主题、广告创意、广告完成稿等。检测广告作品，就是对这些要素进行评价分析。

（1）广告主题

广告主题是贯穿于广告作品中的红线，要求鲜明、突出，诉求有力，针对性强。测评广告主题，主要围绕广告主题是否明确，能否被认可，诉求重点是否突出，与目标消费者的关注点是否一致，能否引起注意，能否满足消费者的需求等问题来展开。

（2）广告创意

广告创意主要是对表现广告主题的构思进行检测。看创意有无新意，能够准确、生动地表现突出广告主题，是否引人入胜，感染力如何。不同类型的广告测评，要求也不一样。如电视广告可对其创意故事版进行评价，平面广告则通过对其设计草图进行测试。对广告创意进行测评，便于充分了解目标受众的有关意见和建议，以便能及时调整、修正已有的创意，选择最佳的创意方案，减少广告创作过程中的风险和成本。

（3）广告完成稿

广告完成稿是指已经设计制作完成，但还未进入媒体投放阶段的广告样品，如电视广告样片、报纸杂志广告样等。测试广告完成稿，是对广告主题、创意、制作、表现手法等的进一步检测，有利于最后的修补和完善，以保证广告作品能够完美地与目标消费者接触。

2．广告作品的测评方法

（1）选好参评测试人员

对广告作品的各项内容进行测评，实际上就是对广告作品的各个创作阶段做出评价。不同内容、不同阶段的测试方法可能不尽相同，但怎样能够达到理想的测评目的，关键在于选择合适的参加测评的人员。参评的人数不要很多，但要有代表性，具有典型性。可以有能够代表消费者意见态度的专家，也可以选择本次广告活动的目标对象。这可以从广告调查以及其他相关资料中得到。

（2）意见反映测试

在广告刊播之前，广告创作人员可对同一商品制作多幅广告原稿，然后邀请预定的诉求对象对不同表现的广告原稿进行评价鉴定。一种方法是采用消费者评定法，由消费者进行评判或进行比较，测验出哪一种广告所引起的反应最大、印象最深；另一种是采用要点采分法，即预先根据测评的要求，列出评价项目，制成表格，请消费者在表上给各个广告稿打分，一次测定对各个广告稿的印象如何，确定优劣。

（3）室内测定

这一方法由美国纽约雪林调查公司参照节目分析法发明。测试主要在室内进行，有两种形式。

① 节目测验。对广告表演节目进行测验。召集若干名有代表性的观众到剧场，在节目主持人说明测验方法后，由个人按有趣、一般、无趣三个标准进行评分；并请观众具体说明喜爱或者厌恶这个节目的哪一部分及其理由，进一步还可征询对节目改进的意见和建议。最后对调查结果进行统计分析，作为今后改进节目内容或形式的参考和依据。

② 广告测验。与节目测验内容大致相似。邀请有代表性的视听众到剧场或者摄影棚，欣赏参加测试的各种电视广告影片。不同的是，入场者要求持票进场，根据票号选择自己喜爱的商品观看。所供选择的广告片，即有广告客户的，也有竞争对手的。在测评之后，请测试对象再次选择自己喜爱的商品。如果参加测试的广告商品选择率高，则说明广告的心理变化效果好。如果不高，则说明广告片还有需要改进的地方。之后，还可以进行提问，测试视听众对于广告商品的记忆程度。

广告检验法也可应用于测定广告的认知效果和心理变化效果。

 小资料

日本通用公司为评判电视广告，加强广告创作的管理，研究开发了基本电视广告测验，进行电视广告测验标准化作业。这项测验是为调查广告作品将会对受众产生哪些影响和受

众对广告作品有哪些反应而设计的。它主要包括兴趣反应、信息再现记忆、对传达内容的理解、作品诊断、效果评定、购买欲望和好感度等内容。具体做法：邀请 120 名男女测验对象，集中在实验室内观看电视广告片。每个测试对象拥有一台测试反应机，与计算机联网。试验者在观看广告片时的心理活动变化过程随时被记录下来，并经过计算机处理，能够随即了解测验结果。通过这样的实验，可以把握即将推出的电视广告片可能产生的认知效果和心理变化效果。也可据此对样片做相应的调整和修改，确定更为恰当的展现广告信息内容的表现要素和表现手法，为定稿做好准备。

10.2.2 媒体接触效果的测定

广告究竟通过哪些媒体可能被消费者接触到，目标消费者接触媒体传达的广告信息会是何种状况？对媒体接触效果进行测定，是对广告受众接触特定媒体和特定广告作品的评判，实际上也是对广告媒体计划的检测。

1. 广告媒体组合测评

一般来说，广告费总额的 80%以上都用来购买媒体的时间和空间，而传播媒体又是连接广告客户与目标消费者的桥梁。评估媒体计划是否周密，媒体选择是否恰当，是衡量广告传播效果大小的一个重要方面。媒体选择不当，或者媒体组合不合理，目标消费者不能接触到有关的广告信息，就会使既定的广告目标实现不了，从而造成广告费用的极大浪费。

广告媒体组合测评，也就是评估媒体计划是否正确，选定的媒体及其组合是否针对目标市场进行有效的劝说。测评的内容主要有：

（1）广告媒体选择是否正确，能够增加总效果（GRP），形成合力，是否被所有的目标消费者接触到。

（2）不同媒体的传播优势是否得到互补；重点媒体与辅助媒体的搭配是否合理。

（3）媒体覆盖影响力的集中点是否与广告的重点诉求对象相一致。

（4）媒体的一些主要指标如阅读率、视听率近期有无变化。

（5）媒体组合的整体传播效果如何，是否降低了相对成本。

（6）所选择的媒体是否符合目标消费者的使用、接触习惯及其产生影响力大小。

（7）是否考虑了竞争对手的媒体组合情况，本媒体组合是否有竞争力。

2. 不同媒体测定的要素和方法

（1）印刷媒体

印刷媒体主要指报纸和杂志。对印刷媒体的测定，主要包括以下三个方面。

① 发行范围和份数。了解某种印刷媒体的发行状况，包括发行范围和发行份数两个方面。发行范围主要指该媒体的影响区域，核心是发行数字。可以根据其经过核准公布的数字来参考。20 世纪初首先由美国发起建立了报刊发行量核查制度（简称 ABC 机构），现在全世界约有 50 多个国家和地区成立了 ABC 组织，对报刊社宣布的发行数字进行核查，确保其公正性。我国目前还没有建立类似的组织，大部分由报刊社自身宣称发行情况，还有一些报刊通过公证处证实其发行量的可靠性。随着我国报业市场运作的进一步成熟，这方

面的测定会规范和确实起来。

② 读者成分。每种报刊都有特定的读者群体，这些读者群体，与广告的目标受众有着直接的关联。考察报刊的读者对象，主要是看广告需要的目标消费者与媒体所拥有的读者群体的关系的紧密程度。

③ 阅读状况。测评阅读状况，可以通过三项指标表明。

A．注目率。读者接触过某广告的百分比。这部分读者曾经见过要测试的某广告，但对其中的具体内容不甚了了。测评公式为：

$$注目率=\frac{接触过广告的人数}{阅读报纸的读者人数}\times100\%$$

B．阅读率。读者借助测试广告的某些信息如厂名、商标等，能够进一步认识该广告的标题、插图等，但不知道更详细的内容的人数所占的比例。

C．精读率。认真看了广告并能记得广告中一半以上内容的读者人数所占的百分比。

阅读率与精读率的计算方法和注目率大致相同。由此可进一步求得广告的阅读效率。测评公式为：

$$广告阅读效率=\frac{报刊阅读人数\times每类读者的百分比}{所付出的广告费用}\times100\%$$

获取有关阅读状况的各项指标数字，调查起来是比较困难的。现在比较多的方法是通过发行量和读者对象等要素来测评媒体接触效果，但实际上这很不够，也不准确。阅读报纸（杂志）广告的读者之间，还是有差距的，所以，应该加强读者阅读状况方面的考察评估。美国在这方面做得比较早，因而测评活动开展得比较正常，方法也相对比较成熟。日本近几年也开展了以电话调查为主，对报纸广告阅读效果的测评。但总的来说，测评结果并不十分理想，而且工作投入量大，需要改进完善。我国随着报刊业广告市场的规范化操作，这方面的调查今后会逐步开展起来。

（2）电子媒体

电子媒体主要指广播和电视媒体。测评电子媒体的接触效果，包括视听率和认知率等内容。

① 视听率。视听率是拥有电视机、收音机的个人或者家庭在某一个时间段或者对某一个节目收视收听所占的比率。广播和电视传递信息都是稍纵即逝，对传播对象的作用在瞬间完成，因而对视（听）众的视听状况难以把握。为了能够吸引广告客户，争取较多的广告投放，有关视听率方面的效果测定一直被高度重视。

应该看到，根据收视率的大小，还不能完全测定媒体接触效果。因为收看某一个电视节目，并不等于接触了这一时段的广告。同时，仅从收视率上，也不能看出接触媒体的受众与广告传播目标对象间的关系。比如，某一黄金时段，某节目收视率很高，但收看节目的观众，却有很大的比例不是广告主需要的目标对象；而某节目总的收视率可能不高，但恰好是广告主需要的观众。由此来看，收视率这项指标对于判断媒体接触效果也是不完全的。所以，近些年来，又特别提出认知率的问题。

② 认知率。认知率是个人或家庭收看收听某一时段或某一节目中插播的广告的比率。但实施这一比率的调查难度更大，要求更严格、更细密。目前尚处于进一步探索过程中。

（3）几种常用的调查方法

目前电视方面的收视率调查主要有：

① 日记式调查法。经过抽样，选择适当数量的被调查者（调查对象），由他们将每天所刊的或所听的节目填入设计好的调查问卷中。一般以家庭为单位，把所有家庭成员每天收视（听）广播电视节目的情况，按年龄、性别等类别，全部记录下来。调查期间，由调查员逐日到被调查家庭访问，督促如实记录。7 天或 10 天为一个调查周期，调查期满，调查员负责收回问卷，进行统计分析，算出收视比率。

日记式调查主要采用人工方法，比较费时耗力，有时由于种种原因，不能及时记录，也有强化被调查者电视意识的问题，准确度难以保证。

② 电话调查法。通过打电话的方式，向有电视机的家户询问收看节目的情况。具体做法是：先从电话簿中随机抽样出所要调查的家户，确定好某一时段，由调查员电话询问被调查对象。主要内容包括：是否在家看电视，如果在的话，是收看哪一个台的哪一个节目，然后在调查记录表上记下电话会的内容。电话调查询问的问题要简洁，故特别有利于就一个节目的收视率调查。

实施电话调查法，需建立一个至少拥有 10 个以上的直线电话室。电话调查比较经济，实施起来比较方便，能较快获取结果。但抽取调查对象不能保证其代表性，难以得到完整的资料。电话调查单设计要简洁明快，防止调查过程拖沓，含义不清。电话调查也可用于印刷媒体的阅读率调查。

③ 机械调查法。在调查对象的家庭安置自动记录装置，装置用电话线与专业机构的计算机相连，按预定设计的时间自动记录电视节目的收视情况，由计算机汇总统计，向有关客户提供统计数据。这是现在调查电视节目收视率最常用的方法。调查对象按社区家户的比例抽取，样本数根据需要确定。随着科技的进步，机械调查方法也在不断进步。早先是由调查对象在装置上按钮来记录收视。20 世纪 90 年代以后，开始使用自动识别装置系统，能够自动记录下收看电视节目者的性别、年龄等信息。但也会给家庭带来心理压力，由于担心暴露隐私，而影响收视率的准确测定。

机械调查可以得到两种资料：一种是以家户为单位进行统计，日本较多采用；另一种是测定个人收视率状况，美国较多采用。

采用机械方法调查广播节目的收听率，较之电视节目的调查评估，困难程度更大一些。

10.2.3 心理变化效果的测定

广告信息被目标消费者接触后，可能并不能够直接导致购买行为，但却能够使消费者知识和感觉上发生某些变化。了解消费者的这些心理变化，是实现广告目标、衡量广告效果的重要内容。

1. 消费者心理变化的阶梯

在广告效果的各个阶段中，"心理变化"被视为"认识"和"行动"之间的中间环节。换言之，接触广告，注意广告，其结果是引起心理上的变化，而心理变化效果与行动的发生有着直接的关系。从未知、知晓、理解、确信（好感）到产生购买行为，消费者心理经历了不断发展变化效果的数据，由一些具体的要素指标可以衡量。如知名度、理解度、好感度、购买欲望率等。

知名度是表示某种物品的名称在多大程度上被人们知悉的一种指标，也是能否进一步被理解和产生好感的基础。它可进一步分为再现知名度和再认知名度，由此有不同的调查方法。

调查再现知名度，是不告诉被调查对象具体的物品名称，如问"你知道有哪些洗发露吗？"，由被调查对象说出这些物品的名称。

再认知名度是告诉对方的物品名称，如问"你知道飘柔吗？"由对方确认。据日本电通公司的调查研究表明，在知名度相同的情况下，一般非耐用性商品的理解度、好感度和购买欲望率比耐用性商品要高。如洗涤用品的购买率就与其知名度关联很大。而电脑、手机等商品，则更要看消费者对其理解度和好感度如何，才能决定是否购买。

2. 达格玛法（DAGMAR）

1961 年，美国学者 R.H.格利发表了《根据广告目标测定广告效果》的文章，指出所谓广告效果，是在信息传播过程中发生的，应以信息传播影响消费者心理变化的传播为视点，来考察分析广告效果的发生过程。这个理论简称 DAGMAR 理论。一般来说，信息传播以未知为起点，经认知到行动，共分为如下四个阶段：

（1）认知：消费者知晓品牌名称。

（2）理解：了解获悉该产品的功能、特色，予以理解。

（3）确信：建立选择这一品牌的信念。

（4）行动：产生希望得到产品说明书等有关资料，愿意参观本产品的展览会，到商品经销店考察等行动。

在如何测定广告效果的问题上，传统的观点是看重结果，把广告效果与营销目标相联系，由销售额大小来判断广告效果的高低。DAGMAR 理论则重视广告传播的过程，从信息传播效果中的心理变化过程来测评广告效果，从而将广告效果与营销目标区分开来。也就是说，广告效果的大小，不能只看销售额的高低，关键要看广告的诉求内容给传播对象带来什么影响。企业的广告活动，是通过认知—理解—确信—行动四个阶段来实现最终的营销目的的。考察广告效果，首先应该确定阶段目标，在以广告能否达到预定的阶段目标来测定广告效果。这种理论，实际上体现了一种管理的理念。在广告效果的四个阶段之中，除"行动"一项较为直观以外，其余三个阶段均属于消费者的意识问题，一般用问卷调查或实验室调查方法加以测定。

DAGMAR 理论，以及在它的基础上发展的 ARF 理论，即"媒体普及、媒体接触、广告接触、广告认知、与广告的信息交流、销售效果"成为考察和测定广告效果的基本模式，至今仍有广泛的影响。

DAGMAR 模式：未知—认知—理解—确信—行动。

AFR 模式：媒体普及—媒体接触—广告接触—广告认知—与广告的信息交流—销售效果。

海外航空服务公司对 DAGMAR 法的应用

海外航空服务公司在美国几十家竞争海外航线乘客的航空公司中只是一个小公司，在广告数量方面它无法与大型公司竞争。为此公司媒体战略目标决定，要集中指向特定的受众群体，文案及艺术表现要高度针对受众群体的特点。这一特定的受众群体被确定为经验丰富的世界旅行和季节性旅客，广告所传递的信息要针对这些独特的有鉴别力的精于旅行的受众，因此海外航空公司突出装饰、舒适、美食和服务等特色项目。

公司在广告效果报告（来自调查及售票处反馈）之外，进行了一项小规模的态度调查。提出以下问题：

认知：你可以说出哪些提供全程喷气机客运服务的航空公司？

形象：在这些航空公司中，你认为哪一个在下表项目中表现突出？

偏好：在下次海外旅行中，你将会认真考虑哪家公司？为什么？

根据调整结果显示认知率稳步上升，形象在变好，顾客对公司的偏好也有所增加。这一切都表明，广告在传递明确信息给所选择的受众方面，已经获得了相当的成功。调查结果见表 10-1。

表 10-1　航空公司态度调查表　　　　　　　单位：%

	广告活动前	6个月后	1年后
认知（听说过这家公司）	38	46	52
形象（豪华全程和越洋服务）	9	17	24
偏好（下次旅行会考虑）	13	15	21

3. 调查方法

消费者的心理变化是看不见摸不着的，需要通过一定的调查活动得到。调查"心理变化效果"，是测定广告效果极其重要的一环。心理变化的指标，能够测量出消费者对于广告的认知态度，同时，也在某种程度上可以预测消费者下一步的行动趋向。

在对消费者进行态度变化也就是心理变化的调查时，最常用的方法是使用"态度量表"，见表 10-2。

表 10-2　态度量表

非常赞成	赞成	无所谓	不赞成	非常不赞成
5	4	3	2	1
…	…	…	…	…

针对某一事物，用 5 个量度测量人们的态度。然而，常常遇到的难题是，消费者的态度并不明朗，或者没有条理，在有限的时间内很难用准确的语言表达出来。针对这种情况，在"心理变化阶段"的广告效果调查，还可以用"投射法"，即在被调查对象不在意的情况

下，用间接的方法了解其态度，具体手法有以下几种。

（1）语言联想法

根据调查需要，向调查对象提示若干词组，引起他的联想。比如，调查者说"猫"，继续让对象联想有关情形。同样，调查者说"学校"，再由对方自由想象……调查者通过分析人们经词组刺激所产生的联想来推测其态度。

在广告活动中，产品种类、品牌及所用的演员，往往会产生很丰富的联想。所以，在广告效果调查过程中，"语言联想法"是一种经常使用的测量方法。

（2）语句完成法

给调查对象若干不完整的句子，让其填充完成。例如：

"我认为《　　　　　》电视节目是＿＿＿＿＿＿的节目"

在句子中，主语可以是第一人称，也可以是第三人称。根据"投射"的原理，调查对象往往容易用第三人称表达自己的态度。

（3）绘画测定法

根据调查需要预先画好若干人物，让其中一个人物的会话部分空着，让调查对象来填充。用这个方法，往往能反映出一些仅用语言难以表达的内容。

（4）SD 测定法

针对某一商品形象或某一广告表现，要了解消费者的态度评价或感情好恶，可用这一方法。SD 测定法的通常做法是，排列若干意见相反的形容词，由调查对象加以选择，从中了解调查对象的态度。

10.3　广告销售效果的测定

10.3.1　什么是广告销售效果

广告的基本功能，可以归纳为两个方面：一是提高企业和商品的知名度，树立形象；二是扩大销售，增加利润。前一个方面是广告所产生的传播效果，后一个方面则是广告的销售效果，或者称之为广告的经济效果。从字面上理解，广告的销售效果，就是通过广告传播，促使消费者采取行动，增加销售额，扩大利润的效果。在广告信息传播的过程中，广告的传播效果、广告的社会效果，最终要体现在广告的销售效果上。前一个方面又是为后一个方面服务的。企业投入了广告的费用，希望得到回报，追求的最根本的目标就是这一效果。以广告发布前后企业商品销售量增减的幅度来衡量广告效果，就是广告销售效果的测定。

导致企业销售额和利润的增加，可能有多种因素。在整个信息传播过程中，促使购买行动的发生的原因有多个方面。商品销售额的提高，有的时候可能和广告直接相关，有的时候会是间接的影响，有的时候则是各种营销策略的综合效果。消费者接触到有关信息，从而采取一定的购买行为，并不仅仅是广告一个渠道。企业开展营销活动，可以运用多种促销方式与消费者进行沟通，会运用各种策略如价格策略、流通策略、产品策略等来促进商品的销售。简单地用销售结果来衡量广告效果，还是不够准确、客观的。但是，通过销售和利润量上的指标变化来测评广告效果，比较简单直观，广告主企业也乐于接受这样的测定方法。

不过，从经济的角度，广告的销售效果还应有更深层次的理解，可以从以下三个方面来看。

1. 消费者方面

广告为消费者提供了大量的消费需求信息，为对各种商品或服务进行比较和选择创造了条件，从而节省了精力和购买时间。广告还不断的刺激需求欲望，促使企业更加努力发展生产，使人们的物质生活水平得到提升。

2. 企业方面

广告能够构成强有力的竞争环境，激励企业必须采用新技术、新工艺，不断改进和提高产品质量，开发和普及新产品，以增强销售能力，提高竞争地位。促使企业必须降低成本，开发市场，扩大市场，大量生产，大量销售，才能在激烈的竞争中获得新的发展机会。

3. 社会经济发展方面

广告能够带动整个经济的发展，促进社会进步。广告使企业竞争更加激烈，市场扩展，从而为人们提供更多的就业机会，增加收入，提高生活水平；也为传播媒体特别是大众传媒和新媒体的发展进步提供了财源，使人们的精神文化生活更加丰富。

因此，测定广告的销售效果，除从一些指标进行定量分析以外，也要从广义上对其进行定性研究。这需要从宏观上来把握。

10.3.2 广告销售效果测定的方法

1. 店头调查法

以零售商店为对象，对特定期间的广告商品的销售量、商品陈列状况、价格、POP 广告（销售点广告）以及推销的实际情况进行调查。如：

利用商品推销员或导购员在商店里或走街串巷开展宣传商品活动，散发商品说明书，免费赠送小包装样品等。这种模式会直接导致商品销售量的变化。商品销售量的变化程度，能够反映出广告的质量高低。

把同类商品的包装和商标写出，在每一种商品中放置一则广告和宣传卡片。观察每种商品的销售情况，哪种商品销量增加明显，则能说明哪则广告有较好的传播效果。

把录制好的广告片通过电视在典型的购物环境中播放，观察其所产生的销售效果。

2. 销售地域测定法

选择两个类似条件的地区来测定广告的效果。一个地区进行有关的广告活动，成为"测验区"，另一个则不进行广告活动，成为"比较区"。测验结束后，将两个地区的销售变化进行比较，从中检验出广告的影响。

3．统计法

统计法是运用有关统计原理与运算方法，推算广告费与商品销售的比率，测定广告的销售效果。这种方法目前在我国较为流行，以下介绍几种计算公式。

（1）广告费比率法公式

$$广告费比率 = \frac{广告费}{销售费} \times 100\%$$

广告费比率越小，表明广告效果越大。

（2）广告效果比率法公式

$$广告效果比率 = \frac{销售量（额）增加量}{广告费增加率} \times 100\%$$

广告费增加率越小，则广告效果越大，广告效果越好。

（3）广告效益公式

$$R = \frac{(S_2 - S_1)}{P}$$

R——每元广告效益；

S_2——本期广告后的平均销售量；

S_1——未做广告前的平均销售量；

P——广告费用。

每元广告效益的得数越大，效果越好。

上述几个统计公式，基本点都是从广告费与销售额的关系来把握广告效果，方法简单明了，容易掌握。然而，有一点需要指出的是，这几个公式都是通过销售额的变化来反映广告效果的程度。在实际的营销活动中，销售额的变化，往往是包含着多种因素，广告效果仅为其中的一种。所以，在考察销售过程中的广告效果时，应该排除其他影响因素，才能比较准确地捕捉住广告所带给消费行为的影响。

（4）广告效果指数法公式

$$广告效果 = \frac{1}{n}\left\{ a - (a+c) \times \frac{b}{b+d} \right\} \times 100\%$$

广告效果指数计算表见表 10-3。

表 10-3　广告效果指数计算表

| | | （1）广告认知 | | 合计人数 |
		有	无	
（2）购买	有	a 人	b 人	$a+b$ 人
	无	c 人	d 人	$c+d$ 人
合计人数		$a+c$ 人	$b+d$ 人	N 人

a——看广告购买的人；

b——没有看广告的购买的人；

c——看了广告，但没有购买的人；

d——没有看广告，也没有购买的人。

该方法以"类型比较法"做调查，实施广告后，将消费者分成两类：一类是对广告有无认知；另一类是有无购买商品。然后按 2×2 分割表进行计算，能够比较准确客观的把握广告效果。

（5）相关系数公式

$$相关系数 = \frac{ad - bc}{(a+b)(c+d)(a+c)(b+d)}$$

公式中，*a*、*b*、*c*、*d* 的含义与广告效果指数相同。一般情况下，相关系数如在 0.2 以下称为低效果；在 0.2～0.4 之间称为中等效果；在 0.4～0.7 之间称为较高效果；在 0.7 以上称为高效果。

10.4 广告社会效果的测定

广告主要是通过大众传播媒体将有关信息传达给广大公众的，由于大众传媒的特性，广告信息的传播具有社会性。广告在为广告主企业带来经济效益的同时，也会对社会产生影响，与社会公众利益紧密相连。实际上，广告活动应是社会政策法规、经济、思想文化、艺术风格、民族特征以及社会风尚等的统一。

10.4.1 广告社会效果测评的依据

测定广告所产生的社会效果，应综合进行考察评估。其基本依据，是一定社会意识条件下的政治观点、法律规范、伦理道德和文化艺术标准。不同的社会意识形态，调整、制约广告社会效果的标准是不一样的。而且，测评广告社会效果，往往不能量化。因为社会效果不可能以简单的一些数字指标来标志衡量。这既要通过一些已经确定的或约定俗成的基本法则来测定和评价，又要结合其他的社会因素来综合考评。

对广告社会效果的测评，主要有以下几方面。

1. 真实性

广告所传达的信息内容必须真实，这是测定广告社会效果的首要方面。广告所发挥的影响和作用，应该建立在真实的基础上，向目标消费者实事求是的传递企业和产品（劳务）的有关信息，企业的经营状况，产品（劳务）的功效、性能等，都要符合事实的原貌，不能虚假、夸大、误导。广告诉求的内容如果造假，那所形成的社会影响将是非常恶劣的。这不仅是对消费者利益的侵害，而且反映了社会伦理道德和精神文明的水平。而真实的广告，既是经济发展、社会进步的再现，也体现了高尚的社会风尚和道德情操。所以，检测广告的真实性，是考察广告社会效果的最重要的内容。

2. 法规政策

广告必须符合国家和各种法规政策的规定和要求。以广告法规来加强对广告活动的管理，确保广告活动在正常有序的轨道上进行，是世界各国通行的方法。法规管理和制约，具有权威性、规范性、概括性和强制性的特点。一般来说，各个国家的广告法规只适用于特定的国家范畴，如我国于 1995 年 2 月 1 日开始实施的《中华人民共和国广告法》，就是适用于我国疆域（大陆）内的一切广告活动的最具权威的专门法律。而有一些属于国际公约性质的规则条令等，则可以国际通行，如《国际商业广告从业准则》，就是世界各个国家和地区都要遵从的。

3. 伦理道德

在一定时期、一定社会意识形态和经济基础之下，人们要受到相应的伦理道德规范方面的约束。广告传递相关的内容以及所采用的形式，也要符合伦理道德标准。符合社会规范的广告也应是符合道德规范的广告。一则广告即使合法属实，但可能给社会带来负面的影响，给消费者造成这样或那样的，包括心理和生理上的损害，这样的广告就不符合道德规范的要求，如暗示消费者盲目追求物质享受，误导儿童撒娇摆阔等。

从伦理道德方面对广告效果进行测评，有一定的难度。评估的依据，更多的是一些软性的标准。既有历史的沉淀性，又具有时代的鲜明性；既要对某一个体广告作品进行评价，又要从广告传播的整体效果上予以把握，要能从建设社会精神文明的高度来认识，从有利于净化社会环境、有益于人们的身心健康的标准来衡量。

4. 文化艺术

广告活动也是一种创作活动，广告作品实际上是文化和艺术的结晶。从这方面对广告进行测评，由于各种因素的影响，不同的地区、民族所体现的文化特征、风俗习惯、风土人情、价值观念等会有差异，因而也有着不同的评判标准。总的来看，广告应该对社会文化产生积极的促进作用，推动艺术创新。一方面要根据人类共同遵从的一些艺术标准，一方面要从本地区、本民族的实际出发，考虑其特殊性，进行衡量评估。在我国，要看广告诉求内容和表现形式能否有机统一；要看能否继承和弘扬民族文化、体现民族特色、尊重民族习惯等；要看所运用的艺术手段和方法是否有助于文化建设，如语言、画面、图像、文字等表现要素是否健康、高雅；同时也要看能否科学、合理地吸收、借鉴境外先进的创作方法和表现形式。

10.4.2　广告社会效果测定的方法

测定广告社会效果，主要采用两种方法：事前测定和事后测定。

1. 事前测定

事前测定一般在广告发布之前进行，主要是邀请有关专家学者、消费者代表（意见领袖）等，从有关法规、道德、文化等方面，对即将推出的广告可能产生的社会影响做出预测评析，包括广告的诉求内容、表现手法、表达方式、语言、音响等，综合有关意见和建议，发现问题，及时修订改正。

2. 事后测定

事后测定是在广告发布之后进行，可采用回函、访问、问卷调查等方法，把广大消费者的意见反响及时收集整理，分析研究社会公众对广告的态度、看法等，据以了解广告的社会影响程度，为进一步的广告活动决策提供参考意见。

对广告的社会效果进行测定，也是关乎企业和产品形象，在社会和消费者中确立何种印象等大事，应予以重视，绝不可以认为是多此一举而被轻视放松。

本章小结

广告效果就是广告给消费者所带来的各种影响。广告效果有时间推移性、效果积累性、间接效果性、效果复合性和竞争性五个特性。

广告传播效果的测定就是对广告自身接触消费者后所引起的变化和影响大小进行考察评估。广告传播效果的测定主要包括广告表现效果测定、媒体接触效果测定和心理变化效果测定。

广告销售效果的测定就是以广告发布前后企业商品销售量增减的幅度来衡量广告效果。从经济的角度，对广告的销售效果的理解可以从消费者、企业和社会经济发展三个方面来看。广告销售效果测定主要有店头调查法、销售地域测定法和统计法三种方法。

测定广告所产生的社会效果，应综合进行考察评估，既要通过一些已经确定的或约定俗成的基本法则来测定和评价，又要结合其他的社会因素来综合考评。对广告社会效果的测评，主要有真实性、法规政策、伦理道德和文化艺术四个方面进行。广告社会效果测定的方法包括事前测定和事后测定。

案例分析

动感地带广告效果调研

一、测评背景及目的

"动感地带"（M-Zone）是中国移动通信公司继全球通、神州行之后推出的第三大移动通信品牌，2003 年 3 月正式推出。它定位在"新奇"之上，"时尚、好玩、探索"是其主要的品牌属性。"动感地带"（M-Zone）不仅资费灵活，同时还提供多种创新性的个性化服务，给用户带来前所未有的移动通信生活。

"动感地带"这一全新的客户品牌采用新颖的短信包月形式，同时还提供多种时尚、好玩的定制服务。它以 STK 卡为载体，可以容纳更多的时尚娱乐功能。动感地带将为年轻一族创造一种新的、即时的、方便的、快乐的生活方式。它为年轻人营造了一个个性化、充满创新和趣味性的家园。

在移动公司的成功运作下，"动感地带"迅速走红，受到了广大青年人的热烈欢迎，用户数量迅速突破 1000 万人次，成为中国移动吸引年轻人群的一块金字招牌。从此，中国电信业进入品牌竞争时代。

此次广告效果测评主要针对动感地带推出的一系列广告，区域性地评估其广告效果，洞察其广告在大学校园中的影响，了解顾客的需求与期望，检验移动投放的广告是否符合顾客需求、期望，从而更好地为下一步的广告提供参考，为公司制定切实有效的广告投放战略，提高广告传播的效度，提供客观有效的资讯及建议。

二、测评内容

动感地带的广告传播效果（核心）、广告销售效果、广告社会效果，其中还有传媒的宣传效果。

A. 广告传播效果集体考虑以下几个指标：到达率、注意率、理解度、记忆度等。

B. 广告销售效果用广告效果指数（AEI）来进行测定和评价。

C. 广告社会效果通过问卷设计特定内容（比如其广告在引领社会时尚方面所起作用等）来定性衡量。

D. 媒体的传播效果包括电视、网络、报纸杂志等媒体测量其广告传播的准确和检验宣传是否到位。

E. 最后是相关的个人资料，包括月收入、消费习惯等内容。

三、测评结果分析

1. 个人消费分析

（1）大学生群体的消费习惯及生活方式。

首先，收入情况见图 10-1。

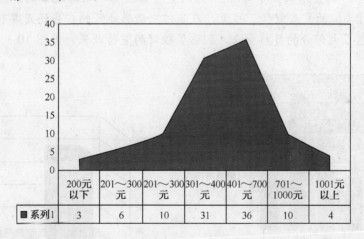

	200元以下	201～300元	201～300元	301～400元	401～700元	701～1000元	1001元以上
■系列1	3	6	10	31	36	10	4

图 10-1　大学生群体的消费习惯及生活方式

在调查中发现大多数学生的收入主要是来自父母给予和兼职打工所得，而且收入主要集中在 300～700 元之间，成一种正态分布的情况。

其次，大学生的日常生活除了学习之外，业余时间用于上网、逛街、体育锻炼等活动，以上这 3 项的时间占据了 80% 左右的业余时间。

最后，大学生经常接触的媒体主要集中在网络、报纸杂志、户外路牌等项目上，而电视媒体由于特殊的原因在高校中并不受青睐（无有线电视网络等原因）。

（2）总体上，在大学生话费构成中，近 33% 用于家庭联络等国内长途，34% 用于同学联系和社交领域等本地通话，有 33% 的人用于节假日问候等短消息服务。手机用户中有七成的人有固定联系群体。

A. 每天手机通话时段分布。白天上班时间是通话高潮，一半以上的用户集中在这个时间段，其次是傍晚、晚上 8～11 点、中午，11 点后通话者所占比重极低，不足 0.5%。注：要注意研究并制定必要的方案给予提升话务量。

B. 话费支付方式。话费支付水平偏低，93% 的手机用户话费与个人支付有关，由于大学生总体收入水平较低，移动通信对于普通大学生而言还不是生活必需品，购买手机的人不少是出于沟通需求和某种心理需要。

C. 话费多少。将近半数的人月电话费在 51～100 元，将近 2/5 的人在 50 元以下，100～200 元的占 5%，200 元以上的人只有 1%。轻量消费者占主体。

2. 广告传播效果（核心）

广告传播效果是指广告发布后对目标受众所产生的影响。它主要包括到达度、注意率、记忆度和理解度等几大指标，下面将从这些方面针对调研情况逐个进行分析。

（1）到达度：在测量到达度时我们主要分为四类媒体即网络、电视、报纸杂志、逛街购物（主要指户外媒体）。从数据分析中我们发现网络媒体在高校校园中的到达度是最高的，达到了 98%；其次是户外广告，达到了 88%；报纸杂志是 65%；最低到达度的是电视媒体，仅为 31%。经过调查我们发现在高校宿舍中的电视拥有率很低，因此影响了电视的到达度，这大大区别于居民生活中电视强势媒体的地位，见图 10-2。

（2）注意率：调查结果显示有 82% 的调查对象接触过动感地带的广告和宣传，仅有 18% 的人没看过类似的广告宣传。可见，在高校中动感地带的广告还是具有较大的覆盖规模，基本上涵盖了大部分的目标受众，到达了较好的宣传效果，见图 10-3。

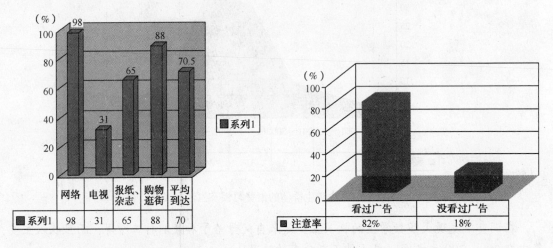

系列1	网络	电视	报纸杂志	购物逛街	平均到达
系列1	98	31	65	88	70

图 10-2　媒体到达度

	看过广告	没看过广告
注意率	82%	18%

图 10-3　注意率

其中从看过广告的人中，对注意率进行媒体划分，见图 10-4。

由上述蛛网图可以看出因特网、路牌、传单等媒体处于引起受众注意的强势媒体地位，电视和广播不能很好地吸引大学生们的注意。这点在进行现代广告策划时应该引起我们的足够重视。

（3）记忆率：调研结果显示，调查中有 69% 的人记得动感地带广告的形象代言人——周杰伦的名字，其中有 86% 的人表示对周杰伦印象深刻；另外有 85% 的人能够准确记住至少一个动感地带的广告词，比如"我的地盘，听我的"。这样经过累积的广告记忆率高达 89%，这说明动感地带的广告推广是十分成功的，至少在高校来说是这样的，详细见图 10-5。

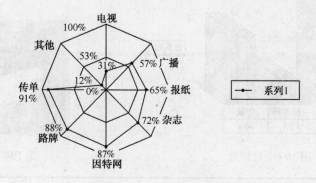

图 10-4　注意率媒体划分

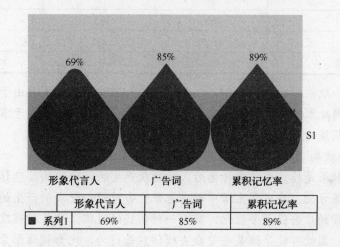

	形象代言人	广告词	累积记忆率
系列1	69%	85%	89%

图 10-5　记忆率

（4）理解度：在理解度方面见图 10-6，有 54%的人能准确理解动感地带广告的含义，完全领会其意图；12%的人只能对广告的内涵做出片面的解释；剩下的 34%则对广告十分含糊，不能领会其意。这从侧面说明了动感地带的广告在深入推广方面还有待挖掘，在广告设计方面继续改进，使更多的大学生能够体会广告的含义！

（5）喜爱程度：既然动感地带的广告算是比较成功的，那么它的广告喜爱程度是多少呢？调查结果显示（见图 10-7），有 83%的人由于种种原因表示喜欢动感地带的广告，只有 16%的人不喜欢，其余的 1%的人则没有做出表态。

在喜欢动感地带广告的人群中 94%表示喜欢广告的风格，90%喜欢它的代言人，认为周杰伦充分表现了年轻人个性化的一面，也有 69%喜欢它的广告词。不喜欢动感地带广告的人群中 96%的人认为其广告过于张扬。

3．广告促销效果

广告促销效果是指广告发布后对产品销售额和利润额的增减的影响度。其测度有很多方法，本文主要是采用广告效果指数法。

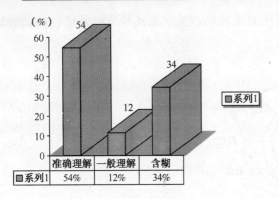

图 10-6　理解度

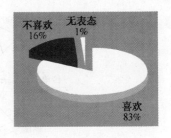

图 10-7　喜欢程度

内容项目		广告认知		合计人数
		有	无	
购买	有	a=56	b=31	a+b=87
	无	c=11	d=2	c+d=13
合计人数		a+c=67	b+d=33	N=a+b+c+d=100

计算得出广告效果指数（AEI）=$[a-(a+c)*b/(b+d)]/N*100\%=6.93\%$由于动感地带的广告是新近推出的，因此本报告所测的 AEI 值，因算其初始值为 6.93%大于零，因此其广告促销效果还是比较明显的。

4. 广告社会效果

广告的社会效果是指广告信息传播后，对受众产生的社会影响，包括法律规范、伦理道德、文化艺术等方面。在日常生活中动感地带广告对社会受众所产生的影响是随处可见的，由于动感地带的广告强调个性化，突出一种张扬的性格，从某种程度上迎合了年轻的大学生消费群体，因此可能导致某些受众去模仿广告行为，比如模仿形象代言人的动作以及把动感地带的广告语当做口头禅的行为。图 10-8、图 10-9 的详细数据，从某种程度上说明了动感地带的广告在高校校园中的影响力和较大的社会效果。

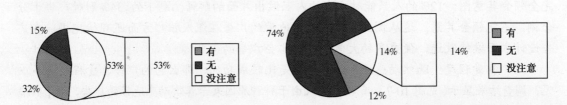

图 10-8　使用动感地带语做口头禅　　　　图 10-9　模仿动感地带形象代言人

四、结论及建议

从以上的分析中可以发现动感地带的广告效果还是比较好的，从各大广告效果的指标体系显示的结果就很好地得到验证。同时也验证了外界对动感地带广告的成功运行的评价。

动感地带的目标群体主要集中在 15～25 岁的年轻人中，主要由高中生、大学生和刚刚毕业的大学生构成。他们心中都有自己的"意见领袖"，注重个性，追求时尚，对新生事物很感兴趣，思维活跃，而且对移动通信服务中的娱乐休闲社交的需求很大，有着强烈的品牌意识，并容易相互影响。周杰伦在"动感地带"的品牌语境中具备强烈丰富内涵。可以清楚地看到，周杰伦的状态正是"动感地带"目标消费群所向往达到的状态，周杰伦这个肖像符号准确地传达出了深刻内涵，使目标受众群在接受周杰伦这个肖像符号的同时遵循一定的逻辑进行信息的自我传播，最终形成对"动感地带"（M-ZONE）品牌内涵的高度认同。在品牌意义的传播过程中，"动感地带"（M-ZONE）的品牌口号"我的地盘，听我的"作为对品牌肖像符号的一个音响效果补充，对品牌形象的完整塑造起着重要的作用。"我的地盘，听我的"强烈地凸显了年轻人张扬的个性，对目标受众群进行深层次的心理关照，这样的对话是很震撼的。目标受众群有一种找到知己的感动和亲切，对品牌产生了极强的认同感和归属感。这种肖像符号（周杰伦）与语言符号（"我的地盘，听我的"）的"贴身"契合产生的传播力量是巨大的，传播效果自然不必多言。自此，周杰伦真正成为了一个与"动感地带"（M-ZONE）紧密相连的品牌符号。所以动感地带取得极大的成功与其合适的广告设计是分不开的。

　　下面我将针对调研的结果提出一些建议：

　　首先，我们认为动感地带在学校进行广告推广时，应该更加注意媒体的针对性，不能生搬硬套普通生活社区的推广方式，因为高校中的学生的生活习惯和方式与普通的居民存在很大差异。比如我们在分析注意度时，所看到的大学生们对电视较少关注，见图 10-10。

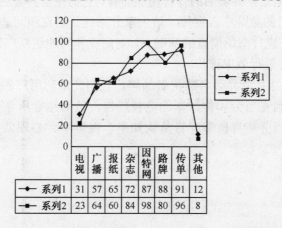

	电视	广播	报纸	杂志	因特网	路牌	传单	其他
系列1	31	57	65	72	87	88	91	12
系列2	23	64	60	84	98	80	96	8

图 10-10　广告推广的各媒体与消费习惯所关注的媒体间的对比

　　我们应该选择最受关注的媒体进行广告推广才能使图中的两条折线更加贴近，从而使动感地带的广告发挥更大的效力。

　　最后结合调研报告我们认为应该注重体验经济的方式。作为体验经济的一种，中国移动在做动感地带时，应注意和把握以下几点。

　　第一，体验经济的特点是消费者参与。"动感地带"本身参与性很强，这种方式抓住了积极活跃的因素，一下子成功了。对于其他的客户定位，也应该牢牢把握住消费者的参与点、热情点，找好切入点。

　　第二，个性化。中国移动推出"动感地带"和过去大规模生产不同，很多服务都是针对 15～25 岁年轻人的定制化服务，体验出个性的张扬、新奇等，这些都属于定制化服务产品的特征。未来"动感地带"发展中，个性化的张扬应该继续发展下去。

　　第三，体验经济是一种感性记忆，而且是难以忘怀的。

比如在市场买水果很便宜，到采摘点买就很贵，这是因为采摘这个活动本身有意义，产生难以忘怀的记忆，从而提高了水果的价值。这就说明感性记忆是非常重要的。"动感地带"引起的一系列的活动，如请周杰伦作为代言人，赞助"音乐盛典"、举办"街舞大赛"等，都是一种烘托造势，使消费者产生难以忘怀的体验的手段。营销重要的特点是要通过长久的设计、故事的编排产生难以忘怀的记忆。将来的工作可以围绕这些方面来开展，以产生更好的效果。

思考与练习

1. 什么是广告效果？广告效果有哪些特性？
2. 广告传播效果测定的内容和方法有哪些？
3. 广告销售效果测定的内容和方法有哪些？
4. 广告社会效果测定的内容和方法有哪些？

实训训练

1. 耐克和阿迪达斯是世界著名的体育用品品牌，它们在世界著名的体育盛会上和各种体育营销场合进行自己的品牌广告宣传。请大家分别找到耐克和阿迪达斯的电视广告，然后结合所学的知识，在进行市场调查的基础上，对耐克和阿迪达斯广告从认知率、视听率、心理效果、经济效果等进行效果评价。

2. 麦当劳和肯德基是世界著名的快餐品牌，它们经常利用广告进行自己的品牌广告宣传。请大家分别找到麦当劳和肯德基的电视广告，然后结合所学的知识，在进行市场调查的基础上，对麦当劳和肯德基广告从认知率、视听率、心理效果、经济效果等进行效果评价。

第11章 现代广告策划书

 **学习目标**

◆**知识目标：**

了解现代广告策划书的主要内容。

把握现代广告策划书撰写程序，明确现代广告策划书的要求。

◆**技能目标：**

现代广告策划书写作的实务性较强，学生会撰写广告策划书。

 引导案例

伊利纯牛奶广告文案案例

广告文案：无论怎么喝，总是不一般香浓！这种不一般，你一喝便明显感到。伊利纯牛奶全乳固体含量高达 12.2%以上，这意味着伊利纯牛奶更香浓美味，营养成分更高！广告口号：青青大草原 自然好牛奶。

广告文案：一天一包伊利纯牛奶，你的骨骼一辈子也不会发出这种声音。每1100毫升伊利纯牛奶中，含有高达 130 毫升的乳钙。别小看这个数字，从骨骼表现出来的会大大不同！广告口号：青青大草原 自然好牛奶。

广告文案：饮着清澈的溪水，听着悦耳的鸟鸣，吃着丰美的青草，呼吸新鲜的空气。如此自在舒适的环境，伊利乳牛产出的牛奶自然品质不凡，营养更好！

赏析：这三则系列广告，除角落里的品牌标识及产品包装外，没有任何图型。画面中心，巧妙地利用汉字字型的精心编排设计，通过一系列的象声词，分别表现人们迫不急待地喝牛奶的声音；因缺钙而导致的骨骼碎裂的声音；以及乳牛在舒适的环境中惬意地吃草鸣叫的声音，调动受众的想象和联想，形成视觉冲击力。而广告文案又对画面主体文字做了形象的说明、注释和深化，道出了伊利纯牛奶诱人的浓香、纯真精美的品质和饮用后的效果及其根源，非常有说服力，很能打动消费者。这是以文案写作为主要表现形式的典型佳作（广告文案是现代广告策划书的重要组成部分）。

11.1　现代广告策划书概述

11.1.1　现代广告策划书及其用途

1. 什么是现代广告策划书

把现代广告策划的意见撰写成书面形式，以体现广告策略和广告计划的报告书，称做现代广告策划书。现代广告策划书是由现代广告策划者根据现代广告策划的结果撰写，提供给广告客户审核、认可，为广告活动提供策略指导和具体实施计划的一种应用性文件。它是对广告决策的总体归纳和对实施过程的总体表述。

2. 现代广告策划书的用途

现代广告策划书是整个广告活动的切入点，是对策划成果的总结和呈现，也是现代广告策划得以切实实施的操作蓝图。现代广告策划书通过对策略观点和实施计划的阐述，说服广告主接受现代广告策划人员的策略方针，并认可他们拟定的行动方案。它的主要用途体现在以下三个方面。

（1）对广告公司而言，现代广告策划书是现代广告策划的成果体现，是广告人向广告客户陈述现代广告策划的重要文本。撰写现代广告策划书的目的是将广告策略整理成正规的提案给广告客户。

（2）对广告客户而言，现代广告策划书是现代广告策划的实施纲要，是检查广告公司策划工作的重要依据。广告客户根据现代广告策划书判定广告公司对广告策略和计划的决策是否符合自己的要求。

（3）对广告活动而言，现代广告策划书既是对一系列思维策划活动的总结，在经过广告客户认可后又是现代广告策划实施的开始。经过商讨决定下来的现代广告策划书是广告活动的唯一依据。

什么是广告提案

企业为了更好地完成市场推广和信息传播，通常会在众多有实力的广告代理公司之间，通过比较选择一家为自己服务。通常情况下，企业会同时向几家广告代理公司介绍基本情况，各代理公司可以自行决定参加提案的人选和人数，并在计划的时间内向企业进行提案，争取本公司的方案获得企业的认可，争取方案的执行。那么，什么是提案呢？

广告提案就是一份具体的报告，是借助视听媒介进行口头表述的一种方式，是力求透过理性思考与逻辑辩证，将一个概念转化成可被具体评估或操作的报告。对于企业而言，是他们判断、选取优秀广告代理公司和方案的重要途径；对于广告代理公司来说，提案是争取业务、展示实力的战场。

提案活动可以分为三部分：

（1）提案现场通过多媒体为介质提供视听信息演示；

（2）提案者在提案现场进行口头表达；

（3）准备书面计划书，在提案会后留给相关人员进一步阅读。

其中第三部分的内容虽然是书面的部分，但主要侧重于向客户传达有关的"点子"和"主意"的一种剧本。多从创意的角度关注广告表现，很少涉及媒介组合和效果评估，严格来说，广告提案是我们所说的"现代广告策划书"的一部分和具体环节，其功能在于对提案建议的细节记录和分析，便于提案会后阅读理解，作用非常大。

现代广告策划书是从全局和系统的角度关注整个广告活动的全过程，不仅要从创意的角度关注广告表现，而且要从广告目标出发，极大地关注媒介组合和效果检验问题。

11.1.2　现代广告策划书的特点

现代广告策划人员经常会遇到一种情形：一份用尽心思且设计精良的现代广告策划书，在反复论证后被企业否决。当然，这也是极为正常的现象，但为了提高现代广告策划书的可行性和提案的成功率，现代广告策划书应具备以下特点。

（1）逻辑性。现代广告策划的目的在于解决企业营销中的问题，现代广告策划书的写作通常按照逻辑性原则来构思，围绕"提出问题—分析问题—解决问题"的路线展开。首先是交代策划背景，分析市场现状，把策划目的全盘托出；接着详细阐述现代广告策划内容；最后提出广告效果评估的方法与途径。在严谨的逻辑思维中，以事实为依据，反映事物发展的内在规律，并说明资料来源，使整个策划方案令人信服。

（2）预见性。现代广告策划书的本质，就是在把握市场变化趋势的基础上，通过对广告活动的设计与安排，实现市场营销的目标。企业的发展离不开市场，而市场又是变化莫测的。广告策略的制定，广告活动中每一个细节的安排与布置，都基于对未来市场的科学预见；现代广告策划书的内容，要体现企业应对未来市场的策略。所以，现代广告策划书不仅要回顾过去，分析现在，更要推断未来。

（3）可读性。现代广告策划书主要以文字和图表的形式表述，以劝服广告客户为核心目的。因而策划书应突出重点，围绕核心问题进行深入分析，要让人一下子抓住策划书的主要内容，并一目了然，特别是广告客户不甚熟悉和了解的部分。此外，策划书应尽量简明，不可过多使用专业术语，不可长篇大论，所有隐晦的表达、杂乱的陈述、多余的问题都必须删除。再者，有时文字表达只能给人理性的概念认知，需要运用可视化的手段加以配合，这样有利于对策划书的理解和记忆。例如，媒介计划、广告预算等内容可绘制成图表或流程图，广告创意部分可配以平面设计图或分镜头脚本。

11.1.3　现代广告策划书的要求

（1）宗旨明确。现代广告策划的宗旨不是为了别的，而是为了从企业的战略目标出发，达成企业的营销目标。

（2）切实可行。为了保证现代广告策划书的切实可行，必须坚持对现代广告策划的具体内容进行可行性论证，这既是对广告主负责的表现，也是对策划者自己负责的表现。

（3）系统全面。所谓系统全面，就是要求现代广告策划书做到从系统的思路出发，全面把握整个现代广告策划的过程，防止出现遗漏。

（4）言简意赅。这是现代广告策划目标得以理解、实现的关键，现代广告策划书不能太烦琐，在企业中，简洁实用的文档是提高工作效率的保证。

总之，对于现代广告策划书写作的总体要求就是做到系统全面、目的突出、切实可行和言简意赅。

11.2 现代广告策划书的格式

现代广告策划书并没有一成不变的格式。在实战过程中，根据现代广告策划要解决的问题不同，策划内容和编制格式也有所不同。但是一份完整的现代广告策划书必然围绕着市场和广告推广进行撰写，因此其中有些要素是共同的。这里提供一个范本，作为现代广告策划书格式和要求的参考。

11.2.1 封面

一份完整的现代广告策划书包括一个制作精美、要素齐全的封面，要给广告客户留下良好的第一印象。策划书的封面可提供以下信息：

（1）策划书的名称；
（2）广告客户名称；
（3）策划机构名称；
（4）策划完成日期；
（5）策划书编号。

11.2.2 现代广告策划小组名单

现代广告策划小组名单是向广告主显示现代广告策划运作的正规化，也可以表示对策划结果负责的态度。此名单可以放在封面，也可以单独占一页。

11.2.3 目录

目录是现代广告策划书的简要提纲，列举现代广告策划书各个部分的标题和页码，必要时还可以将各个部分的联系以简明的图表体现出来。

11.2.4 摘要

摘要是对现代广告策划书重点内容的摘取。一般情况下，广告客户因为工作忙碌，他们很难有足够的时间来阅读全文，特别是策划方案较长时，更难得也懒得看全文。摘要的目的是把现代广告策划的要点提炼出来，让广告客户快速阅读，掌握策划书的主要内容。

11.2.5　前言

前言部分首先要说明现代广告策划项目的由来，或点出企业的处境和面临的问题，详细说明现代广告策划的宗旨和目标，还应简明扼要地说明广告活动的时限、任务和目标。前言的内容不宜过长，以数百字为佳。

11.2.6　正文

1．市场分析

这部分包括现代广告策划过程中所进行的市场分析的全部结果，以便为后续的现代广告策划部分提供有说服力的依据。撰写的思路是：根据营销环境分析，判断企业的经营和市场方向；通过竞争分析，把广告产品与市场中各种同类商品进行比较；结合产品分析，指出广告产品的特点和优点；再根据消费者分析，说明消费者的爱好和偏向；进而确定广告产品的目标市场和广告诉求点。

（1）营销环境和行业分析

这部分列出企业生存环境中与广告策略有关的重要因素，然后说明各个因素对广告战略的影响。环境因素不需要全部罗列出来，选择那些能够真正说明形势的因素，说明它们与广告战略之间的联系即可。

① 宏观环境因素。

A．企业目标市场所处区域的宏观经济形势。

● 总体的经济形势；

● 总体的消费态势；

● 产业的发展政策。

B．市场的政治、法律背景。

● 是否有有利或不利的政治因素可能影响产品的市场；

● 是否有有利或不利的法律因素可能影响产品的销售和广告。

C．市场的文化背景。

● 企业的产品与目标市场的文化背景有无冲突之处；

● 目标市场的消费者是否会因为产品不符合其文化而拒绝产品。

② 微观环境因素。

A．企业与供应商的关系。

B．企业与中间商的关系。

③ 市场概况。

A．市场的规模。

● 当前市场的销售额；

- 市场可能容纳的最大销售额；
- 消费者总量；
- 消费者总的购买量；
- 以上四个要素在过去一个时期中的变化；
- 市场规模的发展趋势。

B. 市场的构成。

- 当前市场的主要品牌；
- 各品牌所占的市场份额；
- 市场上居于主要地位的品牌；
- 与本品牌构成竞争的品牌；
- 市场构成的变化趋势。

C. 市场的特性。

- 市场有无季节性；
- 市场有无暂时性；
- 市场有无其他突出特点。

D. 行业的市场运作模式。

④ 营销环境分析总结。

A. 机会与威胁。

B. 优势与劣势。

C. 重点问题总结。

（2）竞争分析

这部分将企业与主要竞争对手进行市场态势比较。如果广告产品在市场上的确是全新的，可以不进行竞争分析而直接进行产品分析，挖掘产品的优越性。

① 企业在竞争中的地位。

A. 市场占有率。

B. 消费者认知。

C. 企业自身的资源和目标。

② 企业的竞争对手。

A. 对主要竞争对手的确认。

B. 竞争对手的基本情况。

C. 竞争对手的优势与劣势。

D. 竞争对手的营销策略。

③ 企业与竞争对手的比较。

A. 机会与威胁。

B. 优势与劣势。

C. 主要问题点。

④ 企业和竞争对手以往的广告活动概况。

A. 开展的时间。

B. 开展的目的。

C. 投入的费用。

D. 广告活动的主要内容。

⑤ 企业和竞争对手以往的目标市场策略。

A. 广告活动的目标市场。

B. 目标市场的特性。

C. 目标市场的合理与否。

⑥ 企业和竞争对手以往的产品定位策略。

⑦ 企业和竞争对手以往的广告诉求策略。

A. 诉求对象。

B. 诉求重点。

C. 诉求方法。

⑧ 企业和竞争对手以往的广告表现策略。

A. 广告主题的合理与否。

B. 广告创意的优势和不足。

⑨ 企业和竞争对手以往的广告媒介策略。

A. 媒介组合的合理与否。

B. 广告发布的频率。

C. 广告发布的优势和不足。

⑩ 广告效果。

A. 广告在消费者认知方面的效果。

B. 广告在改变消费者态度方面的效果。

C. 广告在消费者行为方面的效果。

D. 广告在直接促销方面的效果。

E. 广告在其他方面的效果。

F. 广告投入的效益。

⑪ 竞争分析的总结。

A. 竞争对手在广告方面的优势。

B. 企业自身在广告方面的优势。

C. 企业以往广告中应继续保持的内容。

D. 企业以往广告突出的劣势。

（3）产品分析

这部分具体分析广告产品的优势和不利因素，从中发现产品在现有市场上的独特性，要特别关注消费者对广告产品各方面的评价。

① 产品特征分析。

A. 产品的性能。

● 产品的性能；

● 产品最突出的性能；

● 产品最适合消费者需求的性能；

● 不能满足消费者需求的产品性能。

B．产品的质量。

● 产品是否属于高质量产品；

● 消费者对产品质量的满意度；

● 产品的质量能否继续保持；

● 产品的质量有无继续提高的可能。

C．产品的价格。

● 产品的价格在同类产品中的位置；

● 产品的价格与产品质量的配合程度；

● 消费者对产品价格的认识。

D．产品的材质。

● 产品的主要原料；

● 产品在材质上有无特别之处；

● 消费者对产品材质的认识。

E．产品的生产工艺。

● 产品的生产工艺；

● 产品在生产工艺上有无特别之处；

● 消费者对这种工艺生产的产品的喜爱度。

F．产品的外观和包装。

● 产品的外观和包装是否与产品的质量、价格和形象相符；

● 产品在外观和包装上有无欠缺；

● 产品外观和包装在货架上的同类产品中是否醒目；

● 产品外观和包装对消费者是否具有吸引力；

● 消费者对产品外观和包装的评价。

G． 与同类产品的比较。

● 在性能上的优势和不足；

● 在质量上的优势和不足；

● 在价格上的优势和不足；

● 在材质上的优势和不足；

● 在工艺上的优势和不足；

● 在消费者认知和购买上的优势和不足。

② 产品生命周期分析。

A．产品生命周期的主要标志。

B．产品所处的生命周期。

C．企业对产品生命周期的认知。

③ 产品的品牌形象分析。

A．企业赋予产品的形象。

● 企业对产品形象的设计；

● 产品形象合理与否；

● 企业是否将产品形象向消费者传达。

B．消费者对产品形象的认知。

● 消费者对产品形象的认知；

● 消费者认知的形象与企业设定的形象是否相符；

● 消费者对产品形象的预期；

● 产品形象在消费者认知方面有无问题。

④ 产品分析的总结。

A．产品特性。

● 机会与威胁；

● 优势与劣势；

● 重点问题总结。

B．产品的生命周期。

● 机会与威胁；

● 优势与劣势；

● 重点问题总结。

C．产品形象。

● 机会与威胁；

● 优势与劣势；

● 重点问题总结。

（4）消费者分析

这部分具体进行消费者的构成分析，了解他们的需求和购买行为习惯，以及媒体接触习惯和偏好等，可分为现有消费者和潜在消费者。

① 消费者的总体消费态势。

A．当下的消费时尚。

B．各类消费者消费同类产品的特征。

② 现有消费者分析。

A．现有消费群体的构成。

● 现有消费者的总量；

● 现有消费者的年龄；

● 现有消费者的职业；

● 现有消费者的收入；

● 现有消费者的受教育程度；

● 现有消费者的分布。

B．现有消费者的消费行为。

● 购买的动机；

● 购买的时间；

● 购买的频率；

● 购买的数量；

● 购买的地点。

C．现有消费者的态度。

- 对本产品的喜爱程度；
- 对本品牌的偏好程度；
- 对本品牌的认知程度；
- 对本品牌的指名购买程度；
- 使用后的满意度；
- 未满足的需求。

③ 潜在消费者分析。

A．潜在消费者的特征。

- 潜在消费者的总量；
- 潜在消费者的性别；
- 潜在消费者的年龄；
- 潜在消费者的收入；
- 潜在消费者的职业；
- 潜在消费者的受教育程度。

B．潜在消费者现在的购买行为。

- 现在购买的品牌；
- 对购买产品的态度；
- 有无新的购买计划；
- 有无可能改变计划购买的品牌。

C．潜在消费者被本品牌吸引的可能性。

- 潜在消费者对本品牌的态度；
- 潜在消费者需求的满意度。

④ 消费者分析的总结。

A．现有消费者。

- 机会与威胁；
- 优势与劣势；
- 主要问题总结。

B．潜在消费者。

- 机会与威胁；
- 优势与劣势；
- 重点问题总结。

C．目标消费者。

- 目标消费者群体的特性；
- 目标消费群体的共同需求；
- 如何满足目标消费群体的需求。

2．广告策略

广告策略是在对已占有的信息进行分析后提出的，主要包括广告目标的设定、目标受众的确定、产品或品牌定位、广告的表现策略、广告的媒体策略等。

（1）广告的目标

① 企业提出的目标。

② 根据市场情况可以达到的目标。

③ 对广告目标的表述。

（2）目标市场策略

① 对企业原来市场的分析与评价。

A．企业所面对的市场。

● 市场的特性；

● 市场的规模。

B．对企业现有市场的评价。

● 机会与威胁；

● 优势与劣势；

● 主要问题；

● 重新进行目标市场策略的必要性。

② 市场细分的标准。

A．市场细分的标准。

B．各个细分市场的特性。

C．对各个细分市场的评估。

D．对企业最有价值的细分市场。

③ 企业的目标市场策略。

A．目标市场选择的依据。

B．目标市场选择的策略。

（3）产品定位策略

① 对企业以往定位策略的分析和评价。

A．企业以往的产品定位。

B．定位的效果。

C．对以往定位的评价。

② 产品定位策略。

A．进行新的产品定位的必要性。

● 从消费者需求的角度；

● 从产品竞争的角度；

● 从营销效果的角度。

B．新定位的表述。

C．新定位的依据和优势。

（4）广告诉求策略

① 广告的诉求对象。

A．诉求对象的表述。

B．诉求对象的特性与需求。

② 广告的诉求重点。

A．对诉求对象需求的分析。

B．对所有广告信息的分析。

C．广告诉求重点的表述。

③ 诉求方法策略。

A．诉求方法的表述。

B．诉求方法的依据。

（5）广告表现策略

① 广告主题策略。

A．对广告主题的表述。

B．广告主题的依据。

② 广告创意策略。

A．广告创意的核心内容。

B．广告创意的说明。

③ 广告表现的其他内容。

A．广告表现的风格。

B．各种媒介的广告表现。

● 平面设计；

● 文案；

● 电视广告分镜头脚本。

C．各媒介的广告规格。

D．各媒介的广告制作要求。

（6）广告媒介策略

① 对媒介策略的总体表述。

② 界定媒介目标。

A．到达目标受众。

B．覆盖地理范围。

C．信息传播力度。

③ 媒介的选择。

A．媒介选择的依据。

B．选用的媒介简介。

C．媒介组合策略。

④ 广告发布时机策略。

⑤ 广告发布频率策略。

⑥ 媒介排期与购买。

3．广告预算

广告预算及分配要按照现代广告策划的内容，详细列出每一项广告活动的经费，应尽可能准确，并尽量在保证广告效果的情况下节省费用。广告预算书一般以图表的形式呈现，其格式和内容根据业务需要的不同而具体拟定。广告预算书后一般还附加一段说明文字用来解释广告预算书的内容。广告预算表格范例见表 11-1。

表 11-1　广告预算表格范例

项　目	开 支 内 容	费　用	执 行 时 间
市场调研费			
现代广告策划创意费			
广告设计费			
广告制作费			
媒介使用费			
公关/促销活动费			
管理费			
劳务费			
机动费			
合　　计			

4．广告效果评估

对广告效果的评价与测定，是对现代广告策划实施情况的检查，也是对广告活动及时的反馈与控制，从而保证整个广告活动能够按照预定的计划与目标进行。广告效果评估可在广告前进行，也可在广告后进行，既有阶段性的事前检验、事中检验、事后检验，又有贯穿于决策实施过程中的连续性的控制。

（1）广告效果的预测

① 广告主题测试。

② 广告创意测试。

③ 广告文案测试。

④ 广告作品测试。

（2）广告效果的监控

① 广告媒介发布的监控。

② 广告效果的监控。

11.2.7　结论

现代广告策划书的总结主要说明本策划对品牌销售最为合适的基本理由，可以将此计划与曾经考虑过的其他计划进行比较。这部分主要是肯定本策划的合理性、适用性，而不是要去重复前面的内容，因而要简明扼要。

11.2.8　附录

现代广告策划书的附录应该包括为现代广告策划而进行的市场调查的应用性文本和其他需要提供给广告客户的资料，主要有市场调查问卷、市场调查访谈提纲、市场调查报告等。

11.2.9　封底

封底可以是一张白纸，也可以连接没完的文章，还可以写上"注意保存"等提示文字。

以上所列的现代广告策划书的格式，只是提供若干策划分析的参考要点。实际操作中，并不要求每份策划书都面面俱到，要灵活应用，以能解决实际问题为原则。

11.3　现代广告策划书撰写程序

现代广告策划书是现代广告策划结果的总结，因此现代广告策划各个环节的内容和决策的结果都要在策划书中体现出来。现代广告策划书的撰写程序大致可分为 4 个阶段。

11.3.1　分析研究阶段

这是撰写现代广告策划书的准备阶段，主要收集有关市场、产品、消费者等方面的资料，加以分析。我们可以把所有需要的资料列出来，然后分析其中哪些资料是已经掌握的，哪些资料还缺乏。针对缺乏的资料，需要通过什么方式来获得，进而确定调查计划。通过调查，对获得的资料进行统计、分析，做出完整的调查研究报告，而这份研究报告就是撰写现代广告策划书的基础。

11.3.2　拟定提纲阶段

在分析研究的基础上，拟定现代广告策划书的写作提纲，并标志出核心内容和各个部分的重要程度。现代广告策划书的纲要应当简明扼要地说明以下内容：

（1）是对整个现代广告策划的背景分析，以上一阶段市场调查报告获取的资料为这一部分的主体。

（2）从宏观角度确定广告策略，包括目标市场策略、产品定位策略、广告诉求策略、广告表现策略、广告媒介策略。

（3）广告预算的安排。

（4）广告效果评估。

11.3.3　分析研究，提出具体的可行性方案阶段

本阶段主要从微观的角度，从实际操作角度，对广告战略、策略的每一个细节进行研

究分析，形成满意的方案。

11.3.4　撰写文本阶段

在广告策略思路和操作细节都基本清晰的情况下，我们就可以着手撰写现代广告策划书了。根据提纲的要求，制定现代广告策划书，包括以下八个部分。

1．广告环境分析

现代广告策划前必须对广告环境做出正确判断，在现代广告策划书中一般需要体现在五个方面。

（1）总体环境分析。总体环境即所谓的"大环境"，如自然、政治、经济、法律等，同处于一个时代、一个地域的企业都会面对同样的"大环境"。根据 4P 理论，这种环境属于"不可控因素"，绝大多数企业只能通过市场调查观察总体环境，却不能左右总体环境。

（2）行业环境分析。行业环境即依照企业所处的行业态势。例如，假设为一家电脑生产企业做现代广告策划，它所依存的行业环境就是电脑行业。在进行行业分析时，最好把相关的上下游行业都包括进去，也就是把 CPU、硬盘、显示器、键盘、鼠标、软件等行业也包含进去。

（3）竞争环境分析。竞争环境即同行业间的竞争状况。例如，一家手机生产企业所面对的竞争环境就是各手机生产者所形成的市场。需要注意的是，随着行业及市场环境的变化，电脑、电视机生产厂家也可能加入到竞争行列。

行业环境和竞争环境看似相似，其实有很大差别，主要体现在二者出发点的不同上。行业环境分析基本上是从总体的角度分析行业规模、行业利润、行业生命周期、识别行业特征，提炼行业成功因素等；竞争环境分析则以企业为出发点，分析各家同行与本企业的竞争状况，考察同行的优劣势，了解竞争对手的广告活动等。

（4）产品分析。威廉·伯恩巴克说："产品，产品，产品，永远从产品出发"。通过产品调查，与竞争对手的相同产品、相似产品、互补产品、替代产品进行比较，辨别自己产品的优势与地位，并从中挖掘产品宣传的素材，进而为产品定位。

（5）消费者分析。社会文化的迁移、消费偏好的改变等，都会给企业的生存环境带来变化，企业必须对消费者的状况做到深入了解。在市场细分的前提下，对消费者群体进行解剖，分析消费者的数量、分布状况、购买习惯、购买动机、爱好及行为等。通过对消费者的调查，了解和把握消费者的消费心理、消费需求和消费动机，从而提出有效的广告诉求重点。

2．广告目标确定

确定的广告目标指明了现代广告策划的方向，也成为广告效果评估的重要指标。企业的广告目标分长期和短期，通过不同目标的实施，使广告达到传播信息、提高产品知名度、激发消费者的购买欲望、树立企业或品牌的良好形象等目的。在制定广告目标时，应尽可能具体，特别是广告活动发展过程中的阶段性目标，并应注意广告目标的可行性和可控性。

3. 广告主题确定

广告主题是广告的主旨和灵魂，是广告作品创作的统帅，是广告达到预期目标而表达的基本观点。广告主题的确定，受到产品定位的制约，并要依据消费者的需求，比较其他同类产品而制定。根据 USP 理论，一则广告向消费者传递一个"独特的销售主张"，并且这一主张有足够的力量吸引消费者产生购买行为。

4. 广告创意确定

大卫·奥格威指出："要吸引消费者的注意力，同时让他们来买你的产品，非要有很好的特点不可，除非你的广告有很好的点子，不然它就像很快被黑夜吞噬的船只。"奥格威所说的"点子"，就是创意的意思。广告创意是以广告主题为核心，以创造性的艺术构思为内容，以塑造广告表现形式为目的的创造性思维活动。创意是广告的灵魂，没有创意的广告就没有生命力和感染力。现代广告策划要运用各种思维方式，以最大限度打动和说服消费者。

5. 广告媒介选择

在现代广告策划中，广告创意和表现的策划驱动着广告媒介的计划，媒介策划活动和整个广告计划的制定实际上是同时展开的。广告媒介种类繁多，不同的媒介具有不同的特征。媒介选择的原则是以最小的成本取得尽可能大的广告效果，还要考虑广告媒介的组合。现代广告策划书中应说明：选择什么样的媒体、各种媒体应当如何组合、各媒体刊播的频次、媒体版面和节目的选择、预算的媒体分配、广告活动发展的各个不同时期的媒体战略，为什么做上述媒体选择，以及上述媒体能够实现的广告效果。

6. 广告执行计划

广告执行计划提供了达到广告目标而采取的具体措施和手段，其重点是制定这个广告活动的计划流程图，确切列出各项策划内容完成的具体日期和具体的实施方法。例如，广告应在什么时间、什么媒介发布出去，其发布的次数应该是多少，广告推出应采取什么样的方式，广告活动如何与企业整合营销策略相配合等。

7. 广告预算

广告预算是广告活动得以顺利开展的保证。制定合理的广告预算，以及围绕可行的广告预算而开展广告活动，是现代广告策划是否具有实施意义的重要指标。要决定某次广告活动的预算，首先要判断广告活动的种类，明确想要完成的广告活动设定的任务以及广告费用的主要投入方向，继而拟定广告费用。

8. 广告效果评估

广告效果的预测和评价，是对现代广告策划的检验，也是对广告活动的反馈和保证。广告效果评估包括为广告创作而做的广告主题调查和广告文案测试，为选择广告媒体而做的广告媒体调查，为评价广告效果而做的广告前消费者的态度和行为调查、广告中接触效果和接收效果调查、广告后消费者的态度和行为跟踪调查，为了解同行竞争对手的广告投放情况而做的广告媒介检测等。

11.4　现代广告策划书范例

中国移动通信"动感地带"品牌策划案

动感地带是中国移动通信市场从无到有、完全从消费者形态细分出的品牌。我们是先看到市场机会，然后再去打造，并且没有把它限制在通信类别里，而是让它与所有的年轻时尚品牌一道竞争。

从传播上，动感地带的策略路线非常清晰，每一个声音都是针对品牌当时的状况。从诞生到代言人，再到特权，显现了品牌的成长。其中，对用代言人周杰伦也很有新意。

一、动感地带上市背景

15～25 岁的年轻人已成为中国移动通信市场发展的一个迅速膨胀的重要推动力量。他们有属于自己的沟通方式、族群语言和通信消费习惯。

在 M-ZONE 出现之前，还没有哪一家通信供应商按年龄细分通信市场，更不用说针对15～25 岁人群的"只属于年轻人"的通信品牌了。

中国移动通信服务市场的 ARPU 持续降低，产业的机会在于吸引新用户入网。

几个通信服务商之间的竞争主要集中于价格和促销。中国移动的主要（或者说唯一）竞争对手中国联通选择了姚明（NBA 球星）担任 CDMA 的代言人，通过代言人的确立逐步获得了消费者的认可，开始为品牌建立"年轻和创新"的品牌形象。

二、动感地带目标群选择

从 lifetime value 的角度思考，移动通信是黏性很强的产业，消费者一旦使用，几乎终身难以脱离。一个 20 岁的新用户将比一个 40 岁的新用户为企业多创造 20 年的价值，更何况，他们的 ARPU 随着步入社会、开创事业将有稳定的绝对增长。也因此，为争取一个 25 岁以下的年轻人入网而进行的营销投入应该更高。

三、动感地带定位分析

年轻人目前可支配收入有限，能够分配给移动通信的消费也必然有限。

年轻人追赶时尚潮流，兴趣广泛，必须把有限的消费支出拆分为多种分配：书籍杂志、网络游戏、Nike 运动鞋、英语学习班、日本漫画书、麦当劳汉堡、百事可乐……一个都不能少。如果将动感地带仅限制在运营商的竞争圈中，它必将被限制。如果将竞争的范畴锁定在年轻人的"钱包"，则路更广阔。

所以，动感地带将品牌定位在"年轻时尚品牌"的行列。

我们希望未来的动感地带用户可以每个月少喝一瓶可乐，少吃一个蛋筒，少泡一夜网吧……通过移动通信，多和父母朋友沟通一些，尝试更多的移动娱乐、资讯，聊出更多新朋友，享受更多的外出游走的新乐趣……现实中，移动通信正在努力从语音时代向数字时代跨越，日新月异的新产品所提供的服务正是如此。

于是，"年轻人的通讯自治区"新鲜出炉。

四、动感地带目标群洞察

15～25 岁的年轻人（主要是大学高年级或刚毕业的学生，其次是中等学历和较早进入社会的年轻人及家庭条件好的中学生），崇拜新科技，追求时尚，对新鲜事物感兴趣。

他们凡事重感觉，崇尚个性，思维活跃，喜欢娱乐休闲社交，移动性高，有强烈的品牌意识，是容易互相影响的消费群体。

五、市场挑战和目标

"动感地带"（M-ZONE）是中国移动第一个为年轻市场量身定做的移动通信品牌。

——通过建立针对年轻市场的通信品牌，摆脱"价格战"，在细分的市场中保持中国移动的领导地位，培养年轻用户成为移动未来的忠诚客户，为中国移动赢得"未来市场"。

——让 M-ZONE 成为针对年轻族群的通信品牌领导者。

——让 M-ZONE 不仅成为一个年轻通信品牌，还成为一个时尚品牌，成为一个"只属于年轻人的通信与流行文化空间"。

六、阶段性传播

M-ZONE 自 2003 年 3 月全国上市以来，传播共分为三个阶段。

第一阶段（3～4 月）——品牌初始化阶段

与消费者沟通品牌的基础要素为名称、LOGO、口号、广告格式等，并根据年轻人的言语特征发展了使他们有所共鸣的语音语调，并相应地创造出系列广告，包括 5 则电视广告、4 个平面广告、一版广播及相应的渠道制作物。沟通的重点在于讲解涂鸦效果的 LOGO 内涵——"我的地盘，听我的"的品牌主张和"超值短信、铃声图片下载及移动 QO"三项主要业务。

1. TVC 部分

《喷画篇》——推出 M-ZONE 新 logo，宣告上市。

《拆墙篇》——M-ZONE 主题广告，突出"我的地盘"。

《明星篇》——短信数量多到超乎想象。

《企鹅篇》——移动 QQ 到哪里都能发。

《办公室篇》——只属于年轻人的铃声。

2. 平面部分

A.《自治区路牌篇》（主题）

标题：欢迎进入年轻人的通讯自治区。

将 M-ZONE 比做"年轻人的通讯自治区"，上市就好像亮出了通行路牌。

B.《薯条篇》（短信套餐）

标题：超值短信，多少条都吃得消。

借"条"的谐音和"吃得消"的类比，体现短信量的超乎想象。

C.《校园铃声篇》（个性铃声图片下载）

标题：铃声图片下载，只要我喜欢。

校园的下课铃，就是学生特有的铃声；同时，将品牌主张中"听我的"态度，自然而然地引了出来。

D.《企鹅篇》（移动 QQ）

标题：移动 QQ，走着玩。

使用企鹅对 QQ 的象征意义，将 M-ZONE 比成移动 QQ 的启动者，直接传达产品特征。

3．网络部分

通过门户网站和微型网站，沟通动感地带的标志和概念含义。

4．广播部分

通过声音烘托气氛，推出 M-ZONE，说明它的时尚价值。

第二阶段（4～9 月）——品牌告知增强阶段

推出酝酿已久的品牌代言人周杰伦，利用他超人气的魅力，引发 M-ZONE 的新一轮流行。让他充当实践品牌主张的带头人，让受众更了解"时尚、好玩、探索，新奇"的品牌内涵。传播的沟通重点仍然在品牌主张和两项主要业务上。系列广告包括 3 则电视广告、4 个平面及渠道系列制作物。配合代言人的推出，大型新闻发布会及落地活动相继展开。

在此阶段，一些基于"年轻人通讯自治区"的新业务，如 12586、12590、百宝箱等也陆续推出。活动方面，全国大学生街舞大赛拉开帷幕。

1．TVC 部分

《诊所篇》——推广业务：超值短信套餐。

《咖啡馆篇》——推广业务：个性铃声图片下载。

《演唱会篇》——推广业务：移动 QQ。

2．平面部分

《自治区篇》

标题：玩转年轻人的通讯自治区。

用年轻人的语言"玩转"，通过代言人周杰伦的宣告更增加了目标有费者对 M-ZONE 是属于"年轻人通讯自治区"的认同感。

《超值短信篇》

标题：超值短信，一发不能罢手。

创意概念和周杰伦的造型同时也是电视厂告"诊所篇"的延伸。内文的开头与其他 3 个特色业务广告一样，以周杰伦的歌词开头，加强品牌与代言人之间的关系，取得目标消费者更大的共鸣。

《移动 QQ 篇》

标题：移动 QQ，走到哪里都能 Q。

以周杰伦巡回演唱会为线索，带出移劝 QQ 与 Jay 的联系，周杰伦的造型同时也是电视广告"演唱会篇"的延伸。

《铃声图片下载篇》

标题：铃声图片下载，多到想不到。

周杰伦以指挥家的造型出现，带出多种不同风格的铃声可以下载。

制作物：贴纸、CD 等。

街舞大赛是动感地带上市以来主要的地面活动。对于我们所定义的年轻人群，街舞主题对他们有足够的吸引力，街舞的时尚和探索精神与品牌契合，街舞活动也帮助动感地带深入到校园。

第三阶段（10～12 月）——"特权"建立阶段

这一阶段里，利用品牌代言人深化 M-ZONE 赋予用户特权身份的宣传。沟通的重点是强调"M-ZONE 特权"的建立，深入解释动感地带对于年轻人到底意味着什么。从一个 SIM 卡，一个动感地带门号，就可以带来一系列特权！而且，这就是动感地带人的生活。

在这一阶段，创作 2 则 TVC 广告，5 则平面广告进行沟通。

1．特权系列 TVC 部分

M-ZONE 人篇&飞贼篇：全面表现动感地带用户的特权，并引出 M-ZONE 人这一族群的概念。

2．特权系列平面部分

《亮出特权身份篇》（主题）

标题：亮出特权身份，就在动感地带。

《花样繁多篇》（特权一）

标题：谁敢和我玩花样。

通话只是一个基本功能，这里还有各色新奇好玩的东西：个性铃声图片下载、移动 QQ、游戏百宝箱、12586、12590……

《话费优惠篇》（特权二）

标题：说了和没说一样。

M-ZONE 的话费优惠特权，让我情话废话长话短话真话假话大话胡话都得说的需求统统满足！

《换机篇》（特权三）

标题：换机狂热分子。

M-ZONE 系列定制手机的推出，不仅给我机会享受业务优惠，手机购买也优惠。旧的没去，新的就已经来了！

《联盟篇》（特权四）

标题：别人的地盘，正在变成我的地盘。

与麦当劳的联盟带给我的"动感套餐"只是一个开始，以后还有吃喝玩用各种特权等着我。

这一阶段的另一个重点，就是和麦当劳的合作。

动感地带诞生的最初，理应有一个明确的说法：这是一个年轻时尚品牌，在年轻人心中应该和他们喜欢、熟悉的"大"气品牌站在一起，比如麦当劳、Nike、SONY 等。在和这些品牌接触的时候，也有动感地带出现，不仅仅是接触点的拓展，也是在建设有共同主张和精神的品牌阵营。

麦当劳和动感地带走在了一起。经由协同营销，麦当劳借助动感地带个性中的放任不羁、我行我素，形象不再"老少皆宜"，很好地辅助了"我就喜欢"的尖锐年轻形象建立；动感地带增加了国际感，拓展了传播渠道，并补充了 M-ZONE 人的务实特权。共同的产品开发了出来：年轻人自己的套餐。以移动的方式选择麦当劳产品自由组合成套餐，不再被既有固定的套餐所限制，动感地带人享受优惠优先权。

在这一部分创作 1 则 TVC 广告、3 个平面广告、1 个广播广告进行沟通。

1. TVC 部分

《顺风车篇》——告知麦当劳与动感地带的联合。

2. 平面部分

《麦当劳叔叔和男孩篇》——单纯告知性的平面。

《老虎机篇》——解释动感套餐，并号召用户参加。

七、动感地带 2003 年传播效果评估

动感地带，2003 年 3 月全国上市。半年时间，在目标用户（15～25 岁城市人口）中的知名度攀升至 71%，学生中的知名度更高，达到 83%，美誉度 73%；2003 年年底，用户数量过千万人次；ARPU（用户月平均消费）超过企业传统预付费品牌近 10 元；数据业务消费比例约 30%，超出市场总体平均水平 2 倍……

媒介称 M-ZONE 是一场"新文化运动"；"M-ZONE 的诞生意味着一种新的通信文化的出现"；"M-ZONE 不仅仅是一种新的服务或者运用，它还创造了一种独特的生活方式"。

这个品牌代表着"时尚、好玩、新奇和探索"，它改变了我们对通信的看法。

 本章小结

现代广告策划书是在现代广告策划整体活动完成之后对广告决策的总体归纳和对实施过程的总体表述，它是广告人向广告主陈述现代广告策划的重要文本，也是现代广告策划得到切实实施的操作蓝图。

现代广告策划书并没有整齐划一的格式，也没有完美无缺的范本。一般的格式包括封面、现代广告策划小组名单、目录、摘要、前言、市场分析、广告策略、广告预算、广告效果评估、结论、附录、封底等。

撰写现代广告策划书，要在对市场情况进行调查分析的基础上进行全面策划。按照拟定的策划书提纲，提出广告目标、广告对象、广告主题、广告创意、广告表现、广告媒介运用、广告执行、广告预算、效果评估等方面的策略建议。

为了提高现代广告策划书的可行性，撰写时应注意体现它的逻辑性、预见性和可读性。在学习范例的同时，根据需要灵活运用撰写格式。

 案例分析

三精品牌的蓝瓶风暴

——"三精"系列口服液推广策略

三精制药的前身是国有企业哈尔滨制药三厂，始建于 1950 年，历经数十年药品生产经营的磨炼，公司已从单一品种剂型，发展成为多品种、多剂型、医药原料和制剂并重的综合性的制药企业。2003 年为实现产品市场与资本市场的联动，三精制药筹划重组上市公司"天鹅股份"，并于次年实现"借壳上市"。2004 年投资近千亿元组建了开放型的具有国际

水准的研发平台。2005年9月正式更名为哈药集团三精制药股份有限公司，截至2006年5月，三精制药已发展成拥有30个参股和控股子公司的大型集团式医药类上市公司。

从2004年开始，公司步入资产高速增长阶段。2005年度，公司实现主营业务收入17.69亿元。同比增长175.24%，主营业务利润8.27亿元，同比增长216.19%，净利润14514万元，同比增长443.70%。2006年公司经营开局良好，第一季度实现主营业务收入52379万元，主营业务利润21108万元，净利润6003万元，同比分别增长9.15%、4.70%和185.3%。

一、三大产品铸就品牌生命力

"三精"意为精益求精做人，精益求精做事，精益求精做药，是三精制药的企业理念。多年来，三精制药一直恪守这个理念，踏踏实实地从事药品生产经营。2004年2月25日，"三精"品牌被国家工商总局认定为"中国驰名商标"，同年12月13日经北京名牌资产评估公司权威鉴定，三精品牌价值为40.03亿元。

三精制药是国内率先通过药品GMP认证、ISO认证的制药企业，凭借拥有专利的蓝瓶技术和蓝瓶产品内控标准高于国家标准等优势，使三精的蓝瓶口服液（包括葡萄糖酸钙（OTC药品）、葡萄糖酸锌（保健品）、双黄连（OTC药品））在国内同类品种销售中一直处于首位，是消费者公认的优质产品。公司于2004年为蓝瓶设计申请专利，并将三精的优质口服液品种全部改为蓝色瓶装。

二、市场状况

随着人民生活水平和健康意识的显著提高，近几年国内药品及保健品的消费量形成快速增长的趋势，尤其是微量元素的补充更成为老百姓的消费热点。这类产品的市场规模也扩张到了过去的几倍，但随着各大厂家争夺市场份额和小型企业的跟进活动，药品及保健品的市场竞争却愈演愈烈，同时劣质仿冒品也层出不穷。

针对这些情况，对三精制药三个主导口服液品种进行了终端调研，得出了一系列结论，分析了消费者购买行为与产品的优势，并发现了所面临的问题。

三、经营环境

口服液产品因为容易吸收、效果迅速的特点，而为消费者所接受。现在中国药品及保健品口服液品种拥有超过100亿美元的市场规模。

四、消费者购买分析

终端拦截情况严重，拦截率达到85%以上。主要体现在小型企业的仿冒，低价品种在终端挂金销售，促使店员误导原打算购买三精产品的消费者改为购买同类挂金品种。

五、产品优势分析

三精葡萄糖酸钙口服溶液具有离子钙形态、容易吸收、效果迅速的特点，备受消费者青睐。而补钙产品市场上的钙尔奇D、高钙片、乐力钙等片剂品种凭借巨大的广告效应和具备便于携带、价格较低的优势和我们形成鼎立之势。

三精牌葡萄糖酸锌口服液是三精制药自主研发的产品，是国内第一个补锌制剂，具备含量合理，吸收迅速，口感好等绝对优势，目前国内尚无大的厂家生产同类产品。

三精牌双黄连口服液是纯中药感冒药。感冒患者在了解到西药毒副作用大的缺点后，逐渐开始选择中药制剂，目前销售态势良好。而另一家生产双黄连口服液成规模的厂家是大龙药业，主要在南方个别区域销售，也占据一定市场份额。

经过严密分析，几个亟待解决的问题很清晰的呈现在我们面前：

1. 如何在短时间内迅速提升产品销量？

2. 如何使三精口服液产品的优良品质成为一个显而易见的外在记忆点？

3. 对终端，如何找到显著差异点来应对小厂跟进品种的挂金、低价拦截？

4. 从推广力度上，三精即将上市的口服液新品种广告宣传远远及不上市场上的同类品种，如何在节省费用的情况下，提升新品种的竞争力？

为了解决问题，沉着应战，为三精的广告运作设立三个目标：

目标 1：每年三精的三个主导产品的销量都要有所提升；

目标 2：三精口服液要与同类品种有显著区别；

目标 3：在节省费用的前提下，提升三精口服液新品种的销量。

六、广告创意策略

在明确品牌存在的问题，并设立了广告创意要达到的目标之后，开始找寻一个可以实现目标的诉求。简言之，就是要明确三精口服液与市场跟随者的区别在哪里，怎样才能防止终端拦截，让消费者认可三精品质的同时，不受外界干扰，选择三精品牌的产品。

经过反复的思考和比较，最终蓝瓶这个特殊点作为一个鲜明的区别被选中。蓝瓶是三精制药独有的专利技术，采用蓝波技术制造独有的包装让三精产品有别于所有药品。

蓝瓶是三精口服液产品在品牌、品质之外，和同类品种间最明显的差异点。让蓝瓶被每个消费者记忆，并与三精的产品质量相关联，让消费者在信赖三精品质的同时，只选择蓝瓶的，有效地与竞品区隔，将"蓝瓶"有效传播给终端，是本轮现代广告策划活动的最终目的。

通过一系列的广告活动，使三精口服液产品的优良品质附体于蓝瓶之上，将品质由无形转变成实体后再进行传播，在消费者心中制造"品质=蓝瓶"的形象，一方面可以提升三精主导口服液品种的竞争力，另一方面借助蓝瓶品质的影响力，拉动三精口服液新品种的市场销售。

第一步：传播三精制药的健康形象，提出"蓝瓶品质"

只有健康的企业才可能生产出健康产品，那么如何表现三精制药的健康呢？这个问题在设计三精企业 Logo 的时候就已经做了考虑。三精 Logo 主色为象征地球的蓝色，右上方画出一条生动的弧线象征初升的太阳从地平线发出一道耀眼的光线，为地球上的生命带来到了生机，没有比生命地球更合适诠释健康意义的比喻了。三精的《地球蓝瓶篇》由此而生，以浩瀚的宇宙为开篇，蓝色的地球是其中的一个行星，太阳照射地球，耀眼的光线过后，三精 Logo 出现……画面流畅，气势磅礴，展示了三精制药的大家风范，同时也为后面提出蓝瓶独有的专利技术给出了有力支持。三精葡萄糖酸钙、葡萄糖酸锌、双黄连口服液三个不同的产品在广告片中同时出现，未做疗效的解说，只是多角度展示产品外观，旋转的蓝瓶在绚光的辉映下晶莹剔透，力求通过精良的画面感彰显产品优良的品质——蔷薇品质。

《地球蓝瓶篇》TVC

广告语：现在，三精制药正努力成为您健康生命的蓝色保障！为什么三精牌葡萄糖酸钙、葡萄糖酸锌及双黄连口服液都是蓝色瓶装？因为三精都有的蓝波技术，保证了每一支三精口服液的优良品质，信赖三精，认准蓝瓶！

第二步：利用名人效应继续炒作"蓝瓶"

除了蓝波技术的传播，蓝瓶还应该在人群中形成口碑效应，我们需要将蓝瓶的影响力再次扩大。从1998年开始，影视明星陈小艺就是三精葡萄糖酸锌口服液的广告代言人。陈小艺怀孕期间一直都喝三精葡萄糖酸锌，孩子铁蛋出生后也及时补充，因此铁蛋长得比同龄孩子壮得多。在2002年，三精制药邀请陈小艺母子俩共同为三精葡萄糖酸锌口服液的广告代言，收到了良好的广告效应。2004年，铁蛋已经五岁了智力明显高于其他孩子，事实有力地证明了三精葡萄糖酸锌口服液的疗效，所以再次邀请陈小艺母子俩代言。在三精葡萄糖酸锌《蓝瓶篇》中，铁蛋高举蓝瓶，喊道："我喝蓝瓶的！"这部片子可以说是三精企业形象和产品形象的完美结合。播出以后，反响强烈，立刻引起了人们对蓝瓶的关注。

三精葡萄糖酸锌《蓝瓶篇》TVC

广告语：铁蛋两岁半以前特别挑食，头发也黄，一检查原来是缺锌，那就补呗（铁蛋说）！营养师推荐三精葡萄糖酸锌，铁蛋补锌两年了，从不挑食，注意力集中，学什么都快！又棒又聪明，耶（铁蛋说）！你的孩子也可能缺锌哦！我喝蓝瓶的（铁蛋说）！

第三步：为消费者理性购买蓝瓶产品提供充分理由

经过前两步的宣传，三精和"蓝瓶"已经拥有了较高的知名度，前期的宣传目标已经达成。小孩子们开始向家长提出要"蓝瓶的"，但成年人的消费观念是理性的，优良品质才是他们认同的购买理由。因此，这一阶段广告传播的重点是把蓝瓶和产品的优良品质结合到一块，从纯净的、充足的、好喝的三个方面展开蓝瓶品质，拍摄了三精葡萄糖酸钙《蓝瓶篇》。"为什么选择三精葡萄糖酸钙？蓝瓶是充足的钙。钙含量=同等体积牛奶75倍……"通过此片，三精力争成为蓝瓶产品的集合，实现三精企业形象与蓝瓶的统一，而且大人小孩都得到各自所需的购买理由，逐渐产生叠加效应。这一句广告语随着广告片在全国的投放形成了一阵蓝瓶风潮，小孩子纷纷模仿："我喝蓝瓶的！"

三精葡萄糖酸钙《蓝瓶篇》TVC

广告语：蓝瓶的！蓝瓶的！蓝瓶的！为什么都选择三精蓝瓶钙？蓝瓶纯净的钙！蓝瓶充足的钙！蓝瓶好喝的钙！三精牌葡萄糖酸钙口服液，好喝的买蓝瓶的！

第四步：反复教育市场，加强对"蓝瓶"的记忆

广告投放一段时间以后，反复播放使消费者对广告失去新鲜感，热度逐渐降低，此时需要新的广告片来强化消费者对"蓝瓶"的记忆。之前对蓝瓶由内到外都做了全面的宣传，重点十分明确，如果提出新的记忆点，会不会反而画蛇添足了呢？分析市场调研结果，内部会议一致认为不改变原重点，而且应该继续强化传播。于是继续邀请陈小艺母子代言，在三精葡萄糖酸锌《新蓝瓶篇》中，延续前篇的风格，还是从妈妈关心孩子成长的角度展开，妈妈的理性诉求"蓝瓶品质，值得信赖"和孩子的感性诉求"蓝瓶的，好喝的"在片中得到了最大体现。

三精葡萄糖酸锌《蓝瓶新篇》TVC

广告语：孩子只长大一次，选择补锌产品要用心。三精牌葡萄糖酸锌口服液，它是纯锌制剂，不含其他元素，真正好吸收！缺锌就补锌（铁蛋说）！不多不少，每支3毫克的锌含量，是缺锌孩子的好补充！特有的蓝瓶，值得信赖！值得信赖！蓝瓶的，好喝的（铁蛋说）！

七、执行过程

在全国范围内，包括央视、省级卫视及地方台进行大规模广告投放，务求使"蓝瓶"

在较短时间内得到最大、最有效的传播，同时在地方城市还辅助了一些户外、杂志及报纸平面媒体作为补充，并计划在三精双黄连的广告片中也导入了"蓝瓶品质"。未来三精制药的其他口服液产品都将围绕"蓝瓶品质"展开广告传播。

八、效果证明

1. 受到"蓝瓶"系列广告的影响，消费者在终端购买三精口服液产品的时候，多数会点名要"蓝瓶的"。2006 年调查结果为终端拦截率降低到 75%以下，拦截率降低了 10 个百分点，三精口服液产品的销售量以每年 20%的速度增长。

2. 销售过程中，蓝瓶成为三精口服液产品和其他同类产品的显著区别，知名度随着产品销售量的提升而稳步提升。原先那些跟进仿冒三精口服液的其他厂家产品，销量在三精口服液销售量提升的过程中逐步减小，致使之前因为外厂劣质品给三精带来的负面影响也降低到最小，三精口服液产品美誉度得到提升。

3. 三精柴连口服液、清热解毒口服液等新品种，前期仅投入了极少的广告费用，但在"蓝瓶"系列广告的带动下，各自市场的成长速度超过了其他厂家的同类产品。

案例分析：

很多消费者对三精的蓝瓶广告印象深刻，这不单单是因为广告投放的力度较大，重要的是其在广告诉求策略上抓住了消费者的记忆点。此策划案以市场调查为依据，通过对市场状况和产品优势的分析，将企业形象、产品品质、核心技术加以整合，形成独特的"蓝瓶"记忆符号，与竞争对手进行有效区隔，并贯穿传播的始终，最终形成了对消费者心智的占领。

此策划案让我们初步领略了现代广告策划书的风貌。

思考与练习

1. 现代广告策划书在现代广告策划整体过程中起到什么作用？
2. 如何理解现代广告策划书的要求？
3. 为何要在现代广告策划书的正文之前先写摘要？
4. 现代广告策划书的一般格式是怎样的？
5. 现代广告策划书的撰写程序包括哪几个阶段？

实训训练

根据提供给你的信息，独立撰写一份完整的现代广告策划书。

广告主：中国广告网

主题：中国广告网之形象广告

传播目的：让受众了解中国广告网，传递并强化中国广告行业第一门户网的定位。深化受众对中国广告网的认知，提高中国广告网的知名度和美誉度。

市场概况：中国广告网是一个专门针对广告行业资讯的发布平台。目前，中国广告网是此领域最专业的代表之一。

消费者需求：中国广告界需要更快速的广告界资讯、更专业的人才招聘平台。

产品介绍：

从提供资讯方面说，中国广告网是广告业的"CCTV"。

从盈利模式方面说，中国广告网是广告业的"阿里巴巴"。

产品个性：权威的、专业的、内容丰富的。

产品定位：中国广告行业第一门户网站。

产品形象：权威、专业。

目标消费者：互联网网民，广告界商家、广告人及广告专业学生

主要竞争者：中华广告网、中国广告人网

中国广告网网址：www.cnad.com

附录　广告名词英汉对照一览

广告岗位

1．Advertise——广告

2．Director——经理、总监、指导（有的还称主管、董事、署长、局长、处长、院长、校长、所长、主任、导演。在整个广告作业中，依照其经验不同，指导可分为资深指导 senior director、指导 director 和助理指导 assistant director）。

3．MD（Managing Director）——中文惯例译为总经理（一般指广告公司内的最高统帅，CEO 等）。

4．CD（Creative Director）——创作总监、创意指导。（CD 的前身，不是撰稿人便是美术设计，因为积累了丰富的经验，并有优异的创作成绩而成为督导）。

5．ACD（Associated Creative Director）——副创作总监。

6．AD（Account Director）——客户服务总监、业务指导。

7．Media Director——媒介总监、媒介部经理、媒体指导、媒体总监。

8．PD（planning director）——企划指导。

9．AD（Arts Director）——美术指导（在创作部可以独挡一面，执行美术指导工作的美术监督）。

10．RS（research supervisor）——调查总监。

11．CW（Copywriter）——撰稿人、文案（撰文人员，负责广告文案的专门写作）。

12．CD（copy director）——文案指导。

13．AE（Account Executive）——客户部经理（或业务主管、客户服务人员、客户代表、客户执行、预算执行者。负责广告代理商和广告主之间的一切有关业务，观念，预算，广告表现之联系，并负责整体执行的人）。

14．Finisher——完稿员（从事完成广告平面工作的人员）。

15．Visualizer——插图家、插画师。

16．Studio Manager——画房经理。

17．Finish Artist——画师。

18．affic（traffic control specialist）——制管人员（广告制作的流程及时间上的控制是非常重要的一件事，制管人员即是负责推进及监督广告作业中各部门是否按照计划进行的专员）。

19．account group——业务小组（广告公司内负责某特定客户之工作小组。以 ae 为中心，成员包括行销企划、创意、媒体等工作人员，替客户执行广告企划设定、广告表现制作、媒体安排等业务）。

20．Creative boutique——创意工作室（"boutique"为法语中商店的意思，指专门零售店，特别是指贩卖流行物、装饰品的商店。以这种语意为背景，由少数人组成、专门制作广告的公司，便称为小型制作专业广告公司）。

广告类型

21．POP（Point of Purchase advertising）——购买时点的广告、店头广告。

22．SP（Sales Promotion）——促销活动。

23．CI（Corporate Identity）——企业识别。

24．CIS（Corporate Identity System——企业识别系统。（CI 与 CIS 之区分，在美国原来只购 CI，日本加上"S"也就是把 CI 加以组织化，包括 EI，VI，BI，SI，成为系统）。

20．EI（Environment Identity）——环境识别。

21．CS（Customer Satisfaction）——顾客满意度。

22．SI（Store Identity）——商店识别。

23．USP（Unique Seling Point）——独特性的销售主张。

24．DM（Direct Mail）——广告函件、直接信函（广告主将印刷品以邮寄方式直接寄给特定对象的方式）。

25．DM（Direct Marketing）——直接行销、直邮广告（直接与消费者接触的行销方式，如广告信函，人员直接销售）。

26．SOA（standardized outdoor advertising）——标准户外广告。

27．Transit advertising——交通广告。

28．Banner——横幅广告、网幅图像广告（是互联网广告中最基本的广告形式。一个表现商家广告内容的图片，放置在广告商的页面上，尺寸是 480×60 像素，或 233×30 像素，一般是使用 GIF 格式的图像文件，可以使用静态图形，也可用多帧图像拼接为动画图像。Banner 一般翻译为网幅广告、旗帜广告、横幅广告等）。

29．Button——按钮广告（是从 banner 广告演变过来的一种广告形式，图形尺寸比 banner 要小。它一般表现为图标。通常是广告主用来宣传其商标或品牌等特定标志的。常用的按钮式广告尺寸有四种：125×125（方形按钮）、120×90、120×60、88×31 像素，尺寸偏小，表现手法较简单，容量不超过 8K。这类按钮和横幅广告相比所占的面积较小）。

30．Moving icon——会飞的 button 广告（可以根据广告主的要求并结合网页本身特点设计"飞行"轨迹，增强广告的曝光率）。

31．Sponsorships——赞助广告（一般来说赞助广告分为三种形式：活动赞助、栏目赞助及节目赞助，广告主可选择自己感兴趣的网站内容与网站节目进行赞助）。

32．Interstitial Ads——插页广告又称弹跳式广告（广告主选择在自己喜欢的网站或栏目被打开之前插入一个新窗口显示广告内容。插入式广告还指那些在页面过渡时插入的几秒广告，可以全屏显示。但在带宽不足时会影响正常浏览）。

33．Contests & Promotions——竞赛和促销广告（广告主可以与网站一起合办网上竞赛或网上促销推广活动，甚至为了提高网民参与的兴趣，还可以用 Interactive Games（互动式游戏广告）的方式进行。如在某一页面上的游戏活动开始、中间或结束时，广告都可随之出现，也可以根据广告主的产品要求为之制作一个专门表现其产品的互动游戏广告）。

34. public service advertising——公益广告（企业及各社会团体诉求公共服务内容的广告）。

广告基本知识

35. Advertising specialty——广告礼品

36. Basic bus——基本巴士单位

37. Booths——展台

38. Bulletin structure——路牌

39. Car-end posters——车内尾部招贴

40. Electronic signs——电子显示屏

46. Exhibitive media——陈列媒介

41. Inside cards——车内广告牌

42. 100showing——100 露出数

43. Out of home media——户外媒介

44. Out side posters——车体招贴

45. Spectaculars——看板

46. Stock posters——成品招贴

47. Take ones——优惠赠券

48. Taxicab exteriors——出租车外壳

49. Target market——目标市场（广告主选择的最主要的消费群）。

50. CF（Commercial Film）——广告影片。

51. OS（Omt Sound）——广告影片中的旁白。

52. Total bus——整车牌位

53. Trade shows——商业展示会

54. Ad View 或 Page View——页面显示（也称页面访问或页面浏览，一般以一个时间段（小时、天、周、月等）来衡量网上广告被显示的次数）。

55. Key words——关键字（即用户在搜索引擎中提交的查询关键字）。

56. Appeal point——诉求点（广告信息中，最能打动消费者心理，并引起行动的重点）。

57. Brain storming——动脑会议（可自由发想，不受限制的讨论会议）。

58. Brand image——品牌形象（消费者对商品品牌之印象）。

59. Cf（commercial film）——广告影片（不是电视广告脚本，commercial 是电视广告脚本）。

60. Competitive presentation——比稿（有的广告主不会将广告计划立即委托一家广告公司，而是让多家广告公司彼此竞争，再从中选择最优秀、最满意的广告公司）。

广告评估

61. Impression——广告的收视次数（counter<计数器>上的统计数字，即该网页的

Impression。广告主希望他的广告被10万人次看到，这10万人次就是10万个Impression）。

62．Clicks——点击次数（访问者通过点击横幅广告而访问厂商的网页，称点击一次。点击这个广告，即表示他对广告感兴趣，希望得到更详细的信息）。

63．Click rate——广告被点击的次数与广告收视次数的比率（即click/impression。如果这个页面出现了一万次，而网页上的广告的点击次数为五百次，那么点击率即为5%。点击率可以精确地反映广告效果，也是网络广告吸引力的一个标志）。

64．CPM（cost per thousand impression）——千人成本（即广告主购买1000个广告收视次数的费用或者是广告被1000人次看到所需的费用）。

65．Frequency——单个浏览者看到同一个广告的次数（广告主可以通过限定这个次数来达到提高广告效果的目的）。

66．Page view——综合浏览量（网站各网页被浏览的总次数。一个访客有可能创造十几个甚至更多的Page views。是目前判断网站访问流量最常用的计算方式，也是反映一个网站受欢迎程度的重要指标之一）。

67．第一屏First View——页面第一屏（因为访问页面首先看到它，这是投放广告的最佳位置，广告条一般都设在这个位置）。

68．Click throughs——点击次数（网上广告被用户打开、浏览的次数）。

69．Click-through Rate——点击率（网上广告被点击的次数与被下载次数之比。点击/广告浏览）

70．网络CPM（Cost per Thousand Impressions，）——千印象费用（网上广告每播放1000次的费用）。

71．Hit——点击数（一种测量方式，用于测量用户点击（按压鼠标按钮）某个广告元素并发送到点击联系URL的操作。另外，点击数还指用户点击某个广告的次数）。

72．Impression——印象（同于page view.指受用户要求的网页的每一次显示，就是一次印象）。

73．User Sessions——访客量（一个单独用户访问一个站点的全过程，即称为一个User session；在一定时间内所有的User session的总和称为访客量）。

74．layout——构图（版面设计之技巧。对美术设计而言，版面编排是一种基本技术）。

75．presentation——提案（对客户做正式的广告战略及创意企划案的提出）。

76．CPA（Cost per Action）——每行动成本（广告主为规避广告费用风险，只有在广告产生销售后才按销售笔数或金额付给广告站点的费用，一般较普通广告方式的价格高）。

77．EPC——每百次点击量获得的佣金额（网页上广告每百次点击，达成广告主所期望的行为（如点击、下载、注册或购买等），而产生的佣金额）。

78．EPM——每千次显示量获得的佣金额（网页上广告每千次显示，达成广告主所期望的行为<如点击、下载、注册或购买等>，而产生的佣金额）。

79．Log File——日志文件（由服务器产生的，记录所有用户访问信息的文件）。

80．Unique Users——独立用户（指在单位时间内访问某一站点的所有不同用户的数量。一般根据访客的IP来进行统计）。

主要参考资料与文献

1 丁俊杰. 现代广告通论. 北京：中国物价出版社，2004

2 J.托马斯·拉塞尔，W.罗纳德·劳恩. 克莱普纳广告教程. 北京：中国人民大学出版社，2005

3 约翰·菲利普·琼斯. 广告何时有效. 内蒙古：内蒙古人民出版社，1998

4 陈培爱. 广告媒体教程. 北京：北京大学出版社，2005

5 周鸿铎. 广告实务. 北京：中国财政经济出版社，2005

6 杨先顺. 广告文案写作原理与技巧. 广州：暨南大学出版社，2004

7 何修猛. 现代广告学. 上海：复旦大学出版社，2002

8 魏超. 广告原理与策划. 北京：科学出版社，2006

9 赵洁. 广告经营管理术. 厦门：厦门大学出版社，2003

10 张继缅. 广告文案. 北京：中央广播电视大学出版社，2001

11 杨先顺等著. 广告文案写作原理与技巧. 广州：暨南大学出版社，2004

12 韩平. 广告策划与创意. 北京：高等教育出版社，2006.7

13 曲孝民. 广告原理与实务. 北京：中国人民大学出版社，2007.2

14 陈乙. 广告原理与策划. 四川：西南财经大学出版社，2007.4

15 尚徐光. 广告原理与实务. 北京：电子工业出版社，2005.8

16 王宏伟. 广告原理与实务. 北京：高等教育出版社，2007.4

17 张金海. 广告学概论. 北京：中央广播电视大学出版社，2001

18 段广建. 广告理论与实务. 北京：电子工业出版社，2007.1

19 张翔，罗洪程. 广告策划. 湖南：中南大学出版社，2006.2

20 俞明阳，陈先红. 广告策划创意学. 上海：复旦大学出版社，2006.7

21 丁柏铨. 广告文案写作教程. 上海：复旦大学出版社，2006.6

22 夏晓鸣. 广告文案写作. 武汉：武汉大学出版社，2006.6

23 徐小娟. 100个成功的广告策划. 北京：机械工业出版社，2002

24 娄炳林. 广告理论与实务. 北京：高等教育出版社，2001

25 王国全. 新广告学. 广东：广东人民出版社，2002

26 俞大丽. 广告基础知识. 北京：中国劳动社会保障出版社，2003

27 穆虹，李文龙. 实战广告案例·全案. 北京：人民大学出版社，2007.9

《现代广告策划实务》读者意见反馈表

尊敬的读者：

感谢您购买本书。为了能为您提供更优秀的教材，请您抽出宝贵的时间，将您的意见以下表的方式（可从 http://www.huaxin.edu.cn 下载本调查表）及时告知我们，以改进我们的服务。对采用您的意见进行修订的教材，我们将在该书的前言中进行说明并赠送您样书。

姓名：_____ 电话：_____

职业：_____ E-mail：_____

邮编：_____ 通信地址：_____

1. 您对本书的总体看法是：

   □很满意　　□比较满意　　□尚可　　□不太满意　　□不满意

2. 您对本书的结构（章节）：□满意　□不满意　　改进意见_____

   _____

   _____

3. 您对本书的例题：　　□满意　　□不满意　　改进意见_____

   _____

   _____

4. 您对本书的习题：　　□满意　　□不满意　　改进意见_____

   _____

   _____

5. 您对本书的实训：　　□满意　　□不满意　　改进意见_____

   _____

   _____

6. 您对本书其他的改进意见：

   _____

   _____

   _____

   _____

7. 您感兴趣或希望增加的教材选题是：

   _____

   _____

   _____

请寄：100036　北京万寿路 173 信箱高等职业教育分社　　刘菊收

电话：010–88254563　　E-mail：baiyu@phei.com.cn

反侵权盗版声明

电子工业出版社依法对本作品享有专有出版权。任何未经权利人书面许可，复制、销售或通过信息网络传播本作品的行为，歪曲、篡改、剽窃本作品的行为，均违反《中华人民共和国著作权法》，其行为人应承担相应的民事责任和行政责任，构成犯罪的，将被依法追究刑事责任。

为了维护市场秩序，保护权利人的合法权益，我社将依法查处和打击侵权盗版的单位和个人。欢迎社会各界人士积极举报侵权盗版行为，本社将奖励举报有功人员，并保证举报人的信息不被泄露。

举报电话：（010）88254396；（010）88258888

传　　真：（010）88254397

E-mail：　dbqq@phei.com.cn

通信地址：北京市万寿路 173 信箱

　　　　　电子工业出版社总编办公室

邮　　编：100036